執着

捜査一課・澤村慶司

堂場瞬一

角川文庫
19027

目次

第一部　焼　殺

1

静かに深呼吸する。白い息が風に流され、あっという間に空気に溶けた。足元からじりじりと寒さが這《は》い上がる——間もなく日付が変わる頃だ。

この街には人がいないのか？

人の姿が見えないと、それだけで寒さが一層厳しくなるような感じがする。藤巻直哉《ふじまきなおや》は、無意識のうちに両手を擦《こす》り合わせた。ゴアテックス製のグローブが、がさがさと耳障りな音を立てる。グローブの端をめくって、腕時計を確認した。十一時四十五分。とんでもない話だ。こんな遅くまで、人の家に上がりこんでいるとは。さっさと帰らないから、こういうことになる。

藤巻がずっと待機しているこの辺りは、新潟市の中心部からは少し海岸寄りにある、高台の住宅地だ。この街のことは詳しくは知らないが、元々の古い港町が、市町村合併を経て、八十万都市に発展してきたことぐらいは分かっている。とてもそんなに多くの人が住んでいるようには思えないが……振り返ると、街の真ん中に巨大なビルが二棟、空を二分するように並んで立っているのが見える。左側は、頂点に四角錐《すい》を抱いたデザインのオフィスビルのようだが、右側は明らかにマンションだった。こんなに人がいない田舎街にもタワー型のマンションがあるのか、と妙に感心する。しかし、灯《あか》りはほとんど見えない。まだ完売していないのか、あるいは新潟の人は皆、夜が早いのか。

風が吹き抜ける。同時に、何かが動いた気配がした。話し声……遠慮がちに。人気がない住宅街の中なので、大声では話せないようだが、周囲が静かなので内容は聞き取れた。

「……じゃ、ここで」

「本当に、送るわよ」

「大丈夫だから。下まで下りればタクシーがいるし……」

「でも、暗いから」

「あなたも呑《の》んでるじゃない。ここまで戻って来るの、大変よ」

「そうだけどさ」

女二人の愚図《ぐず》愚図した別れは、長く続いた。苛《いら》つく。藤巻は電柱の陰に身を隠し、やり取りに静かに耳を傾けた。二人は歩き出すわけでもなく、くっついたり離れたりしながら、延々と無駄話を続けている。さっさと話を終わらせて、こちらの計画を進めさせろ。藤巻は、意味もなく過ぎる時間が大嫌いだった。

ようやく竹山理彩《たけやまりさ》が歩き出したのは、友人の家を出て五分も経ってからだった。あれでは、泥酔していても体は冷えてしまっただろう。愚かの極みだ。そして、愚かな女は罰せられなければならない。生きていく価値などないのだから。存在しているだけで、世の中の規律を乱してしまう。

俺は自分の世界を乱された。四角い物は四角く、丸い物は丸くなければならないのに、あの女は三角形を持ちこんだのだ。

藤巻は慎重に、そして大胆に動いた。理彩は少し酔っている様子で、足取りが危ないというほどではないものの、ゆっくりとしか歩けないようだ。ここから、タクシーが摑《つか》まりやすい柾谷小路《まさやこうじ》——新潟で最も賑《にぎ》やかなメーンストリートだ——までは、藤巻の足でも歩いて十分ほどかかる。あんなにゆっくりと歩いていたら、タクシーに乗りこむまでには、体が完全に冷えてしまうだろう。そもそも、こんな暗い道路を女一人で歩いているのは、あまりにも用心が足りない。前からそうだった。一般的な社会常識を意識していないから、こういう目に遭う。学んだ時には、往々にして手遅れになっているものだが。

もしかしたら、油断している？　故郷に戻って来て、俺の手から逃れられた、と安心しているのかもしれない。あるいは場所柄か。この住宅地はいかにも高級で、安全そうではある。しかもすぐ近くには、警察署があるのだ。だから安全、ということは一切ないのだが……そんな簡単なことも、理彩には分からないのか。

君は、物事を知らな過ぎる。がっかりだ。もっと賢い子かと思っていたのに。

理彩は、こちらに気づく様子もない。藤巻は電柱にすっかり隠れてしまうほどスリムだし、闇に紛れられる黒ずくめの衣装だから、目立たないはずだ。それに酔いのせいで、彼女の認知能力は低下しているだろう。

藤巻は、理彩が電柱の脇を通過するジャストのタイミングで飛び出した。何が起きているのか認識できていない様子で、彼女の顔がぼんやりと歪《ゆが》む。藤巻は一瞬も躊躇《ためら》わず、呆然《ぼうぜん》とする理彩の口を押さえ、腹に拳《こぶし》を叩《たた》きこんだ。胃ではなく、もう少し上を狙い……確実な手ごたえがあった。ぐったりした理彩の脇の下と膝《ひざ》下を支え、持ち上げる。こういうことを、どれほど夢見ていたか……しかし今や彼女は、単なる荷物だった。十メートルほど離れた場所に停めた車へ、ひたすら急ぐ。

トランクを開け、気を失った理彩を中へ押しこむ。蓋《ふた》を閉めて周囲を見回したが、誰かに見られた様子はなかった。ほっとして、額に浮かんだ汗をグローブの甲の部分で拭《ぬぐ》う。ほんの十メートル、数十キロの荷物を持って歩いただけなのに汗をかくとは……鍛え方が足りないな、と反省した。何事もスマートに正確にやらなければ、意味がない。

運転席に体を滑りこませ、エンジンをかける。静かだ。最近の車は本当に静かになった。鼓動は……普段通り。もう完全に落ち着いている。今のところ、完全に自分をコントロールできていた。この調子で世界もコントロールできれば、さらにいいのだが。

住宅街の中なので、スピードを出し過ぎないように気をつける。目的地までは二十分ほどかかるはずだが、何も急ぐことはない。緩い坂道を下って柾谷小路に出て、国道一一六号線へ。途中で右へ折れて四〇二号線に入り、郊外を目指す。昼間、しっかり下見しておいたのだが、夜になると光景がまったく違っていた。人通りも車の通行量も少なく、別の街にいるようだった。関屋分水《せきやぶんすい》――新潟市の中心部は、信濃《しなの》川とこの分水により、実は完全な島になっている――を渡り、西へ向かって走る。住宅地の中を走るコースなので、まだ海の気配は感じられなかった。松の木が多いのが、多少海辺の存在を感じさせるぐらいだろうか。窓を開ける。冷たく湿った風が車内を満たしたが、潮の香りはしない。

まあ、どうでもいいことだ。俺はこの街に、観光に来たわけではない。

何のため？

決まっている。愚かな女に罰を与えるためだ。

四〇二号線をしばらく西へ走ると、海辺の一本道になる。道路の海側には砂が溜《た》まって砂浜の延長のようになり、その向こうには海が広がっているはずだ。窓を開けると強い風が吹きこみ、潮の香りが車内に入ってくる。左側には、ぽつぽつと家が並んでいるが、基本的には何もない場所だった。東京や、藤巻が住む長浦《ながうら》では、決して見ることのない暗闇がある。

藤巻は、車を左に寄せて停めた。前後を確認してから、大きくハンドルを回して反対車線に入る。道路端に砂が溜まってはいるが、停車しても問題はない場所だ。ずっと先へ進めて、フェンスの手前で車を停める。外へ出ると、湿った海風に体を叩かれ、背筋がぴんと伸びた。その瞬間、一際激しい風が吹き渡り、細かい砂が顔にぶつかってくる。まだ冬の気配は強く残っており、長くここにいたら体が凍りついてしまうかもしれない。

用事は早く済ませるに限る。

助手席側のドアを開け、床に転がしておいたペットボトルを取り上げる。振ってみると、たぷたぷと軽い音がした。二リットル……これで十分足りるはずだ。

藤巻はトランクを開けた。理彩はまだ気を失ったまま、中で丸まっている。結構、結構。気を失った相手を殺すのは、決して残酷ではないはずだ。眠ったまま、クソつまらない人生に別れを告げる……彼女にとっても幸運なことだろう。例えばロブスターを料理する時、生きたまま湯に入れるのは残酷だと言われている。かといって、ロブスターに針を刺して先に殺してしまうように、理彩を刺し殺す気にはなれなかった。

ペットボトルの蓋を外し、理彩の体にガソリンを振りかける。二リットルを大事に使い、頭から足先まで満遍なく……理彩が着ているダウンジャケットは油を弾《はじ》いてしまうようだったが、ジーンズを穿《は》いた下半身にはきちんとガソリンが染みこみ、顔も首筋もしっかり濡《ぬ》れた。強い臭気が藤巻の鼻を刺激し、目が潤んでくる。咳《せ》きこみそうになるのを、何とか堪《こら》えた。

乏しい灯りの中で、剝《む》き出しになった部分の肌がぬらぬらと光るのを、満足気に見下ろす。これで準備完了。後は着火するだけだ。気化したガソリンに火が点《つ》けば、一気に燃え上がる。

藤巻は車の横に回りこみ、トランクの蓋に手をかけ、左手でライターに着火した。煙草を吸わない藤巻だが、火が点く瞬間の手ごたえは心地好《よ》いものだった。

ライターをトランクの中に放り投げると、軽い爆発音がして、一気に炎が上がる。蓋を閉めようとしたが、嫌な予感がして一瞬思い留《とど》まり、車の背後に回りこんだ。予想通り、意識を取り戻した理彩が、必死で体を動かそうとしている。が、既に全身が炎に包まれているので、どうにもならない。心配していたダウンジャケットもよく燃えている。所詮《しょせん》外はナイロンだから……羽毛がどんな風に燃えるかは分からなかったが、藤巻はひとまず満足した。髪、顔、首筋が炎に包まれ、理彩はオレンジ色の光の中にいるような感じがしていた。美しい……君は、どんな色に輝いても映えるな。

彼女が自分でそれを見られないのは残念だ。せめて今の状態を教えてやりたかったが、もう何も聞こえないだろう。

理彩の悲鳴が上がり始めた。あまり声を出すと、炎を吸いこんで喉《のど》を火傷《やけど》するのだが……悲鳴は耳障りだった。鬱陶《うっとう》しい。死ぬ時ぐらい、静かに死ぬべきだ。今まで散々文句を言って、俺に迷惑をかけてきたのだから。

藤巻は、勢いをつけてトランクの蓋を閉めた。理彩が多少は抵抗してくるかと思ったが、依然としてパニック状態で、何もできない様子である。トランクが閉まると、すぐに中から悲鳴が聞こえてきたが、無視した。さて……一歩、二歩と後ずさる。熱気が車から伝わり、トランクの隙間から煙と炎が漏れ出てくる。

これで安心だ。踵《きびす》を返して、ゆっくり歩き始める。他の車は見えないし、これから通りかかった車のドライバーが一一九番通報しても、当然間に合わないだろう。理彩は死ぬ。一番相応《ふさわ》しい死に方で。

焦げ臭い臭いが、ずっと漂っていた。風がこちらに向けて吹いているに違いない。鬱陶しい……もう一台の車を置いた場所までは、五百メートルほどある。真夜中の散歩には長い距離だが、別に気にはならない。嫌なのは、煙の不快な臭いだけだが、離れれば薄れるのは分かっている。

突然、ぼん、と激しい爆発音が響く。振り返ると、車から火柱が上がっていた。天を焦がす勢いで、ほぼ真っ暗な夜空を染めている。ガソリンタンクに引火でもしたのだろうか。これで、理彩の死はますます確実になる。ほっとして、藤巻は背筋を伸ばし、堂々と歩みを再開した。

ステージ1、終了。だがこれは、最初の一歩に過ぎない。全ては今から始まるのだ。

2

いい加減にしよう……澤村慶司《さわむらけいじ》は拳で目を擦《こす》り、大きく伸びをした。本棚に置いた時計をちらりと見ると、既に午前二時。珍しくまとまった休みを貰《もら》ったのに、こんな時間まで俺は何をやっているのだろう、と自嘲《じちょう》気味に思う。

腰の張りを意識しながら久しぶりに立ち上がり、キッチンへ向かった。冷蔵庫からミネラルウォーターを取り出し、一気に半分ほど飲む。リビングルームを見ると、音を消したままのテレビがぼんやりと光を放っていた。光源はあと一か所、パソコンのモニターだけであり、照明を消した部屋は薄暗い。いったい何時間、モニターの前に座っていたのか……いつかはやらなくてはならない作業ではあるのだが、やはり、何もこんな時に、という思いもある。

やるべき作業――遺体の写真の整理。

澤村は、殺人事件の現場に出動すると、必ず遺体の写真を撮影する。鑑識の連中は仕事の邪魔をされたと嫌な顔をするし、同僚の刑事たちには気味悪がられているが、被害者の無念を自分の物にするための、澤村独自のやり方だった。顔を頭に叩きこむだけではなく、写真で残すことによって、より強く被害者の悔しさや悲しみを感じることができるような気がする。

感じたからといって、いつも綺麗《きれい》に事件を解決できるわけではないのだが。

捜査は、ばらばらのパーツをかき集めて、一枚の絵を作るような物である。しかしそれらは、ジグソーパズルのパーツのように、きっちり組み合わさるとは限らない。時には、明らかに合っていないパーツを無理矢理はめこみ、犯人逮捕まで持っていかねばならないこともある。その結果、冤罪《えんざい》が生まれたりするのだが……最近の警察は、パズルを完成させるのが下手になった。

駄目だ。こんなことを考えていては休みにならない。

今回の休暇は、極めて変則的なものだった。県警の中で、今一週間の長期休暇を取っているのは澤村一人だろう。

春の定例の人事異動に絡み、異例の事態が起きた結果だった。普通、異動の少し前には、本人にそれとなく知らされる。しかし今回、澤村はまったく前置きなしに、捜査一課から長浦南署への異動を言い渡された。直属の上司である捜査一課長の谷口《たにぐち》も申し訳なさそうにしていたが、それでも納得できるものではない。自分はずっと県警本部の捜査一課にいて、殺人事件の捜査だけをやっていくつもりだったのだから。

しかし澤村の密《ひそ》かな決意とは関係なく、長浦南署の刑事課員が一人、突然辞職したのだった。澤村は面識のない男だったが、話を聞いた限りでは、長く闘病生活を続けていたらしい。まだ四十歳で、ぎりぎりまで普段通りに仕事をしていたのだが、とうとう病魔に負け、療養のために退職を決めたという。そして急に穴が空いた分の補充として、澤村に白羽の矢が立ったのだった。県警の異動はしばしば数百人単位になり、一つのパーツが欠けただけで、玉突き事故のように他に影響が出てしまう。それは分かっていても、「どうして自分が」という思いは消えない。

長浦南署は、長浦市内随一の繁華街を管内に抱え、何かと忙しい署だ。簡単にくってしまえば暴力事件が多く、外勤や刑事課の連中は、常に事件に振り回されている。気が強く、臨機応変に判断して動ける人間でないと、あの署で刑事は務まらない。

だからといって――何度でも思う――俺でなくても。

谷口に「助《すけ》っ人《と》を頼む」と言われた時には、正直むっとしたものである。しかし、今はどうしても人手が必要な時期で、澤村しか動かせる人間がいないと説得されたら、断れなかった。だいたい澤村はもう、本部の捜査一課在籍が長い。長く居過ぎたとも言える。時々人事異動で勤務先を変えるのは、警察では当たり前のことだ。捜査の対象と癒着しないように、という狙いもある。自分に限って、そういうこととは無縁なのだが……とにかく澤村は、渋々ではあったが、谷口の要請を受け入れざるを得なかった。所詮宮仕えで断れるはずもないし、刑事の仕事はどこへ行っても変わらないのだから、と自分に言い聞かせて。要は、県内全域で捜査に絡んでいくか、所轄での仕事に集中するかの違いだけだ。

それにしても……谷口は急な異動と引き換えに、「特別に一週間の休暇を出す」と言ってくれたのだが、受けてしまったのは失敗だったと思う。一週間もの休暇など、もう何年も取ったことがなく、休んでいても、やることが何もないのを忘れていた。唯一の趣味と言えるのはカメラだが、どこかへ撮影旅行に行く気にもならなかった。今日から――正確には昨日から休みに入ったのだが、結局洗濯と、これまで撮り溜《た》めた被害者の写真の整理で、一日が終わってしまった。洗濯は、何本もあるジーンズ——澤村は基本的に、動きやすく汚れが気にならないジーンズしか穿《は》かない——を集中的に洗ったのでそれなりに時間がかかったし、写真の整理もゆっくりやったのだが、それでももう、家ではやることがなくなってしまった。

つくづく自分は、仕事をする以外に能のない人間だと思う。どこへ行く当てもなかったが、それこそ旅行にでも行ってみようか、と考える。行く先を決めず、とりあえず電車に乗って——駄目だ。そんな無責任なことはできない。何かあったらすぐ、現場に出られるようにしておかないと。辞令が出る前なので、澤村の所属はまだ捜査一課であり、長浦を離れるわけにはいかない。いくら特別の休暇を貰っているとは言っても、何かあったら谷口は自分を呼び戻すだろう。その時、沖縄にでもいたらどうしようもない。

まあ、いい……とにかく今は、体を休めよう。普段から体を酷使し過ぎているのは分かっているのだから。一週間の休みでどこまでリフレッシュできるかは分からないが、せめて体調は整えておかなければ。

リビングルームに戻って、この部屋で唯一の財産と言うべき棚の前に立つ。ガラス扉つきで、中にはこれまで集めたカメラが鎮座していた。ローライフレックスの2・8F、ニコンのF2、キヤノンのF1。今ではすっかり見かけなくなった銀塩《ぎんえん》カメラを、澤村は今でも時々手にする。アナログのカメラには、デジタルにはない独特の質感があるのだ。もちろん今では、デジタルの方がはるかに性能も高くなり、しかも扱いやすく小型になっているから、現場で使うのはいつもコンパクトデジカメだ。だが時々、フィルムカメラで一発勝負の写真を撮らないと、腕が落ちるような感じがする。いくらでも――メディアが満杯にならない限り、ほぼ無限に――撮影できて、画像ソフトで簡単に修整できるデジカメでは、やはり気合いが入らない。

水を一口飲み、パソコンをシャットダウンする。このところ、澤村の画像フォルダに新しい写真は加わっていなかった。それだけ事件がなく、世の中が平和だった証拠なのだが……無意識に事件を望んでしまう自分の気持ちの嫌らしさに、澤村は辟易《へきえき》していた。常に動いていないと駄目になってしまう気がしているが、そんなことはこちらの都合に過ぎない。世間の人からすれば、捜査一課は仕事をしていない方がいいのだ。

テレビの画面に目をやる。いかにも深夜らしい、お笑い芸人を集めただけの、だらだらとした番組が流れていた。まったく、最近のテレビには観る番組なんかないな……部屋に籠《こも》っていると、やはり調子が狂ってしまいそうだ。

そうだ、明日は墓参りに行こう。一応、一週間後には職場が変わるのだから、気持ちを新たにしておく必要がある。刑事としての自分の原点に立ち返ることこそ、最高のリフレッシュになるのではないか。

それがいい。そうと決めたら、朝一番から動こう。澤村はさっさとベッドに潜りこんだ。

幸いなことに、布団の中で煩悶《はんもん》するようなことはなかった。思い悩むようなことがないのだから、それも当然である。

何と単純なことか。単純であることが幸せなのかどうかは分からなかったが。

ここへ来る度に、一歳年を重ねる感じがする。実際には一年に一度ではなく、もっと頻繁に訪れているのだが、来る度に、墓へ至る長い石段を登るのが辛《つら》くなっていた。月日が経てば、罪の意識が薄れるわけでもない。

しかし今日は、少しだけ気分が楽だった。三月、寒くもなく暖かくもなく、ほどよい気温で、足の運びも軽い。時折足を停めて振り返ると、住宅地の隙間から、かすかに海が見える。柔らかい春の日差しを受けて輝く海は、いつもより白っぽく見えた。ビルが何棟かなければ、ここからの眺めはまさに絶景になるだろう。

最後の十段……気合いを入れて一気に上り切り、天を仰いで一息つく。墓地の中を歩き、何十回となく訪ねた小さな墓の前で屈《かが》んだ。狭間《はざま》千恵美《ちえみ》。澤村が助けてやれなかった——殺してしまった少女。

未《いま》だに恐怖と悔いが残る事件だった。犯人は、覚醒《かくせい》剤中毒の男。千恵美を人質に取ったまま民家に立てこもろうとしたところに澤村が到着したが、刃物を振り上げた男と正面から対峙《たいじ》した時、一瞬撃つのを躊躇《ためら》った。そのタイミングで、男の刃物が千恵美の柔らかい首に突き刺さる。直後、澤村の放った銃弾が男の眉間《みけん》を射貫《いぬ》いた。千恵美は生きていたら中学生……いや、もう高校生になる年齢だ。その間、自分は何をしてきたか。

彼女の供養のために、最高の刑事になると誓っていたのに、その目標はまだ達成できていない。もちろん彼女は、澤村のそんな気持ちを知る由もないが、何となく約束を守れていない気分になる。

線香を上げ、手を合わせて黙禱《もくとう》する。目を開けた後も、しばらく蹲踞《そんきょ》の姿勢を保ったままでいた。爪先《つまさき》で立ち、踵《かかと》を浮かせ、下半身に無理を強いる。今は、そうやって肉体的に自分を追いこむことぐらいしか、罰は考えられなかった。

いい加減足が疲れてきたところで、立ち上がる。墓地を吹き渡る風は暖かく、春の訪れを感じさせた。桜が咲くまであと二週間ほどか……しかしこの暖かさが続けば、澤村が考えているよりも早く、花が開くかもしれない。

普段よりもゆっくりと祈りを捧《ささ》げたが、それでもまだ十時だった。仕事をしていないと一日は長い、とつくづく感じる。取り敢《あ》えず、下まで降りてお茶でも飲むか。今朝はまだ何も食べていないので腹が減っているが、今食べると昼食が取れなくなる。こんな風に生活のリズムがずれてしまっては、体を休めるべき休暇は無駄になる。

振り返ると、寺の住職と目が合った。何十回となく墓参りに来ている澤村とは旧知の間柄であり、時には会話を交わすこともある。澤村自身は寺にも宗教にも興味のない人間だったが、この住職が、千恵美の墓を守ってくれている人だ、という意識はあった。当然、住職の方でも澤村の事情は知っている。

住職がゆっくりと澤村の方に近づいて来た。もう七十歳近い年齢のはずで、歩くスピードもそれなりにゆっくりである。何か俺に話すことがあるのかもしれないと、澤村も住職の方へ向かって歩き出した。

「ご苦労様」

二人の距離が二メートルほどになると、住職が立ち止まって低い声で言った。澤村は無言で頭を下げ、住職の次の言葉を待った。

「墓参りですかな」

「ええ、いつもの……」

「供養する気持ちは大切なものです」

説教が始まるのかと思うと、背中がむずむずする。だが澤村は、かすかな不快感を顔に出さないだけの忍耐力ぐらいは持っていた。特にこの件については。

「お茶でもいかがですか」

「は?」

「今日は、お茶を飲むのにいい日和だ」

住職が天を仰いだ。お茶を飲むのに適した日があるのかどうか……しかし、こういうゆったりした春の日は、何をするにもいいはずである。殺人事件の捜査以外ならば。

庫裏に案内され、縁側に座った。縁側に座るなど、いつ以来だろう……暖かな陽射《ひざ》しを浴びているうちに、眠気が襲ってくる。夜中の二時まで起きていれば、眠いのも当たり前だ。これが捜査なら、徹夜が続いても何ともないのだが。つくづく、自分は仕事人間だと苦笑する。

住職が淹《い》れてくれたお茶は濃く熱く、胃に染み渡るようだった。ずっと体に張りついていた緊張感が、ゆるゆると解《ほど》けていくのを意識する。両手で湯飲みを包んで手を温めながら、澤村は春の気配を存分に吸いこんだ。庫裏の周りは緑が多く、市街地より少しだけ高い場所にあるせいか、長浦特有の埃《ほこり》っぽい都会の空気が届かない。どこかで鳥が啼《な》いていた。こういう時、自分は無粋な人間だと思う。鳥の啼き声をきっかけに、話を広げていければいいのに……。

「墓参りは、まだ続けるおつもりかな」住職が低い声で訊《たず》ねた。

「ええ」予想外の質問に、澤村は体が固まった。何も、こんな時にその話を持ち出さなくても……いや、住職なのだから、墓参りの話になるのは当然か。

「続けることは大事ですな」

「そう思います」

「ただし、自分に重い物を背負わせるために墓参りする必要はない」

「そんなつもりはないですが……結果的にそうなりますかね」

「人のために祈るのは、結構なことですがね」

「どうも」

やはり、会話が上手《うま》くつながらない。住職は気を遣っているのかもしれないが、誰に何と言われようと、自分の反省は終わらないのだ。おそらく死ぬ日まで。死ぬ間際にも反省しているかもしれない。千恵美に誓った、「最高の刑事になる」という目標が達成できていなければ……。

「ところで今日は、休みですかな」

「ええ、休暇を貰《もら》っています」

「それは珍しい。事件の方はいいんですか？」

「事件？」澤村は思わず、湯飲みを置いた。何か事件があったのか？　しかし、俺が知らない、呼び出されてもいないということは、大した事件ではないはずで……。「何かあったんですか」

「おや、ご存じない？」

「ええ」皮肉っぽい住職の言い方に少し苛《いら》ついたが、知らない物は知らない。素直に認めた。

「さっきから何度か、テレビでニュースが流れていましたよ」

「どういう事件なんですか」澤村は座り直して、住職と向き合う格好になった。

「何でも、新潟の方で女性が殺されたとか」

「新潟だったら、うちとは関係ないじゃないですか」ご住職、ぼけられたか、と澤村は天を仰ぎたくなった。この男のことをあまりよくは知らないが、実は七十歳ではなく八十歳に近いのかもしれない。

「そうですか？　長浦南署で相談を受けていた女性、ということらしいですが」

「どういうことですか」顔から一気に血の気が引くのを感じる。様々なケースが頭の中に去来した。もしかしたら……ストーカー事件の被害者かもしれない。警察がおざなりに対応して、その結果相談者が犠牲になる事件が、最近目立つのだ。本当にそうだとしたら、大問題である。ましてや長浦南署は、これから自分が赴任する署だ。谷口は、この件を事前に知っていて、新任地を押しつけたのだろうか。

かすかに胃の痛みを感じる。自分が当事者なら、こんなヘマはしなかったはずだ。おそらくこれから自分には、この一件の後始末が待っている。警察側の当事者たちは、一種の被告である。自分は、何があったのか調べる羽目になるのではないだろうか。同じ警察官を調べる──本来は監察官室の仕事なのだが、実際には現場の刑事の手が必要だ。その場合、直接は問題に関係していない自分が駆り出される可能性が高い。

警察は決して万能ではない。むしろここ二十年ほどは、捜査能力の劣化が目立つ。自分でその中にいるとあまり感じられないものだが、一歩引いて見てみると、ひどい話ばかりなのは認めざるを得ない。犯人の取り逃がし、でっち上げ、まったく関係ない第三者の逮捕……戦後すぐ、警察機構の改変期には、このような事態がしばしばあったという。組織の整備が進み、捜査能力が向上した結果、さすがにその手の不祥事は鳴りを潜めていたが、最近、先祖返りしてしまったようにも感じられた。いつの間に、こんな風になってしまったのだろう。原因は何なのか。

それを自分が知ることはあるまい。当事者はいつでも、最後の最後に変化に気づくのだから。それも多くの場合は、第三者から知らされる形で。そして、「自分だけはそんなことはしない」と変な自信を持っている。

携帯電話が鳴った。谷口。住職に断り、立ち上がって通話ボタンを押す。彼に背を向けたまま、意識的に低い声で話し始めた。

「澤村です」

「聴いたか？」

「曖昧《あいまい》に」

「ニュースを見てないのか？」谷口が非難するように言った。

「休みですから。その休暇をくれたのは、課長ですよ」

一瞬沈黙した後、谷口が咳払《せきばら》いする。澤村は逆に質問を続けた。

「どういうことですか？　もしかしたら、ストーカーの被害者じゃないんですか」

「そうだ」谷口の声は暗く、重々しかった。「長浦南署が相談を受けていたが、結果的に何もしなかったようだ。相談をしていた女性が、今日未明に、新潟市内で殺された——焼殺だ」

「焼殺？」澤村は一瞬、呆気《あっけ》に取られた。「焼き殺した、ということですか」

「ああ」

あり得ない。澤村自身、被害者が焼き殺される事件の捜査は、一度も経験していなかった。焼け死ぬといえば、自宅に放火され、その結果焼死する、というケースをすぐに連想する。だが谷口が「焼殺」という言葉をわざわざ使っている以上、この事件はそういう状況ではないはずだ。

「被害者を車のトランクに押しこめて、火を点《つ》けたようだ。今、新潟県警が実況見分中だから、詳しい事情はまだ分からないが」

「押しこめて火を点けた？」澤村は思わず聞き返した。まさか……理由は分からないが、日本人は残虐な殺し方を避ける傾向にある。こんなやり方は、アフリカや中東でのテロのようではないか。「犯人は分かってるんですか」

「おそらく、この被害者をストーキングしていた男だろう」

「名前は」

「藤巻直哉。長浦に住んでいる」

「ストーカーだったという情報は、マスコミに漏れたんですね」

「家族が大騒ぎしている。これは抑えられない」

澤村は一度、携帯電話を耳から離し、「クソ」と悪態をついた。これは完全な失態である。署長の首が飛ぶぐらいでは済まないかもしれない。

「俺も捜査に参加します」

「馬鹿言うな」谷口が、それまで以上に真面目な口調になった。「これは一義的には、新潟県警の事件だ。俺たちが手を出す問題じゃない」

「しかし、そもそもの発端は、長浦南署のヘマじゃないですか。落とし前をつけなくていいんですか」

「その件については、捜査一課はどうこうできない。これは基本的に、監察マターだ」谷口は、いつもに比べて一歩引いた態度だった。

「俺は、その署に赴任するんですけどね」わずかな皮肉をこめて澤村は言った。「この件、課長はご存じなかったんですか」

「所轄からはまったく報告が上がっていなかった。俺も初耳だった。だから問題なんだろうが」

「ああ」

彼の言う通りだ。ここにも、警察の劣化の証拠が見える。「報告、連絡、相談」は基本中の基本なのに、それを怠り、結果として大きな事件を引き起こしてしまう。極めて初歩的なミスで、言い訳しようがない。

「とにかく、お前には知らせたからな」

「課長、本当は俺に何かして欲しいんじゃないですか」特別に何か捜査をするとか。それなら、澤村にとっては望むべきところだ。

「お前は休暇中、だな」

「別に何もしていませんが」

「休むのも仕事のうちなんだ……最高の刑事になりたかったら、休み方も覚えろ」

谷口はいきなり電話を切ってしまった。何が休み方だ、と澤村はかすかな憤りを覚えた。メリハリということなのだろうが、やはり俺には、休む必要などない。大型のトラックのようなものなのだ。仮にパーキングエリアで休んでいる時でも、エンジンは止めない。次のスタートに向け、ずっと暖機運転しておく。特別休暇中だからといって、エンジンを止めたつもりはまったくなかった。

しかし、すぐに何かできるわけではない。まずは情報収集。澤村は勝手に、本丸に近い部分に突っこむことにした。こういう時、当事者でもないのに、やけに事情に詳しい人間がいるものだ。

3

こいつらは基本的に暇なのだろう、と澤村は皮肉に思った。そもそも、普段どんな仕事をしているのか、まったく分からない。所轄の警備課——過激派に対する情報収集と対策の最前線なのだが、その過激派はどこにいるのだろう。もしかしたら、現代における過激派とは、幻の存在なのかもしれない。警備の連中の出世が早いのは当然だ、と考える。仕事が暇だから、昇任試験の勉強をする時間だけはたっぷりあるはずだ。

長浦南署警備課の係長、長坂《ながさか》は、一年後輩なのだが、階級ではとうに澤村を追い抜いている。かつては機動隊で体を鍛えていたのだが、それも昔の話であり、今は既に体が緩み始めていた。それも当然か——喫茶店でコーヒーを頼むと、いきなり砂糖をスプーンで二杯、加えたぐらいだから。

「困りますね。澤村さんに呼び出される時は、ろくなことがないですから」丸顔に苦笑を浮かべる。

「俺は、そんなに頻繁にお前を呼び出していないぞ」

「いやいや、何度もありましたよ」長坂が否定する。「ちょっと話を聴かせろって……あんまりこういうことが続くと、まずいんですけどねえ」

「お前は、俺の公認スパイなんだ。自覚しろ」

長坂が首を振り、コーヒーを一口飲んだ。甘さに納得できなかったようで、砂糖のポットに手を伸ばしかけたが、すぐに引っこめる。糖分を取り過ぎなのは自覚しているようだ。

「そっちの署のストーカー事件について、聴かせてくれ」

「ちょっと」急に深刻な表情になり、長坂が周囲を見回した。「何ですか、いきなり」

「俺は、来週から南署へ行くんだぞ？　自分の勤務先でトラブルが起きてるんだから、それを事前に知っておきたいと思うのは普通じゃないか」

「ああ、まあ、そうですね」曖昧に言って長坂がうなずく。「だけど、余計なこと、しないで下さいよ」

「余計なことって？」

「それは……」

長坂がまた首を振る。この男は事件のない安寧な生活に慣れ切ってしまっているのだろう、と澤村は想像した。前代未聞のミスを目の前にして、歯切れが悪い。

「とにかく、どういうことなんだ？」

「詳しいことは、ちょっと……俺の管轄の案件じゃないですしね」

「お前が知らないわけないだろうが。こういうことは署内で噂《うわさ》になるし、情報を収集するのがお前の仕事みたいなものだろう」

「署内の情報収集は関係ないですよ」

「いいから、話せ」澤村は狭いテーブルに肘《ひじ》をついて、身を乗り出した。脂ぎって艶々《つやつや》した長坂の顔が、ぐっと近づく。「どういうことなんだ」

長坂がすっと背筋を伸ばし、澤村から距離を置いた。舌をちろりと出して唇を湿らせ、一瞬目を閉じる。

「これはやばい話です。本当にやばいんですよ」

「それは想像できるけど、詳しく話してくれ」

「二か月ぐらい前でした。正確にいつかは知りませんけど、刑事課に相談に来た女性がいたんです」

「それが、今回殺された被害者なんだな？」澤村も声を潜めた。南署の近くにあるこの喫茶店は窓が大きく、春の陽光が遠慮なく射しこんでくる。明るく暖かな雰囲気は、血《ち》腥《なまぐさ》い話をするのに相応《ふさわ》しくなかったし、外から中の様子がよく見えるので、衆人環視の中にいるような気にもなる。

「被害者は竹山理彩、二十五歳。長浦市内で働いています——いました。派遣社員で、主にIT系の企業で仕事をしていました」

「で、どうして新潟なんだ?」

「出身が新潟なんですよ……あまり先走らないで下さい」長坂が釘《くぎ》を刺した。「とにかく二か月ぐらい前に、この竹山理彩が、うちの刑事課に相談に来たそうです。ストーカーに追い回されているから助けて欲しい、と」

「そのストーカーが、藤巻直哉なんだな」

「ええ。奴も長浦市内に住んでいて……竹山理彩をつけ回していたようです」

「ようですって」澤村は眉《まゆ》をひそめた。「確認してないのか?」

「だから問題なんじゃないですか」長坂がうなずき、さらに声のトーンを落とす。「どうも藤巻は、直接行動には出ていなかったようなんですよ。跡をつけたり、家の前で張りこんでいたり、という程度で。ただそれも、うちで確認した話じゃないですよ。被害者の証言だけです」

確かにそれだったら、警察が動くのは難しかったかもしれない。長浦南署の判断は間違っていなかったのではないか、と澤村はかすかな希望を抱いた。実害がない状態で動けば「騒ぎ過ぎだ」と批判も浴びる。

「それに、ポストに写真が入っていたりしてね」

「写真？」

「盗撮ですよ」長坂が渋い表情になった。「彼女を盗撮して、その写真をポストに入れたんです」

「そこまでやったら、立派なつきまとい行為になるじゃないか。県の迷惑防止条例違反で、何とか止められたはずだぞ」やはり、長浦南署はサボっていたのだ、と確信する。

「それを刑事課が無視したから、問題なんじゃないですか。物理的な被害に遭ったわけじゃないから——何かそういうことがあったらもう一度相談に来るように、と言って追い返したらしいですよ」

「おいおい」呆《あき》れて言いながら、澤村は胃の底に重い物が沈みこむのを意識した。迷惑防止条例の解釈としては、線引きが難しいところかもしれない。だが、もう少し真剣に考えてもよかったのではないか？　何も馬鹿正直に条例を解釈するだけが、警察の仕事ではない。「刑事課は、藤巻っていう男のことをちゃんと調べたのか？」

「いや」

「まずいな、それは」

「まずいですよ」長坂が同調した。「あちこちで同じような事件が起きてるのに、何で真面目に被害者の話を聴かなかったんですかね」

自分のところだけは違う、関係ないと信じ切っているからだ。実際に事件になって初めて、どれほど重要な問題だったかが分かる。

「で、竹山理彩は、どうして新潟にいたんだ」

「向こうの出身なんですよ」

「それは今、聞いたけど——」

「警察が真面目に相談に乗ってくれなかったから、一時的に実家に戻ることにしたようですね。要するに、避難したんです」

「藤巻は、そこまで追って行ったわけか」仕事を放り出してまで、と考えると、彼女が相当追いつめられていたことが分かる。

「そういうことになるんでしょうね。とんだ執念ですよ」長坂がまたコーヒーを一口飲んだ。

「その間、警察は藤巻をノーマークだったんだな」

「ええ……」渋い表情を浮かべ、長坂が煙草に火を点《つ》けた。

「煙草、やめたんじゃなかったのか」

「まあ、いろいろありまして……」曖昧《あいまい》に言って、長坂が顔を背けて煙を横に吐き出した。

「この情報、いつ入ってきたんだ」

「夜中です。たぶん、うちの刑事課長の耳に入ったのは、午前二時ぐらいじゃないかな」

「事件が起きたのは、昨夜遅くだと聞いてるけど」

「日付が変わった頃のようですね。新潟市内の、海岸沿いの道路で車が燃えているのが見つかって……遺体は、トランクに押しこめられていたんです。閉じこめられたまま、火を点けられたらしい。火を点けてから閉じこめたのかもしれないけど」

澤村は、背筋を冷たい物が這《は》い上がってくるのを感じた。その冷たい爆弾は、脳に到着した瞬間に爆発して、頭がかっと熱くなる。本当に焼殺なのか……しかも、ほぼ完全な密室で、自力での脱出が叶《かな》わないトランクの中で高温の炎に包まれる。最悪の死に方ではないか。長坂もしばらく、言葉を継げなかった。再び口を開いた時には、煙草は半分ほどが灰になっていた。

「彼女のバッグが焼け残っていましてね。免許証から長浦の住所が割れて、うちの署に連絡がきたんです……それから、大騒ぎだったらしいですよ」

「だろうな」

「結局、新潟の実家にいたことが分かって、両親が遺体を確認したんですけど、ひどかっただろうなあ」長坂が顔をしかめる。

これは完全な警察のミスではないか。澤村は胃が引き攣《つ》るような不快感を覚えていた。せめて藤巻に忠告でもしていれば――法的な裏づけがなくてもそれぐらいはできる――事態はまったく別の方向へ行っていたかもしれないのに。

「澤村さん――」

長坂が不安そうに声をかけてくる。気づくと澤村は、両手をきつく拳《こぶし》に握っていた。

「変なこと、考えないで下さいよ」

「変なことって？」

「澤村さんのことだから——」長坂が口を閉ざした。何か話すと、澤村がとんでもない行動を起こす、とでもいうように。

「俺が何かするっていうのか」

「いや、そういうわけじゃないですけど……澤村さん、来週からはうちの署なんですから、何も今、トラブルを起こさなくても」

「俺はまだ、捜査一課の人間なんだぜ」澤村は伝票を摑《つか》んだ。

「だからって、勝手に捜査したら、問題でしょう」恐る恐るといった口調で、長坂が忠告した。

「誰が捜査するって言った？　俺は今、休暇中なんだよ。どこで何をしようが勝手だ」

「いや、だけどそれは……」長坂が口をつぐむ。顔色は蒼《あお》く、心配そうに目を細めていた。

「俺と会ったことは、人に話さない方がいい。何かあったら、お前にも迷惑がかかるから」

「やっぱり、何かやらかすつもりなんじゃないですか」長坂が唇を尖《とが》らせる。

澤村は既に、彼の話を聞いていなかった。三月の新潟——防寒装備はどの程度にすべきだろう、と現地に思いを馳《は》せている。

自宅へ取って返し、手早く荷物をまとめた。三日分の着替え、カメラ。現地で動き回るのにはレンタカーを借りるとして……あとは天気が問題だ。ネットで調べると、長浦に比べてはるかに寒い。しかも今日、明日の天気予報は雪になっている。海に面した新潟市の雪や寒さがどの程度かは分からないが、用心に越したことはない。澤村はダウンジャケットを着込み、足首まである編み上げのブーツを履いた。外へ出ると、春らしい陽気に襲われて汗が噴き出してきたが、ダウンジャケットは電車に乗ってから脱げばい い。歩き出しながら、ちらりと腕時計を見た。これから東京まで出て新幹線に乗るとすると、新潟着は午後も半ばになるだろう。現場はとうになくなってしまっているかもしれないが、見ておくに越したことはない。

しかし――新幹線に乗ると、妙に気持ちが冷めてきた。俺は何をしようとしているのだろう。犯人を割り出す？　いや、犯人はストーキングをしていた藤巻という男以外に考えられない。だったら、長浦南署のヘマを証明するために、被害者の家族から話を聴いてみる？　そんなことをしているとばれたら、初日の挨拶《あいさつ》で顔を出した瞬間に、袋叩《ふくろだた》きに遭うかもしれない。もちろん、警察として最大級のミスをしたあいつらには、俺を責める資格などないのだが。

もっとも、粗探しをする意味があるかどうかも分からない。これは普段の捜査とはまったく違うわけで、自分を突き動かしている衝動が何なのか、澤村は自分でも理解できなかった。

新潟までは本当に近くなった。東京から約二時間。あれこれをもやもやと考えながら、車中で弁当を空にする。味わうというより、単にエネルギーを補給する必要からだった。

群馬県から新潟県に入ってしばらく、新幹線はひたすらトンネルの中を走る。山間地、それに雪が多い場所だから、こうなるのは当然だろうが、味気ないことこの上ない。トンネルの中だと、横を向いて見えるのは、自分のしけた顔だけだ。途中から、あまりにも情けない顔つきに飽き飽きしてきて、カーテンを引いた。

少し眠ろうかと思って目を閉じても、眠気は訪れない。自分を突き動かす動機がはっきりしないまま現地入りしたら、ただの野次馬ではないだろうか。これが新聞記者なら、とにかく「見ておく」という目的で交通費を使ってもいい。だが自分は刑事だ。公務員だ。自分の金で勝手に現場に入るとはいっても、そもそも給料が税金から出ているわけである。何となく、後ろめたい気分にもなってきた。

長岡《ながおか》付近に達したところで、カーテンを開ける。新幹線は雪に埋もれた田園地帯を、ひたすら真っ直ぐ突き進んでいた。この冬は、雪はそれほど降らなかったはずだが、辺り一面白しか見えない光景は、その情報を疑わせるに十分だった。とにかく、雪しかない。しかも軽く吹雪《ふぶ》いているから、視界全体が白く染まってしまう。もう三月だというのに……。

急に寒気を感じ、膝《ひざ》にかけていたダウンジャケットを胸元まで引っ張り上げる。窓の外に視線を投げると、自分が白い世界に引きこまれてしまったように感じた。高い建物がまったくなく、遠くに農家が見えるのみ。雪さえ降っていなければ、地平線まで見渡せそうだったが、それは自然の豊かさを感じさせる光景ではなかった。雪と格闘しながら生きてきた人たちの歴史を想像してしまう。

理彩の出身地である新潟市は、合併を繰り返して大都市になっているはずだ。仕事をしようと思えば、選ばなければいくらでも見つかるだろう。だが理彩は、あの街を離れた。長浦という、新潟市の五倍以上の人が住む都会に出て行き、ストーカーの被害に遭った。それは当然、彼女が望んだ人生ではあるまい。もしも新潟を離れなければ——しかし人は、簡単に故郷を捨てる。先に何があるかなど、考えもせずに。

澤村は、一年ほど前に遭遇した事件をありありと思い出し、一段と暗い気分になった。田舎から長浦に出てきた大学生が、振り込め詐欺の首謀者になり、果ては仲間を殺してしまった。その後、高校時代の同級生の女と逃避行に出て、最後は女に裏切られ、金を奪われて、自分は逮捕された。

その女が最後に姿を見せたのが、新潟市である。海外への密航を企て、突堤から小さなボートで逃げようとしたのだ。澤村たちが追い詰めた直後、自ら海に身を投げてしまったが、未《いま》だに遺体は見つかっていなかった。もしかしたら波に運ばれて、韓国か中国に流れ着いているかもしれない。

あの事件は、澤村の中では中途半端な形で終わっていた。しかし、肝心の遺体が見つからなかったのだから、どうしようもない。犯人の片割れの男を起訴するだけで、満足しなければならなかった。それにしてもあの事件では、俺は何もできなかった……後手後手に回り、若い二人の暴走を許してしまっただけである。自分たちの手が及ばないところで発生し、勝手に進行していく事件もある——それを学んだところで、刑事としての経験が豊富になるわけではない。

そして今また、澤村は新潟を訪れようとしている。嫌な記憶を呼び起こさせる街だが、避けては通れない。何となく、あの街には借りがあるような気がするのだ。あの時捜査に協力してくれた新潟県警の連中は、今度の件をどう考えているだろう。少なくとも、自分たちの評判が下がる一方だろうな、と考えるとうんざりした。この前は犯人を目の前で取り逃がし、今回は死なずに済んだはずの女性を見殺しにしてしまった。

もしかしたら俺の最初の仕事は、新潟県警に謝ることかもしれない。

4

分からない。

何故、俺は捕まらない？　ある程度は、早々に捕まるかもしれないという覚悟もしていたのに。

実際には藤巻は、午前八時まで安寧な眠りを貪《むさぼ》った。これほど深く満足した眠りは、いつ以来だろう。あの女に出会ってから、俺の気持ちは散々揺さぶられてきた。あの女に、心を支配されてしまったと言っていいだろう。夜眠れない、という経験は生まれて初めてだった。

だから女が消えてしまった今、ひどく満足している。素晴らしい。心についた染みが、すっかり消え去ったようだ。そもそもあの女に会わなければ、こんなことにはならなかったかもしれないが、逆にクリーニングの清々《すがすが》しさを知ることもなかっただろう。

そう、浄化だ。

藤巻はベッドから抜け出し、カーテンを開けた。このホテルは古い――新潟で一番歴史があるらしい――が清潔で、手入れは行き届いている。一人部屋なのにベッドはダブルで、たっぷりしていた。マットレスの具合もいい。よく眠れたのは、そのためかもしれない。実にいいホテルだ。唯一文句があるとすれば、窓からの眺めだろうか。九階だから見通しはいいのだが、そこから見える光景に、藤巻はがっかりしていた。眼下は寺で、陰気に墓石が並んでいる。あとはひたすら、薄汚れた民家が見えるのみ。真新しいマンションもあったが、そんな物を見ても心は躍らない。せめて晴れていれば、日本海が見通せるはずなのだが、今は細かい雪が、カーテンのように視界を遮っていた。

意識が飛ぶのを戒める。

俺は今、浄化について考えていた。そう、「浄化」。この言葉はいい。穢《けが》れた物を綺麗《きれい》にするための炎。拝火教？　何でもいいが、これは俺だけの宗教と言っていいだろう。

あの女と、それに連なる人間たち。そいつらは穢れ、この世に汚い染みを残している。俺はそれらを拭《ぬぐ》い去り、浄化し、綺麗にしなければならない。染みがない世界こそが、完璧《かんぺき》な物なのだ。

敢《あ》えて、肌がひりひりするほど冷たい水で洗顔し、意識をはっきりさせる。急に空腹を覚えて、鏡の中の自分の顔を見ながら笑ってしまった。一仕事終えれば腹が減る、それは当然なのだが、問題はその「一仕事」が、人殺しだったことだ。普通の神経の人間なら、とても食欲が湧く状況ではあるまい。

だが俺は違う。世の中を綺麗にする——それはいわば、熱心な信徒たちが「聖戦」に身を捧《ささ》げるようなものだろう。己の知力と体力を尽くし、目的のために全力を挙げる。宗教との違いは、俺はクソ神様のためには働かないことだ。自分の心、この世で最も崇高なる物に忠実に動く。そのためには、きちんと食事を取るのも大事なことだ。

着替えて、二階の食堂に向かう。朝のメニューは、ホテルの朝食にありがちな卵と肉、パンを組み合わせた献立だった。つまらない、それに普段食べ慣れた朝食とはだいぶ違うと舌打ちしたが、実際にテーブルに並べられた料理を見ると、思わず顔がほころんでしまう。それほど高級そうには見えないが、実に丁寧に料理されていた。サラダを頬張った瞬間、ドレッシングの深い旨味《うまみ》に魅了される。スクランブルエッグの加減も上々。やはりこのホテルは、ただ老舗《しにせ》というだけではない、と確信できた。サービスや料理がいいからこそ、長く続いているのだ。

満足して食事を終え、ロビーで地元紙の朝刊に目を通す。昨夜の一件はまだ、記事になっていなかった。時間が遅かったせいだろう。自分の仕事の正確さを、客観的な新聞記事という形で確認できないのは残念だが、これは仕方がない。後から確かめる術《すべ》はいくらでもあるはずだ。

頭の中で、今後の予定を確かめる。これからしばらくは、時間がかかる作業が待っている。身を潜め、相手を観察し、然《しか》るべき罰を下す――然るべき罰として、当然次回も火を使うことになる。

昨夜火柱を見上げて、恍惚《こうこつ》とした気分になったのを思い出す。人類を最初に人類たらしめたのは、火をコントロールする力であり、それ故原初的な興奮を感じるのかもしれない。自分が人間であると感じさせてくれるもの――それが火だ。しかも火は、全てを消し去る。浄化する。

悪を処刑する方法として、これ以上の物はない。

頭の中で、今日の予定を確認した。まず、ホテルをチェックアウト。偽名で泊まったから、警察もここを割り出すのには時間がかかるだろう。レンタカーの方は、どうしようもない。免許証を提示しなければ借りられないのだから、藤巻が車を借りていた事実は、すぐに突き止められてしまうはずだ。だからこそ、警察の手が回っているかもしれないと考えた。もう一台の車――ホテルの駐車場に停めてある――についても、自分が借りたと分かるのは時間の問題だろう。だが、それが警察に知られても、どうということはない。レンタカーの存在から、居場所を割り出すことはできないのだ。

警察は……阿呆《あほう》だ。この段階まで、俺に追いついていないとなると、果たして俺の存在に気づいているかどうかも疑わしい。いずれにせよ自分は今のところ、連中の遥《はる》か先を行っているのは間違いないだろう。

できるだけ、このリードを広げておこう。捕まるのは怖くも何ともないが、やるべきことを途中で打ち切られるかもしれないと想像すると、耐えられないほど苦しい。やると決めたからには、必ずやる。中途半端に終わらせるつもりはなかった。最後の決着も自分自身でつけるつもりで、その準備も既に終えている。誰にも邪魔させない。

今の満足感が長く続かないことは分かっていた。未だ道半ば。本当に満足するのは、まだまだ先の話だ。そこから先のことは……究極の目標を達成した後のことなど、分からない。

待っているのは天国だろうか。

5

新潟市へ来るのは、あの事件以来ほぼ一年ぶりだった。嫌な記憶は未だに鮮明だが、澤村は何とか気を持ち直して、レンタカーを借りることにした。手続きを終え、ようやく車に乗って走り出したのは、午後三時過ぎ。今の季節だと、暗くなるまでに、それほど時間はないだろう。気持ちは急くが、新潟市内の道路事情がよく分からない以上、慎重に運転せざるを得ない。この前来た時は、他人に運転を任せていたし、捜査が大詰めになっていたので、街の様子を頭に叩《たた》きこむ余裕もなかったのだ。

それにしても、走りにくい街だ……南口から北口へ回るだけでも、ずいぶん時間をロスしてしまう。駅の北口から市街地へ抜けるメーンストリートは、堂々と道幅が広いのだが、車の数が多く、スムーズに流れていない。

駅を離れ、ほどなく信濃川にかかる万代橋《ばんだい》を渡ると、旧市街地——昔からの街の中心部に出る。巨大なアーケード街やデパートが目立つ、いかにも賑《にぎ》わっていそうな場所なのだが、車が多いのに比して、人の姿は目立たない。平日の昼間だというのに……新潟はあくまで、車社会なのかもしれない。

所轄が新潟西署だということは、既に摑《つか》んでいた。地図で見た限り、駅からはかなり遠い。国道を走るより、駅の南口から近い日本海東北自動車道を使って、新潟西インターチェンジを使った方が早かったかもしれない。もっとも、先に見ておこうと思った現場は、新潟西署よりもずっと市街地に近い方にある。そちらに行くには、やはり素直に国道を走るのがよさそうだ。

もう一つの川を横切る有明《ありあけ》大橋を渡り切ると、急に交通量が少なくなった。ナビの指示に従い、途中で右折して住宅街の中を走る。ほどなく、突き当たりの広い国道——四〇二号線と分かった——に出た。海辺を走る一直線の道で、やはりほとんど車は走っていない。雪はちらつく程度で、運転の邪魔にはならなかったが、道路端に雪がうずたかく積もっている場所があるのが気になる。気を抜くと、事故につながりそうだ。

海辺の道を十分ほども走り続けると、現場に到着した。進行方向右側に、車が停められるようなスペースがあるのだが、その一角に規制線が張り巡らされており、鑑識課員たちが地面に這《は》いつくばっていた。あれは相当、大変だろう。駐車場のような場所ではあるが、分厚い砂と雪に邪魔されて、物証を探すのに難儀するはずだ。

澤村は、車を左に寄せて停めた。途端に、近くで交通整理をしていた制服の巡査——暇に違いない——が駆け寄って来る。窓を下ろすと、険しい表情を浮かべた顔を突っこむようにして警告してきた。

「停まらないで下さい」

「現場はここですか？」

若い警官が、急激に顔を紅潮させた。

「通行の妨害になりますから、早く車を出して下さい」

澤村は、若い制服警官の眼前にバッジを示した。途端に、警官の顔から血の気が引く。

「新潟県警には、いろいろご迷惑をおかけしたようで」

謝罪のつもりだったが、警官はそうは受け取らなかったようだ。唇を引き締めたまま、

「所属は？」と訊《たず》ねる。

「長浦南署――いや、県警捜査一課です」

「失礼しました」腰を折り曲げた体勢なので敬礼するわけにもいかず、警官は軽くうなずくだけだった。顔から血の気が引いているのは、それで許してもらえるかどうか、自信がないからかもしれない。「右側へ車を入れてもらえますか？」

すぐに澤村の車から離れ、周囲を見回してホイッスルを鳴らし、他の車を停めた。ここが事件現場と分かっているのか、それとも警察官が大挙して押しかけているせいか、見物の車が連なって、ちょっとした渋滞になっている。澤村は、警官が空けてくれた隙間に向けて車を突っこみ、駐車スペースに入った。雪と砂が入り混じり、タイヤが嫌な音を立てて滑る。慌ててサイドブレーキを引き、息をついた。開け放していた窓から、雪混じりの風が吹きこむ。かすかに潮の香りを孕《はら》んだ風は、重みのある冷たさだった。身を切るような鋭さではなく、冷たい斧《おの》を打ち下ろされているような感じ。普段長浦で着ているこのダウンジャケットが役に立つだろうか、と心配になった。

心配といえば、自分の邪魔をする人間がいないかどうかも心配だった。長浦県警から人が来ていれば、その連中が積極的に話を聴いているはずである。その中に入りこむと、迷惑がられるのは分かっていた。新潟県警も不審に思うだろう。長浦県警の連中がここにおらず、新潟県警の担当者だけに話を聴けるのがベストだが、そういう状況はこちらで作れる物ではない。現場に足を踏み入れてしまったからには、その場でできるベストを尽くすだけだ。

車から降り立つと、すぐに視線が突き刺さってくるのを感じた。場違い……自分はこんなことで怯《ひる》む人間ではないと自負しているが、今回は状況が状況だ。こちらがミスしなければ、新潟県警の連中も、こんな寒空の下で動き回る必要はなかったのだ――そう思うと、どうしても気持ちが前に行かない。

しばらくその場に佇《たたず》んだまま、周囲の様子を見回す。知った顔はいない……どうやら長浦県警からは、まだ人が来ていないようだ。あるいは新潟西署の捜査本部か県警本部を訪ね、対策を話し合っているのかもしれない。

澤村は、その場の指揮を執っている人間を探した。こういう時は、人の流れを見るに限る。多くの人が寄って行く人間が、報告を受けている……ほどなく澤村は、背の高い、オフホワイトのコート姿の男が現場指揮官だと当たりをつけた。体感気温は氷点下になりそうなのに、コートは薄いコットン製のようだ。寒さを感じさせるのは、立てた襟だけ。顎《あご》も目も薄く、凶暴な気配を漂わせている。

澤村は、先ほど車に駆け寄って来た巡査を摑まえ、男の正体を確かめた。

「新潟西署の水上《みずかみ》刑事課長です」

「ここの責任者だな」

「ええ」

「分かった。ありがとう」礼を言い――無用なトラブルは避けたかった――その場を辞去する。水上の方へ歩いて行くと、海から吹き上がってくる風がもろに顔を叩き、思わず目を細めてしまう。相当悪い人相になっているだろうなと思いながら、ゆっくり水上へ近づいて行く。この位置からだと背中しか見えないが、怒りのオーラが滲《にじ》み出しているのが分かる。当たり前だ。立場が逆だったら、自分は相手を殴り倒すかもしれない。

水上の前へ回りこむと、露骨に迷惑そうな顔をされた。だが、いきなり排除しようとしないのは、自分の中に同じ気配を感じているからだろう、と澤村は判断した。名乗ると、表情がさらに険しくなる。間近で見ると、五十歳ぐらいのようだった。顔に刻まれた皺《しわ》は、加齢のためではなく、事件の重みによって加えられた物だろうか。

「ここへは何の用で？」

「現場を見に来ました」

「何のために」

「捜査です」

「そちらから来た皆さんは、県警本部に詰めているがね。向こうは、暖房も効いてますよ」

これは相当怒っている、と澤村は用心した。新潟県警にしてみれば、いきなり降ってきた迷惑な事件である。当然事情は分かっているはずで、こちらがヘマをしなければ、こんなことにはならなかった、と苛立《いらだ》っているだろう。実際そうなのだから、仕方がない。

「ご迷惑をおかけして」

「ああ、迷惑だ」水上が一瞬声を張り上げた。「おたくらは、相談に来た人を無下に追い返すのが普通のようだな」

「そんなことはありません」澤村は必死で怒りを呑《の》みこんだ。

「だったらどうしてこんな事件が起きるんだ？　相談にきちんと対応していれば、こんなことにはならなかっただろう」

「それは……そうです」

「あんたはどう思うんだ？　おたくらは、いつもそういういい加減な気持ちで仕事をしているのか？　人の命をどう考えているんだ。最近は、すぐに切れる危ない奴が増えているんだぞ」

反論の余地もない。だいたいストーカーの件については、県警内でも今日明らかになったばかりである。長浦南署の連中が、口を拭《ぬぐ》っていたのだから仕方ないが、水上から見れば、自分たちは全部同じ種類の人間だろう。相談に来た被害者を追い返し、犯罪を誘発してしまう大馬鹿者。

「課長……」

背後から、囁《ささや》くような声。振り向くと、小柄な初老の男が立っていた。こちらは分厚いウールのコートに長靴、毛糸のキャップで完全武装している。キャップからはみ出ている髪は、ほぼ白い。澤村を迂回《うかい》して水上の前に立つと、腕を取って向こうを向かせる。澤村に背を向けたまま、何事か小声で語りかけた。長身の水上は、体を斜めに倒して耳を傾けている。白髪の男は、刑事課のベテランの係長というところだろうか、と澤村は見当をつけた。

やがて水上がうなずいた。初老の男はそのまま澤村の方に向かって来る。気軽な調子で腕を摑《つか》み、薄い笑みさえ浮かべていた。

「長浦から来た澤村さん?」

「ええ」

「ちょっと話していいかな……車かい?」

「そうです」澤村は、自分のレンタカーを指差した。

「中で話そうや」男が自分の両腕を大袈裟《おおげさ》に擦《こす》った。「今日は無茶苦茶《むちゃくちゃ》寒いぞ」

「新潟は、これぐらいが普通じゃないんですか?」

「いやいや」男が首を振った。「もう三月だぜ? いくら何でも、これはあり得ない。凍えちまうよ」

澤村は、レンタカーのドアを開けてやった。自分もすぐに運転席に滑りこみ、エンジンをかける。温風が吹き出してきて、早くも凍り始めた澤村の体を溶かしてくれた。横を見ると、男は平然としている。寒いと言ったのは演技だったのか……自分と水上を引き離すために?

「新潟西署の竹内《たけうち》」

「刑事課の係長ですか」

「何で分かった？」

「勘です」

「こりゃあ、あんたを舐《な》めてかかると痛い目に遭いそうだな」竹内がキャップを脱ぎ、髪を撫《な》でつけた。予想した通り、ほとんど白髪だった。「で、あんたは？」

「失礼しました」澤村はバッジを見せ、名乗った。

「捜査一課の、ね。そういえば、あんたのご同僚も来てたな」

「課長ですか？」谷口本人がこちらに来ているとすれば、まさに大事だ。そうであってもおかしくないほどの事態ではあったが。

「いや、管理官の三嶋《みしま》さんっていう人」

澤村は、胸を撫で下ろしたい気分だった。猛者《もさ》が多い長浦県警の捜査一課にあって、三嶋は唯一と言っていい穏健派幹部である。頭を下げにくるのに、これ以上適当な人物がいるとは思えなかった。

「三嶋が、県警本部の方へ詰めているんですね」

「善後策を協議しているようだよ」竹内が、寒さで赤くなった耳を引っ張った。「まったく、えらいことだな」

「ええ……」謝罪すべきかどうか考え、自分にはその権利すらない、と思い留《とど》まった。何しろ事実を知ったのは、今朝である。謝ろうにも、竹内よりも事情に疎いかもしれないのだ。

「おたくの所轄が、怠慢したわけだ」

「そういうことになりますね」

「うちの課長が怒るのも理解できるだろう？　さっきは口が過ぎたが、勘弁してくれよ」

「いや……こちらこそ」向こうから謝ってくるとは思ってもいなかったので、澤村はかすかに動揺した。

「いきなり飛びこんできた話だからな。考えがまとまらないんだ」

「実は私も、詳しい事情はまだ知らないんです」

「ほう？」

「今、休暇中なんですよ」

「そんな人が、どうしてここに？」心底怪訝《けげん》そうな口調になって訊《たず》ねる。

「話を聞いたら、居ても立ってもいられなくなったんです」

横を見ると、竹内が呆気《あっけ》に取られたように口を開けていた。

「何かおかしいですか？」

「いや……わざわざ休みを潰《つぶ》してまで、こんな所へ来るなんてね。熱心にもほどがある」

「事が事ですから、当然かと思いますが」

「だけどこれは、あんたの事件なのかい？　休暇中なら、指示されたわけじゃないだろう」

「気になることがあったら、休暇もクソも関係ありません。納得いくまで調べるだけです」

竹内が力なく首を振った。フロントガラスに目をやり、「熱心にもほどがあるよ」と繰り返す。

「だいたい、勝手に動いていて大丈夫なのかい」

「休暇中ですから。誰かにとやかく言われる筋合いはありません」

「あんたも、骨があるというか無謀というか……」竹内が失笑する。「おたくの県警では、そういう態度で通用するのかい？」

「そんなこと、考えたこともないです」

「まあ、うちは別にいいけど……どうするつもりだい？　勝手に動き回る？」

「それはまだ分かりません」実際、考えてもいなかった。一課や新潟県警の仕事を手伝うのも筋が違う。要は、ここでは自分は余計な存在なのだ。自分の好奇心だけで、勝手に捜査をするわけにはいかない。

理屈では分かっていたが、人間は理屈だけで動くものではない。澤村など、突き上げられるような衝動で動くことの方が多かった。

「ま、あまり無茶なことはしないようにな」気さくな口調で竹内が言った。「俺はともかく、かりかりしている人間は多いんだ」

「取り敢《あ》えず、今分かっている限りの情報を教えてくれませんか」

「大人しく帰ってもらうわけにはいかないのかねえ」竹内が深く溜息《ためいき》をつく。

「それは無理です」

「ま、あんたはそういうタイプだろうな……しょうがない、出ようか。現場の様子を説明する」

竹内が車のドアを押し開ける。澤村もすぐ後に続いた。風は依然として冷たく、しかも吹く向きはランダムに変わるようで、雪は上へ下へと自在に舞っていた。まるで雪そのものに意志があるように。ちらりと海に目を転じると、灰色一色である。それ故、ちぎれた波頭の白さが際立った。コントロールを失ったカモメが二羽、風に吹き飛ばされて行く。手袋をしてこなかったのは失敗だ、と悟る。外気に晒《さら》す部分が減れば減るほど、寒さから身を守れるのに。

鑑識課員たちが地べたに這《は》いつくばっている場所から少し離れて、竹内が立ち止まった。コートの襟が風に吹かれ、ぱたぱたと揺れる。

「あの染みのついているところ……分かるかね」差し出した指先が震えている。

「ええ」アスファルトにわずかに残った黒い染み。

「車はあそこにあった。レンタカーだった。借りたのは――」

「藤巻ですね」

「ああ。で、被害者は車のトランクの中」

「どうやって中に押しこめたんですか？　簡単じゃないでしょう」

「何らかの方法で気絶させたんだろう。まだ解剖しているはずだが、見ただけでは傷の有無が分からないんだ。何しろ、遺体の損傷が激しいからね」

その説明が、澤村の心を凍りつかせた。殺して焼く、なら分かる。証拠隠滅のため、遺体を燃やすケースは、ないわけではない。だが傷がないとすれば、被害者は生きたまま焼き殺された可能性が高い。

竹内がちらりと澤村の顔を見て、力なく首を振った。あんたが考えていることぐらいお見通しだ、とでも言いたそうだった。

「状況は想像するしかないが、ガソリンを入れていたらしいペットボトルが、車のすぐ近くで見つかっている。被害者にガソリンをかけて火を点《つ》け、その後でトランクを閉めたんだろうな。逃げ場がないよ」

澤村はぎりぎりと拳《こぶし》を握り締めた。あり得ない。残虐な犯人、平気で人を殺す人間には、これまで何度も遭遇してきた。だが今回の犯人、藤巻は、澤村が知る犯人像とはまったく別であるような気がする。人はそこまで残虐にはなれないはずだ、という思い——あるいは願い——もあった。

「藤巻が犯人だというのは、間違いないんですか」

「レンタカーを借りたのが、藤巻なんだよ。車内からもペットボトルからも指紋が検出されている。それを朝になって、おたくの県警に照会してもらった。もう、部屋を調べているようだから、そこで採取したんだね。間違いない」

「藤巻の行動は分かっているんですか？」澤村は周囲をぐるりと見回した。何もない。砂浜と松の防砂林、その中を貫く一本の道。ドライブにはいいかもしれないが、不便な場所であるのに変わりはない。ただそうであるが故に、人を殺すのに適した場所とは言える。近くに民家はあるはずだが、防砂林が目隠しになっていた。炎が上がれば気づく――いや、防砂林に邪魔されて見えないかもしれない。犯行時刻も遅かったことだし。

「奴がこのレンタカーを借りたのは、昨日の朝だ」

「じゃあ、新潟入りしたのは？」

「たぶん、三日前だと思う。三日前には、別のレンタカーを借りている」

澤村は一瞬、頭が混乱するのを意識した。どうして二台も車を借りた？　だがすぐに、一台は逃走用だったのだ、と気づく。ここで人を殺して逃げたら、絶対に足が必要だ。夜中にはタクシーも通りかからないだろうし、ヒッチハイクなどできるはずもない。歩いてどこかに出るにも不便な場所である。近くに車を隠しておいた、と考えるのが自然だろう。

「平気で本名を使ってるんですね」

「免許証を提示しないと車は借りられないから、それは仕方ないだろう。免許証の偽造まではできなかったんだろうな」

「もう一台の車は見つかっているんですか？」

「いや」竹内が弱々しく首を振る。「レンタカー屋には戻っていない。どこかに放置して、そのままだろうな。今捜している」

「ホテルですね」澤村は断じた。「どこかホテルの駐車場に置きっ放しにしてあるんじゃないですか？　それが一番目立たないと思います」

「ああ、その辺も当たっている」竹内がひらひらと手を振った。「いずれ見つかるとは思うよ。新潟市内には、東京みたいにホテルがたくさんあるわけじゃないし。ただし、車に乗って県外に逃げた可能性もある」

「そうですね……藤巻の名前を割り出せたのは、いつなんですか」

「今朝だ。被害者の名前が分かって、家族に事情を聴いたら、すぐに藤巻の名前が出てきた」

　事件発生から数時間後。県外に出るどころか、藤巻は東京や長浦まで行ってしまっていてもおかしくない。大きな街へ逃げこめば、発見はさらに難しくなるだろう。

「藤巻は、少なくとも三日前には新潟入りして、被害者をつけ回した。それで行動パターンを把握したんでしょう。そして昨夜、ついに襲った」

「そんなところだろうな」竹内が両手を擦《こす》り合わせた。キャップから覗《のぞ》いた髪が、風に吹き流される。「まったく、とんでもねえ野郎だよ。ストーカーから、一転して相手を襲う？　どこかでねじが外れたのかもしれないな」

「そういうケースもあります」愛情が濃過ぎて、というパターンだ。強過ぎる愛は、時に強過ぎる憎しみに転じる。

「何でこんなことになったかは、藤巻を捕まえてみないと分からんだろうが」

「捕まえて話を聴いても、分からないこともありますよ」澤村は、かつて自分が相対した多くの犯罪者のことを思った。多くは、一時の激情に駆られて罪を犯しただけである。まさに「かっとなって」であり、そういう動機は簡単に理解できるものだ。だが中には、論理的な会話さえ成立しない犯人もいる。本人の中では理屈が通っているのかもしれないし、そういう人間に限ってよく喋《しゃべ》るのだが、常人に理解できるようには説明できないのだ。

「そう言えば去年も、新潟県警さんにはお世話になったんです」

「そう？」

竹内の目に光が宿った。澤村が説明すると、納得したように大きくうなずく。

「俺は、去年の今頃は別の所轄にいたからかかわってないけど、あんたはあの捜査に参加してたんだ」

「捜査したとは言えませんけどね」澤村は肩をすくめた。「犯人が勝手に暴走して自爆しただけです。こっちは何もしていないんですよ」

「ひどい事件だったな、あれは。遺体、まだ上がってないんだろう？」

「日本海に消えました」澤村は首を伸ばした。いつの間にか、背筋が丸まってしまっていた、と気づく。何となく、卑屈になっている自分に気づく。「たぶん、今後も見つからないでしょうね」

「嫌な事件だったね。あんた、そういう事件を引き寄せる力でも持ってるのか？」

「そうかもしれません」澤村はつい苦笑してしまった。確かに最近、すっきりしない事件にかかわることが多い。自分のせいだとは思いたくなかったが。

「今回の件も、そんな感じだな」

「犯人は割れているんですよ？　後は逮捕するだけじゃないですか」

「そうかねえ」竹内が顎《あご》を撫《な》でた。「俺はどうも、嫌な予感がするんだよ。何だか、一筋縄ではいかない感じがする」

「ええ、まあ……」彼の不安が、澤村にも乗り移ってきた。上手《うま》く説明できないが、刑事同士で通じる感覚もある。

「とにかく、現場はこんな具合だ」竹内が、右手をさっと右から左へ払った。「目撃者はなし。こんな場所だから、夜中には車もほとんど通らないしな……夏場は、ドライブするのにいい道路なんだが」

「でしょうね」

「さて、俺は丁寧に説明したよな」竹内が体を捻《ひね》り、澤村に向き合った。愛想の良さは消え、表情は真剣になっている。「で、ここからはお願いなんだが、勝手に動かないでくれるかな？　藤巻は逮捕しても、捜査はそれだけでは終わらないだろう。むしろ、捕まえてからが面倒なんだ。おたくの県警にとっても、それからが正念場だと思う」

「ええ」

「うちもそうだ。言ってみれば場所を貸しただけなんだが、人が一人殺されてるんだから、面倒なことになりそうなのは分かるだろう？　しかも、おたくの県警との折衝もある。世間の目も気にしなくちゃいけない」

「世間？」

「マスコミが大騒ぎし始めているんだよ。家族が騒いで、記者会見までしてね……そういうわけで、警察は家族まで敵に回しかねない。少なくともおたくらはそうなるだろう。どうすればいいと思う？」

澤村は無言で、竹内の顔を見詰めた。老練な捜査官であろう彼でも、この事態を極めて面倒なものだと考えているのは明らかだった。そしてこれから警察が相対するのは、澤村個人ではどうしようもない局面である。

「静かに鎮火しなくちゃいけない。そのためには、うちとおたくの意思統一と、全面的な協力態勢が大事なんだ。家族を宥《なだ》めて、マスコミの報道がこれ以上大きくならないようにする。そうしないと、この件は長く尾を引くぞ」

「分かります」

「おたくらとは、綿密に協力しながらやっていくことになる……ただしそれは、新潟県警としては最大限我慢して、だよ。それを忘れないでくれ」

竹内も怒っているのだ、と気づく。それは当然だろう。新潟県警は、竹山理彩という女性が、ストーカー被害から逃れるために帰郷していたことを知らなかった。突然降って湧いたような事件であり、長浦南署の方で適切に対処してくれていれば——という恨み節を抱かないわけがない。対処しなくても、連絡だけ貰《もら》えれば、保護できたかもしれないのだ。結果論に過ぎないが、新潟県警全体が抱えた怒りの大きさは理解できる。

「怒ってるのは、うちの課長だけじゃないんでね」竹内がキャップを被《かぶ》り直す。「俺が抑えられるのは課長ぐらいまでで、他の人間はコントロールできない。あんたの気持ちは分かるよ？　居ても立ってもいられなくて、休みを潰《つぶ》して飛んできたのは、刑事として立派だと思う——個人的には、ね。でも、そういうことすら快く思わない人間もいるんだ。跳ねっ返りが勝手に人の陣地を荒らしているってな……だから、帰りなよ。向こうでもすることがあるだろう」

澤村は答えなかった。やるべきことは自分で探す。ミスはこちらにあったかもしれないが、それは組織の問題であり、俺個人には関係ない。

「……忠告はしたよ」溜息《ためいき》をつきながら、竹内が言った。「あんた、仕事には真面目そうな人だから、分かってくれると思うけど……本当は、新潟県警としては喧嘩《けんか》を売ってもいいぐらいなんだが、そこは警察一家のことだから、我慢して何とかするんだよ。でもそこに、あんたのように勝手に動き回る異分子が入って来たら、捜査そのものが滅茶苦茶になりかねない。頼むから、大人しく長浦に帰ってくれ」

「どうも、ご面倒おかけしまして」

丁寧に頭を下げたが、竹内の要請に対しては一切言質を与えなかった。頭を上げると、竹内の苦笑が視界に入る。

「あんた、そんな風だと向こうでもやりにくいんじゃないか？　勝手に動き回ってると、県警の中でも居づらくなるだろう」

「実は、異動の内示を受けているんです」

「ほう？」

「来週から、長浦南署の刑事課に行くんですよ」

「あらあら、それはお気の毒に……この状況だと、左遷みたいなもんだね」

「異動は、この事件が起きる前から決まっていたことです。でも、自分が行く先に問題があったら、嫌じゃないですか？」

「だから、自分一人でひっくり返して調べるつもりか？　それはかなり無謀だね」

「分かっていますけど、組織に組みこまれていたら、分からないことも多いでしょう。誰だって、自分が所属する組織の悪い面を、きちんと見ることはできないんだから。それに、仲間が何か悪いことをするのを、横で見ているわけにはいきませんよね」

「悪いこと？」竹内の頬が引き攣《つ》る。当然、寒さのせいだけではない。

「隠蔽《いんぺい》とか」

「それは無理だろう。家族が相当話してしまっているからな。とにかくマスコミにぶちまけて、警察の責任を明らかにしたいと思ってるんだろう」

「外部からの圧力がなくても、膿《うみ》は出し切った方がいいですね」

「監察の仕事までやるつもりか？」

「まさか」澤村は肩をすくめた。「自分がこれから引っ越す家が汚れていたら、嫌な気分になるでしょう」

「それだけ？」

「ついでに言えば、阿呆《あほ》な人間は絶対に許せません」


車に戻り、現場を離れた。そのまま西へ車を走らせ、竹内たちからはすっかり見えなくなったであろう場所まで来たと確信すると、左折して住宅街の中に車を乗り入れた。路肩に車を寄せて停める。左側は砂利を敷いただけの駐車場、右側が木立だった。既に日が傾き、街は薄《うっす》らと暗くなり始めている。

被害者の実家は、外せないポイントだ。怒り狂った両親から話が聴けるかどうかは分からないが、会ってみなければ何も始まらない。カーナビに情報を打ちこむ前に、レンタカー屋で借りてきた地図で、ざっくりと住所を確かめた。合併後の新潟市は異常に広く、端から端まで、車で走っても一時間は軽くかかりそうだった。竹山理彩の実家はここからさらに南西に行った付近、新潟西署の近くだと分かった。

マスコミの連中が張っている可能性も高く、接触のタイミングが難しい。どうするか、と考え始めたところで携帯電話が鳴った。画面に谷口の名前が浮かんでいる。まずい……

…既に居場所を割り出されてしまったのではないだろうか。

「さっさと帰って来い」

谷口の第一声はそれだった。やはりばれているか。新潟県警の方から、正式に抗議が入ったのかもしれない。

「俺は休暇中なんですが」

「お前に休暇を取らせた俺が馬鹿だった」谷口が盛大に溜息をつく。「とにかく、余計なことをして現場を引っ掻《か》き回すな」

「何も知らないまま、来週から長浦南署へ行くつもりはありません」澤村は携帯電話を握り直した。「少しでも情報を知っておかないと」

「それは、こっちにいても、嫌でも耳に入るだろう」

「県警からは、三嶋さんの他に誰が来てるんですか?」

「うちから何人か出してる。長浦南署の連中を使うわけにはいかないが、署長は現場に向かって……そろそろ到着した頃じゃないかな」

「署長が、きちんと捜査に協力すると思いますか。むしろ、尻拭《しりぬぐ》いや帳尻《ちょうじり》合わせを始めるんじゃないかな」

「もう少し仲間を信じてやれ」谷口がまた溜息をつく。

「課長……」澤村も合わせて溜息をついた。今回の件に関しては、さすがの谷口も腰が引けているのかもしれない。下手をすると、自分の責任も問われかねないのだから。しかし谷口は、根本的には自分の立場など気にするような人間ではないと、澤村は信じていた。そうでなければ、自分のようなはぐれ者を引き立てたりはしない。

「とにかく、この件は整然とやらなくちゃいけない。被害者の遺族との関係もあるし、新潟県警にも迷惑をかけているんだから」

「マスコミがだいぶ煩《うるさ》いようですが」

「ああ」

「適当に済ませようとしたら、かえってひどいことになりますよ」

「そんなつもりはない。徹底的にやる」谷口の声が硬くなった。

「俺は俺で、調べてみるつもりです。とにかく、何も知らないまま、来週から南署で仕事をするのは嫌ですからね」

同じ説明を繰り返しても、谷口は納得できない様子だった。

「お前が引っ掻き回せば、まとまる話もまとまらなくなる」

「まとまらないとしたら、誰かが嘘をついたり、適当なことを言ってるからですよ。この件では、言い逃れはできないんじゃないですか……それより、藤巻は指名手配したんですか？」

「ああ」

「逮捕してからが勝負だと思います」

「お前に教えられるようじゃ、俺も引退の日が近いな」

　今回の谷口は、普段とはまったく違って弱気だ。もちろん、今の県警の立場を考えると、そうならざるを得ないのだろうが。

「課長には迷惑をかけないようにします」

「俺はちゃんと忠告したからな。とにかくさっさと帰って来い」

「納得できたら帰ります」

　返事を待たずに電話を切った。実は自分でも、どうしたら納得できるのか、分かっていなかったのだが。

　事件の構図は比較的簡単である。藤巻につきまとわれて困っていた理彩が、長浦南署へ相談に行った。どういう理屈をつけたのか、長浦南署では理彩の相談を受けつけずに追い返した。身の危険を感じた理彩は、実家に身を隠したが、藤巻はそれさえ嗅《か》ぎつけ、彼女を追跡して襲った——藤巻の異常な執念が際立つ事件である。しかし、現在埋まっていない穴は、いずれ塞《ふさ》がるだろう。関係者が正直に供述すれば。

　もちろん澤村は、南署の刑事たちを調べる立場にはない。そんなことがしたいとも思わなかった。

　だったら俺はどうしてここにいる？

　知らないと我慢できないからだ。身に染みついた習性は、ちょっとやそっとのことでは消えはしない。

6

新潟市は広い、と澤村はつくづく実感していた。延々と続く住宅街の中を車で走っていると、同じような光景が続くのにうんざりしてしまう。

ひとまず、新潟西署を目指した。元々ここに立ち寄る予定はなかったが——トラブルの元だ——場所を確認しておいて損はない。市街地からは外れ、郊外の幹線道路沿いに建つ西署は、こぢんまりとしていた。建物は三階建て。例によって素っ気ない造りだが、三階部分正面の大きな窓が半円形になっているのが、デザイン上の特徴だ。周囲には何もない。すぐ近くに、雪に覆われた広大な水田地帯が広がっていた。警察署というより、田舎の暇な役所、という印象が強い。

しかし今、署内が大騒ぎになっているであろうことは、簡単に想像できる。署の前の広い駐車場にはテレビ局の中継車が何台も並んでいる。夕方のニュースは、ここから生中継なのだろうか。正面に張り出した庇《ひさし》の下では、雪を避けるように記者たちが固まっている。忙《せわ》しなくメモを取る者、携帯電話で話す者——あの中に飛びこんだら大騒ぎになるな、と澤村は肩をすくめた。顔を出して行こうかとも考えていたのだが、刑事課長と顔を合わせることになるかもしれないと思うと、そのアイディアは引っこんでしまう。

やはりまず、被害者の家へ行ってみよう。当然家族は、警察の人間に会う気にはならないはずだ。警察がヘマしなければこんなことにはならなかったと、大勢の報道陣を前に訴えているかもしれない。だが、家族の悲しみや苦しみを直《じか》に見ることこそが、澤村にとっては大事だった。

地図を調べ始めると、いきなりウィンドウを拳《こぶし》で叩《たた》かれた。まずい。また誰かに見つかったか——と顔を上げると、捜査一課の後輩、永沢初美《ながさわはつみ》が、不思議そうな表情を浮かべて立っていた。短くカットした髪に大きな目。目鼻立ちがくっきりしている顔だちは、今は呆気《あっけ》に取られた子どものように見える。窓を巻き下ろし「こんなところで何やってるんだ?」と訊《たず》ねる。

「それはこっちの台詞《せりふ》なんですけど。澤村さんこそ、何やってるんですか」

「休暇で旅行に来た」

「嘘ばっかり」

初美が後ろを振り返り、誰かに合図を送った。そのまま助手席側に回りこんでドアを開ける。さも当然のような態度で、助手席に腰を下ろした。

「おいおい——」

「気になって飛んで来たんでしょう」

「まあ、な」

澤村は咳払《せきばら》いをした。初美がくすりと笑う。

「君こそ、どうした」

「今朝——というか夜明け前に叩き起こされました。朝一番の新幹線で、こっちに入ったんです」

「一課はどんな様子だ?」

「今日は顔を出してないから分かりませんけど……課長が爆発寸前になっているのは想像できますね」

「さっき、電話で爆発された」

「ああ」初美が暗い声で言った。「手遅れでしたか」

「手遅れ?」

「課長から指示を受けていたんです。澤村さんを見つけたら、有無を言わさず強制送還しろって」

「俺は不法入国者じゃないぞ」

「人の捜査に勝手に首を突っこむのは、不法入国者みたいなものじゃないですか」

「おいおい——」

横を向き、目を細めて脅しをかけてやる。しかし初美は、嬉《うれ》しそうに笑っていた。

「これが、澤村さんと一緒にやる最後の仕事になるかもしれませんよね」

「そんなことは分からない」馬鹿いうな、と腹の中で毒づいた。まるで俺が、二度と県警本部に戻れないような言い方ではないか。

「見なかったことにしておきますから」

「いいのか？」誰に聞かれているわけではないが、澤村は声を潜めた。

「新潟は広いんですよ。偶然に澤村さんと会うわけがないじゃないですか……で、これからどうするんですか」

「被害者──竹山理彩の実家に行ってみようと思う。家族の言い分を聴きたい」

「無理だと思います」初美があっさり断言した。「相当カンカンになってるみたいですよ。警察を訴えるって騒いでるそうですから。もう弁護士もついてるそうです」

「クソ弁護士が」澤村は思わず吐き捨てた。あの連中は、金になりそうな事件をすぐに嗅ぎつける。一義的には正義の味方として振る舞うことになるが、建前の向こうに隠れているのは金である。頼りになる弁護士という評判が立てば、仕事はいくらでも入ってくるのだから。

「今は、そんなこと言わない方がいいですよ」初美が唇の前で人差し指を立てた。今日も化粧っ気はなく、寒さのせいもあって、唇には色がない。

「分かってる」

「でも、私たちは家族のところに行くんですけど」

「そっちこそ、大丈夫なのか？」

「特使を送ります……実は一度、面会を断られているんですよ」

「いつ？」

「午前中。新潟県警の人たちが行ったんですけど、『警察には会いたくない』の一点張りで、叩き出されました。夜中に身元が割れて、朝方、ここで遺体の確認をしてからは、家に籠《こも》ってしまっているんです」

「これはうちのミスだ。新潟県警が文句を言われる筋合いはない」申し訳ない、と心底思った。被害者遺族と心を通わせるのは、捜査の第一歩である。自分たちが、全てをぶち壊しにしてしまったのだ、と改めて思い知らされた。

「向こうからしたら、警察は何でも同じなんじゃないですかね」初美の口調は冷静だった。

「……そうかもしれないな」警察官のイメージは、全国どこでも共通だ。

「とにかく、長浦南署の署長と、新潟県警の偉い人が、謝りに行くそうです」

「署長も、とんだ最後の仕事だな」

南署長の杉浦《すぎうら》は、定年退職が決まっている。来週の異動では、警務部付きになる予定だった。最後の最後にきて、どうして……と自問自答しているに違いない。相談者を追い返した件は、彼の耳にも入っていなかった可能性が高い。刑事課の担当者たちを、射殺してやりたい気分だろう。

「で、私もおつき合いです」

「その割に、元気じゃないか」

「私がしおれても仕方ないですから」初美の声は毅然《きぜん》としていた。「わざとらしく明るくする必要はないですけど、落ちこんでも何にもなりません」

「ああいう現場は大変だぞ」

俺は知っている。家族を失った人間がどのように振る舞うか……特に、救えるはずだった命を、警察のミスで失ってしまったとしたら。

澤村は許してもらった。家族からは慰めの言葉さえ貰《もら》った。だが心の中では、自分は未《いま》だに罪人である。許されるべき人間だとは思えなかった。

だから自分を追いこむ。

初美は、この件では何の責任もないのだが、被害者家族から見れば同じようなものだろう。家族と対峙《たいじ》すれば、一生消えないトラウマを背負いこんでしまう恐れもある。

「俺が行った方がいいんじゃないかな」

「駄目です」初美が慌てて止めた。「それじゃ、騒ぎが大きくなるだけです」

「何だか、俺が騒ぎを起こす前提で話してるみたいじゃないか」

「そうじゃなくて……そんなことがばれたら、私が課長に怒られるんですけど」

「……そうだな」確かに、澤村自身が乗り出すのは無謀だ。だが、家族に会ってみたいという気持ちに変わりはない。「すぐ出発するのか？」

「ええ」

「後を付いて行っていいかな」

「いや、それはちょっと……」初美が言い淀《よど》む。「澤村さんがここにいるのがばれると、私もいろいろまずいことになります」

「俺には会わなかったことにすればいい。そうしたら、君の責任にはならないよ」

「変なこと、しないで下さい」

「俺は休暇中だから」

「本当は、休暇なんか取ってるつもり、ないでしょう」

澤村は口をつぐんだ。本音を見透かされてしまっていては、これ以上は喋《しゃべ》れない。初美が薄《うっす》らとした笑みを浮かべてドアを開けた。

「西署の覆面パトを借りてますから。白いレガシィです」

言い残して、消える。軽やかな足取りで道路を渡り、駐車場に向かった。どうしてあんなに明るくいられるのだろう。彼女は事の大きさを理解していないのではないか、と澤村は心配になった。


竹山理彩の実家は、住宅街の中にある一軒家だった。初美に教えてもらった通りに、西署の覆面パトカーを追いかけてきたのだが、その必要はなかったかもしれない。家の前の道路は報道陣の車で埋まり、記者やカメラマンたちが、手持ち無沙汰《ぶさた》に待機していたから。煙草を吸いながら……あんなことをしているから、マナーが悪いと罵《ののし》られるのだ。

澤村は少し離れた場所に車を停め、外に出てダウンジャケットのフードを被《かぶ》った。それでも雪は、容赦なく顔に叩きつけてくる。

報道陣をかき分けるように、レガシィが家の前まで進んだ。テレビカメラのライトが一斉に点《つ》き、家の周辺だけを、真昼のように照らし出す。カメラのストロボが明滅する中、まず署長の杉浦が姿を現した。コートも着ておらず、ほぼ黒いスーツというお通夜のような服装だった。初美は運転席から降りてきた。杉浦が玄関に立ち、インタフォンに向かって何事か話す。面会拒否されるのではないかと思ったが、やがてドアが開いたようだった。またもや、ストロボの光が激しく明滅する。あれではまるで、犯人の連行風景だ。澤村は溜息《ためいき》をつきながら、車に戻ろうとした。その瞬間、「大変よねえ」というつぶやきが耳に入る。

振り向くと、腕組みをした四十歳ぐらいの大柄な女性が立っていた。身が凍るような寒さなのに、カーディガン一枚である。澤村と目が合うと、軽く会釈してきた。近所の人だろうか……。

「何が大変なんですか」

「あんな騒ぎになっちゃって」心配しているというより、野次馬のような感想であった。

「それは、大変なことですから」話し続けることに不安はあった。この女性は、話を増幅して周囲に伝えてしまうようなタイプに思える。

「だけど、ねえ……自業自得じゃないの？」

「それは少し厳しくないですか？　人が一人亡くなっているんですよ」無責任な台詞《せりふ》だ、と澤村は怒りを感じた。

「ああ」女性が肩をすくめた。「姪《めい》なのよ」

佐久間美和《さくまみわ》と名乗った女性は、澤村を自宅に招き入れてくれた。少し気安過ぎるとも思ったが、話を聴けるチャンスではある。

それにしても居心地が悪い……理彩の実家から五十メートルほど離れた場所にある一軒家なのだが、家には彼女の他に誰もいなかった。通された居間は、雑然としていて生活の臭いが漂っている。ソファを勧められたが、深く腰を下ろす気にはなれず、座面の縁に浅く尻《しり》をひっかけた。美和はお茶を淹《い》れようともせず、澤村の正面のソファに腰を下ろした。すぐに煙草に火を点け、深々と煙を吸いこむ。

「竹山理彩さんは、姪御さんなんですね」

「そう。兄の娘」

「自業自得っていうのは、どういう意味なんですか」

「それは……」美和が、澤村の名刺を見た。「あなた、こっちの人じゃないのね？　あの子が住んでいた街から来たの？」

「ええ」

「警察が見捨てたっていう話よね」

「詳しい事情は、私もまだ聞いていないんですが」逃げだ、と自分でも思った。

「そう」関心なさそうに言って、美和が煙草の煙を吹き上げる。

少し様子がおかしい……親戚《しんせき》というのは本当だろうか、と澤村は訝《いぶか》った。それとも、これほど悪《あ》し様に言うのは、よほど関係が悪いのか。

「それで、自業自得の意味なんですが」

「ああ」うなずき、顔を歪《ゆが》める。「あの子は……どうしようもなくてね」

「どうしようもない？」

「悪い意味じゃないのよ」慌てて言って、煙草を灰皿に押しつける。「意識してじゃないから。無意識のうちに」

「意味が分かりません」澤村は、怒りが沸点に達しそうになるのを意識した。この女性は、俺をからかっているんじゃないか？

「男を惹《ひ》きつける女って、分かる？」

「ええ、まあ」

「意識しなくても、自然にそうなってしまう人、いるでしょう」

「そうかもしれません」

「悪気どころか、意識もあるわけじゃないのにね」新しい煙草を指に挟み、ぶらぶらさせる。「だけど、中学生の頃からそういうのって、どうなのかしらね」

「意識していないとしたら、本人の責任じゃないと思いますよ。自分の雰囲気までコントロールできるものじゃないでしょうし」

「男の人は皆、そう言うのよね」唇を歪めるようにして笑い、煙草に火を点ける。「だけど、女から見るとまた別なのよ」

「よく分かりませんが」澤村は首を振った。自分たちは、ストーカーに無残に殺された被害者の話をしているのではないのか？　美和の台詞には、一言一言に悪意が感じられる。

「中学生ぐらいの時からね……もう周りの男を勘違いさせてきたんだから」

「それは理彩さんの責任なんですか？　寄って行った男も悪いんでしょう。だいたい、それで何かまずいことでもあったんですか」

美和がじっと澤村の顔を見た。底なしの意地の悪さを感じ、澤村は背筋を冷たい物が這《は》い上がってくるのを意識した。

「そんなこと、私の口からは言えないわよ」

「中途半端に教えてもらっても困ります。言いたいことがあるなら、はっきり言って下さい」

「警察沙汰《ざた》になったことがあるのよ」

初耳だ。もっともそれは、理彩が新潟に住んでいた頃の話だろう。長浦南署の連中も、まだそこまでは摑《つか》んでいないのではないか。新潟県警は、当然把握しているだろうが……。

「穏やかな話じゃないですね」

「あの子が高校生の頃だけど、男の子二人が、あの子を巡って大喧嘩《おおげんか》になってね。家の前で殴り合い……二人とも血だらけになって、警察が呼ばれたのよ」

「その時理彩さんは？」

「困ったわ、みたいな顔して」思い切り嫌そうに言った。「自分が原因になっていることも意識してなかったみたい。そういう、無意識の悪意みたいなもの、分からない？」

「悪意と言っていいかどうか分かりませんが」澤村は首を振った。ずっと浅く腰かけているせいで、足が辛《つら》くなってきている。少しだけ、ソファに深く座り直した。

「とにかく本人は、何も責任を感じていないんだから。ぼーっとして、『大変』なんて言ってたけど、何が起きているのか、分かってなかったんじゃないかしら。それって、女の側から見ると、相当嫌な感じよ。女に嫌われる女」

「ちょっと待って下さい。仮にも姪御さんじゃないですか」澤村は我慢しきれずに声を荒らげた。「しかも亡くなっているんですよ？　そういう言い方をしなくてもいいと思いますがね」

「あら、事件を解決するためには、被害者の人となりを知るのも必要なんじゃないの？」

「そういうのは、下らないドラマの見過ぎです」だいたい、犯人は既に割れているのだ。理彩がどういう女性だったか、現段階では詳しく知る必要はない。もちろんそれが、最終的には、藤巻の犯行動機を解明する材料になるのだが。

「そうかしら。あの子が東京に出て行く時、皆本当に心配したのよ。一人暮らしなんて

くるものです」

美和の言い方が悪意に満ちていたので、反論してしまった。「本人は意識していたわけじゃないんでしょう？　しかもストーカーは、相手の気持ちに関係なく、つきまとってくるものです」

「つき合ってた相手じゃないの？」美和が眉《まゆ》をひそめた。

「それは……まだ分かりませんけど」二人の関係については、分からないことの方が多い。自分も知らないし、長浦南署でも、どこまで話を聴いていたのか……。

「とにかく、自業自得の面があるのは間違いないんだから。警察も、そんなに責任を感じることはないわよ」

まだ長い煙草を揉《も》み消す。見ると、灰皿は既に、吸殻で一杯になっていた。このペースだと、今朝から吸っていた分で埋まっている、ということはあるまい。

「責任はありますよ。こっちは、そのことも調べなくちゃいけないんです」

「それは大変なことですね」美和が皮肉っぽく言って、また肩をすくめる。「まあ、家族は大変だと思うけど……私はいつか、こういうことになるんじゃないかと思ってた」

「殺される、とか？」

「そこまで大変なことになるとは思わなかったけど、何かトラブルに巻きこまれるような感じが、ね」美和が両手をこねくり回す真似をした。

……案の定、変な男に引っかかって」

「引っかかったわけではないと思います」詳しい事情は分からなかったが、あまりにも

「それは偏見じゃないんですか」

「まさか。私は本気で心配していたのよ」さほど心配するような様子も見せず、美和が唇を尖《とが》らせた。「兄にもずいぶんきつく言ったのよ。絶対に一人暮らしはさせない方がいいって。でも兄は、あの子に甘かったから。結局言う通りにさせて、こんなことになって。それも自業自得でしょう」

普通なら、ここは涙を流す場面だ。だが美和の顔に浮かんでいるのは怒りの表情だった。要するに、自分のアドバイスが受け入れられなかったのを未《いま》だに根に持っているのか。兄一家との関係は、理彩の問題を抜きにしても上手《うま》く行っていなかったのだろうと思う。それにも増して、美和が理彩を嫌っていた——あるいは警戒していたことは容易に想像できる。

彼女は一度も理彩を名前で呼んでいない。最初からずっと「あの子」だ。その突き放したような態度に気づくと、彼女の理彩評を素直に信じるわけにはいかなくなったが、それでも澤村は何とか怒りを呑《の》みこんだ。彼女からはまだ、情報を搾り取れるだろう。理彩がどういう女性だったかは、今後の捜査で重要なポイントになってくるはずだ、と思い直す。直接藤巻を狩り立ててやりたい、という気持ちもあるが、そのためには正式に捜査に参加しなければならない。こうやって勝手に動き回っている以上、それは簡単には許されないだろう。谷口でさえ、今回は庇《かば》ってくれないはずだ。となると、今自分にできるのは、新潟で理彩という女性の人物像を探ることである。

新潟は大きな街とはいえ、人と人との関係は東京などに比べればずっと濃い。澤村は、理彩の昔の友人たちの連絡先を、あっさり美和から聞き出していた。

7

ここまで危険なことは何もなかったし、これからも起きそうにない。藤巻は新幹線の指定席でゆったりと足を組み、コーヒーを楽しんでいた。今日二杯目……新幹線のコーヒーなど大したことはないだろうと思っていたのだが、その予想はいい意味で裏切られた。最近は何かにつけて、本格的になっている、ということか。ファストフード店やコンビニのコーヒーだって、十分過ぎるほど美味《うま》い。

新潟から越後《えちご》湯沢《ゆざわ》までは、新幹線で一時間もかからない。何かをするには半端な時間で、藤巻は予め《あらかじ》手に入れていた湯沢の地図に視線を落とし、地理を把握することに努めた。あまりよく知らない街……ここの調査は不完全だ。

西口はスキー場や旅館、ホテルが固まった温泉街、東口は住宅街になっているようだ。この季節だと、西口の方はまだスキー客で賑《にぎ》わっているだろう。目指す男が住む家も、西口にある。そちらで人に紛れるのは、案外面倒かもしれない。新潟市は普通の地方都市で、多くの人々が普通に暮らしている。それ故今の自分の格好――ダウンジャケットにジーンズ――でも自然に溶けこめるのだが、湯沢はどうだろう。派手なスキーウエアに身を包んだ人たちの中で、この格好は浮いてしまうのではないだろうか。向こうで、もう少しカラフルな服を手に入れるべきかもしれない。スキーの街にはスポーツ用品店があるはずだから、そこを覗《のぞ》いてみよう。それ以外に目立たない格好と言ったら……旅館かホテルの従業員の制服だろうか。作務衣《さむえ》のような服か、安っぽい黒ジャケットに蝶《ちょう》ネクタイ。自分がそんな格好をしている場面を想像すると、思わず笑ってしまう。

正体がばれることは、何とも思わない。だいたい警察はとうに、自分の名前や顔写真を割り出しているだろう。ただ、まだ捕まるわけにはいかなかった――すべての目標を達成するまでは。だからしばらくは、静かに、街に溶けこんでいなければならない。

コーヒーを飲み干し、窓の外に目をやった。一面の雪……田園地帯が白く染まり、他に目につく物はない。綺麗《きれい》だ、とは思う。世界は、かくあるべきだ。自分以外の全てが、真っ白に覆い隠されているのが理想である。

その世界に迷いこんできた、一人の女。実に馬鹿な女だった――俺を拒絶するとは。周りの人間も馬鹿ばかりだ。そういう連中は全員、思い知る必要がある。

全てが終われば――今はそれを考える必要はない。まずは全力を尽くすこと。間違いなく全てを貫徹すること。それだけを考えろ。それが俺に課されたミッションだ。

静かに目を閉じたが、すぐにまた目を開ける。既に長岡を過ぎており、湯沢まではもう間もなくだ、と気づいたのだ。一瞬でも眠ってしまったら、乗り過ごすかもしれない。そういう間抜けな失敗は、自分には一番似合わない。

もう一度地図を広げ、湯沢の街路を頭の中に叩《たた》きこむ。それにしても、駅からずいぶん近いところにスキー場があるものだ。歩いて五分ほど……要するに湯沢の駅自体が、谷底にあるようなものなのだろう。

心配なのは、湯沢での計画がきちんと立てられなかったことだ。まだ準備が終わっていない。何より優先していたのは、新潟で理彩を殺す事。それが終わらなければ何もできなかったのだから、湯沢で宿を予約し、準備をするわけにはいかなかった。今回は何日かかるか分からないが、しばらく拠点として使えるアジトが必要である。しかし温泉旅館やリゾートホテルというわけにはいかないし……やはり、身を隠すには難しい街なのか。

地図を精査していくうちに、東口にビジネスホテルらしき名前を幾つか見つけた。こういう宿も、今の季節はスキー客が使っているかもしれないが、普通のビジネスマンがいないことはないだろう。そういうホテルなら、自分が紛れこんでしばらく滞在しても目立たないはずだ。足は……レンタカー屋もあるが、これは避けたい。もしも手配されていれば、名前ですぐに割れてしまうはずだ。

まあ、足はなくても何とかなるだろう。湯沢の市街地は基本的に狭いようだし、目的地は分かっている。駅のすぐ近くだ。多少歩き回るぐらいなら、大した手間にはならない。

地図を丁寧に畳み、デイパックの中にしまう。小さく溜息《ためいき》をつき、前方に視線を転じると、電光掲示板に流れているニュースが目に入った。

「新潟ストーカー殺人　つきまとい男を手配……県警」

つきまとい男？　失礼な。藤巻は、猛然と怒りがこみ上げてくるのを感じた。自分はまったく正当的に、純粋な気持ちであの女に近づいただけだ。それを拒んだ女が悪い。こんな風になってしまったのは、全てあの女の責任なのだ。このニュースを流しているところに抗議の電話を入れようかと考え、その滑稽《こっけい》な思いつきに思わず笑ってしまう。声が出そうになったので何とか呑みこみ、画面から目を逸《そ》らした。馬鹿馬鹿しい。ニュースを見て一々気持ちが揺らぐようでは、俺もまだ修行が足りないようだ。

8

「藤巻？　聞いてないです」

目の前にいる女性——理彩の高校時代の友人、増子《ましこ》怜奈《れな》が首を捻《ひね》った。理彩と同い年ということは二十五歳なのだが、その年齢よりもずっと幼く見え、まだ十代と言われても信じられそうだ。その雰囲気は、おどおどした態度にも起因している。刑事と面と向かって話した経験などなさそうで、まるで自分が悪いことをしていると思いこんでいるようだった。繁華街の古町《ふるまち》にある銀行の支店で残業していた彼女を呼び出し、少しでも緊張しないようにデパートの中にある喫茶店に誘ったのだが、それでも頑《かたく》なな態度は解けない。

「理彩さんとは、よく連絡を取っていたんですか?」

「そうですね……メールや電話で」

「そういう時、恋人の話なんかは出なかった?」

「そういうこと、あまり言わない子なんです」

怜奈は背中を丸めていた。元々小柄な女性なのだが、そういう姿を見ると、まるで子どもを苛《いじ》めているような気分になる。

「でも、実際のところはどうだったのかな。藤巻という男には、だいぶ悩まされていたようなんだけど」

「藤巻という名前は、一度も聞いたことがないです」

話が回りくどい。澤村はコーヒーを一口飲んで意識を尖らせ、質問のニュアンスを変えた。

「名前はともかく、ストーカーの被害に遭っていた、という話は?」

「それは、まあ……」怜奈がカフェオレのカップにスプーンを突っこみ、無意味にかき回した。「変な人がいるっていう風には聞いてましたけど」

「変っていうのは、例えばどんな風に？」

「家の前で張りこまれているとか、跡をつけられてるみたいだとか」

「具体的な被害はなかったんですか？」

「そういうのだって、十分具体的な被害だと思いますけど」怜奈が思い切った調子で言った。彼女にすれば、精一杯警察に抗議しているつもりなのかもしれない。「家の前に変な人がいたり、尾行されたりしたら嫌ですよ。私だったら、おかしくなるかもしれない。実害ですよ、本当に」

目を細め、必死に迫力ある表情を作って睨《にら》みつけてくる。澤村が動じるようなものではなかったが、それでも胸が痛む。警察と一般人の感覚にはずれがあるのだ、と強く意識した。澤村の意識の中では、暴力が介在していれば「直接的な被害」になる。しかし、ストーキングされる方にすれば、気味悪さを感じた時点で、精神的な暴力を受けたも同然なのだろう。

長い警察暮らしの中で、俺は一般の感覚からずれてしまったのか……ある意味、長浦南署の連中も同じだろう。澤村は、理彩の訴えを見逃した南署の刑事たちに対して激しい怒りを覚えたが、もしも自分がその場にいても、しっかり対応できていたかどうか、自信はない。後から文句を言うだけなら、誰にでもできる。

「理彩さんは、かなりのんびりした人だったんですか？」

「どちらかと言えば」

　怜奈がいきなり口元を押さえた。何の予兆もなしに、目尻《めじり》から涙が零《こぼ》れる。澤村は言葉を失い、腕組みをした。すぐに思い直し、紙ナプキンを鷲摑《わしづか》みにして彼女の方に差し出す。怜奈が険しい表情を浮かべて首を横に振り、自分のハンドバッグからハンカチを取り出した。澤村は、皺《しわ》の寄った紙ナプキンをそっとテーブルに置き、コーヒーを一口飲んだ。

「すみません」涙を拭《ふ》き終わると、怜奈が丁寧に頭を下げた。「何か、急に……」

「まだ実感が湧きませんよね」

「ええ……信じられないっていうか……やっぱり、実感、ないです」

　焦らせても仕方ない。事情聴取、中断だ。澤村は体の力を抜き、椅子に背中を預けた。

「大丈夫です」ハンカチを膝《ひざ》に置き、怜奈がぴんと背筋を伸ばした。毅《き》然《ぜん》とした態度を取ると、二十五歳なりに見える。「すみませんでした。まだ気持ちの整理ができなくて」

「分かります。ゆっくりでいいですから」

「いえ、構いません」怜奈がきゅっと唇を引き結ぶ。「辛《つら》いことは、早く終わらせた方がいいので」

　協力してくれるのはありがたいが、胸が痛む。友人を失ったばかりの女性……気丈な態度は、必死で無理をしている証拠でもある。澤村はコーヒーを飲み干し、水に口をつけた。やたらと喉《のど》が渇くのは、こちらも緊張しているからだろう。

「ストーカーの被害としては、今言ったような感じだったんですね？　かなり深刻に悩んでいる様子でしたか？」

「いえ。そんな話になったのは、一回か二回だけで……電話で話した時に、ちょっと心配そうにしてたんですけど、そこまで大変な話だとは思いませんでした」

「電話で話したのはいつですか？」

「はっきり覚えてないんですけど……」怜奈が顎《あご》に人差し指を当てた。「去年の暮れ、だったと思います。でも本当に、そんなに深刻な様子じゃなかったんですよ。その後、正月休みでこっちへ戻った時も、同じようなことを言っていました」

澤村は頭の中で、時間軸を整理した。年末には、理彩は藤巻の行動をはっきり意識し、恐怖を感じていたわけだ。それから警察に相談に行くまで、しばらく時間がかかっている。その間に何があったのだろう。

「その後、あなたの方から事情は聞かなかった？」

「理彩の方で言わないんだから、こっちで聞くようなことじゃないと思うし……正直、私も忘れてたんです」

「その時点ではあくまで、それほど深刻な状況だとは思ってなかったんですね？」

「ええ……」怜奈が、カップに入れっ放しにしていたスプーンをようやく引き抜いた。ソーサーに丁寧に置き、小さく溜息をつく。「元々理彩は、そんなに深刻にならないタイプですから。いつものんびりしてて」

「女性の目から見て、どんな感じの人だったんですか？」

「うーん……」

　怜奈が言葉に詰まる。腹に一物持っているな、と澤村は解釈した。友人とはいっても、相手を全面肯定するとは限らない。マイナスの感情を持つのも普通なのだ。もちろん、人間関係の濃さによって、違いはあるが。

「無意識のうちに、男性を惹《ひ》きつけるタイプだ、と聞いていますけど」誘導尋問になるかもしれないと思いながら、話を引き出すために澤村は口にした。

「あ、確かにそんなところはあります」

「もてた、ということですか」

「高校生の頃、男の子が二人で大喧嘩《おおげんか》して警察を呼ばれた話、知ってます？」

「聞きました」この話は、地元ではある種の伝説になっているのかもしれない。

「二人ともうちの学校の子なんですけど……殴り合いをするようなタイプじゃなかったんですよ」

「それぐらい、頭に血が上っていた？」

「二人とも勘違いしてたんです。理彩が勘違いさせたっていうか……はっきりしないから」怜奈が恐る恐る言った。まるで死者の名誉を冒瀆《ぼうとく》しないかと恐れるように。

「なるほど」どっちつかずの態度を取った――理彩本人は、それを意識していなかった可能性が高いが。

「理彩の顔、見たことあります？」

「いや」

怜奈が携帯電話を取り出し、画像を表示させた。二人で撮った写真で、理彩の顔ははっきりと判別できる。顎の線がすっきりしたスマートな顔立ちで、柔らかく微笑んでいるので、優しげな目元が印象的だった。確かに人目を引く顔である。

「もてそうだ」

「本人、そんな意識はないんですけどね」怜奈が寂しそうに笑う。「何か、にっこり笑ってるだけで、男の子が勘違いしちゃうタイプなんです。変に笑いかけない方がいいよって、いつも注意してたんですけど、理彩は『何で？』って……自分のことが分かってなかったんだと思います」

「おっとりしたタイプ？」

「おっとりと言うか、天然ですかね」怜奈が溜息《ためいき》をついた。散々悩まされた過去が透けて見える。「無意識過剰、みたいな感じなんです。自分が何をやっているのか、全然分かってないで、男の子を勘違いさせちゃうタイプ」

「だから、ストーカーの被害も、あまり深刻に考えてなかったんだろうか」

「でも、実際は相当深刻だったんじゃないですか」怜奈の声に冷たさが蘇《よみがえ》った。「そうじゃなければ、警察に相談に行かないと思います」

「ああ」

「何で、ちゃんと話を聴いてくれなかったんですか？」怜奈の目が潤んだ。「警察は、そういう時、何とかしてくれないんですか」

「その件に関しては、今のところ、謝るしかないです」澤村は怜奈の顔を正面から見詰めながら言った。「まだ詳しい事情は分からないけど、警察としては、あってはいけないミスだったと思う」

「最近、そんなことばかりじゃないですか。警察、どうしちゃったんですか？」

劣化。それが全国の警察で進んでいるのは間違いない。だが澤村には、その理由が分からなかった。よく言われるのは、団塊の世代の職員が一斉に退職して、捜査のノウハウが失われたからだ、ということである。だが、澤村は、そういう先輩たちから散々教育を受けてきた。それこそ、若い頃はまだ、拳《こぶし》で教育するような先輩もいたぐらいだ。そうやって叩《たた》きこまれたノウハウがあっさりと消えてしまうはずもなく……ノウハウではなく、「重石」がなくなったのだろうか。かつて重石だった世代は、澤村たち、つまり今まさに警察の中核になっている世代の捜査を指導、監視し、変な方向に走り出そうとすればストップをかけてきた……いや、そういうことではあるまい。あの世代は人数は多いが、全員が優秀だったわけではないのだ。澤村の目から見ても、明らかに警察官失格、という人間も少なくなかった。

もしかしたら、警察の力はそれほど変化していないのかもしれない。昔からミスはあったが、最近はそれが表に出るようになっただけなのではないか。被害者も加害者も、昔は警察の力を恐れて、何か問題があっても口をつぐんでいただけなのかもしれない。

それが最近は、誰もが簡単に喋《しゃべ》るようになった。

しかし、こういうことは自分たちでは分からないものだ。澤村自身、手を抜いているという意識はまったくない。むしろ気を入れ過ぎて、周辺を振り回しているぐらいだ——そういうことは意識している。

澤村が口をつぐんでいる間に、怜奈は気持ちを持ち直したようだ。ジェットコースターのように気持ちが揺れ動いているのは、この状況では仕方ないだろう。本来は落ち着いた女性なのではないか、と澤村は印象を抱いていた。

「とにかく、物事をあまり深刻に考えるような子じゃなかったですから。そんな子が警察に駆けこむんだから……分かって下さい」

やはり、状況は相当深刻だったのだ。相談の具体的な内容を知らなければならないが、長浦南署の連中から直接話を聴くのは避けたい。連中も警戒して、ハリネズミのように棘《とげ》を生やしているはずだし、澤村自身が微妙な立場に置かれているのも分かっている。

「正月休みに会った時にも、それほど気にしていない様子だったんですね？」

「ええ」

「ちなみに、他につき合っている男性はいなかったんだろうか」

「どうでしょう」怜奈が首を傾げた。「いなかったとは思うけど……」

「そんなにもてたんだったら、ボーイフレンドの一人や二人いてもおかしくないと思うけど」

「でも、私が理彩のことを全部知っているかと言ったら……そんなこともないですから」表情が渋くなる。「理彩は、高校を卒業してすぐ向こうへ行って、もう七年でしょう？　メールや電話は時々してたけど、会うのは一年に二回もなかったですから。それじゃ、本当のことは分かりませんよね」

「ああ……高校時代、彼女と一番仲がよかった人は？　話を聴いてみたいんです」

「そう、ですね」怜奈が携帯電話を弄《いじ》った。「彩理《あやり》かな」

「松井《まつい》彩理さんですね」澤村は自分の手帳を見た。美和が教えてくれたリストにその名前がある。「今、何をしてるんですか？　働いてる？」

「いいえ、結婚しました。去年の夏に」

「専業主婦？」

「ええ、あの……」怜奈の表情が曖昧《あいまい》になる。「話を聴きに行くんですか？」

「そのつもりだけど」

「そっとしておいてくれた方がいいんですけど」

「どうして」

「妊娠中なんですよ。今、七か月で」

「そうですか」さらりと言ってはみたが、これはまずい状況だ。安定期であっても、妊婦にショックは与えたくない。「神経質な人だと、きつい話でしょうね」

「神経質じゃなくても、きついです」怜奈がまた澤村を睨《にら》みつけた。「友だちが殺されて、まだ一日も経ってないんですよ。普通に話できるわけ、ないじゃないですか」

「あなたはちゃんと話してくれましたよ」

「我慢してるんです、精一杯」

「分かります」

「犯人を捕まえる役に立つかもしれないって思うから……」

澤村は無言でうなずいた。彼女が協力してくれるのはありがたいが、その証言は、藤巻を逮捕する役には立たない。そもそも怜奈は、藤巻という男の存在を知らなかったのだし。しかし今聴いた話は、捜査の中でいずれ役に立つ。

「何とか、松井さんと接触できる方法はないですか」

「無理です。遠慮してもらうわけにはいかないんですか？　今、大事な時期なんです」

「ご主人に同席してもらうとか」

「ああ」少しぼんやりした表情で怜奈がうなずく。

「一人で私と話をするのは大変かもしれないけど、ご主人と一緒なら、大丈夫じゃないですか」

「どうしても、ですか？」

「協力してもらえると、助かります」

二人はしばし、無言で視線をぶつけ合った。怜奈の中で様々な思いが渦巻いているのは、澤村には簡単に想像できる。理彩を殺した犯人は、早く捕まえて欲しい。しかし妊娠中の彩理は守らなければならない。二人の友人の間で板ばさみになったようで、視線を逸《そ》らすと、ハンカチを両手で絞るように握り、そこをじっと見た。

「ちょっと、電話してきます」

「ええ」

軽く一礼して怜奈が携帯電話を摑《つか》み、立ち上がった。そのまま店を出て行く。残された澤村は、ぼんやりと窓の外を見た。眼前は市内のメーンストリートで、帰宅ラッシュの車が連なっている。周辺は繁華街であり、夜は夜で賑《にぎ》わうのだろう。自分には無縁の世界だが……手帳を見直し、無意識のうちに、怜奈の名前の横にバツ印をつける。「済み」のバツなのか、「駄目だった」のバツなのか、自分でもよく分からない。その二つ下にある彩理の名前をボールペンで突《つつ》く。小さな点が汚した彼女の名前を、じっと見詰めた。

怜奈が戻って来たので、手帳を閉じる。表情を見た限りでは、話がどんな風にまとまったのか、想像もつかない。怜奈は椅子に座るべきかどうか、迷っているようだった。ちらりと腕時計を見て、窓の外に目をやる。

「私、戻らないといけないんです」

「失礼……まだ仕事中でしたね」

「旦那《だんな》と話をしました」

腰を下ろしながら告げる。旦那、というざっくばらんな言い方に、澤村は違和感を覚えた。怪訝《けげん》な表情をしているのに気づいたのか、怜奈がゆっくりと首を振る。

「旦那も、高校の同級生なんです。話をしてもいい、と言ってくれました」

「助かります」

澤村は伝票を引き寄せた。怜奈は、その動きを心配そうに見ている。ここでお茶を奢《おご》ってもらったら、余計な負債ができるのではないか、とでも考えているようだった。

「どこへ行けばいいですか？」

「あ、自宅へ」急に意識が戻ったように、怜奈が慌てて言った。「旦那ももうすぐ帰って来るはずですから。市役所に勤めてるんです」

「助かります」澤村はまた手帳を開いた。松井彩理に関しては、名前だけで住所や電話番号などのデータはなかった。それを言えば、美和が教えてくれたのは基本的に名前だけだったが。怜奈については、勤め先が銀行だと知っていたので、そこで連絡がついたのだった。「住所を教えてもらえますか」

携帯電話を見ながら怜奈が告げた住所を、澤村は書き取った。まだ新潟市内の住所は頭に入っておらず、地図を見ないとどの辺りか分からない。

「これ、どの辺ですか？」

「そうですね……あの、南高校とか、分かります？」

澤村が首を振ると、怜奈がかすかに苦笑した。警察官なのに、どうしてそんなことも分からないのだ、とでも言いたそうだった。こっちは新潟ではなく長浦の人間なのに。

「じゃあ、東警察は？」

「分からないけど、その方が見つけやすそうですね」

「どっちでも同じです。隣り合ってますから。家は、南高校と越後線の線路の間ですね
……これから行くことは伝えてあります」

「お手数をおかけしました」澤村は立ち上がって一礼した。

「早く犯人を逮捕して下さい」

「全力を尽くします」

「こんなこと……あっていいわけがないですよね」

澤村は無言でうなずいた。人が人を殺す……確かにあっていいわけがない。だがこういうことは、しばしば起こっているのだ。


新婚の二人が住むマンションは、南高校のグラウンドの向かいにあった。グラウンドには薄《うっす》らと雪が積もっており、人気はない。冬場は運動部の連中も大変だろう、と澤村は同情を抱いた。雪国の野球部が、なかなか強くなれないのも当然である。

マンションの前の県道は比較的交通量が多いので、車を置きっ放しにできない。澤村は裏道に車を停めてから、マンションまで少し歩いた。依然として雪は降り続いており、細かく硬い雪が顔に当たって痛いほどだった。新潟市はそれほど雪が降らないというのは、誤情報だったのか……道路も薄らと白くなり、通り過ぎる車のスタッドレスタイヤ

が、雪を踏み潰して湿った音を立てる。ブーツのソールには、いつの間にか水が染みこみ、靴下が冷たくなっている。さっさと履き替えたいと思ったが、そんな余裕はない。しかし、人の家に上がる時に、濡《ぬ》れた靴下は失礼に当たるのだが……。

マンションは小さいが、まだ新しい、小綺麗《こぎれい》な建物だった。単身者、ないし新婚夫婦用だろう。怜奈から教えられた部屋は一階で、ロビーからインタフォンで呼びかけると、すぐに若い男の声で返事があった。

「はい」

「澤村と申します。増子怜奈さんからのご紹介で」

「ああ」

急に声のトーンが落ちる。迷惑がっているのは明らかで、澤村は出鼻を挫《くじ》かれた格好になった。気持ちを奮い起こして話し続ける。

「亡くなった竹山理彩さんのことで、話を聴かせて下さい」

「どうぞ」

気の乗らない返事に続いて、電子音が聞こえ、オートロックのドアが開いた。澤村は肩を一度上下させ、短い廊下を歩き出した。一〇三号室。まだ新しいドアの前に立つと、インタフォンを鳴らす前に開いた。線の細い、気の弱そうな男が立っている。上下ジャージ姿。明らかに不安そうな表情で、澤村を家に入れていいかどうか迷っている様子だった。澤村は無言で、相手が話し出すのを待った。あまり勢いこんでこちらから話し始めると、相手を怯《おび》えさせてしまう。

「……どうぞ」その一言だけで、ドアを大きく開いた。

「失礼します」

澤村は狭い玄関に立った。中から漂い出してきた煮物の香りを嗅《か》いだ瞬間、まずいな、と悔いる。夕飯時で、人を訪ねるのにいい時間ではない。

「食事中でしたか?」

「いえ、これからです」

「じゃあ、申し訳ないけど……手短かに済ませますから」

湿ったブーツを苦労して脱ぎ、家に上がった。見たところ、靴下に染みができていないので、ほっとする。

玄関に上がると短い廊下があって、その先がキッチン、そして十畳ほどのリビングダイニングになっている。部屋の奥にドアが二枚見えるから、もう二部屋あるのだろう。彩理は、ダイニングテーブルに着いている。もうだいぶお腹が大きく、動き回るのは大変そうだ。

「七か月ですって?」澤村は夫に訊《たず》ねた。

「ええ」少しだけ表情が柔らかくなる。

「そんな時に申し訳ない」

「いえ……どうぞ」

勧められるまま、ダイニングテーブルの椅子に腰を下ろす。椅子は三脚あったので、夫にも座るよう促した。彼はいかにも嫌そうな様子だったが、自分だけ離れてソファに座るわけにもいかない、と気づいたようだ。そうしたら、妻を放置することになる。丸いテーブルを三人で囲む格好になった。

彩理は明らかに緊張していた。丈の長いスカートにカーディガンという楽そうな格好で、長い髪は後ろで編みこんでいる。動くのが大儀そうなので、澤村は最初に「楽にして下さい」と言った。

手帳を広げ、念のために個人データを埋めていく。その過程で、夫の名前が孝義《たかよし》だと分かった。

「市役所にお勤めだとか」

「ええ」

嫌そうに唇を歪《ゆが》めながらも認める。この話題にはあまり触れて欲しくないようだと判断し、澤村は彩理の顔を見た。緊張は一切解けず、頬が引き攣《つ》りそうになっている。

「理彩さんとは、高校の同級生ですね？」

「中学からです」

「じゃあ、もう長いんだ」

「十……十二年ですね」

「最近会ったのはいつですか？」

「お正月に。怜奈たちと一緒でした」

「同窓会みたいなものですか」

「そんな大袈裟《おおげさ》なものじゃないんですけど」彩理が顔の前で手を振る。「暇な人間が集まっただけです」

「その時、どんな様子でしたか？　誰かにつきまとわれているとか、そういう話は出ませんでしたか」

彩理が口を引き締めた。顎《あご》に力が入って、かすかに皺《しわ》が寄る。何か知っている、と澤村は確信した。

「具体的にどんな話が出たか、教えて欲しいんです」

「あの……仕事先の上司で、変な人がいるって」

「上司？」澤村は思わず声を張り上げてしまった。彩理がびくりと体を震わせたので、慌てて声を落とす。「藤巻という男ですか？」

「名前は聞いてなかったんですけど、今考えると、たぶん……」

澤村は腕組みをした。上司がストーカーでは、逃げようがない。しかし、長浦南署の連中は、そういう基本的な情報さえ確かめていなかったのではないか？　知っていれば、かなり危ない状況だと判断できたはずなのに。まさに門前払いしたということか。

「上司というのは、派遣会社の人のことですか？　それとも派遣先？」

口を開きかけた彩理が、一瞬口ごもる。質問の意味を捉《とら》えかねたようだった。

「ほら、派遣の人は、派遣会社に登録して、どこかで働くだろう？」夫の孝義が助け舟を出してくれた。

「あ、ああ。あの、派遣先の会社です」

「だったら、臨時の上司という感じですね。それで、具体的にどんなことをされていたと？」

「家の前で待ち伏せされたり、会社を出た後で、跡をつけられたこともあったそうです。冗談っぽく言ってたけど、本当は怖がってましたよ。私には分かりました」

「それは……向こうは交際を申しこんだんですか？」

「たぶん。でも理彩、そういうことははっきり言わないから」

「あなたにも隠していた、ということですか」

「そういうわけじゃないと思いますけど……隠すんじゃなくて、言う必要がないと思っていたというか。そういうタイプなんです、理彩は」

さっぱり分からない。おっとりしていた、天然だったという評価は聞いたが、むしろどこか謎めいたところのある女性、ということなのだろうか。

「怜奈さんにも話を聴いたけど、そこまで知らなかったな」

「聞いたのは私だけだと思います。皆と会った後、二人でお茶を飲んで、その時に話が出たので」

「なるほど」二人だけで話がしたいほど、親しい仲だったということか。彩理の話は信用できる、と澤村は判断した。「怖がってたんですよね？」

「多少は」

「多少？　後で警察にも相談してるんですよ」

澤村が指摘すると、彩理の表情が見る間に強張《こわば》る。力なく首を振って、ぼそぼそと説明した。

「その会社、三月一杯で契約が切れて辞めることになってたんです。辞めれば、もうこんなことはされないだろうって言ってました」

見通しは甘かったわけだ。藤巻は既に、理彩の自宅の住所も摑《つか》んでいたのだから、会社を辞めれば縁が切れるわけでもない。どうも理彩は、あまりにも用心が足りなく思える。ミスをした警察の立場でそんなことが言えたものでもないが。

「その後、ストーカーの話は聞きましたか？」

「いいえ、一度も」

「ずっとしつこくつきまとわれていたようなんですが」

「聞いてないです」

「こっちへ帰って来た話は？」

「戻って来る話は聞いたんですけど、いつ戻るかは聞いてなくて」彩理が激しく首を振った。「言ってくれれば、すぐに会いに行ったのに。ちょっとショックでした。私には何でも話してくれると思ってたのに」

「心配ですよね」

「ええ……」彩理が綺麗《きれい》にマニキュアした爪を嚙《か》んだ。見ると、爪はぼろぼろになっている。妊娠による気持ちの揺れからくる物ではなく、理彩の死を知ったショックが、彼女を幼い行動に走らせてしまっているのだろう。

「じゃあ、最後に連絡を取ったのは？」

「一か月ぐらい前でした。メールで。新潟へ戻るから、会おうねって……会えなかったんですけど」

「何か変わった様子は？」

「特にないです。『赤ちゃん、元気？』って」

「あなたのことを気にしていたんですね」

「ええ」彩理が掌《てのひら》で口元を覆った。ほどなく嗚咽《おえつ》が漏れ出る。

今日の俺は人を泣かせてばかりだ、と澤村は唇を嚙んだ。仕事だから仕方ないと納得しようとしても、心の奥では歯車がずれたままである。孝義が腕を伸ばし、妻の背中を優しく撫《な》でた。態度は柔らかだが、腹の中は俺に対する怒りで煮えくり返っているだろうな、と澤村は想像する。

彩理の嗚咽は、五分ほども続いた。激しく泣くわけではないが、なかなか収まらない。その間、夫婦は二人だけの空間を作っていた。無意識なのか、彩理が何度か腹に手を伸ばす。それを見て、澤村はまた心を痛めた。妊娠中に、ショックは厳禁なのに。

「すみません……」ようやく泣きやんだ彩理が、震える声で言った。テーブルに置いてあったボックスからティッシュを何枚か抜き取り、そっと目に押し当てる。孝義が立ち上がり、冷蔵庫からミネラルウォーターを取って戻って来た。彩理が一口飲み、深く溜《ため》息《いき》をつく。

「申し訳ない。ショックなのは分かっています」澤村は謝罪した。

「だって、その時も何でもなかったんですよ。メールを読んだら、いつもの理彩で」

「ええ」

「それが、何でいきなり、こんなことに……」

「犯人は分かっているんです。問題は、どうしてこんなことになったか、なんですよ。それをはっきりさせないと、理彩さんは浮かばれません」

「はい」彩理が気丈に言ったが、そこから先はまともに話ができなかった。一度心が揺らいでしまうと、論理的に会話を続けるのは難しくなる。もっとも、自分が訪ねてこなくても、彩理は簡単には衝撃から抜け出せなかっただろう、と澤村は思った。そう考えないと、やっていけない。

三十分ほども会話を続けたが、中身はほとんどなかった。無為に過ごした時間を意識して、背中の上から肩にかけてが強張ってくる。切り上げ時だ、と意識して、澤村は一つ息をついた。が、まだ聴いておかねばならないことがある。答えが出てくるといいのだが……。

「理彩さん、長浦での交友関係はどうだったんですか？」

「交友関係？」言葉の意味を捉えかねたようで、彩理が首を傾げる。目はすっかり赤くなり、鼻にも赤みが残っていた。

「つき合っていた人とか……向こうに恋人はいなかったんですか」

「それは……いたかもしれないけど……私は知りません」

知っているな、と直感で分かった。だが、状況的に言えないということだろう。いずれこの件は突っこまなければならない。恋人がいたなら、真っ先に相談しているはずだし、実家へ戻るというのも考えにくい。何か複雑な事情があったのではないか、と澤村は訝《いぶか》った。

質問をそこで打ち切りにして、澤村は立ち上がった。二人に丁寧に詫《わ》びを言って、玄関に向かう。孝義が送りに出てきたので、「少し話せませんか？」と低い声で切り出した。

「え？」

「あなたも、理彩さんとは高校の同級生なんでしょう？　奥さんが一緒だと、話せないこともあるんじゃないですか」

「ああ、でも……」妻のことが心配だ、とでも言うように振り返る。

「奥さんがいると、話せないこともあると思いますけど」

「そんなこと、ないです」低いが強い調子で否定した。

「五分でいいんです」

澤村の強い視線に射貫《いぬ》かれて、孝義は結局うなずいた。

「ちょっと待って下さい」

「ああ、ゆっくりどうぞ」

ブーツを履くには時間がかかる。紐《ひも》を緩め、長いシャフトに足を突っこんでまた締め上げる……ようやく両足を固めたところで、孝義が戻って来た。膝下《ひざした》まであるベンチコートを着ている。紺色にオレンジのカラーが効いた派手な一着だった。雪の降る夜には、ひどく目立つだろう。

「それは？」

「ああ、アルビレックス……地元のサッカーチームの、です」

「ファンなんですか？」

「ええ。凄《すご》いですよ」孝義の顔が、会って初めて緩んだ。「新潟のファンは熱いですから。試合は、平均で三万人は入るんですよ」

「それなら、プロ野球以上かもしれませんね」

「まあ、そうですね」

せっかく転がり始めた会話は、そこでストップしてしまった。こちらが、サッカーのことなどまるで分からないのだから、仕方がない。

雪は少し小降りになっていた。代わりに寒さが一段と厳しくなっている。ずっしりと重く冷たい空気が全身にまとわりつき、鬱陶しかった。思わず震えがきて、ダウンジャケットのジッパーを首元まで引き上げる。フードも被《かぶ》りたかったが、それでは話ができない。一方孝義の方は、この程度の寒さには慣れているようで、平気な顔をしていた。

「奥さんが言っていたことは、だいたい正しい？」

「だと思います。二人は昔から、仲よかったから。だからショックなんですよ」非難するように言った。

「それは申し訳なく思っている。ただ、捜査は早いうちに動き出さないと駄目なんです」

「それは分かりますけど……」孝義が唇を歪《ゆが》ませた。「妊娠中なんですよ。今朝ニュースを見てから、ずっと取り乱しているんです。今日も仕事へ行っていいかどうか分からなくて……昼間は、向こうのお母さんに来てもらってたんです」

「そうですか……」仕事とはいえ、自分がやってしまったことの重みに改めて気づく。せめて女性が一緒ならよかったのだが。初美の顔が脳裏に浮かんだが、悔やんでも何も解決しない。澤村は気を取り直して訊《たず》ねた。「ストーカーの話は、聞いてなかったですか」

「初耳でしたけど、いかにもありそうな話だなって思いました」

「そうですか？」

「たぶん、理彩には全然悪気はなかったんですよ」うつむきがちに話し出す。「あいつには、別にそんな気持ちはなくても、男を勘違いさせちゃうところがあるから。笑い方とか……そういうの、分かりません？　別にそんなつもりもないのに、相手と話す時にちょっと腕に手を置いたりとか」

「ああ、そういう癖の人、いますね」

「それで勘違いしちゃう男が多いのは間違いないんですよ。高校生の頃から、そうだったから」

「それで大喧嘩《おおげんか》した人もいるし」

「そうでした」孝義が暗い顔になった。「女の取り合いで殴り合うなんて、あり得ないですよね？　でも理彩のことになると、そういう風にむきになる奴は多かったんです」

「本人に意識がないだけに、周りは大変でしょうね」

「まあ、そうですね」孝義が苦笑した。「うちの女房もずいぶん振り回されてましたけど」

「どういう意味ですか？」

「仲介を頼まれたりして」

「なるほど」高校生らしい話だ、と澤村は頬が緩むのを意識した。「ところで、長浦には恋人はいたんですか」

「たぶん」

「どんな人間ですか？」当たりだ、と思いながら澤村は慎重に話を進めた。

「そこまでは知らないんです」孝義が慌てて首を振った。「いたとは思うけど……何となく雰囲気でそう思っただけで」

「奥さんは知ってますね」

「知ってるかもしれません。でも、俺は知らないですよ」慌てて顔の前で手を振る。

「いい加減なことは言いたくないし」

「聞き出してもらえると助かるんですけどね」

「今の状態だと無理ですよ」孝義の顔が暗くなる。「妊娠してから、どうも精神的に不安定で」

「それは分かりますけど、長浦での交友関係は、重大な手がかりになります」

「いや、でも……」

「困るね、こんなことをされたら」

どすの利いた声に振り向くと、竹内が渋い表情を浮かべて立っていた。用心棒のつもりなのか、若い部下を一人、連れている。澤村は愛想笑いをすべきか、真面目に対応すべきか、態度を決められなかった。

9

「困るね、本当に」竹内が、両手を擦《こす》り合わせながら繰り返した。昼間の愛想のよさはすっかり消え失《う》せ、心底迷惑そうだった。車中の空気が重く淀《よど》む。

「特に迷惑はかけてないと思いますが」

「あんたが勝手に動き回ってるだけでも、十分迷惑なんだよ。これじゃ、新聞記者と同じじゃないか。無責任に引っかき回してるだけなんだから……だいたい、動くなら何で正式に動かないんだ？」

「休暇中ですから」

「そういう意味じゃなくて」竹内が自分の腿《もも》をぴしりと平手で叩《たた》いた。「あんた、ルールを乱して面白がってるだけじゃないのか？　混乱は楽しいからな」

「この一件自体が、警察のルールからはみ出してますよ」

「まあ、そうなんだけど」痛い所を突かれた、とでも思ったのだろうか、急に竹内の口調は歯切れが悪くなる。新潟県警は、この件については被害者のようなものなのだが。

「俺は、真相が闇に埋もれるのが怖いだけなんです」

「それを心配するのは、監察の仕事じゃないか」

「この件で、うちの監察がきちんと機能すると思いますか？」

「そこまで仲間を疑わなくても、いいんじゃないかね」

「竹内さんは、仲間を全面的に信用できますか？　うちの県警で、どれだけ不祥事が多いか、知ってます？」

「新潟県警だって、今まで何もなかったわけじゃないよ」竹内の声が細く、小さくなった。「だから、こういう時の処理が難しいのはよく分かってる。下手をすると、傷口が広がるばかりだからな」

「関係者の口封じをしたり、適当に口裏合わせをされたら困ります……そういう風になりがちですよね？　警察は、内部に向かっては結束が固い組織ですから」

「本格的に調べ始める前から、そんな心配をしても仕方ないだろう」竹内が唇を尖《とが》らせる。

「今まで何度も、そういうことがあったんです。きっちり真相を摑《つか》んでいないと、どうしようもなくなる」

「俺の個人的な感想でいいか？」

「はい？」

竹内が体を捻《ひね》り、澤村の方を向いた。やや斜めながら、二人は向き合う格好になる。

「おたくの県警は、今のところは何も嘘をついてないよ。全面的に事実関係を認めている。俺は、その説明に嘘はないと思うな」

「しかし……」

「まあまあ」竹内が宥《なだ》めるように言った。「もちろん、適当に嘘を言って誤魔化すことはできるよ。それで窮地を乗り切れると考えた阿呆《あほ》な奴らは、過去にいくらでもいた。ただ、ここのところ、警察の不祥事が続いたからね。また下手な嘘をついて、それで乗り切ろうとしても、上手《うま》く行くわけがない。聞くところによると、警察庁からもきついお達しが出ているらしい」

「それは正式な文書による指示なんですか？」調査に正確を期すこと——警察庁がそういう指示を出すことは、容易に想像できる。頻発する不祥事には、常々頭を痛めているのだ。

「詳しいことは知らんが、口頭で適当に指示した、というレベルじゃないだろうな」

「ええ」

「あんたが心配するのも分かるけどな、今回の件に関しては大丈夫じゃないか？　警察庁だって、膿《うみ》は出し切るつもりでいるだろうし」

「そうですか」

「だから、あんたが無理に動き回る必要はないんだよ。被害者だって混乱するだろう？　違う警官が何度も訪ねて来たら、警察は何をやってるんだっていう気持ちにならないかね」

「まあ……そうですね」それは認めざるを得ない。それでもなお、自分で真相を摑みたいという気持ちに揺るぎはなかったが。真相——その一つとして、長浦に存在しているはずの理彩の恋人の存在が気になっている。

「理彩さんには、つき合っている男がいたようなんですが」

「本当に？」竹内が急に声を潜めた。「それは初耳だな」

「友人関係を当たっていけば、出てくる話だと思います」そこでふと思い至った。澤村はまだ話を聴けていないが、理彩には、拉致《らち》される寸前まで、一緒に飲んでいた友人がいる。名前は確か……手帳を開く。「赤石恵《あかいしめぐみ》さんという女性がいますよね。この人が、拉致される直前まで、自宅で理彩さんと一緒にいたはずですが」

「ああ」

「それだけ親しい人だったら、そういう話も知ってるんじゃないですかね」

「駄目だな」竹内が両手で顔を擦った。「友だちが殺されたっていうんで、パニック状態で、まだろくに話を聴けていない。で、恋人っていうのは誰なんだ？」

「残念ながら俺にも、そこまでは分かっていません」澤村は肩をすくめた。「でも、いたと思いますよ」

「あんたの感触として？」

「ええ」

「それは、信用できそうだな」

「どうも」

竹内が手帳を取り出し、素早く何か書きつけた。ぱたんと音を立てて閉じると、話を最初に引き戻す。

「それはともかく、これ以上余計なことはしないでくれ。あまり首を突っこまれると、うちもおたくの県警も混乱する。まだ新幹線があるんだから、長浦へ帰れよ」

澤村は口をつぐみ、首を横に振った。竹内が何を言おうが、まだ会わねばならない相手が何人かいる。今夜は新潟に泊まって、明日の朝一番からまた動くつもりだった。

「意固地な人だね。どうしてもうんと言わないんだ」

「ええ」

「じゃあ、ここではあんたを見なかったことにしておく。俺も、厄介なことに巻きこまれたくないからな」

「そういう姿勢が、今回の事件につながったんじゃないですか」

「何だと」竹内の耳が赤くなる。

「見て見ぬ振り……面倒臭いから話も聴かなかった。長浦南署は、そういうことをしたはずです」

「まあ……そういうヘマは、他山の石にしないといかんな」竹内の怒りは、急速に引いていた。

「俺のことは、報告してもらっても構いません」

「何でそんなに強気でいられるんだ？」

「最高の刑事になりたいからです」

「ああ？」

「上の命令を素直に聞いているだけじゃ、最高の刑事にはなれないでしょう。自分で考えて動かないと」

「誰でもそう思うけど、実際にはできないもんだけどね」竹内がニットキャップを取り、髪を撫《な》でつけた。「あんた、怪我してばかりだろう？」

「そういうことは、よくあります……ところで藤巻の行方は、まだ分からないんですか？」

「残念ながら、な。足取りは完全に消えている」ふと思いついたように、竹内がまた手帳を開いた。何か書きつけると、ページを破って澤村に渡す。

「何ですか？」

「藤巻が泊まっていたホテルが分かったんだ。奴が犯行に使ったと思われるレンタカーが、そこの駐車場に置きっ放しになってたよ。ホテルには偽名で泊まっていたが、人相で確認できた。帰るつもりがないなら、奴が泊まった部屋にでも泊まってみたらどうだ？　鑑識の作業は、もう終わってるから」

「そこまで趣味は悪くないですよ」苦笑しながら言ってみたが、それもいいかもしれないと思い直した。被害者の気持ち……犯罪者の気持ち……両方を知ることで、最高の刑事への道は開けるはずだ。藤巻が寝たベッドに身を横たえてみるのも、悪くない経験かもしれない。

　竹内とは、それほどぎすぎすせずに別れることができた。元々そういう性格なのだろうが、こちらにはっきりと敵対心を抱いている人間だったら、もっと面倒なことになっていただろう。県警同士の本格的な大喧嘩《おおげんか》に発展してしまう可能性もある。

勧められたまま、藤巻が泊まっていたホテルに予約を入れ、車を預けた。部屋に入る前に食事を取っておこうと思い、街に出る。ホテルで繁華街の地図をもらってきたので、何となく街の様子は分かってきた。メーンストリートの柾谷小路と直角に交わる四本の通り――JR新潟駅に近い方から本町《ほんちょう》、東堀《ひがしぼり》、古町、西堀《にしぼり》だ――が繁華街の中心で、地図を見た限りでは相当広い。

しかし、ホテルの従業員が誇らしげに言っていた「日本海側最大の繁華街」という謳《うた》い文句は、本当なのだろうか。確かに飲食店や風俗店の入ったビルが建ち並んではいるが、灯《あか》りに乏しい。すれ違う人もほとんどいない。雪混じりの寒風が終始吹き抜けているせいで、侘《わび》しい気分も際立つ。ダウンジャケットのポケットに両手を突っこみ、前屈《まえかが》みになりながら夜道を足早に歩いた。

ホテルのある東堀通りから、細い脇道に入る。それこそすれ違いもできないような道路が、毛細血管のように通っていた。道路もでこぼこで、吹き溜《だ》まった雪が端の方を白く染めている。街が暗いのは、看板に灯りが入っていない店が多いからだ、と気づいた。密集度は相当なものだが、営業していない店が多いのか……新潟の飲食店や風俗店は、火曜日が一斉に休みなのだろうか、と訝《いぶか》った。

やがて、アーケード街にぶつかる。明るく綺麗《きれい》な通りで、地図と照らし合わせると、ここが古町通りだと気づいた。とはいえ、人通りはやはり少ない。午後八時、長浦だったら、一次会を終えた人たちが街に溢《あふ》れ出てくる時間帯である。

腹は減っている。とにかく何か詰めこんでおかないと……しかし、気軽に食事を取れそうな店は、すぐには見つからなかった。裏道を歩いていると、突然、やけに立派な門構えの料亭が姿を現したが、さすがにこんな店に一人で入るわけにはいかない。もちろん澤村は、普段から料亭などには縁のない生活を送っているのだが。

歩き回っているうちに、トンカツ屋の前に出た。中を覗《のぞ》きこんでみると、カウンターしかない狭い店のようである。ここにするか……トンカツなら間違いなく腹も膨れるし、少しは元気を取り戻せるかもしれない。

カウンターに陣取ってメニューを眺めると、トンカツ屋ではなく「カツ丼の専門店」だと気づいた。しかし、見慣れたカツ丼ではない。卵で綴《と》じていないのだ。これが新潟のスタンダードな食べ方なのだろうか……訝りながら、メニューの一番上に載っている「たれかつ丼」を頼む。写真で見た限り、丼《どんぶり》の上に数枚のカツが載って、ソースか醬油《しょうゆ》で味つけしたもののように見える。

料理ができあがるのを待つ間、携帯を取り出して電源を入れる。誰かに邪魔されるのが嫌で電源を切っていたのだが、予想通り、あちこちから電話がかかり、メールが入っていた。谷口、初美……その中に、見慣れぬ電話番号がある。誰だ？　かけ直そうかとも思ったが、それも面倒だ。留守番電話を確認する気にもなれない。どうせ多くは、谷口からの怒りのメッセージだろう。

店主は、やけに丁寧に料理を作っていた。揚げたカツをタレにどっぷりと浸し、丼の上に一枚ずつ丁寧に載せて、さらにタレを少しずつ垂らしていく。儀式めいた動作がかなり長く続いた後で、ようやく丼が完成した。

さっそく食べてみると、澤村が知っているカツ丼とはまったく異質な食べ物だった。醬油ベースのタレにはかすかな甘みがあり、うなぎのタレの味わいを思い出させる。ヒレを使っているせいか食感は軽く、カツ丼特有の重たい感じはなかった。これは正解だったな、とほくそ笑みながら、丼飯をかっこむ。

最初は無人だったが、食べているうちにドアが開き、他の客が入って来た。ちらりとそちらを見た瞬間に、凍りつく。

橋詰真之《はしづめまさゆき》、県警刑事部付の情報統計官で、階級は警部。澤村にとっては一種の天敵でもある。箸《はし》を置き、睨《にら》みつけると、橋詰が澤村に気づいてにやにやと嫌らしい笑みを浮かべた。巨大なデイパックを背負い、手にはカラフルな表紙のガイドブックを持っている。

「やあやあ、どうも」いつもの軽い挨拶《あいさつ》。ここに澤村がいるのを、事前に知っていたような様子だった。

「何してるんですか、こんなところで」

「澤村先生を連れ戻しに来たんですよ」隣の椅子に腰を下ろし、デイパックを前に抱えこむ。「嘘、嘘。それは冗談だけど、しかし、偶然だねえ。こんなところで会うとは思わなかった」

「本当に俺を尾行してたんじゃないんですか」

「まさか。そういう泥臭い仕事は、柄じゃないからね」低い声を上げて笑うと、アフロヘアが、頼りなくふわふわと揺れた。

変人――それは間違いない。プロファイリングの専門家で、アメリカに留学までしているのだが、その留学が人格に悪影響を与えた可能性もある。「研究のため」と言ってはあちこちに顔を出し、煙たがられているのだ。将来的に、県警のプロファイリングの専門部署を作るための研究ということだったが、どうもこの男は、厄介な事件に首を突っこんでは、澤村たちが悪戦苦闘するのを見て楽しんでいる節がある。

「これが有名な新潟のたれかつ丼ね。一度食べてみたかったんだ」

「本当は遊びに来たんじゃないですか」

「まさか。それじゃ、経費で落ちないよ」

「だったら、本当の目的は？」

「そんなこと、ここで話せるわけがないでしょうが」芝居っ気たっぷりに、唇の前で人差し指を立てる。「とにかく、飯にしますよ」

「カツ丼なんか食べていいんですか？　ダイエットはどうしたんです？」

一見して標準体重をはるかに上回っている橋詰は、いつも「ダイエット」と称して、栄養学的に間違った食事をしている。一時、「キャベツダイエット」をしていたのだが、その時はトンカツ屋に入ってロースカツ定食を頼み、カツにはまったく手をつけずにキャベツとご飯だけを食べていたものだ。無礼な行為のせいで出入り禁止にされた店もあるというし、結局いつもご飯をお代りしていたせいで、効果はまったくなかった。

「で？　どんな具合？」

「こんなところで話せるわけがないでしょう」澤村は、橋詰の言葉をそのまま使って逆襲した。

「ありゃ、それはそうだね。じゃあ、ひとまず食事に専念しましょうか」

カツ丼はすぐには出来上がらない。澤村は遠慮しないでペースを崩さず食べ続けたので、橋詰のカツ丼が出来上がってきた時には、もう丼は空になっていた。

「ま、ちょっと待っててね」

呑気《のんき》に言って橋詰が丼に箸をつける。食べながら、一々感嘆の声を上げたり、店主に質問したりしているので、遅々として食事が進まない。澤村は水をちびちびと飲みながら、何とか時間を潰《つぶ》した。ようやく橋詰の丼が空になったタイミングを見計らって、尻《しり》ポケットから財布を抜き出す。

「食べ終わったら、少し食休みしないと駄目だよ」橋詰が口を尖《とが》らせる。

「そんな時間、ないでしょう」

「へいへい」

橋詰が渋々立ち上がり、ディパックから財布を取り出した。どういう気紛《きまぐ》れなのか二人分払おうとしたが、澤村は頑強に抵抗した。

「あなたに奢《おご》ってもらう謂《い》われはない」

「俺が払えば、経費で落ちるけど。澤村先生、休暇中なんでしょう?」

「ああ、まあ……でも、いいです。自分で食べた分は自分で払いますから」

「そう?」

「後味が悪いですから」

「相変わらず口が悪いねえ」

「あなたと一緒にいる時だけですよ」

「触媒効果?」

澤村は首を振って、さらに凄《すご》んで見せた。この男は、裏づけのない怪しい理論を振りかざしては、人を煙《けむ》に巻くのが趣味なのだ。別に実害はないが、鬱陶《うっとう》しいことこの上ない。

「変な理屈だったら、聞きませんからね」

両手で耳を塞《ふさ》いでみせた。橋詰は心底残念そうに唇を尖らせている。いい年をして、子どもっぽいことこの上ない。しかし、ここでこのまま、別れるわけにはいかない。

「どこかで話しましょう」この男なら、自分よりも詳しく状況を摑《つか》んでいるはずだ。積極的に話したくはなかったが、この際、背に腹は代えられない。

「ホテルかなあ。この辺にはお茶を飲む場所もないようだから」

「どこに泊まってるんですか」

橋詰が告げたのは、澤村が予約したのと同じホテルだった。結局この人とは、簡単には縁が切れないわけか……仕方ない。内密の話もあるし、ホテルが一番無難な選択だろう。

店を出て、二人は相変わらず人気の少ない街を歩き出した。

「何だか活気がない街だね」橋詰は、例によって興味深げに周囲を見回している。

「そうですね」

「美味《うま》い酒が呑《の》めると思って来たんだけど」

「酒なんか呑まないじゃないですか」

「そこはほら、雰囲気でさ」橋詰が肩をすくめた。「アメリカにいた頃はよくバーボンを呑んでたし……あれは下品な酒だけどさ。イギリスへ行けばスコッチ、ドイツならビールとか。その伝でいけば、新潟なら美味い日本酒だよ。だけどこんな暗い感じじゃ、どこの店に入っていいのか分からない」

確かに。賑《にぎ》わっている店があれば、目印になる。しかし、これだけ人がいないと、どこへ入っていいのか見当もつかない。

「ガイドブックは当てにならないんですか」

「これはただの目印だから」橋詰が、丸めたガイドブックを掲げて見せた。「ガイドブックに載っているような店で、本当に美味いところはあまりないよ」

「だったら仕事をするだけですね」

「ああ」橋詰がうんざりしたような表情を見せた。「澤村先生も、いつも仕事ばかりで、つまらない人生だねえ」

「あちこち寄り道している方が、つまらない人生だと思いますがね」

ホテルへ戻ると、橋詰が自分の部屋へ来るように、と誘った。何となく部屋が既に荒れている予感がしていたのだが、チェックインして荷物を置いただけのようで、まだまったく散らかっていなかった。橋詰がベッドに腰を下ろし、澤村はデスクに着く。古い部屋だが清潔で、居心地はよさそうだった。橋詰がバッグからミネラルウォーターを取り出し、ペットボトルのキャップを捻《ねじ》り取って一口飲んだ。ああ、と一声漏らしてから、丁寧にキャップを閉める。

「藤巻は、このホテルに泊まっていたそうですね」

「らしいね」

「まだ行方は分からないんですか」

「残念ながら」肩をすくめ、また水を飲む。

「そもそもどうして、橋詰さんがここへ来たんですか？」

「分からない？　先生も大事なことを忘れてらっしゃる」橋詰がにやにやと笑った。相変わらず人の神経を逆撫《さかな》でする。

「分かりませんね。犯人も分かっているし、あなたが首を突っこむような事件じゃないと思う」

「焼殺」急に橋詰が真面目な口調になった。「つまり、焼・き・殺・す。そういうケースがどれぐらいあると思う？　ゼロ。皆無。こっちのデータベースには存在しない。家に火を点《つ》けて、たまたま中にいた人が死んでしまうような事件はあるけど、人を殺す手段として火を使う人間は、まずいない。少なくとも日本では」

「どういうことですか？」自分も同じようなことを考えていた、と思い出す。

「リスクが大き過ぎる。焼き殺すっていうのは、そんなに簡単にはいかないんだよ」橋詰が両の掌《てのひら》を上に向けて、ぱっと持ち上げた。「考えてみてよ。生きている相手だったら、絶対に抵抗する。それがどれぐらい大変か、澤村先生ならよく分かるだろう」

理彩は、車のトランクに押しこめられた状態で焼き殺されていた。その状況に持っていくまで、藤巻は相当苦労したはずである。二人がかりならともかく、一人で……もしかしたら共犯者がいたのだろうか、と澤村は一瞬想像した。いや、それはあるまい。これは藤巻の極めて個人的な感情に起因した事件であり、他の人間が介在する余地はないはずだ。

「どうして、わざわざ苦労して殺すのかね。ストーカーが、狙っていた相手を殺す感情は、理解できないでもない。可愛さあまって憎さ百倍なんてのは、よくある話だ。ただし、どうしてこの方法なのかね。他に、もっと楽なやり方が、いくらでもあるのに」

いつもの心理学講座か……と澤村は白けた気分になった。殺人者の心理は、一人一人違う。プロファイリングは、それを統計的に処理しようという手段だが、澤村に言わせれば、そもそもデータ化できるものでもない。それぞれのケースが特殊かつ異常過ぎるのだ。

「非常に興味深い。人を殺す時、人間は誰でも切羽詰まっているものだからね。わざわざ準備して、完全犯罪を狙うような人間はまずいない。そんなのは、トリック重視のミステリの中にしか存在しないよ」

「でしょうね」それは、澤村にも理解できることだった。実際、そういう事件に遭遇したことはほとんどない。ほとんどの事件が、犯人の激情によって起こされたものである。多少冷静な犯人がいても、犯行現場の後始末までは気が回らない。十分準備してからの犯行など、小説や映画の中にだけあるものだ。

「というわけで、藤巻は研究に値する人物なわけですよ」

「藤巻は新潟の人間じゃない。人となりを知りたいなら、長浦で普段の生活ぶりを調べた方がいいでしょう」

「逮捕の瞬間を見たいんだよねえ。これだけ覚悟を決めて犯行に走った人間の場合、逮捕の瞬間に人間性の全てが見える。それを見逃したくないから」

「足を引っ張らないで下さいよ」

くつくつと笑いながら、橋詰がベッドの上で足を組み替えた。

「まさか」

「あなたは、余計なことばかりしている。その場を混乱させて、人に迷惑をかけて……

「……」

「それは、澤村先生も同じじゃないかな」

澤村はむっとして黙りこんだ。同じではない。根本的な心がけが違うのだ。自分は、それが正しいと信じているから突っこむ。その結果、周囲に迷惑をかける場合もある、というだけだ。橋詰の場合、捜査に直接関係ないことにまで首を突っこむから、嫌われている。研究は、捜査が終わってからすればいいことであり、わざわざ現場に出向く必要などない。要するに橋詰は、単なる好奇心に突き動かされて動いているだけなのだ。本来は、警察官ではなく研究者にでもなるべきだったと思う。

「澤村先生が、逮捕の現場をビデオ撮影でもしてくれればいいんだけど、やってくれないだろう？」

「当たり前じゃないですか」

「だから、自分でやるしかないんだ。そこのところは分かって欲しいね」

この会話をいつまで続けても、何の実りもないことは分かっている。澤村は話題を打ち切り、より実務的な方向に向かった。

「藤巻というのは、どんな男なんですか？」

「これがね、今分かってる限りでは、激情に駆られて犯罪に走るようなタイプじゃないんだな。ＩＴ系の会社で働いてる。それは知ってる？」

「ええ」

「ソリューションカンパニーだから、一般顧客じゃなくて会社相手の仕事なんだけどね。今の肩書きはプロダクトマネージャー。年齢は三十八歳。現在、会社を無断欠勤中」

「肩書きだけ見ると、ずいぶん若くて偉くなったように思えますけど」

声を上げて笑いながら、橋詰が立ち上がった。ベッドの後ろ側を回って窓際へ向かい、カーテンを開け放して、窓を背に立つ。妙に芝居がかった仕草だった。

「そんなことないよ。あの業界、現場で使えるのは三十歳までだって言うからねえ」訳知り顔で橋詰が言う。「特に、肝になるプログラムを書く人間は、二十代で才能を使い果たすって聞いてるよ。三十八歳なんて、大ベテランの部類に入るんじゃない？　要するに、若いプログラマーたちの統括係に棚上げされたっていうことなんだろうけど」

「だとしたら、まともそうな人間に思えますけどね。変な人間なら、管理職に引き上げられるわけがない」

「甘いねえ、澤村先生は」にやにやしながら、橋詰が顔の前で人差し指を振った。「職業や家庭環境は関係ない。『どうしてあの人が』っていうケースは、散々見てるでしょうが」

「ええ、まあ」指摘にむっとしながら、澤村は同意した。

「確かに澤村先生の言う通りで、普段は激するタイプじゃなかったようだね。むしろもの静かで几帳面《きちょうめん》、極めて清潔好きな人間だった」

「竹山理彩は、派遣社員としてその会社に行っていたはずですけど……周りの人間は、藤巻の気持ちに気づかなかったんですかね」

「ないみたいだね。内に秘めるっていうか、無口っていうか。今回の件については、会社の人たちも相当驚いていたらしい。そもそも会社で、藤巻と竹山理彩が接触している場面を見た人もほとんどいない。あ、もちろん上司と部下の関係以上の接触は、ということだよ」

「竹山理彩は、その気がなくても男を勘違いさせるタイプだったようです」

「ああ、いるね、そういう人」橋詰が嬉《うれ》しそうに顔をくしゃっとさせた。「これもまた、興味深いタイプだ。無意識の意識というか……異性を常に喜ばせておきたい、と願う気持ちが強いんだろうね。そういう人は概して、子どもの頃にコミュニケーション能力に問題があったケースが多い。要するに、他人といい関係を築きたくて、無意識のうちに媚《こび》を売るんだね」

「異性に対してだけですか?」

「そういうタイプだった?」橋詰が身を乗り出した。

「女性の中には、あまりいい印象を抱いていない人もいたようです。狭い範囲で話を聴いただけですけど」

「ああー、なるほどね」橋詰が首を捻《ひね》る。「男にだけいい顔をしている感じか」

「そういう風に見ていた女性もいた、ということです」しかも親戚《しんせき》の女性が。友人たちならともかく、微妙な距離感にある美和の印象を、どう評価したらいいかは分からない。

「確か、兄が二人いたんだよね」

「そうなんですか？」つくづく、自分は何も下調べしないで走り出してしまったのだ、と意識する。

「そう……上に男の兄弟がいる女性の場合、自然に男に媚《こ》びる能力を身につけることもある。特に兄が抑圧的な性格の場合には、苛《いじ》められないために必要な知恵なんだね。その辺、調べてみる価値はあるよ」

「それよりも問題なのは、藤巻をどうやって捕まえるか、ですよ」

「ま、それは時間の問題だろうけど」橋詰がちびちびと水を飲んだ。「しかし、藤巻には表と裏、二つの顔があると思うね」

「仕事と私生活？」

「そう簡単な物じゃないんだけど……」橋詰が右手を前に伸ばし、掌をくるりとひっくり返した。「仕事場では、クソ真面目で面白くないけど、そこそこ頼れる上司、というタイプだったようだ。独身なんだけど、それも二十代後半から三十代の前半にかけて、ほとんど家にも帰らないぐらい激しく仕事をしていたから、らしいんだね。ちょうど、結婚適齢期でしょう？　そのままで、管理職になっても厳格にやっていたらしいよ。冗談が通じないタイプというか……あ、ちょっと待って」

橋詰が、ズボンのポケットから携帯電話を引っ張り出した。窓の方を向き、やけに大きな声で「もしもし」とやり始める。澤村は、音を消したままつけたテレビに視線を送りながら、彼の電話に耳を傾けた。

「うん、終了ね。ずいぶん遅くまでかかって……それで、どんな感じ？　ああ、なるほど。それは興味深い。というか、困ったケースだね。現状ではちょっと、分析は難しいなあ。そう、過去の事例に当てはまらないから。そう、でもまあ、いいです。リストをこっちへ送ってもらえませんかね。メールでいいので……え？　リストにするほどない？　そりゃそうだろうね」豪快に声を上げて笑う。「でも、念のために送ってくれるかな。頼みます。で、そちらの印象は？　分からない？　ま、それは仕方ないかな」

電話を切り、澤村の方に向き直る。嫌らしい笑みを浮かべていた。

「非常に興味深い……藤巻というのは、実に研究しがいのある男だね」

「何か分かったんですか？　今の電話、藤巻の自宅のガサ入れの話ですよね」

「そう」深くうなずく。「何もなかったそうだ」

「何もない？」

「普通、家をガサ入れすれば、住人の人となりを表すような物が出てくるでしょう？　習慣や趣味に関する物とかさ……冷蔵庫を漁《あさ》れば、普段何を食べてるかも分かる。その結果、ダイエットすべきかもっと食べるべきかも——まあ、そんなことはどうでもいいけど、藤巻の家には何もないんだ。冷蔵庫も、引っ越し前みたいに空っぽになっていた。清潔好きは分かるけど、極端過ぎるね」

「何もないって言っても、何かあるでしょう」

「いや、ないらしいね。ガサ入れをした刑事の言葉を借りれば、『留置場みたい』だ」

「そんな人間、いるんですか？」澤村は眉《まゆ》をひそめた。

「実際、いるんだからねえ。何だろう……個性を隠そうとしているのか、そもそも個性がないのか。妙な感じではあるけど、そういうのが今回の事件につながっているかどうか、興味深いところだよ」

「あるいは、この犯行のために、全てを整理して家を出たのか」

「そうかもしれない。ただ、引っ越し前、という感じではなかったようだね。そもそもいつも、部屋を完全に清潔に保っていたみたいだ。大量の消毒用アルコールが出てきたらしいよ」

　想像がつかない。どんな人間であっても、住む場所には個性が表れる。例えば自分の部屋……基本的には寝るために帰るだけだが、カメラのコレクションは、他人から見たら異様なものだろう。今時役にもたたない銀塩カメラを大事に持っている意味など、理解できないはずだ。橋詰の部屋はどうだろう。本に埋もれているような感じもするが、考えたくもない。

「そういう人は、どういう人間なんですかね」

「それはちょっと、分からないな」橋詰が首を傾げると、アフロヘアが情けなくふわふわと揺れた。「少なくとも今まで、そういう部屋を見たことがないから。調べた刑事の話によると、モデルルームよりも物がないそうだ」

何となく、不気味な気配が忍び寄ってくるような気がした。部屋の個性を消すような人間が、ストーカー行為をするものか……ふと思いついて訊《たず》ねてみた。

「パソコンは？」

「なかった」

「商売柄、家にもパソコンぐらいはありそうですけどね」

「持ち歩いてるんじゃないかな」

「ああ、ノートパソコンなら……」

「服にもインテリアにも個性がなくても、パソコンの方はどうかね」橋詰が顎《あご》を撫《な》でる。

「例えばネットの世界では、まったく別の人格を持っている可能性もある」

「それが今回の事件に関係している？」

「分からない。どうも藤巻という男は、今まで見たことのないタイプのようだね。そういう人間に会えるからこそ、この仕事をやってる楽しみがあるんだけどさ」

あんたは気楽過ぎる。澤村は溜息《ためいき》をついて立ち上がったが、質問を終えていないことに気づき、もう一度椅子に腰を下ろす。ほんの数秒腰を浮かしていただけなのに、椅子はもう、居心地が悪くなっていた。橋詰が、澤村の動きを面白そうに眺めた。

「長浦南署の動きはどうだったんですか？　どういう経緯で、竹山理彩を追い返したんですか？」

「ホワイトボードが欲しいなあ」

「冗談じゃない。そんな物があったら、あなたの玩具《おもちゃ》になるだけでしょう」橋詰のインチキ講義は、ホワイトボードがあると余計に熱を帯びる。

「ま、しょうがないね」一瞬目を閉じる。目を開いて澤村の視線を捉《とら》えた瞬間、一気に喋《しゃべ》り出した。「最初に竹山理彩が南署へ相談に行ったのは、二か月前——一月七日だった。応対したのは刑事課の春山《はるやま》巡査部長。知ってるか？」

「いえ」長浦南署は大所帯だ。澤村は何度もこの署の捜査に参加してきたが、刑事課のスタッフ全員の顔を見知っているわけではない。

「本当に？」橋詰が顔をしかめる。「ほら、万年巡査部長で、もう南署に七年ぐらいいる……引き取り手がなくてさ。小太りでちょっと頭髪が寂しくなってきてるオッサンだよ」

具体的に指摘されても、顔が思い浮かばない。しかし、同じ署に七年というのは異例だ。大抵は二、三年で異動を繰り返すものだが……橋詰の言う通り、よほどあちこちから嫌われていたのだろう。

「相当いい加減な男らしいよ。そもそも最初から、話を聴く気なんかなかったんじゃないかな。竹山理彩は二時間ぐらい粘ってたんだけど、その間ずっと、『受けつけられない』の一点張りだったらしい」

「一人で対応したんですか」

「そうだね」

それもまずい。もちろん、人手が足りないなら仕方ないことだが、長浦南署は最近、大きな事件を抱えていなかったはずである。だったら二人で対応するのが筋だ。

「とにかく、春山は竹山理彩を追い返した。しかしその後も、藤巻のストーカー行為は続いたんだね」

「直接的な被害は？」

「それがないから、微妙なところなんだ。具体的に暴力を振るわれたとか、家に侵入したとかなら、動きようがあったと思うけどね……とにかく竹山理彩は不安になって、三日後にもう一度警察に行っている」

「対応したのは、また春山ですか？」

「いや、その時は増岡《ますおか》係長だった」

「増岡さんなら知ってますよ」澤村は首を傾げた。少し軽いところのある男だが、相談してきた人間を無責任に追い返すようなことはないはずだ。「同じような対応だったんですか」

「一層きつい調子で追い返したらしい」

「は？」

「竹山理彩はね、前回春山と話をした時に、セクハラに遭った、とも訴えたんだ」

「本当ですか？」澤村は思わず目を見開いた。「信頼」という堅牢《けんろう》なピラミッドが、音を立てて崩壊する様が目に浮かぶ。

「密室の中のことだから分からないが、春山というのは、いかにもそういうことをしそうなタイプなんだよねえ」橋詰が渋い表情で顎を撫でる。「ずいぶん前のことだけど、南署に異動する前にも、そういう噂があったんだ。被害者にセクハラ……どうも揉《も》み消されたみたいで、はっきりしたことは分からないんだけど、あまりよろしくない性癖の持ち主なのは間違いないな」

澤村は、自分を新潟まで向かわせた怒りが急速に萎《しぼ》むのを感じた。情けない……一言で言えばそれだ。あまりにもレベルが低い話ではないか。ふと、自分はもう、この件にかかわるべきではないのでは、と思う。南署の中で何があったのか、真相は知りたいが、知れば知るほど落ちこみそうな感じがする。そして自分は、来週からそこで働かなければならないのだ。

「それで、増岡さんが激怒した？」

「丸めこもうとしたようなんだけど、おっとりした竹山理彩が、その時ばかりは本気で怒ったみたいでねえ……そりゃそうだよね。相談には乗ってもらえない、対応した刑事は言葉の暴力で精神的に追いこむ……文句を言いたくなるのも分かるよ。ただ、そこは増岡係長も百戦錬磨だから。何とか言いくるめて、追い返したんだ」

「しかし、藤巻に会って忠告するぐらいのことが、そんなに大変ですか？」

「微妙じゃないかね」橋詰が腕を組んだ。「実害がないと考えれば、確かにないんだよ。竹山理彩が人一倍怖がりだったっていうこともあるんじゃないかな。必要以上に怯《おび》えて、警察に駆けこんできた」

「竹山理彩は、無意識過剰な人です。本人は何も意識していなくても、男を惹《ひ》きつけてしまう。過去には、それでトラブルもありました」

「どういうこと？」

澤村は、高校時代、二人の男が理彩を巡って殴り合い、警察沙汰《ざた》になったことを説明した。話を聞いているうちに、橋詰の顔が目に見えて輝いてくる。

「これはまた、被害者も興味深い人だったんだねえ」

「下衆《げす》な興味で見ないで下さい」

「いやいや、心理学的に非常に興味深い」自分の言葉に納得したようにうなずく。「確かに、そういうタイプの女性はいるね。そういう人は、基本的に怖がらないんだけどなあ……セクハラも、上手《うま》く受け流してしまうようなタイプが多いんだ。それが本当に怖がっていたとしたら、セクハラは相当ひどかったんだよ。もちろん、言葉のセクハラだとは思うけど、要するに春山部長も惹きつけてしまったんじゃないかな」

「スケベなオッサンのせいで、こんなことが起きたと思ってるんですか？」

「可能性は否定できないね。厳しく絞ってみたら？　長浦南署の連中が、どこまで正直に話すかは分からないけど」

人は、不都合なことには目を瞑《つぶ》りたがる。誰かに知られるのを恐れる。それは本能なのだが、理性で本能を乗り越えなければならない時もある。他人の力を借りてでも……

この場合は、県警側の叱責《しっせき》を受けて、南署が真相を正直に語る、ということだ。

今回の件で、南署が不利――不利という考え方をしてしまったことを澤村は悔いた――なのは、理彩が殺されて早々、相談を拒絶していた事実が発覚したことである。理彩が家族に全てを話していたからだが、こういう状況でなければ発覚が遅れ、その間に南署では事実を糊塗《こと》する方法を考え出してしまったかもしれない。

これから南署は、防戦一方になるだろう。澤村は、自分がこの戦いにどう嚙《か》むか、まだまったく決められなかった。

10

平日だというのに、暇な連中の何と多いことか。藤巻は呆《あき》れながら、スキー客に紛れた。そもそもスキー人気は下降気味で、最近はどこのスキー場でも閑古鳥が啼《な》いているのではなかったのか。

実際には、越後湯沢駅西口の温泉街は、スキー客で溢《あふ》れていた。ウエアは地味な物が多い。そして持っているのは、スキーではなくスノーボード。身軽なスタイルで、駅から近いスキー場に徒歩で向かう。数こそ少ないが、湯治客の姿も目立った。さすがに浴衣《ゆかた》一枚で歩くような陽気ではないが、足取りがのんびりしていて、年齢層も高目なので、すぐにそれと分かる。

藤巻は、グレーの薄手のダウンジャケットとニットキャップを手に入れていた。この姿なら、スノーボードやスキー板を持っていなくても、街の風景に溶けこめているはずだ。目的地まで一直線に歩かないように注意する。土産物店を冷やかし、カフェのメニューを眺め、コンビニエンスストアにも立ち寄ってみた。ペースを変えるのは、尾行されていないかどうか、確かめるためである。もちろん、こういうことに関して藤巻はプロではないが、気配を察するぐらいはできるはずだ。今のところ、誰かにつけられている感じはしない。警察はまだ自分の居場所を割り出していないだろうと確信するに至り、思い切って行動を起こすことにした。

地図は既に頭に叩《たた》きこんでいたから、迷うことはなかった。新幹線の線路脇の、細い道に入る。右手は駅構内の駐車場になっているようで、入り口を塞《ふさ》ぐ白赤のバーの先に、長い走路が一直線に走っていた。左手には、線路脇に建物が建ち並んでいる。その辺りには人気はなく、藤巻は誰にも気づかれずに、楽々と目的地に達した。三階建てのアパート。足元は雪に埋もれているが、歩くのに難儀するほどではない。時に深い場所があって、足を膝《ひざ》まで突っこんでしまうが、転ぶようなことはなかった。

問題のアパートを通り過ぎ——こちらの通りを向いているのは窓側だ——線路脇のデッドスペースに立つ。今すぐに何かするつもりではなかったが、まずは現場の様子を頭に叩きこまなければならない。不足していた準備を、これから補うのだ。

ターゲットの部屋は一階。脇道に向いているベランダの手すりは低く、乗り越えるのは簡単だ。部屋で用事を済ませたら、正面ではなくベランダから外へ出て、何食わぬ表情で新幹線の脇道に出る――逃走経路はそれで大丈夫だろう。時間にもよるが、この辺りは人通りが少ない。夜なら盤石のはずだ。

だが、部屋で……ということには若干の躊躇《ためら》いがある。アパートやマンションの部屋は気密性が高いから、一部屋が燃えても他の部屋に延焼する恐れは少ないはずだが、他の人間を犠牲にするような危険を冒すつもりはなかった。浄化されるべきはあの男だけで、他の住人に被害が及べば、こちらの気持ちもまともではいられないだろう。俺の精神状態は、極めて正常だ。関係ない人間まで犠牲にしていいとは思わない。

突然、ターゲットの部屋の窓が開く。藤巻は慌てて、近くに停まっている車の陰に身を隠した。初めてターゲットを生で見て、怒りがゆっくりと湧き上がってくるのを感じる。あの男が……あいつがいなければ、理彩は長浦を離れることはなかったはずだ。身の程知らずの人間が、軽い気持ちで余計なことをするから、こういうことになる。

ターゲットの様子を観察する。窓をさらに開け放ち、大きく伸びをしてからベランダに出て来た。煙草に火を点《つ》け、ベランダの手すりに両腕を預けて、ゆっくりと煙草を吸い始める。その顔に憂いの表情が浮かんでいるのを、藤巻は素早く見て取った。それはそうだろう……理彩が死んだことは、当然知っているはずだ。生意気にも、悲しみの底に沈んでいるのかもしれない。だがそれも全て、お前自身が引き起こした結果なのだ。

トレーナー一枚という格好のせいか、寒さを耐えるのは辛《つら》いようだ。首をすくめ、空を見上げる。とはいっても、あの位置からだと、新幹線の線路が視界のほとんどを塞いでしまうだろう。曇り空の欠片《かけら》ぐらいは見えているだろうか。今にもまた雪が降り出しそうな、重い灰色の空。

ターゲットが、スキー場で働いていることは分かっている。だが今日は、仕事場へ行かない可能性もある。黒焦げになった理彩の通夜と葬儀はいつ行われるのか……このターゲットが、別れの場に顔を出すのは、自然に思えた。となると、狙う場所はここでなくてもいいわけだ。ターゲットが新幹線ではなく車で移動すれば、こちらがつけ入る隙はさらに大きくなる。

突然携帯電話が鳴り出し、藤巻はさらに頭を低くした。ターゲットはデリカシーのない男で、外にいるにもかかわらず、大声で話し出す。

「ああ、俺……うん、そうなんだよ。ああ、もちろん行く。明日の夜、な。お前、どうする？　分かった。現地集合で……いや、車で行くから。詳しいことは後でメールするよ……だけど、参ったよな。余計なこと、言わない方がよかったよ。そう……新潟へ戻って来いって勧めたの、俺なんだ」

俺はついている……話の内容から、通夜のことだろう、と想像がついた。明日の夜ということは、自分に残された猶予は、あと三十時間ほどである。その間に最適な方法を選び、実行に移そう。プランA、プランB、プランC……ざっとだが、事前にいくつか作戦は練ってある。ここはやはり、派手に炎を上げるしかない。炎が激しければ激しいほど、簡単に浄化されるのではないだろうか。汚れた心を一気に吹き飛ばすのだ。

そうと決まれば、やることは一つだ。ホテルを作業場に使おう。

ターゲットが部屋に引っこんだタイミングで立ち上がり、藤巻はベランダに向けて人差し指を突きつけた。撃つ。衝撃で指先が跳ね上がる。

あの男が死ぬことを考えると、楽しくて仕方がなかった。

11

携帯電話の音で、澤村は眠りから引きずり出された。呼び出し音は三回しか鳴っていないはずだと思いながら——必ず三回以内に目が覚めるのが習慣だ——サイドテーブルに手を伸ばして携帯を摑《つか》む。

「どうも、おはよう」

橋詰だった。やけに快活な声で、まだ半分眠っている澤村の脳髄を不快に刺激する。どんな状況でも、朝一番で聞きたい声ではない。

「何ですか、こんな朝早くから」サイドテーブルに置いた腕時計を見ると、まだ六時半だった。早くから動くつもりではいたが、早過ぎるにもほどがある。

「藤巻の目撃情報が出たようだよ」

「どこですか」言いながら布団を撥《は》ね除《の》け、ベッドから降りる。携帯を耳に押し当てたまま、洗面所に行った。鏡を覗《のぞ》きこむと、少しだけ疲れた顔が見返してくる。

「越後湯沢」

「まだ県内にいたんですか」驚きだった。とうにどこか遠くへ逃げたと思っていたのに。

「まあ、その辺の事情は、ご本人に聴くしかないんだけどね」橋詰の口調はのんびりしたものだった。「今、現地の所轄が所在を確認してるらしいけど、こっちからも人が行くそうだよ。澤村先生はどうする？」

「もちろん、行きます」

「ばれないようにして、ね」

橋詰がにやにや笑う様が容易に想像できた。澤村は思わず表情を歪《ゆが》めたが、鏡の中にいる男は、自分で想像したよりも不機嫌そうだった。

「変なお説教されるより、目立たないようにしていた方がいいんじゃない？」

「分かってます」

「こっちは、適当に出かけるけどね」

「あなたこそ、行かない方がいいんじゃないですか？　足手まといになるだけですよ」

橋詰が喉《のど》の奥から搾り出すように低い声で笑った。

「そんなことは分かってますよ。重々承知。全ては、己を知ることから始まるからね」

「だったら、新潟で大人しくしているなり、長浦に帰るなり……とにかく湯沢には行かないで下さいよ」

「へいへい」

「本気で言ってるんですよ？　何度も忠告させないで欲しいな」

「今回は、お互いに忠告ばかりだねえ」

「俺とあなたじゃ、忠告の意味合いが違う……ところで、藤巻はどこで目撃されたんですか？」肝心の情報を聞き忘れていた。

「駅」

「ずいぶん変な時間ですね」

「ちょいと裏があってね。裏というか、JRの駅員たちがぼんやりしてたみたいなんだけど……昨日の午後、藤巻らしき人間が湯沢の駅で降りたのを目撃したらしい。それを今朝になって、警察に連絡してきたんだ。ニュースが散々流れたから、それで気づいたんだろうけどね」

「間違いないんですか？」

「確定情報とは言えないけどね。よほどのことがない限り、駅員も客の顔なんか覚えてないよ。切符を切っていた時代が懐かしいねえ」

「うちの人間はどう動いてるんですか」

「遠慮がちに、新潟県警の顔色を窺《うかが》いながら」橋詰が笑いを堪《こら》えながら言った。「そりゃまあ、全面的に協力しますって言っても、表立っては動けないよね。あくまでそっと動くんじゃないかな。捜査の主体はまだ新潟県内にあるわけだし」

「こっちに何人ぐらい来てるんですか」

「総勢二十人になったのかな？　南署長を計算に入れれば、の話だけどね」

「署長は戦力じゃないでしょうね」かすかな同情を覚えながら、澤村は答えた。署長は事件の成り行きをまったく知らなかった可能性がある。もちろん、対外的にはそれで許されるものではないが、内部の人間としては十分同情できる事情だ……そう考えるところから、警察の劣化が始まるのだろうが。「今後、増員するんですか？」

「新潟県警が要請すればそうなるかもしれないけど、今のところ、その可能性は低いんじゃないかな。あちらさんにも意地はあるだろうし、はっきり言って、未《いま》だにうちに対しては怒っている」

「あなたが、余計なことを言って怒らせたんじゃないんですか？」

「私《わたくし》が？　県警で一番紳士と言われているこの私めが？」笑いを爆発させる。そのまま「馬鹿なこと言いなさんな」と付け加えて電話を切ってしまった。

澤村はさっさと荷物をまとめた。顔を洗って身支度し、携帯電話で新幹線の時刻表を確認する。七時台の新幹線に乗って、湯沢まで一時間……しかしすぐに、レンタカーを放ったままにしておけない、と気づいた。営業所は、八時にならないと開かない。仕方ない、このまま湯沢まで車を飛ばしてしまおう。高速道路を使えば一時間で着けるはずで、かかる時間は新幹線と変わらない。レンタカーの処理に関しては、後で考えればいい。

大急ぎでチェックアウトし、まだ完全に目覚めていない街を走り出す。夜にもまして寂しい……ゴミが道路を舞い、人気はほとんどなく、冷たい風が街を吹き抜けていくばかり。ふらふら歩いている三人組の若者が信号を無視して道路を渡り始めようとしたので、澤村は思わずクラクションに拳《こぶし》を叩《たた》きつけた。三人が音に押されたように同時によろけ、歩道に座りこんでしまう。朝まで呑《の》んでいたのか……タフな連中だ。酔っぱらいたちに一睨《ひとにら》みくれてから、澤村はアクセルを踏む足に力を入れた。

一旦《いったん》高速道路に乗ってしまうと、想像していたよりも湯沢はずっと近かった。今日は雪も降っておらず、速度制限もなし。交通量も少なく走りやすかったので、八時過ぎには湯沢インターチェンジに着いた。インターチェンジは国道十七号線につながり、ＪＲの駅のすぐ側に出る。予想外だったのは、市内に入るとスキー客で道路が渋滞していたことだ。ようやく十七号線から駅へ至る道路に入っても、まだ車は連なっている。道路は片側一車線で狭く、両側の商店街はアーケードになっていた。洒落《しゃれ》っ気を狙ったものではなく、純粋に雪対策だろう。道路に雪はなかったが――センターライン付近から水がちょろちょろと流れ出して雪を溶かしている――道路の両側には雪が積もり、歩道と車道を分ける白いガードレールのようになっていた。そのせいで、道路の幅が少し狭くなっているのが、渋滞の原因の一つにもなっているようだった。

駅前はだだっ広い空間になっていて、タクシーが何台も客待ちをしていた。回転はいいようで、スキー客を乗せたタクシーが次々と走り去っていく。白と海老茶色《えびちゃ》を基調にした駅舎の向こうには、白く染まった山がすぐ近くに迫っていた。旅館やホテルも目立つが、それ以外にも明らかにマンションにしか見えないような建物が何棟もある。

駅前に何とか駐車場を見つけ、車を乗り捨てて駅舎に駆けこむ。短い距離を走っただけだが、新潟市とは明らかに違う、重みのある寒さが漂っていた。寒さがゼリーのように濃厚で、全身からあっという間に熱を奪われる感じ。

構内は、スキーウエアを着た人たちで埋まっていた。三月、そろそろスキーシーズンも終わりだろうと思っていたが、車で走ってくる途中で見た限り、周囲の山々はまだ雪で真っ白である。標高の高い場所のスキー場なら、ゴールデンウィークぐらいまでは滑りを楽しめるだろう。

構内に何人か、警察官が張りついているのに気づいた。制服姿の警官はもちろんのこと、明らかに目つきで刑事と分かる人間が何人もいる。もしかしたら、目撃者は所轄の方で確保しているのではないかと思ったが、駅の事務室で確認すると、すぐに面会できた。

まだ若い——おそらく二十代前半——菅谷《すがや》という駅員は、直接相対しても澤村と目を合わせようとしなかった。明らかに怯《おび》えた様子で、視線をあちこちに彷徨《さまよ》わせている。

「何度も同じ話を聴いて申し訳ないんだけど、昨日の午後のことです」

「ええ」

「藤巻を見た、というのは間違いないですか」

「だと思うんですけど……」不安そうに下を向いてしまう。「一瞬だったんで」

「乗降客も多いでしょう？　よく分かりましたね」

「あ、上りで降りるお客さんはそれほど多くないんです」

この時期だと、駅の利用者は、東京方面からのスキー客がほとんどということか。澤村はうなずき、質問を続けた。

「どんな様子でしたか？」

「いや、別に普通に……」

「服装は？」

「ダウンジャケットだったと思いますけど、はっきりとは分かりません」

「荷物は？」

「うーん」菅谷が天井を仰いだ。「すみません、ちょっとそれも分かりません」

仕方ない……一瞬だけ見た客を、駅員がそれほどはっきり覚えているはずがないのだ。そうやって自分を納得させようとしたが、澤村はかすかな不自然さに気づいた。

藤巻は、人を殺してきたばかりである。昨日の午後といえば、犯行から二十四時間も経っていない。人を殺した人間は、簡単には日常を取り戻せないものだ。一夜を経ても、手に、目に、死体の印象が強く残っている。ただ、そういう人間を見て様子がおかしいと気づけるのは、よほど観察眼の鋭い人か知り合い、あるいは刑事ぐらいかもしれないが。

参考にならなかったか……菅谷に礼を言って別れたものの、澤村ははっきりと疲労を感じていた。冷たく空気が淀《よど》んだ駅の構内を歩き出す。広い構内には土産物店が軒を連ね、まだ朝早い時間なのにスキー客が群がっていた。ふいに、突き刺すような視線を背中に感じる。まずいな……澤村はうつむいて、自分に注がれる追及をやり過ごそうとした。もしかしたら新潟県警の中で、自分の手配書が回っているかもしれない。だいたい、駅の中で警察官が張り込んでいるのは当然で、自分はその網の中に自ら飛びこんでしまったようなものではないか。

とにかく駅から出よう。これから何をやるにしても……足早に構内を抜け、入って来たのと反対側、駅の西口に出る。こちらの方が温泉街のようで、狭い道路に沿って旅館やホテルが建ち並んでいた。ダウンジャケットのジッパーを首のところまで引き上げ、うつむきがちに歩き出す。

ふと、疑問が浮かんだ。藤巻はどうしてこの街に来たのだろう。何よりも重い罪、しかも常軌を逸した罪を犯した人間の行動としては、澤村の経験や理解を超えている。この街に何か関係があるのか……藤巻のことを何も知らないのだと痛感したが、それは他の刑事たちも同じだろう。長浦南署の方でも、慌てて藤巻の周辺捜査を始めているだろうが、まだ全容は摑《つか》めていないはずだ。ここで藤巻が捕まるかどうかも分からず、自分は長浦に戻るべきではないか、とも思った。谷口に申し出て、正式に捜査に加えてもらう。そうすることで、何も気にせず動けるようになるのではないか。

電話が鳴り出した。ダウンジャケットのポケットから引っ張り出し、歩きながら耳に当てる。谷口だったので、道路の端に寄って話し始めた。コンビニエンスストアのすぐ側で、出入りする人が多く、必然的に声は小さくなる。

「お前、人の忠告はちゃんと聞け」はっきりと苛立《いらだ》ちが感じられた。

「橋詰さんはいいんですか？　あの人もこっちに来てますよ」

「橋詰は……コントロールできないだろうが。刑事部長直属なんだから」

「いい加減に、誰かがコントロールすべきだと思いますけどね。あの人が現場に入って来ると、滅茶苦茶になるんです」

「そういうお前も、現場を引っ掻《か》き回していることは意識しろよ」

「今のところは、そういうことはないと思いますが」

一瞬間が空いた後、谷口が「今、どこにいる？」と訊《たず》ねた。

「湯沢です」嘘をついても仕方がないので、正直に答える。

「藤巻がそこで目撃されたそうだな」

「目撃した駅員にも話を聴きました。ちょっと情報は曖昧《あいまい》ですね」

「まあ、そうだろうな」谷口があっさりと言った。「一瞬だったんだろう？」

「ええ」

「まだそこにいるなら、いずれ炙《あぶ》り出せるとは思うがな」

「いや……そんなに簡単ではないかもしれません」

「どういうことだ？」

「湯沢は、意外と人が多いんですよ」澤村は、目の前を通り過ぎるスキー客の集団をちらりと見ながら言った。「宿もたくさんあります。身を隠すにはいい場所かもしれませんね。それより、藤巻がどうしてこんな場所に姿を現したのか、分からないんですか？」

「今のところは、な」谷口は悔しそうだった。「藤巻の周辺も調べ始めているが、どうにもよく分からない男なんだ。会社の方でも、相当動揺が広がっている。そういうことをするタイプじゃないと言うんだがな」

「部屋が妙な具合だった、と聞いてますが」

「ああ……モデルルームというか、ホテルの部屋のような感じかな。あそこまで個性のない部屋は、俺も初めて見た。それで塵《ちり》一つ落ちてないんだぞ」

「清潔好き……というか、神経質な感じなんでしょうか」

「そうかもしれない。汚い物を異常に嫌う人間はいるからな」

執着。人は誰でも、何かにこだわって生きている。そして生活空間は、そのこだわりによって作られるものだ。藤巻のこだわりは何だったのだろう。部屋を綺麗《きれい》に、無個性に保つこと？　度を過ぎた潔癖症だったのかもしれない。

「会社でどんな様子だったかは、ある程度分かってるんだがな」

「プロダクトマネージャー、ですよね」

「ああ。責任ある立場で、仕事はきちんとこなしていたらしい。ただ、私生活については、会社の人間もほとんど知らないようだ」

「竹山理彩に執着していたことに関しては？」

「寝耳に水だったようだな。二人が仕事上のことで話しているところは、何人もの人間が見ているが、それ以上の関係だったとは誰も思っていなかった」

「そもそも関係はなかったんじゃないですか。藤巻の一方的な執着でしょう」

執着。もう一度、その言葉が脳裏に浮かぶ。部屋を無個性に、無菌室のような状態に保つことと、竹山理彩につきまとうこと……両者は無関係のように見えながら、どこかでつながっているような気もする。ただ、一言で藤巻という人間を説明する——レッテルを貼るのは、まだ無理のようだ。

これではまるで、橋詰ではないか。苦笑しながら、澤村は首を振った。心理学的な分析など、自分の仕事には何も関係ない。問題は、心の動きが事件にどう結びつくかだし、それは犯人を捕まえて叩《たた》いてみないと分からないことなのだ。途切れ途切れの行動だけを見てあれこれ想像するのは、やはり馬鹿馬鹿しく思える。橋詰の行動は、澤村にとってはやはり意味のないものだった。

「いい加減に、こっちへ戻って来い」

「まさか。事件は動いてるんですよ」

「お前は休暇中だ。勝手なことをするな」

「それより、今後の捜査はどうなるんですか？　合同捜査本部のような形になるんですか」

「その件に関しては、新潟県警の方が難色を示しているんだ」谷口が苦しそうに言った。「この事件は、構図を簡単に考えれば、長浦に住んでいる人間が、たまたま新潟で事件を起こしたというだけに過ぎない。新潟県警としては、こっちのミスには巻きこまれたくない、ということもあるだろう。マスコミの連中も騒ぎ始めているし、新潟県警まで責任を負わされたらたまらないと考えるのが普通だろうな」

それは無責任だ、とも思ったが、新潟県警の立場も分かる。そもそも長浦南署がヘマをしなければ、こんな事件は起きていなかった可能性が高いのだから。

「長浦南署に対する調べはどうなってるんですか？　もう、責任者が炙り出されているようですけど」

「監察官室が動いている。ただ、藤巻の一件の捜査もしながらだから、簡単にはいかないだろう」

「俺を、正式に捜査に入れてもらえませんか？」澤村は切り出した。「こそこそ動かなくても済むように。休暇は返上しますよ。まだ身柄は一課にあるんですから、動きやすいとは思います」

「……検討しておく」

谷口がどうしてここまで自分を排除したがるのか、分からなかった。もしかしたら自分の知らないところで、何か動きがあるのかもしれない。しかしそうであったら、谷口は何か耳に入れてくれるはずだ。

「課長、何かあったんですか?」思い切って聞いてみた。蚊帳《かや》の外に置かれているだけならともかく、知らぬ間に包囲網が敷かれていたりしたらたまらない。

「何もない」谷口が即座に断言した。

「普段だったら、こういう捜査には真っ先に送りこんでくれるじゃないですか」

「お前は今、微妙な立場だろうが。ここで長浦南署を刺激するようなことをすると、来週から仕事をし辛《づら》くなるぞ。こういうことがあると分かっていたら、異動は見送ったんだがな」

「関係ないですよ」居心地の悪さは、既に想像も覚悟もしていた。だが、それと捜査はまったく関係ない。居心地が悪くなろうが何だろうが、仕事は仕事できっちりやるだけだ。

「一応、気を遣ってるつもりなんだがな」

「気を遣ってるなら、仕事をさせて下さい」

「たまには立ち止まって考えるのも大事なことだぞ」

「立ち止まってこんなことを考え続けてたら、頭が爆発しますよ……また連絡します」

話しているうちに、もう一度新潟へ戻らなければならない、という気持ちが芽生えてきた。藤巻が、何の目的もなしにこの街に来るとは思えない。だが身を潜めるためではないはずだ。いくらスキー客で賑《にぎ》わって、目立たないとはいえ、安全に隠れるつもりなら、長浦か東京の方が適している。何故ここへ——その背景を知るためには、理彩の関係者に当たるのが一番早いような気がした。何しろ藤巻は、会社の同僚からも、私生活が謎だと言われるような男である。長浦で調べるにしても、限界があるのではないか。それよりも、唯一藤巻と接点があった人間——理彩の周囲を調べてみた方が、何かが分かるような気がする。

電話を畳んで歩き出そうとした瞬間、テレビクルーの一団が目の前を通り過ぎた。スキー場の取材かもしれないと思ったが、話の内容が聞こえてきて、澤村は一気に緊張感を高めた。

「どの辺で——」

「駅は押さえたから、後は温泉街を」

「——こんなところに何で藤巻がいるんですかね」

カメラに張られたステッカーを見ると、新潟の地元局のようだった。新潟県警も、情報管理に関しては甘い。藤巻がここにいるのを漏らしたのは、あの連中に違いない。マスコミの取材攻勢を完全に遮断しろとは言わないが、情報を漏らしていい時と悪い時があり、今は明らかに駄目なタイミングなのだ。藤巻がこの街に潜んでいる限り、燻《いぶ》り出すチャンスはあるだろう。警察は隠密《おんみつ》行動を得意とするから、気づかれずに包囲網を狭められるはずだ。だがマスコミの連中、特にテレビの連中は、動いているだけで目立つ。それを藤巻に察知されたら――新潟県警の連中は、そんなことも考えていないのだろうか。

警察の劣化は、長浦南署に限ったことではない。

第二部 爆殺

1

慎重に……何の役にも立たないと思っていた理学部時代の経験が、こんなところで生きるとは。藤巻は思わず、ほくそ笑んだ。元々考えていたプランBを、実際の状況に合わせて進行中。狭いホテルの部屋の中には、かすかな異臭が漂っているが、これは作業を終えて窓を開け放てば、すぐに消えるだろう。今は、できるだけ空気が動かないよう、気をつけなければならない。

この一件では、事前に立てていた計画のうち、加速度計を利用する方法を使うことにした。ターゲットがいつ動き出すか分からないから、タイマーは役に立たない。走り出して、時速三十キロに達すれば発火するセッティング。高温の炎は、一瞬にして車を包みこむはずだ。それが湯沢の市街地でになるのか、市街地を抜けて国道に出てからになるのかは分からなかったが。あの男が、てきぱきと運転するタイプであることを願う。

そういうドライバーなら、走り出してすぐに、車のスピードは三十キロに達するだろう。のろのろ走っていたら、その瞬間を見届けることは叶《かな》わない。爆発するまで、ターゲットの車を追いかけて行くわけにもいかないのだから。

あまりにも集中し過ぎて背中が鉄板のようになり、頭痛が襲ってきた。デスクから顔を上げ、小さく溜息《ためいき》をつく。首をぐるぐる回すと、枯れ枝を踏むような音が頭蓋《ずがい》内に響いた。そもそも仕事でも、肩凝りは馴染《なじ》み深いものだが、今回のそれは、いつも感じているのとは少し違う。仕事とはまったく別の、責任感の重さ。仕事なら、何かあっても一人の責任にはならない。だが今回の件は、全てが自分にかかってくるのだ。成功しても失敗しても、一人で背負わなくてはならない。

「失敗するわけはないけど」

一人でつぶやいた声は、意外に大きく響いた。そう言えばもう長いこと、誰とも話していない。しかし自分は、基本的に孤独に耐えられる人間だと自覚している。孤独と引き換えに、集中力を手に入れられたのだ。

いつの間にか、部屋は暗くなっていた。デスクの灯《あか》りを点《つ》け、急いで、しかし慎重に作業を進める。何としても、今夜のうちに仕かけを済ませておきたいのだ。やるのは夜中……いくら湯沢がスキー客で賑《にぎ》わっているとはいえ、日付が変わる頃になれば、人通りも絶えるだろう。藤巻の予想では、現場での準備には数分しかかからないはずだが、それでも用心に越したことはない。

ようやく作業を終え、人心地ついた。立ち上がって背中を伸ばし、凝りを解《ほぐ》してやる。それから窓を開け、寒さに震えながら、部屋の空気を入れ替えた。寒いというより、身が引き締まる感じだな、と考える。十分ほど部屋の真ん中に立ち尽くし、空気が完全に入れ替わるのを待った。窓を閉めると、満足して笑みを浮かべる。臭いは完全に消えていた。

それから丁寧に、部屋の掃除を始めた。本当は掃除機でも借りて、床を徹底的に綺麗《きれい》にしたいのだが、そんなことをしたら、ホテルの人間に自分の存在を印象づけてしまうだろう。それだけは避けたかった。ここで終わりではない。自分にはまだ、やることがあるのだ。ミッションは、完遂してこそ意味がある。

作業していたデスクに、小さな染みがついているのに気づいた。何だろう……自分が作業を始める前にはなかったはずだ。指先で擦《こす》り、臭いを嗅《か》いでみたが、正体が分からない。分からないとなると、妙に気になるものだ。乾いたティッシュペーパーで拭《ふ》いても、汚れは落ちない。仕方なく、ティッシュを水で濡《ぬ》らし、固く絞ってからデスクを磨き始めた。丁寧に、強く。何度も擦ってから、顔をデスクの天板と同じ高さにして、凝視する。まだ残っていた。この汚れが何かの証拠になるとは思えないが、とにかく気になる。

今度は風呂場《ふろば》からタオルを持ち出し、さらに力をこめて磨き続ける。額に汗が浮かんでくる頃、ようやくデスクは綺麗になった。これでよし……満足して立ち上がり、タオルを広げてみる。薄茶色の染みが滲《にじ》んでいたが、臭いを嗅いでも、何なのかは分からなかった。まあ、これに執着しても仕方がないだろう。今は、デスクが綺麗になったことを素直に喜ぶべきだ。物事はすべからく、こうでなくてはならない。一点の染みもなく、綺麗なままで……石鹸《せっけん》と温水を使い、タオルを徹底的に洗う。ようやく染みが消えて満足した頃には、両手の指に皺《しわ》が寄っていた。

乾いたタオルを使って丁寧に手を拭き、ちらりと浴槽を眺める。ホテル自体が古いので、浴槽も相当くたびれた感じなのが気に食わない。本当は、一仕事終えた後なのでゆっくりと湯に浸《つ》かり、体を清めたかった。だが、ホテルの浴槽がどうしても不潔に感じられてしまい、昨夜もシャワーを浴びただけだった。今もシャワーで済ませる手はあるが、これから偵察に出かけなければならないから、それでは体が冷えてしまうだろう。体を洗うのは後回しにした。薄汚れた体のまま外へ出るのは気が進まなかったが、外出すればしたで、どうせ街の汚れた空気に身を晒《さら》すことになる。

藤巻は手早く身支度を整えた。ダウンジャケットを着こみながら、手作りの完成品をちらりと見やる。紙袋に入れてあるから、見ただけでは何だか分かるまいが、ホテルの従業員が手を触れないという保証はない。セーフティボックスに入るぎりぎりの大きさだと確かめ、中に保管してようやく安心できた。

準備完了。後は細かい作業が待っているが、さほど神経を遣うことではない。素早くやれば、何の問題もないはずだ。

仕事はシンプルに、スピーディに、そして清潔に。それさえ心がけていれば、大抵のことは上手《うま》くいく。

今回唯一心残りだったのは、選んでいる時間の余裕がなかったとはいえ、このホテルに泊まってしまったことだ。ここまで不潔だとは……昨夜も、ベッドに入った後で、何だか体が痒《かゆ》くなってきたのだ。使い古されたシーツや布団には特有の臭気があり、いくらクリーニングに出しても取れなくなるものだ。今から宿を変えようかとも思ったが、それではリスクが大きい。普通、こんな時間にチェックアウトする人間などいないはずで、従業員に自分の存在を印象づけてしまう。

ふと気づいて、テレビをつけた。湯沢に来てから、ニュースはまったくチェックしていなかったので、新潟での一件がどんな風に扱われているかは分からない。ちょうど、地元局がローカルニュースを流す時間帯だった。自分の起こした事件が真っ先に取り上げられているのを見て、事態の重大性を理解したが、特に気持ちが高ぶることもない。知りたいのは捜査の進展具合だけだった。

「――新潟市西区松海《まつみ》が丘《おか》で発生した女性殺人事件で、殺人容疑で指名手配されている藤巻直哉容疑者が、湯沢町内に潜伏しているという情報があり、県警で確認を急いでいます」

瞬時に、頭に血が上る。この街で誰かに見られていた？　しかし自分は、新潟県内では顔を知られていないはずだ。いや……俺が理彩を殺したことは、早い段階で判明していたはずだから、警察がいくら間抜けでも、顔写真ぐらいは入手しているはずである。実際、画面に自分の顔写真が映し出された瞬間には、少しだけ焦った。社員用のＩＤカードの写真ではないか……会社の連中は、マスコミの要求を受け入れて、俺を裏切ったわけだ。それは別に、どうでもいいことだが。もう、戻る気もない。無断欠勤を続けたまま、二度と会社には行かないつもりだ。ふと、愉快になる。今から電話を入れて、脅しをかけたらどうなるだろう。部下たちの顔が次々と脳裏を過《よ》ぎった。どんな反応を示すのか……怒るか、怯《おび》えるか、出頭するよう説得するか。あいつらの慌てふためいた態度を想像すると笑えてきたが、いずれにせよ、あの連中にまともな対応ができるとは思えない。

この件はトップニュースではあったが、内容はほとんどなかった。実際、マスコミの連中も、事態を把握していないのだろう。この事件は全て、俺の心に起因するものなのだ。俺に話を聞きもしないで、事件の全容を語れるわけもない。もちろん、語るつもりなどないが。全ては俺の中で完結する。

テレビを消した。この街を、刑事たちがうろつき回っているのは間違いない。ＩＤカード、あるいは免許証の写真を見せながら……このホテルが割り出されるのも、時間の問題かもしれない。

有限、無限の問題を考えた。この街には確かに、ホテルや旅館が多い。それを一軒ずつ当たっていくにはそれなりの時間が必要だが、宿泊施設の数は有限である。有限である限り、警察は諦《あきら》めないはずだ。いつかは俺に行き当たるだろうが、それが五分後なのか数日後なのかは、誰にも分からない。

分からないことで思い悩んでいても仕方がない。うじうじ考えて、行動に影響が出るのが最悪だ。

部屋の中をもう一度丁寧にチェックし、藤巻は外へ出た。廊下は静かで、人の気配が感じられない。エレベーターの近くにある自動販売機のコーナーから漏れ出る白い光が、やけに眩《まぶ》しく見えた。

もう少し……とにかく明日の午後遅くか夕方までには、決着がつくはずである。それまで隠れていられれば十分なのだ。それほど長い時間ではない。

そして藤巻は、警察の能力を舐《な》めてかかっている。理彩が警察に相談に行った時、まともに取り合わなかったのがいい証拠だ。事件が起きてしまってから慌てて動き出しても、もう手遅れである。

警察に特に恨みがあるわけではないが、今は間違いなく敵だ。お前たちの能力では、俺を見つけられない——ざまあみろと思いながら、藤巻は足早に廊下を歩き出した。第二の戦いの時が迫っている。

2

美和は相変わらず不機嫌で、理彩を毛嫌いしている本音を隠そうともしない。ぎりぎりのところで、最悪の一言を発さずに我慢している様子である。

最悪の一言――全部理彩が悪い。

二度目の訪問とあって、澤村は少しだけリラックスしていた。逆に美和は、前回会った時以上に緊張した様子だった。二日で二度目の刑事の訪問――気持ちが張り詰めないわけがない。

「昨日も、二回も刑事さんが来たのよ」

「私も入れて、ですか？」さすがに新潟県警も、ここの存在には気づくだろう。友人や親戚《しんせき》筋を真っ先に調べるのは、捜査の常道だからだ。

「あなたの他に、二回」うんざりした表情で煙草に火を点《つ》けた。「何で、違う人が皆、同じ話を聴きに来るわけ？」

「間違いがないようにするためですよ」

「でも、一日に三回はやり過ぎじゃない？」

「そういうこともあるんです」一般の人からすれば、こういうやり方は鬱陶《うっとう》しいだろうな、とも思う。だが今は、緊急事態だ。「今日聴きたいのは、全然別の話なんですけど……理彩さんの交友関係、よくご存じですよね」

「新潟も狭い街だから」

「新潟ではなく、湯沢に誰か、理彩さんの知り合いがいますか?」

「湯沢?」煙草の煙の向こうで、顔が歪《ゆが》んだ。「越後湯沢ということ?」

「ええ」

「さあ」思い切り不思議そうに首を傾げる。「湯沢にはいないと思うけど」

「思い出して下さい。高校時代の友人とか……湯沢辺りで働いている人がいても、おかしくないでしょう。あの街なら、働く場所は幾らでもあると思います」

「旅館とか、スキー場とかね」美和がうなずいて同意した。「それはそうだけど、少なくとも私は知りませんね」

となると、高校や中学の卒業生のリストを、片っ端から当たっていくしかないだろう。いや、そもそも藤巻が次に狙うのが、かつての同級生だという保証はない。理彩は、大学進学を機に新潟を離れ、長浦に移り住んでいる。新潟との縁は、一時的にせよ、薄れたはずだ。そして藤巻が、理彩の古い人間関係に目をつけるとは思えない。

恋人、だろうか。理彩につきまとっていた藤巻が、彼女に恋人がいるのを知って、その男にも危害を加えようとしていたら——人の恨みは、そこまで深くなるものか? 可愛さ余って憎さ百倍で、恋人を手にかけるケースは、いくらでもある。しかし、関係者にまで危害を加えるのはやり過ぎではないか。想いを寄せていた相手が好意を抱いていた人間にも恨みを抱く？　藤巻は妄想に陥りやすい人間ではないかと想像していたが、いくら果てしなく妄想したとしても、そこまで暴走するとは考えにくい。

　だが、可能性を除外してしまっては、いざという時に慌てふためくことになる。「想定外」の範囲を狭めるのは、ミスをしない最低限の方法だ。やはり恋人の線を調べていこう、と澤村は決めた。もしかしたら藤巻は、理彩に対するのと同じぐらいの恨みを、理彩の恋人に対して抱いているかもしれない。

　結局、昨日美和に貰《もら》ったリストを使い、再度理彩の友人たちに当たっていくことにした。新潟を出てからの男関係なら、美和が知らなくても不思議はないが、友人たちには話しているかどうか……午前中から昼過ぎにかけて何人かの人間に会ったが、満足のいく情報は手に入らなかった。

　気になるのは彩理だった。昨夜話を聴いた時の態度。恋人の存在を訊《たず》ねると、彼女は「いたかもしれないけど……私は知りません」と答えた。口調が曖昧《あいまい》で、いかにも本音を隠しているように聞こえたのを思い出す。知っていて、喋《しゃべ》らなかっただけではないのか。

　もう一度話を聴くのは難しいだろう。昨夜も相当動揺していて、具体的な話は一切聴き出せなかったし、自分の後に事情聴取したはずの竹内たちが、さらに動揺させてしまった恐れもある。夫の孝義が一緒ならフォローしてもらえるかもしれないが、彼も今は仕事中だ。

そうだ、彩理ではなく孝義本人に話を聴けばいい。昨夜、彼自身も「いたとは思うけど……」と言っていたではないか。「俺は知らないですよ」と一応否定してはいたが、孝義は、高校時代から理彩を知っている。交友関係に詳しくても、不思議ではないのだ。

昨夜、孝義から聞きだした携帯電話の番号にかけてみる。反応はない。もしかしたら、仕事中は電源を切っているのかもしれないと思い、市役所の電話番号を調べて直接かけてみた。観光政策課……最近ではとみに、重要な部署だろう。

名乗らず、在室しているかどうかだけを確かめる。「食事に出ています」と女性が答えた。腕時計を見ると、十二時半。勤め人にとっては、貴重な昼休みの時間だ。

「そちらに戻りますか？」

「一時には部屋に戻る予定です」

「かけ直します」

自分の名前は告げないまま電話を切り、車をスタートさせた。たまたま、市役所の近くにいる幸運に感謝する。これが美和の家の側からだったら、三十分で市役所まで行けるかどうか分からない。

ささやかな幸運を喜ばなければならないほど追い詰められているとは、思いたくなかったが。

観光政策課の部屋に飛びこんだのは、一時五分前。既に自席についていた孝義が澤村に気づき、驚いて立ち上がった。澤村はうなずきかけ、彼の方からのアクションを待った。孝義が足早に歩み寄って来て、歪んだ表情を見せる。

「何ですか、こんなところまで」元来気が弱そうな彼にしては、精一杯の抗議だった。

「急いで話を聴きたいことがあるんです」

「困りますよ、仕事場で……」心配そうに周囲を見回す。誰かに注目されている様子ではなかったが。

「ちょっと話すだけです。ここじゃなくて、外へ出てもいい」

「そんな時間、ないんです。二時から会議なんで」

「一時間も必要ない。あなたがすぐに話してくれれば」

孝義が盛大に溜息《ためいき》をついた。「強引なんですね」と抗議したが、澤村は無言で首を振って、意思を押し通した。時間もないので、廊下の隅に引っ張っていって、話を聴く。

「藤巻が、湯沢で目撃されたという話があるんだ」

「ああ、ニュースで言ってました。何で湯沢なんかに？」

「それを、あなたに聴きたいんです」

「俺ですか？」孝義が自分の鼻を指差した。顔からは少しだけ血の気が引いている。

「俺は、何も……」

「藤巻が湯沢に行く理由が分からない。会うべき人がいるんだろうか」

「いや、分かりません」

「理彩さんの恋人の話なんですが」

「それは分かりませんよ」

澤村は盛大に溜息をついて見せた。それを見て、孝義がさらに怯《おび》えたような表情を浮かべる。

「あなたも昨夜、それは認めていたんですよ？　どうなんですか」

「はっきりしないけど……湯沢にはいないでしょう」

「だったら、長浦ですか？」

「たぶん。でも、分かりません。嫁にも聞きましたけど、やっぱりはっきりしたことは知らないみたいです。仲がよくても、何でもかんでも話すわけでもないし……」

「湯沢に恋人がいるわけじゃないんだね？」我ながらしつこいと思いながら、澤村は念押しした。

「いません――たぶん。いや……」どうしても断定できない様子だった。

「恋人じゃなければ、誰がいるんですか」

孝義がふっと視線を逸《そ》らす。廊下の壁に貼られた観光用のポスターを見ていたが、目は空《うつ》ろだった。間違いなく知っている、と確信する。

「理彩さんの知り合いですか？」

「ええと、あの……」言いにくそうに、口を閉ざす。一瞬澤村の顔を見たが、すぐにまた目を逸らしてしまった。「こんなこと言っていいのかどうか……無責任な話はしたくないし、単なる思いつきみたいなものですよ？」

「あなたから話が出たことは、表に出しませんよ。こっちは、情報だけあればいいんですから……で、どうなんですか？　湯沢には誰がいるんです？」

この情報を誰に話すべきか迷ったが、澤村は結局谷口を選んだ。現場近くにいるのは橋詰だが、あの男を捜査陣の一員として扱ってはいけない。話すにしても、もう少し情報がはっきりしてからだ。変な風に首を突っこんで欲しくない。初美に話せば話は早いが、彼女もどうせ、谷口に報告するだろう。司令塔に直接話を通した方が、間違いがない。

澤村からの電話を、谷口は予想していなかったようだ。肝心のことを聴き忘れていたので、まずそれを確かめる。

「この件、うちの仕切りはどこになっているんですか」

「事件そのものは、捜査一課が直接担当する。長浦南署は参加させない。被害者遺族の感情も考えなければいけないからな」

それで一安心した。長浦南署の刑事たちが参加すると、澤村としてもやりにくい。

「ちょっと情報があります。もう耳に入っているかもしれませんが」

「何だ？」

「竹山理彩の昔の恋人……ボーイフレンドらしき人物が、湯沢に住んでいるそうなんです」

「何だと？」

声の焦りぶりから、谷口はまだ、この情報を聞いていないと確信した。

「ボーイフレンドというより、頼りにできる先輩、という感じかもしれませんが」

「どういうことなんだ？」

「高校の一年先輩で、スキー部で一緒だったそうです。その男は今、湯沢のスキー場でインストラクターをしているそうなんですが……今回のストーカー問題の件でも、彼に相談していた節があります」

「そうなのか？」

「ええ……ちょっと嫌な予感がするんですよ」

その先を喋るのは、少しだけ躊躇《ためら》われた。まだ情報が少ないこの状況では、推理というより妄想に近いのではないかと思われる。だが、藤巻が湯沢にいる理由を説明する理屈としては、それしかないような気がしていた。

「お前が言いたいことは想像できるが、少し考えが飛び過ぎだぞ」機先を制して谷口が言った。

「しかし、理屈は合います……藤巻は、竹山理彩と関係ある人間にも、危害を加えようとしているんじゃないですか？」

「何のために？　だいたい、関係者といったら、まず家族を狙いそうなものじゃないか」

「竹山理彩の実家は、今時では珍しい大家族ですよ。あの家に六人も住んでいるんです。襲うのは簡単じゃない」両親と、父方の祖父母、それに兄二人が同居している。家に火をかけても、全員を確実に殺すのは難しいだろう。「どういう基準で選んでいるかは分かりませんが、可能性は否定できないと思います」

「そうか……」谷口が言葉を呑《の》む。しばし考えている様子が窺《うかが》えた。「分かった。とにかく、その男に話を聴いてみよう。もしかしたら、藤巻がもう接触しているかもしれない」

「その方がいいと思います」

「お前の……休暇は取り消しだ」

「その言葉を待ってましたよ」澤村は思わず、にやりと笑った。

「湯沢にうちの連中を行かせる。永沢が今、新潟にいるから、合流してくれ。向こうで藤巻を捜すんだ」

「分かりました」澤村は携帯電話を握り直した。緊張のせいで、汗に濡《ぬ》れている。「すぐに向かいます」

　そうは言っても、まだ新潟ですることがある。電話を切り、一度車の外へ出て体を伸ばしてから、澤村は橋詰の携帯を呼び出した。市役所の近くは交通量が多く、車の騒音に会話を邪魔されそうになるが、無視して大声を張り上げる。今は、人に聞かれてまずい話をするわけではない。

「今、どこにいるんですか？」

「ああ、ええとね、新潟県警本部」

「何してるんですか？　また周りに迷惑かけてるんじゃないでしょうね」

「あのねえ、小学生じゃないんだから」怒っているわけではなく、そんな事実も知らないのかと呆《あき》れているような様子だった。「ところでどうかしたのかな？　澤村先生の方から電話をかけてくるなんて、珍しいじゃない」

「ちょっと、あなたの知恵を借りたいと思いまして」

「知恵」吼《ほ》えるような大声を出した。「この私に、知恵を借りたいと仰《おっしゃ》る？　澤村先生のような知恵者が？　これは身に余る光栄ですな」

「いい加減にして下さい」澤村は早くも、橋詰に電話したことを後悔し始めていた。いったい自分は、何をしたかったのだろう。心理学もプロファイリングも信用していないのに、この男に何を聴けばいいのだ？　すぐに、何でもいいからすがる物が欲しかっただけだと気づく。それこそ、橋詰の胡散臭《うさんくさ》い理論でもいい。「とにかく、会えませんか？」

「いいよ。ちょうど昼飯でも食おうと思ってたんだ。あのホテルの朝飯、美味《うま》いけど量が少なくてね……飯は食べた？」

「食べるわけないでしょう」怒りがこみ上げ始める。「あなたに叩《たた》き起こされて、すぐに湯沢に行ってたんですよ。向こうからまた、とんぼ返りしてきたんです」

「あら、それはご苦労さんだねえ。じゃあ、せめて精のつく物でも食べようか」

「飯なんか、何でもいいです。目的は話をすることなんですから」

　そんな理屈が橋詰に通用するわけがなかった。県警本部——孝義たちのマンションのすぐ近くだった——でピックアップすると、橋詰はすぐにバッグからガイドブックを取り出し、折り曲げていたページを示した。

「美味い蕎麦《そば》屋があるんだけど、どう？」

「何でもいいですよ」蕎麦屋で重大な話ができるとは思えなかったが、まずは橋詰の食欲を満たしてやらないと、話が始まらない。これはいつものことだった。

　橋詰の指示に従って車を走らせる。駅の近くにある店で、夜には呑み屋としても機能するようだった。時分を外れていたので、店内に客はいない。これなら、少し長居して話をしていても問題ないだろう。

　橋詰は最初からメニューを決めていたようで、澤村の意向を確認もせずに注文した。

「こっちの希望は関係ないんですか」

　思わず文句を言ったが、橋詰は「澤村先生は、食事に興味がないタイプだろう」と簡単に切って捨てた。実際にその通りなので、黙ってうなずくしかない。

　座敷に二人きりだったので、橋詰はすぐに足を崩した。そもそもダイエットが必要な体型なので、胡坐《あぐら》をかくのもきついのだろう。もっとも澤村も、同じように足を崩さざるを得なかった。穿《は》いてきたジーンズがおろしたてで、まだごわごわしているのだ。胡坐をかくと、足に生地が突き刺さってくるようだった。

「で、話って？」音を立てて蕎麦茶を啜《すす》りながら、橋詰が訊《たず》ねる。

「竹山理彩の知り合いが、湯沢に住んでいるようなんです」

「ほう？」一気に興味を惹《ひ》かれたようで、橋詰が身を乗り出してくる。「何者？」

「高校時代のスキー部の先輩」

「男と女の関係？」

「それは分かりません」孝義の証言を思い出す。「親しかった」。澤村は何度も、肉体関係があったのではないかと突っこんだのだが、先輩後輩以上の関係だったかどうかは、孝義も本当に知らない様子だった。

「頼れる先輩、という感じかな」

「そうだと思います。はっきりしたことはまだ分からないけど、ストーカーの一件があった時、相談していたようなんです。新潟に戻るように勧めたのも、彼らしい」

「ほう、ほう」嬉《うれ》しそうに笑みを浮かべ、さらに身を乗り出す。「それは間違いなく、かなり深い関係だね。今現在、男女の関係かどうかはともかく、そういう話ができる相手というのは特別なものですよ。少なくとも昔は、男女の関係だったとかね」

「長浦には、別に恋人がいるような話もありますが」

「あらら」橋詰がアフロヘアを上から押さえた。「これはまた、ずいぶんご発展というか……多情な人なのかね」

「多情かどうかはともかく、本人にその気があれば、男には不自由しないでしょうね。意識していなくても、男の方が寄って来るタイプのようですから」

「なるほど……あ、ちょっとタイムね」橋詰が両手を組み合わせて「T」の字を作った。蕎麦が運ばれてきたのだ。

目の前に置かれた蕎麦を見て、澤村は度肝を抜かれた。ザル蕎麦のようなものを想像していたのだが、巨大な――長辺が五十センチもありそうな――長方形の箱に入っている。一口分が丁寧にまとめられ、上から見た限りでは、波打つ海を蕎麦で表現したようにも思えた。

「新潟の蕎麦は、こんな感じなんですか？」

「そうそう。へぎ蕎麦って言うんだけど」

「へぎ？」

「この入れ物のこと」朱塗りの箱を、橋詰が箸《はし》で叩いた。「こいつがへぎって言うんだ。入れ物の名前を取ってるだけ。山形の板蕎麦と一緒ですよ。あっちは、こういう風に綺《き》麗《れい》にはまとめていないけど」

「そんなこと、よく知ってますね」

「出張が多いからね。行く先々で、そこの名物は食べるようにしてるんだ。日本は広いよねえ。食べ物でそれを痛感するよ」

蕎麦に続いて天ぷらも運ばれてきた。こちらも盛りがいいというか……綺麗に花が咲いて、実際よりもずっと大きく見えている。昼食としては多い感じがしたが、とにかく食べないと、話が先に進まない。

さっそく箸を割って食べてみると、喉越《のど》しがひどく滑らかだった。蕎麦特有のがさがさした感じがなく、少しぬめりがある。独特の食感は、長浦や東京で食べる蕎麦とはまったく違う物だった。

「変わった蕎麦ですね」

「あ？　うう……」ちょうど蕎麦を頰張った橋詰が、慌てて吞みこむ。「つなぎにふのりを使ってるんだ」

「ふのり？」

「澤村先生は、捜査のことはともかく、世の中の一般常識には疎いんだねえ」

「蕎麦の種類について知っていて、何かいいことがあるんですか？」

「蘊蓄《うんちく》が語れる」

それに何の意味があるのか……思わず頭を抱えそうになったが、橋詰はそんなことはまったく気にせず、ぺらぺらと喋《しゃべ》り続けた。

「ふのりっていうのは海藻の一種でね。それをつなぎに使って蕎麦を打つと、独特のぬめりが出てくるんですよ。それがへぎ蕎麦の特徴。変わった箱に入れて出してくるだけじゃないんだ。で、新潟のへぎ蕎麦の場合は、だいたい天ぷらを大量につける」

「それも何かいわれがあるんですか？」

「さあ。実証的にそうだと知ってるだけでね」嬉しそうに言って、橋詰が海老《えび》の天ぷらを頬張る。

こうなってしまうと、何を言っても無駄だ。澤村は一つ溜息《ためいき》をついて、自分も食事に専念した。

蕎麦は大量に思えたが、二人で取りかかるとあっさりと片づけることができた。ふのりの影響だろうか、少し腹が冷えたような感じがしたが。

「で、話の続きだけど」

食後の余韻をあっさり無視して、橋詰が話を再開する。切り替えが早いというか、飽きっぽいというか……苦笑しながら澤村は話を続けた。

「藤巻は、竹山理彩の関係者を狙っているんじゃないかと思います」

「皆殺し？」

澤村は思わず顔をしかめた――彼の選んだ言葉が、自分の推理をそのまま表したものであったが故に。同じことを考えていても、自分は無意識のうちに言葉にするのを避けていたのだと思う。

「もちろん、今のところ殺されたのは、竹山理彩一人ですけど、どうして藤巻がわざわざ湯沢まで行ったのか……この男性が、竹山理彩を助けるようなアドバイスを与えていたのが、気にくわなかったんじゃないですか」

「考えられるね」橋詰があっさり認めた。「一が気に食わないと、百まで憎く感じられる。おそらく藤巻は、何事にも完全を期すタイプだと思うんだ。理系の人間には、時々そういう人がいるけどね……基本的にゼロか一かで決まることが多いから、成功か失敗かという基準しかないんだろうね。文系の人間は、グレーゾーンで生きているから、どこかで適当に妥協するんだけど」

「分かります」

「部屋を徹底的に片づけているのも、その表れかもしれない。エントロピーの法則的に言えば……いや、これはちょっと違うか。とにかく、人が住んでいる部屋というのは、どこかしら汚くなるもんでしょう？　完全に綺麗にはできないもんだよ。それを藤巻は、百に近づけようとしている。基本的には、無駄な努力なんだけどね……」橋詰が蕎麦茶を啜った。「部屋に、その人間の個性を感じさせる物がないというより、異様に片づいているということに注目したいな。それで、だ。そういう人間が犯行に及ぼうとした時、どうするかだよ」

「完璧《かんぺき》を期す」

「その通り」橋詰が、ソーセージのように太い指を澤村に突きつけた。「やると決めたことは、絶対にやり遂げようとするだろうな。仮に、竹山理彩の周辺にいる人間を全員巻きこむと決めたら、絶対にやる。問題は……」

「奴が狙っている人間が誰なのか」

「そうなんだ。それを推理できるほど、こっちは藤巻のことを知らない」

うなずいたが、澤村は一種のジレンマに陥り始めていた。藤巻について調べることはできる。交友関係は不活発な男かもしれないが、まったくつき合いがないわけではないだろう。仮にも会社で管理職という立場にあったわけだから、部下はそれなりに観察していたはずである。そういう連中に、あるいは実家の家族や古い友人たちに話を聴いていけば、人物像はもう少しくっきりと浮かび上がってくるはずである。だが今、それをやっている暇はない。藤巻が湯沢に現れたという情報がある以上、まずそこを潰《つぶ》さなければならないのだ。

「これから湯沢に向かいます」

「本格参戦？」

「課長の許可を貰《もら》いましたから」

「例によって強引に、でしょ？」橋詰がにやりと笑った。「ま、どんな形であれ、澤村先生がこの捜査に加わらないと、終わらないだろうね。特殊な事件――特殊な犯人だよ。対応できるのは、澤村先生だけだ」

「ええ……一つ、気になることがあるんですが」

「何？」

「焼き殺すという殺害方法。どう考えます？」

「清める、ということかな」橋詰が即座に答える。

「清める?」

「火は不浄な物を清めるっていう考え方は、古代からあるんだよ。人間の根源に触れるものなんだろうね。確かに、洗い流すよりは綺麗になるような気がする。綺麗さっぱりなくなるからね」

「なくなったら、綺麗になるも何もないじゃないですか」

「目に見える物が全てじゃないから」やけに真剣な表情で橋詰がうなずいた。「目に見えない部分に、汚い要素があるかもしれない。藤巻は、そういう物を嫌ってたんじゃないかな。部屋を異常に綺麗に整理するっていうのも、そういう心理の表れかもしれない……ま、あれこれ考えてても仕方ないから、さっさと捕まえてよ。本人から話を聴くのが、一番確かだからね。じゃ、よろしく」橋詰が立ち上がった。小上がりなので靴を履き、平然と出入り口に向かう。

「橋詰さん、勘定は?」

「ここは澤村先生の奢《おご》りでしょう。アドバイスを求めてきたのはそっちだよ」

反論しようとしたが、上手《うま》い言葉が浮かばない。彼の言うことにも一理あるのだし。しかしこの男には、人と合わせる気持ちがないのか……澤村が必死で編み上げげのブーツを履いている間に、さっさと店を出て行ってしまった。

3

出遅れたに違いない、と澤村は覚悟していた。谷口に電話を入れてから、橋詰との食事を終えるまで一時間強。当然、初美たちは湯沢に先乗りしているだろう。

今後の主戦場は湯沢になるはずだと思い、レンタカーは返却して新幹線を利用した。湯沢までは四十五分。着いた時には午後四時を回り、既に街は暗くなり始めていた。三月だというのに、依然として重たい寒気が街を覆っている。朝方よりも気温が下がったようで、歩いているうちに、自然と背中が丸まってしまう。

電話が鳴り出したが、ダウンジャケットの奥、ワイシャツのポケットに入れてあったので、すぐには引っ張り出せない。慌ててジッパーを下ろして取り出した時には、既に切れていた。着信を確かめると、初美だった。澤村が湯沢へ行くことを聞いて、連絡してきたのか……かけ直すと、呼び出し音が一回鳴っただけで出た。

「湯沢に来てるんですよね」念押しするような口調。

「ちょうど今、着いた」

「私たちもちょっと前に着いたんですけど、合流しますか？」

「ああ。課長には、正式に捜査に参加する許可を貰った。今どこにいる？」

「勤務先のスキー場です」

場所を確認した。駅から五分ほどで行ける場所らしい。電話を切って、雪がちらつき始めた街を早足で歩く。相変わらずスキー客で賑《にぎ》わっていて、狭い通りは歩きにくい。短い距離を行く間に、問題の男——石井《いしい》博通《ひろみち》について考える。高校のスキー部で活躍し、国体にも出場。地元の大学を卒業した後、その腕を生かしてスキー場に就職した——分かっているのはそれだけである。そういえば、スキーシーズン以外には何をしているのだろう。まさか、十二月から四月まで働いて、あとは遊んで暮らしているわけではあるまい。

スキー場の場所はすぐに分かったが、そこまで行くにはロープウエーに乗らなければならない。多少高所恐怖症気味なところがあるのでひるんだが、仕事だから仕方がない——自分に言い聞かせて、ゴンドラに乗る。中でこのスキー場の説明を読むと、上の方——上級者向け——と、駅に近い下の方——こちらは初心者向け——の二か所に分かれているのが分かった。ちらりと下を見てみると、一面の雪のせいか、それほどの恐怖は感じない。何となく、下全部がクッションのように思えてくるのだ。下の方のゲレンデで滑っている人たちは、蟻のようにしか見えない。それにゴンドラは、百人ほども乗れそうな巨大な物で、安心感があった。

途中で、降りるゴンドラとすれ違い、約十分。後ろを見た瞬間に、ずいぶん高いところまで来てしまった、と実感する。雪が細かく舞っているので、視界が薄いカーテンに覆われているようなのだが、はるか下にある街はかすかに見えた。

山頂駅を出た途端に、下界とはまったく異質の寒気に襲われた。明らかに数度は温度が低く、しかも風が強く吹きつける分、体感気温でははるかに低く感じられる。思わずダウンジャケットのフードを被《かぶ》り、雪の上を歩き出した。ブーツは、雪の上ではまったく役に立たず、足首までが埋まってしまう。乾いた地面と同じ感覚では歩けず、一歩一歩、確実に足を上げるようにしなければならない。そうしているうちに、去年の冬の追跡劇を思い出した。あの時は、雪が深く積もった森の中を歩いたのだが、現地の警察からスノーシューを借り出して、何とか歩いたものだ。あれは、慣れれば歩きやすかったが、今はどうしようもない。他の人間はスキー板を履いているか、スノーボードなので、「歩いている」わけではないのだ。雪に穴を残すように歩く自分が、ひどく間抜けな存在に思えてきた。

初美からは、山頂駅近くのレストランにいる、と聞かされていた。ほんのわずかな距離のはずなのに、雪のせいでひどく長く感じられる。辿《たど》り着いた時には、下半身全体に疲れを感じていた。同時に、体全体が完全に冷えきってしまっている。長浦で着るような、格好だけのダウンジャケットは、雪国ではまったく役に立たないと実感した。

広いレストランに入ると、暖房で一気に体が解凍された。夕方という中途半端な時間なのに、そこそこ賑わっている。レストラン全体の空気を支配するのは、カレーの匂いだ。澤村は生まれてから一度もスキーをしたことがないが、学生時代にスキーにはまっていた友人が、「スキーに行くと、何故か必ずカレーが食べたくなる」と言っていたのを思い出す。

　澤村が見つけるより先に、初美が澤村を見つけた。レストランの一番奥、目立たない場所から手を振る。澤村は一呼吸置いてから、そちらに向かって歩き出した。近づくと、異様な雰囲気になっているのが分かる。テーブルを挟んで向こう側に座っているのが、石井だろう。濃紺のスキーウエアを着て、ひどく緊張した面持ちである。細面の顔立ち、耳を覆う長さの髪。いかにも今時の若者らしい様子だ。相対している二人が、新潟県警の刑事だろう。しかし初美、それに顔見知りの捜査一課の刑事たちは立ったままである。澤村は手招きして初美を呼び寄せた。少し離れた場所で、石井たちに背を向け、顔を寄せるようにして話し出す。

「何で立ってるんだ？」

「それは、遠慮して……」初美の口調そのものも遠慮がちだった。

「新潟県警の連中、まだ怒ってるのか」

「当たり前じゃないですか」怒ったように初美が言った。「こっちもやりにくくて仕方ないですよ」

「普通にやればいいんじゃないか」澤村はテーブルに向かいかけたが、初美に袖《そで》を摑《つか》まれた。

「やめて下さい。何も、爆弾を落とさなくても」

「俺は捜査に復帰したんだぞ。事情聴取をする権利も義務もある」

「これ以上、新潟県警さんを怒らせないで下さい」

「俺も怒ってるんだけど」

初美がはっとして口をつぐむ。澤村は彼女に向かってうなずきかけたが、それで怒りが収まるわけではなかった。

「俺らの知らないうちに、長浦南署の連中がヘマをしたんだぞ」

「分かってますよ」初美が唇の前で人差し指を立てた。「分かってますけど、ここでは静かにして下さい」

「駄目だ」

澤村は初美の腕を振り払い、テーブルに着いた。新潟県警の刑事の脇。二人は澤村の正体にすぐに気づいたようで、険しい視線を投げつけてくる。石井は事情が分からない様子で、澤村と県警の刑事たちの顔を、交互に見ていた。初美が溜息《ためいき》をつくのが、はっきりと聞こえる。

「あんたは？」年長の方の刑事が、ドスの利いた口調で訊《たず》ねる。

「長浦県警捜査一課の澤村です」澤村は怒りを抑えつけながら――彼らに怒っても仕方ないのだ――静かに言った。「どうぞ、続けて下さい」

「勝手なことをされたら困る」

「聞いてるだけですから」

さすがに、それ以上忠告することはできないようだった。澤村は平然とした表情を浮かべ、刑事に向かってうなずきかけた。どうぞ、そのまま。仕方なく、刑事が事情聴取を再開した。といっても、実際には始まったばかりのようで、「もう一度確認するが」と人定質問から始めた。

それが終わると、刑事が一気に本丸に迫る質問をする。

「あなたと竹山理彩の関係は？」

「高校時代、スキー部で一緒でした」石井の声は少しハスキーで、耳に心地好《よ》いものだった。

「彼女？」

「違います」石井が慌てて、顔の前で手を振った。不自然か？　そうでもない。理彩が殺されたことは当然知っているはずで、動揺が大袈裟《おおげさ》な態度になって現れてしまったのだろう。

「本当に？　つき合っていたんじゃないの？」

「それはないです。その……手を出すと面倒なことになる子だし。狙ってた奴、たくさんいたんですよ」

「あんたもその一人じゃないのか」

澤村は思わず、刑事の横顔を睨《にら》みつけた。この男は状況が分かっているのか？　石井は今現在、「被害者候補」である。それを、犯人のような扱いをして……立ち上がりかけたが、後ろから肩を押さえられた。振り返ると、初美が蒼《あお》い顔をして首を横に振っている。

刑事がちらりと澤村の方を見て、一つ咳払《せきばら》いする。しかし表情に変化はなく、平然とテーブルに両腕を置いて身を乗り出した。

「違うのか?」

「違いますよ。ただのキャプテンと部員です」

「ただの?　だけど、大事な相談を受けてたじゃないか」

「それは……何でなのか、俺には分かりません」侮辱と感じたのか、石井の耳が赤くなる。「相談してきたのは向こうだし……俺が最初に何か言ったわけじゃないし」

「何も関係なければ、相談してこないんじゃないのか?」

「いい加減にして下さい」澤村は声を張り上げた。本当はこの刑事の胸倉を摑んで締め上げてやりたいが、さすがにこの場ではできない。「あなた、何のつもりでここにいるんですか?　彼は狙われているかもしれないんですよ」

石井の顔が一気に蒼褪《あおざ》める。澤村は、新潟県警の若い刑事を挟んで、年長の刑事と睨み合った。低く押し殺した声で、脅しをかける。

「命を狙われているかもしれない人を怖がらせて、どうするんですか」

「余計なことを言うな」こちらも、澤村に対抗するような低い声。だが、微妙に視線を逸《そ》らしている。

「少し黙ってて下さい。あなたは話を複雑にしてるだけですよ」そう、ほとんどの事件はシンプルなものである。瑣末《さまつ》な事実に引っかかって余計な想像をしてしまうことで、実際以上に複雑に見えてしまうだけなのだ。

刑事が顔を赤くして、むっつりと黙りこむ。後でクレームがつくかもしれないが、構うものか。新潟県警が長浦南署を馬鹿にするのは当然だが、こいつらにも基本的な問題がある。澤村は一呼吸置いて、石井に視線を向けた。まさか刑事同士がトラブルになるとは思ってもいなかったようで、石井の表情は明らかに動揺している。

「すみません……理彩さんからは、電話で相談があったんですよね」

「ええ」石井がすっと背筋を伸ばす。

「よく相談は受けてたんですか？」

「いや、そんなことないです。たまに会うことはあったけど、年に一回とか二回ぐらいなので、細かい話は……」

「じゃあ、今回に限って、どうして相談してきたんでしょうね」

「分かりません」石井が首を振った。「話がいきなりだったんで、こっちも訳が分からなくて」

「いきなりっていうのは、ストーカーされている話を突然聞かされた、ということですか？」

「そうです」

「他の友だちから、そういう話は聞いていなかった？」

「聞いてないです」

どうも、話が上手《うま》くつながらない。唐突にそんなことを言われて、石井が戸惑ったのは簡単に想像できるが。

「いきなりそんな話を聞かされて、どう思いました？」

「ああ」石井が困ったように眉《まゆ》をひそめ、視線を落とした。テーブルの下で手を弄《いじ》っているのがかすかに見える。「いや、でも……」

「言いにくいことはあるかもしれないけど、言って下さい。ここだけの話にしますから」

「悪いから」

「彼女に？」

石井が素早くうなずいた。死者の悪口を言うようなことがあるのか？　澤村にとっては意外だった。が、おかしくはないのだ、と思い直す。美和も、親戚《しんせき》の子だというのに悪口を言っていたのだから。どうも理彩は、ある種の人間にはマイナスの印象を与えがちな女性だったようだ。

「とにかく、話してくれませんか」

「話を聞いて、変に納得してしまったんです」

「どういうことですか」澤村は眉をひそめた。

「ああ、だから、いつかこういうことがあるかもしれないって思ってて……理彩って、そういうタイプなんですよ。男に勘違いさせるというか。本人には全然その気がないのかもしれないけど、話し方とか、ちょっとした仕草とか……あの、よく触るんですよ」

「触る？」

「横に座って話している時とか、腕なんかを自然に触ってくるんですよ。単なる癖なのかもしれないけど、そういうことで勘違いする男、絶対いますよね？」確かめるように澤村の顔を覗《のぞ》きこむ。「まあ、可愛いのは間違いないし、それが原因で大喧嘩《おおげんか》した奴もいますしね」

「その話は聞いてる。殴り合いになって、警察沙汰《ざた》になったとか」

「そうなんです」石井は、少しだけ元気を取り戻していた。「でも本人、全然悪気はなくて」

「相当扱いにくいタイプだった？」

「まあ、慣れればね……部活でずっと一緒にいれば、性格も分かってきますから。本当は、結構弱い子なんです」

澤村は腕を組んだ。理彩はどうして男に頼ろうとしなかったのか。その気になれば、頼りがいのある男を摑《つか》まえることなど、簡単そうに思える。もしかしたら理彩の内面は、自分たちが想像していたよりも、ずっと幼かったのかもしれない。困った時に男に頼るような知恵さえ持っていなかったのか……。

「だから、難しい話になった時に、相談する相手もいなかった？」

「そうかもしれません。それに、ストーカーなんていうことになったら、誰に相談していいか、迷いますよね」

「まず、家族かな」澤村は首を捻《ひね》った。

「家族にはもう話したって言ってました。家族は、警察にちゃんと相談してやるって言ってたそうですけど、それはもう駄目だからって」

かすかな胸の痛みを感じながら、澤村はうなずいた。ここには長浦南署の人間はいないが、彼の証言を聴いたら、いたたまれなくなるだろう。

「それで困って、あなたに相談してきたわけだ」

「そうだと思います」

「それであなたは、新潟へ帰って来るようにアドバイスした」

「ええ……本当は、そんな簡単な話じゃないんですよ。新潟へ帰るっていうことは、仕事も辞めなくちゃいけないわけでしょう？　今、仕事を辞めたりしたら、後が大変だし」

「不景気だから」

「でも、理彩は本当に心配そうにしていたから。不安を抱えたまま一人暮らしって、きついですよね」

「ああ」

「だから、仕事のことなんか気にしないで、すぐに戻って来るように言ったんです。と言うか、それ以外には考えつかなかったし……家にいれば大丈夫だと思ってたんですけどね。まさか、新潟まで追いかけて来るなんて」

澤村は無言でうなずいた。石井は露骨に警察を批判してはいないが、心の底では憎悪しているだろう。それに対して、自分は返すべき言葉もない。

「彼女の反応は？」

「考えてみるって言ってましたけど、その場では決められなくて。二日ぐらいしてから、取り敢《あ》えずこっちへ帰って来るっていうメールが来たんです。仕事のことも心配しなくていいからって」

「だいぶ参っている感じでしたか？」

「そうですね。泣いてましたから。本当は、泣くような子じゃないのに」

「そうですか……」一つの流れが、ここでつながった。理彩が他の人間に相談していたかどうかは分からない——特に長浦にいた恋人の存在がまだ謎のままだ——が、新潟へ帰郷した前後の事情ははっきりしてきた。「ところで、理彩さんには恋人はいませんでしたか」

「知りませんけど、そうなんですか？」驚いたように石井が顔を上げる。

「そういう噂もあるんです」

「聞いてないです」力なく首を振る。

これはまだ、詰め切れない。そして、仮に理彩に恋人がいたとして、この一件にどう絡んでいるのかが分からなかった。そもそも、理彩が殺されたことは知っているのだろうか。知っているとしたら、どういう反応を示しているのだろう。警察に駆けこんできそうなものだが。

外国航路の船員なのでは、と一瞬想像した。長浦は国際港で、船の出入りが多い。それなら、事件を知らないか、知っていても身動きできないだろう。しかし今のところ単なる妄想で、裏づける材料は何もない。

「あの……一つ、いいですか」石井が遠慮がちに切り出す。

「どうぞ」澤村はすっと背筋を伸ばした。嫌な質問が予想される。

「警察は、どうして真面目に理彩の相談を聞いてくれなかったんですか」

「どうしてそういうことになったのかは、今調べています」逃げだな、と思いながら澤村は言った。クソみたいな官僚答弁だ。

「適当に受け流していたんじゃないんですか」

「……そうかもしれません」

「俺がどうこう言えることじゃないけど、残念です」

石井が、何だか申し訳なさそうに、軽く頭を下げた。それだけで、澤村はきつい攻撃を受けた気分になった。怒声で詰め寄られるより、静かに非難される方が心に染みる。

ふいに、ざわついた気配を感じる。澤村はちらりと後ろを振り向き、テレビ局のクルーの姿を見つけた。

「まずい」

つぶやくと、新潟県警の刑事も後ろを見た。困ったような表情で、澤村の顔をちらりと見やる。

「一度打ち切りにしましょう。マスコミの連中に邪魔されたら困る」

澤村は即座に言った。あいつらは、どこで石井の存在を嗅《か》ぎつけたのだろう。新潟県警の連中から漏れた？　あるいは、情報は警察からではなく、理彩周囲の人間から出ている可能性もある。

「裏口はありますか？」澤村は訊《たず》ねた。

「従業員用の出入り口が、奥に……」石井が振り向いた。視線の先に衝立《ついたて》がある。裏口はその向こうだろう。

「一度、外へ出ましょう」

澤村の一声で、その場にいた全員が、一斉に立ち上がった。かえって目立つのではないかと思ったが、ここはとにかく、出てしまうしかない。澤村たちは横一線に並び、石井の姿を隠すようにして、衝立の方へ向かった。

ドアの向こうは厨房《ちゅうぼう》の一角で、温かな湯気が部屋の温度を押し上げている。澤村は怒りでどんどん気持ちが冷えていくのを感じたが、今はとにかく石井を無事に逃がすのが先だ。余計なことを考えないように、と自分を戒める。

澤村は先に外へ出て、またも雪の襲撃に遭遇した。それほど強く降っているわけではないのだが、気温が低い分、粒が小さく硬い。顔面に叩《たた》きつけられる雪に、痛みさえ感じた。

「普段はどこにいるんですか」澤村は石井に訊ねた。

「インストラクターの仕事をしている時は、ゲレンデにいます。時間が決まっているんですけど……そうでない時は、山頂駅に事務所があるんで、そこに」

「事務所の方で、マスコミをシャットアウトできますか？」喋《しゃべ》っていると、口の中に雪が吹きこんでくる。

「たぶん」不安そうに言った。

「また連絡しますけど、なるべく外へ出ないで、大人しくしていて下さい。今後の予定はどうなっていますか？」

「明日は、理彩の通夜があるんで休みますけど……」

「今日はどうします？　家にいない方がいいかもしれないけど、どこか泊まる場所は？」

明らかに寒さのせいではなく、石井の顔がまた蒼褪《あおざ》めた。

「それは……友だちの家とか」

「ホテルにでも泊まってもらった方がいいですね」澤村は、藤巻の情報収集能力の高さを心配していた。理彩の行動を把握していたこともそうだし、本当に石井を狙っているとしたら、どうやってその存在を割り出したかも気になる。どこに情報源を持っているのだろう。「それで、警察とは連絡を絶やさないようにして下さい」

ちらりと、県警の刑事たちに視線を投げる。年長の刑事が前へ出て、石井の横に並んだ。わざとなのか、澤村には聞こえないような低い声で石井と話をする。

石井を事務所へ送り届けると、刑事が澤村に向けて顎《あご》をしゃくった。表へ出ろ、か……対決は避けられない。割りこんだのは自分だ、という意識もある。

山頂駅の裏側に回った。すぐ目の前はゲレンデなのだが、さほど目立たない場所である。刑事がいきなり澤村の胸倉を摑《つか》み、駅舎の壁に叩きつけた。低い庇《ひさし》のところに張りついていた雪が、衝撃で二人の頭の上に落ちる。だが、相当頭にきているのか、相手は動じる様子もない。予想外に強い力で澤村を壁に押しつけ続けた。

「あんた、どういうつもりなんだ。ヘマしたのはそっちだろうが。勝手に割りこんでくるな！」

「そっちの聴き方には、問題はなかったんですか」落ち着け、と自分に言い聞かせながら澤村は逆襲した。「あれじゃ、容疑者扱いですよ。動揺している人間に、あんな聴き方はない。彼を守りに来たんじゃないんですか」

「ふざけるな！　自分たちの失敗を棚に上げて、何を言ってるんだ」

「うちの県警の失敗は認めます。だからこそ、これ以上の失敗は許されないんですよ。そっちも、全部俺たちのせいにして気を抜いていると、痛い目に遭いますよ」

「お前、自分の方が偉いと思ってるのか？」

「そういう下らないことで文句を言っている暇があったら、もう少し捜査のことを真剣に考えて下さい。これ以上犠牲者が出たら、大変なことになります」

「お前に言われる筋合いはない」

刑事が右手を振り上げ、殴りかかろうとした。澤村は相手の勢いを利用して体を入れ替え、壁に押しつけた。二の腕を首筋に当て、顔を歪《ゆが》ませる。自分の方が体格は上なので、さほど苦労せずに動きを封じることができた。

「身内で遣《や》り合っている暇はないですよ」

「お前らは身内じゃない」

澤村はぱっと手を離した。刑事が喉元《のどもと》に手をやり、咳《せ》きこむ。自分でも気づかぬうちに、力が入ってしまっていたようだ、と反省する。一歩後ろに下がり、相手の顔を睨《にら》みつける。上層部がどんな話し合いをしていたかは分からないが、現場のいがみ合いは簡単には終わりそうにない。

それまでまったく口を出さなかった捜査一課の同僚、牧内《まきうち》が割りこんだ。澤村より二歳ほど年長で、ぼそぼそと暗く話す男だ。だが、その落ち着いた感じが、この状況ではかえって上手《うま》く機能する。怒りで真っ赤になっていた新潟県警の刑事の顔が、次第に平静に戻っていった。牧内が話し終える頃には笑みさえ浮かべていた。

澤村の方に向き直ると、牧内が短く「下へ戻るぞ」と言った。逆らうわけにもいかず、澤村は牧内について歩き出した。新潟県警の連中は、まだ残るらしい。

ゴンドラに乗ると、牧内が短く、「引っ掻《か》き回すな」と忠告した。経験上、この男とは議論が成立しないと分かっていたので、澤村はすばやくうなずくに止《とど》めた。

帰りのゴンドラは、一日滑った人たちで混み合っている。満員電車並みとは言わないが、気楽に会話できる雰囲気でもなかった。近づいて来た初美が、怖い顔で忠告を飛ばす。低く静かな声が、かえって腹に響いた。

「何で無茶したんですか」

「あの連中が、事情聴取の基本も知らないからだよ」澤村は大袈裟《おおげさ》に溜息《ためいき》をついて見せた。「あれじゃ、ただ石井さんを脅したようなものだ」

「それはそうかもしれないけど、まだ新潟県警さんとの関係は微妙なんですよ。私たちがここへ来ることだって、嫌がってたんですから」

「嫌とか嫌じゃないとか、そういう感情で捜査をしたら駄目だろう」

「澤村さんだって、結局感情で動いてるじゃないですか」

むっとしたが、反論できない。そう、そもそも自分はひどく情緒的な人間なのだ。被害者に肩入れし、責任を感じ、犯人を憎む……もっと純粋に仕事として、税金で給料を貰《もら》っている公務員としてやれればいいのかもしれないが、気持ちをコントロールするのは難しい。無理だと、とうの昔に諦《あきら》めていたし、どんなことが推進力になるにせよ、きちんと仕事ができていればいいのだ、とも考えている。

「捜査に参加するのはいいですけど、いつもみたいなことはやめて下さいね」

「いつもみたいなことって？」

「自分の考えだけで勝手に突っ走ること。今回の一件には、警察全体の信用もかかってるんですから」

「そんなもの、もう崩れてなくなってるんじゃないのか？　警察が一人の人間を見殺しにしたのは事実なんだから」

初美が素早く周囲を見回し、唇の前で人差し指を立てた。確かに物騒な話であり、こんな場所で取り上げるに相応《ふさわ》しい話題ではないが……澤村はどうしても、心の片隅で常に怒りが燃えているのを意識せざるを得ない。内輪の人間に対する怒り。どこへ持って行っていいのか、まったく分からない。拳《こぶし》を振り上げれば、全部自分のところへ戻ってきそうなのだ。

4

元々着ていた黒いダウンジャケットを使うべきだろうか、と藤巻は考えていた。昼間は賑《にぎ》わう湯沢も、夜になると裏道は暗い。真っ黒なジャケットなら、目立たず闇に紛れこめるのではないかと思う。だが、そこまで用心する必要もないだろう。自然にしていればいいのだ。人間の注意力は案外、散漫である。テレビで何度も見た顔が目の前にいても、気づかないものだ。

本当は、ずっと石井を監視しておくべきだったが、それは不可能だ。スキー場に勤めているということは、あの広いスペースのあちこちを常に動き回っているわけで、監視は容易ではない。あのマンションを張るにしても、何時間も同じ場所に立ち尽くしていたら目立ってしまう。正面入り口は駅前のメーンストリートに面していて、夜中になるまで人通りが絶えないし……そこで藤巻は、思い切って素早く動くことにした。石井の動向を気にせず、やるべきことをやってしまう。その後で、すぐに身を隠すつもりだった。明日中には、自分が成功したか失敗したか分かる。それを見届けてから、次の作戦だ。

ついていたのは、マンションの駐車場がメーンストリートに面していないことだった。駐車場の出入り口に当たる新幹線脇の細い道路は、極端に人通りが少ない。心配なのは、マンションの他の住人に見られることだったが、短い時間なら気づかれないだろう。

作業はわずか一分で終わった。マンションの裏の細い道路を行き来する時も、誰にも見られなかった、と確信する。しかし肝心の準備を終えてから、逆に疑念が募ってきた。どうして警察がいない？　真っ先にこの家を監視するものだと思っていたが、どうしたのだろう。しばし考えを巡らせた後、石井をどこかに保護したのだろう、という結論に至った。だが、警察がここで張り込むことにも意義はある。しっかり監視していたら、俺を捕まえることができたのに。

もしかしたら警察は、俺が想像しているより間抜けなのか？　捜査には素人の俺でも考えつきそうなことをやらないとは……あるいは別の作戦を考えているかもしれないが、少なくとも今のところ、それは効果を上げていないようだ。

オイルと泥で少し汚れた手袋を外し、ビニール袋に入れてから、背負っていたデイパックに突っこむ。これは後で処分しよう。余計な証拠を残さぬよう……まだ捕まるわけにはいかないのだから。

ホテルに戻るか……明日の夜までは、この近くに潜伏しているつもりだった。本当なら長浦に戻って最後の仕上げにかかるべきなのだが、仕かけが発動する時には、どうしても近くにいたい。直接見届けることができなくても、出来るだけ近くで熱を感じたいのだ。そのためには、危険を冒す価値がある。

歩き出した瞬間、ふいに嫌な空気が流れるのを感じた。デイパックを背中から体の前に回し、抱えこむようにしながらスパナを取り出す。二、三回振ってみて、重さを確かめる。致命傷は与えられないだろうが、ある程度の効果は発揮するはずだ。相手に背中を見せて逃げる、という選択肢はない。敵は敵。遭遇すれば叩《たた》き潰《つぶ》すだけだ。自分が通った後には、草一本生えていないようにしたい。

気配は、背後からやってくる。デイパックを背負い直し、スパナを右袖《みぎそで》に潜りこませた。

「ちょっと、いい？」

拍子抜けするような気楽な口調。だがこれに騙《だま》されてはいけない、と藤巻は気を引き締めた。こちらを油断させるための芝居かもしれない。だとしたら、演技は下手な人間に違いないが。すぐに感づかれてしまうようでは、話にならない。

藤巻はわずかに、歩みを速めた。逃げるのではなく、相手の出方を見るために。

「ああー、ちょっと待って。警察だけどね」相変わらずののんびりした口調で、とても警察官の話し方とは思えない。だがそれで、戦うべき相手なのだと確信できた。こいつなら撃退できる。

まだ前を向いたまま、歩調を緩める。さあ、これでどう出てくる？　藤巻は右袖の中のスパナの感触を確かめた。袖口が緩いから、右腕を振るえばスパナはそのまま外へ飛び出てくる。それを摑《つか》んで、相手に気づかれぬうちに攻撃だ。

「話を聴かせてもらえませんかねえ」

どれだけのんびりした男なんだ？　かすかに苛立《いらだ》ちを感じながら、藤巻は言われた通りに立ち止まった。振り向いて相手の顔を拝んでみたい——どれだけ馬鹿面なのか、興味が湧いていた——と思ったが、何とか我慢する。振り向いたらこちらの負けだ、という意識もあった。そう、何も先に、こちらの顔を相手に見せる必要はない。

黙って立ち止まっていると、向こうが前に回りこんできた。藤巻は一瞬だけ顔を上げ、ちらりと相手の顔を見た。まず、アフロヘアに驚く。というより、第一印象はそれしかなかった。警察官が、時代遅れのアフロヘア？　あり得ない。ダウンジャケットを着ていても腹が突き出ているのが分かり、だらしない性向が窺《うかが》えた。警察官としては、下の下だろう。そんな人間がたった一人で、俺に声をかけてくるとは。身の程知らずもいいところだ。

「藤巻さんだよね？　藤巻直哉さん……ああ、やっぱりそうだ」

友人に話しかけるような気さくな口調だった。あり得ない。藤巻は思わず、頬が引き攣《つ》るのを意識した。しかし相手は緊張した様子もなく、怒りも見せず、丸い顔には笑みさえ浮かんでいる。

「いやあ、夜中にも歩き回ってみるもんだね。まさかここで会えるとは思わなかった。光栄至極ですよ」

この男は何を言ってるんだ？　藤巻は、薄《うっす》らとした恐怖が背中を這《は》い上がってくるのを感じた。この間抜けな言い分は、警察官の物とは思えない。

「で、申し訳ないんだけど、あなたを逮捕しなくちゃいけないんだよねえ」心底申し訳なさそうに言って肩をすくめる。「今後たっぷりお話しさせていただくことになるので、是非お見知りおきを……あなたは、研究材料として、非常に興味深い人なんですよ」

研究材料？　興味深い？　これも警察官の言葉とは思えなかった。思い切り顔を歪《ゆが》めてやったが、目の前のアフロヘアの男は、顔に浮かんだ笑みを崩そうともしない。本能的に、まずい相手だと感じた。かなりイカれた……警察官かもしれないが、こちらが想像しているような警察官でないのは間違いない。かかわったら、間違いなく厄介なことになる。

藤巻は、素早く周囲を見回した。人影、なし。どうやらこの男は、一人きりでこの辺の警戒を続けていたらしい。

「じゃ、ちょっとご同行願いますかね……おっと、その前に連絡しないとな」

アフロヘアの男が、平然と携帯電話を取り出し、耳に当てた。「ああ」と一声発した瞬間を狙い、藤巻は右手を素早く振った。スパナが掌《てのひら》を通り過ぎようとした瞬間、がっちりと摑む。アフロヘアの男は、突然藤巻の右手に出現したスパナを見て、目を見開いた。

藤巻は右手を振り上げ、思い切り右から左へと振るった。男がしゃがみこんで避《よ》けようとしたが、間に合わない。耳の上にヒットし、硬い骨を直撃する感触が右手に伝わった。携帯電話が吹き飛ぶ。男が悲鳴を上げて頭を押さえ、倒れこむ。馬鹿め。中途半端なことをしても無駄だ。藤巻は真上から、次の一撃を叩きこんだ。脳天をスパナが直撃し、流れ落ちた血が、道路に積もった白い雪を汚した。男の体から急に力が抜け、腕を伸ばすように前のめりに倒れこむ。

藤巻は、男の体の下に手を入れ、道路に転がした。見た目よりもずっと重く、全身の筋肉が悲鳴を上げたが、一度勢いがつくと、その後は楽だった。道路脇まで転がして行き、最後は蹴《け》り飛ばして、除雪用の水路に叩きこむ。水深は浅く、ちょろちょろとしか流れていないが、これで十分だろう。人間は、水深十センチしかないところでも溺死《できし》する、と何かで読んだことがあった。

水路を覗《のぞ》きこむと、男は細い溝にはまるように、仰向《あおむ》けに倒れていた。足元から流れてくる水が、顔の上を通り過ぎる。上等だ。いずれ鼻や口から水が入りこみ、呼吸できなくなって溺死する。

立ち上がると、藤巻はもう一度周囲を見回して、道路に落ちた携帯電話を拾い上げた。水路に投げ入れ、終了。スパナをデイパックに突っこんで、少しだけ早足で歩き出した。すっきりした気分だった。俺の邪魔をするとどうなるか、これがいい見本になるだろう。

5

澤村は自分の携帯電話を見ながら、思わず叫んでいた。隣を歩いている初美が、「どうしました?」と鋭い声で訊《たず》ねる。

「何だ?」

「橋詰さんだ。何かあったようだ」周囲を見回す。間もなく日付が変わろうとする時刻だが、湯沢の街はまだそれなりに賑《にぎ》わっている。スキー客や湯治客向けの飲食店はまだ営業中で、赤ら顔でうろついている人も少なくない。呑気《のんき》な雰囲気だったが、澤村は心臓を鷲摑《わしづか》みされたような気分だった。

橋詰からの電話は、「ああ」の一言だけで終わっていた。直後、くぐもった悲鳴が聞こえ、それきり反応が消えた。電話は依然としてつながっているのだが……。

「ちょっと待ってくれ」どこへ向かっていいか分からないまま、澤村は歩調を速めた。電話は耳に押し当てたまま。「もしもし」と大声で呼びかけたが、反応はない。しかし電話はつながっているので、耳から放すわけにもいかなかった。

「何があったんですか？」

「分からない」澤村は不安に駆られて、周囲を見回した。橋詰からは夕方連絡があり、「湯沢に入った」と告げられた。余計なことを……と思ったが、彼が近くにいるのは間違いない。電話で聞いた限りでは、屋内ではなく外にいる様子だった。外だが静かな場所。そんなところは、湯沢にはいくらでもあるだろう。メーンストリートは賑わっているが、一本裏道に入ると、光がほとんど届かない闇の世界なのだ。

「今、何時だ？」左手で電話を握っているので、左手首にある腕時計が読めない。

「十一時四十分です」

妙だ。橋詰は、こちらの都合も考えずにいつでも電話してくる男だが、夜中というのは珍しい。どうも橋詰自身、夜は早く休むタイプのようで、こうやって現場に出ていても、それは変わらないはずだ。

何かあったのだ。

何かを知らせようとして、不都合な状況に陥った。

今、湯沢の街では、数十人の刑事や制服警官が動き回っている。石井はホテルに泊まり、保護下に置かれている。藤巻はまだ見つかっていなかったが、取り敢《あ》えず石井の安全だけは確保できた、と澤村は一安心していた。

温泉街のメーンストリートに面した石井のマンションの近くにいたので、そこを監視している覆面パトカーに駆け寄る。マフラーからは、水蒸気が上がっていない。狭い車内に新潟県警の刑事が三人乗っているので、中は寒くはないだろうが……窓をノックしようと思って、自分が出て行くとトラブルになるかもしれないと考え、初美に向かって顎《あご》をしゃくる。初美は苦笑したが、身を屈《かが》めて覆面パトカーの窓を叩《たた》き、運転席に座った男と二言三言、話した。首を振りながら、澤村のところに戻って来る。

「特に異常はないそうです」

そうか、と言おうとした瞬間、小さな爆発音が聞こえた。思わず首をすくめたが、実際に爆発があったわけではなく、電話から耳に直接送りこまれてきた音だ、と気づいた。ずっと空電音のような低い音が続いていたのに、それが途切れる。受話器を耳から放してじっと見詰め、もう一度耳に当てる。音は完全に消えていた。

「どうしたんですか」

「橋詰さんの電話が……切れた。何かあったんだ」澤村は、まだ開いている覆面パトカーの窓に向かって話しかけた。向こうがどんな反応を示してくるか分からなかったが、非常事態だ、と自分に言い聞かせる。「うちの橋詰情報統計官に何かあった」

「橋詰さん？　あのアフロヘアの人？」運転席に座っている、澤村と同年配の小柄な刑事が、露骨に嫌そうな表情を浮かべた。「何かって……あの人、あちこちに顔を出して、勝手に引っかき回しているだけじゃないか」

やはりそうか……澤村は苦い思いを味わった。あの男には、人として大事な何かが完全に欠けている。デリカシーというか、基本的な礼儀というか。コミュニケーション能力に重大な障害があるのは間違いない。だが今は、目の前の刑事と橋詰の悪口を言い合い、意気投合している場合ではなさそうだ。

「電話がかかってきたんだけど、何かあったみたいなんだ」

「何かって？」

「誰かに襲われたとか」

「どういう意味ですか」刑事の表情が暗くなった。

「一言だけ話して、反応がなくなった。その後で、誰かが電話を壊したかもしれない……近くにいる人たちに、警戒するように言ってもらえませんか」

「了解」澤村の深刻な表情が、衝撃を与えたらしい。刑事が無線を取り上げ、「警戒」と「捜索」を指示した。

それを見届けた澤村は、目礼して謝意を伝えてから走り出した。どこへ行っていいか分からないが、この辺ではないだろう。裏道だ。

「まさか、藤巻と遭遇したとか」後ろから必死で付いて来ながら、初美が言った。

「可能性はある」

　左に折れて、細い道に入る。賑やかな表通りから一転して、急に深い闇に包まれ、視界が暗転した。背後から射しこむ街灯の光だけを頼りに、目を凝らす。相変わらず粉雪が舞い続けていて、気温は零度以下だろう。身がすくみそうな寒さのはずだが、体の底から熱が湧き出てきて、それを感じない。脇道はそのまま新幹線の高架下を通る道路になっているのだが、人気はなかった。

「澤村さん！」澤村から離れて、道路の反対側を歩いていた初美が、緊張した声を上げる。

「どうした」

「血痕《けっこん》です……新しいです」

　雪に足を取られそうになりながら、慌てて道路を渡る。初美の足元を見ると、確かに鮮血が雪を赤く染めていた。ここに血があって……橋詰はどこだ？　立ち止まったまま周囲を見回す。ふと、水が流れる音に気づいた。

「近くに川でもあるのか？」

「雪を流す側溝じゃないですか？」

　言われるまま、道路端に視線を移す。彼女が言う通り、幅一メートルほどの側溝があった。特に蓋《ふた》もなく──雪を落とすためだから当然だ──水が勢いよく流れている。覗きこんだ瞬間、人影を見つけた。いつも持ち歩いているマグライトをジーンズの尻《しり》ポケットから引き抜き、側溝の中を照らし出した。

三メートルほど離れた場所で、溝にはまるような格好で誰かが倒れている。黒いダウンジャケットには見覚えがあった。慌てて駆け寄り、真上から覗きこむと、橋詰が仰向けになっており、顔を水が洗っている。まずい……上流に足を向ける格好で倒れているので、顎の方から水が顔を伝っている。あれではすぐに息が詰まってしまうだろう。

澤村は、初美に向かってマグライトを放り投げた。初美が空中でキャッチしたが、戸惑いの表情は隠せない。

「助けを呼んでくれ！」

言い残して、側溝に飛びこむ。溝その物は深く、澤村の胸が隠れるぐらいだったが、水深はそれほどでもない。すぐに屈みこんで、橋詰の頭を抱えて上体を起こした。

「橋詰さん！」叫んだが、反応はない。首筋に掌《てのひら》を当てると、弱いが脈はあった。頭に負傷しているようで、アフロヘアの中を伝って流れた血が、頬を濡《ぬ》らしている。出血はまだ止まっていない。

脇の下に手を入れ、何とか体を引き起こす。橋詰が寝ていたせいでせき止められていた水が一気に襲ってきて、澤村の足元をぐらつかせた。それに何とか耐えて踏ん張り、橋詰の体を捻《ひね》って、道路に上体を乗せた。縁がちょうど、腹の辺りになる。腰から下が水浸しになって、切れるような冷たさが這《は》い上がってきたが何とか耐え、橋詰の腰に後ろから両手を回し、思い切り力を入れて道路に押し上げた。まったく動かない人間を相手にしているので、荷物の詰まった巨大な袋を動かそうとしているようなものだった。

クソ、この男はどうしてこんなに太っているんだ。ダウンジャケットが水を含んでいるせいもあるだろうが、一人ではコントロールしきれないほど重い。澤村は悪態をつきながら、何とか橋詰を上へ押し上げようとした。下半身は浮いているのだが、それ以上持ち上げられない。頭がくらくらするほど力を入れているうちに、突然橋詰の体が動き出した。誰かが上から引っ張ってくれているのだと気づき、また力をこめる。

橋詰の体が完全に引っ張り上げられると、澤村は一種の虚脱状態に陥った。膝元《ひざもと》で水が跳ね、足ががくがくしている。思わず、その場にへたりこんでしまいそうになった。

「澤村さん」

呼びかけられて顔を上げると、初美が手を差し伸べていた。それは無理だ。体重が違い過ぎる……澤村は首を振って、両手を道路の端にかけた。残った力を振り絞り、自分の体を押し上げる。濡れているのは下半身だけのはずなのに、全身が水で重くなっている感じがした。荒い息を吐きながら、道路上に横たえられた橋詰の上に屈みこむ。

「橋詰さん！」

「大丈夫、息はしてる」

先ほど覆面パトカーで応対した刑事が、静かに言った。確かに、橋詰の胸は規則正しく上下している。積雪が、彼の体から滴った水で少しだけ溶けたが、既に血は流れていなかった。どうやら出血も止まったらしい。心の奥底に巣くっていた恐怖が、静かに溶け出す。

「救急車、呼びました」初美がてきぱきとした口調で告げる。

「ああ……」澤村は跪《ひざまず》き、橋詰の手首を取った。もう一度脈を確認して、ほっと一息つく。その瞬間、橋詰が咳《せ》きこみ、水を吐き出した。機械仕掛けのように突然上体を起こし、目を見開いて澤村に不審気な視線を向ける。

「何?」

「誰に襲われたんですか?」

「何が?」状況を把握していない様子だった。

「誰かに襲われたんでしょう」譫妄《せんもう》状態か、と澤村はまた不安に襲われた。

ふっと息を吐き、橋詰がゆっくり倒れこむ。慌てて支えようとしたが間に合わず、後頭部がアスファルトを打つ鈍い音が響いた。

「橋詰さん!」こんな男のことなど、心配するだけ無駄だと分かっていたが、澤村は思わず叫んでいた。


橋詰は、越後湯沢駅の東口にある病院に運びこまれた。まだ新しい、清潔な感じの建物で、老人医療センターと同じ敷地内にある。

救急車に乗りこんだ澤村は、一階の処置室に入る橋詰を見送った。力を使い尽くしたのを意識してベンチにへたりこむと、びしょ濡れになった下半身から寒さが這い上がる。寒さが全身を支配しているのに気づいた。座ったまま足踏みすると、ブーツがぴしゃぴしゃと不快な音を立てる。濡れて固くなった紐《ひも》を苦労して外し、ブーツを脱ぐ。中にはわずかに水が溜《た》まっていたが、病院の中で勝手に水を捨てるわけにもいかず、立ち上がって建物の外へ出た。「駐車禁止」の立て看板の脇に水を捨て、中へ戻る。照明が落とされた中、廊下に自分の足跡がついているのが見えた。濡れて重くなったブーツを両手にぶら下げたまま、とぼとぼと歩いて、先ほど座ったベンチに戻る。両手で頭を抱え、何かが起きるのをじっと待った。

何も起きない。処置室の扉は閉ざされたままで、中の音はまったく聞こえてこなかった。状況も分からない。中へ入って様子を見たいと思ったが、それでは医師の邪魔をすることになる。どうしようもない。待つしかないのか……自分自身のことも心配だった。これぐらいでは低体温症にはならないはずだが、夜間なので暖房も弱められており、冷たい廊下の感触が、体感する寒さを加速させた。両足を上げてみたが、状況は変わらない。ホテルに戻れば、替えのジーンズがあるのだが……。

どれぐらい、そうしていただろう。ふと壁の時計を見ると、日付が変わって十二時半になっている。ここへ到着してから、三十分近く。処置に時間がかかり過ぎているのではないだろうか。救急隊員は、「バイタルには異常がない」と言ってくれたのだが、彼が見立てた以上に重傷だったのかもしれない。

溜息《ためいき》をつき、床を見下ろした瞬間、「澤村さん」と声をかけられた。顔を上げると、初美が立っている。左手に澤村のバッグを、右手に缶コーヒーを二本、持っていた。

「着替えです」

「どうやって持ってきたんだ？」彼女は別のホテルに宿を取っている。

「ホテルに頼んで、部屋に入らせてもらいました」初美が少し自慢気に言った。「着替えた方がいいですよ。濡れたままだと風邪ひきますから」

「ああ」バッグを受け取り、トイレに入ってジーンズを穿《は》き替えた。それだけで、少しは下半身が温かくなった気がする。靴はどうしようもないが、それは我慢しよう。トイレットペーパーを丸めて、靴に突っこんだ。こうしておけば、少しは水分も取れるだろう。裸足《はだし》のまま、ロビーに戻った。

「これ、飲んで下さい」立ったまま、初美が缶コーヒーを差し出す。

黙って受け取ると、手に持てないほど熱かった。初美はよく平気なものだと思ったが、見るとしっかり手袋をしている。何とかプルタブを開け、口をつける。唇が火傷《やけど》するかと思ったが、熱いコーヒーが喉《のど》を滑り落ちると、途端に気持ちが落ち着いた。糖分が足りていなかったのか……もう一口。缶を慎重にベンチに置き、隣に座るよう、初美に促した。

「橋詰さん、どうなんですか」

「まだ治療が終わらないんだ」首を捻って処置室を見た。「大丈夫だとは思うけど」

「殴って、側溝に放り捨てた、ということですよね」

「生ゴミみたいにな」澤村は両手で顔を擦《こす》った。今日は長かった……一日分以上の疲労が、両手にくっついてくるように感じる。

「藤巻ですかね」

「湯沢に、あんな乱暴なことをする人間が他にいるとは思えない」

「湯沢の人じゃなくて、東京辺りから来たスキー客かもしれませんよ」

「可能性としては否定しない」澤村はもう一口缶コーヒーを飲んだ。三口目になると、甘さが舌にまとわりついて鬱陶《うっとう》しい。「だけど、限りなくゼロに近いよ」

「やっぱり藤巻ですよね」初美が嫌そうに溜息をついた。「こんな凶暴なタイプなんですか？」

「凶暴じゃないと、いきなり殴りつけたりしないだろうな」

「橋詰さんのことだから、また相手を怒らせるようなことをしたんじゃないですか」

「ああ、それはあり得る」その場面を想像すると、思わず顔が歪《ゆが》んだ。空気を読めない男……「あなたは非常に興味深い」などと言って、藤巻を困惑、あるいは激怒させたのではないだろうか。「だったら自業自得かな」

「それはやめて下さい」初美が鼻に皺《しわ》を寄せた。「仮にも、怪我してるんですから」

「そうだな」

処置室の方で音がした。すかさず立ち上がると、ドアが開き、澤村と同世代の大柄な医師が出て来る。澤村を見つけると、マスクを外してうなずきかけた。歩み寄り、橋詰の容態を聞く。

「取り敢《あ》えず、命に別状はありません」

その一言で、体から力が抜けた。あんな男のことを心配していたのだと考えると、苛《いら》つくが……。

「症状はどうなんですか？」

「多少肺に水が入っていましたけど、それは大丈夫です。頭の方はね……二か所に裂傷、軽い脳震盪《のうしんとう》を起こしています」

「だったら、しばらくは動けませんね」

「少なくとも、一日二日は安静にしてもらわないと。入院です」

「話はできますか？」

「手短かになら」

「処置室で話をしていいですか」

「大丈夫でしょう。ただ、看護師がつき添いますよ。様子がおかしくなったら、すぐに中止です」

「何とかなるでしょう。彼は一応、警察官ですから」

「ほう？」医師が眉《まゆ》をひそめた。「警察官は、アフロヘアにしていいんですか？」

「彼には何を言っても無駄なので」

医師が困ったように笑った。どこへ行っても、誰に会っても、橋詰は相手を困惑させる。これはある意味、才能と言えるのではないだろうか。何の役にも立たないとしても。

処置室に向かう時、まだ裸足なのだと気づいた。ジーンズを穿き替えたので足首から上に不快感はないが、ぺたぺたと音がするのが情けない。それに気づいた医師が、「サンダル、貸しましょうか?」と助け舟を出してくれた。

「いいんですか?」

「ああ、ちょっと待っててくれれば」

夜も遅いというのに、医師はひどく元気な様子で走り去って行った。灯《あか》りが灯《とも》っていなかった事務室から、すぐにサンダルを持って戻って来る。

「これ、あげますよ。靴は履けないでしょう」

「いや、申し訳ないですから」

「使い捨てなんです。いくらでもありますから」

「……お言葉に甘えます」遠慮したのは、本当に申し訳ないと思ったからではない。青いサンダルは、留置場で容疑者に履かせる物に酷似しているのだ。初美もそれに気づいたようで、引き攣《つ》った笑みを浮かべている。

サンダルに足を突っこみ、一つ咳払《せきばら》いしてから処置室に向かう。引き戸を開けると、ベッドに寝ている橋詰の姿がすぐに目に入った。看護師が、頭にネット型の包帯を被《かぶ》せようとして四苦八苦している。

「その髪の毛、面倒だったら全部剃《そ》っちゃっていいですよ」あの鬱陶しい髪型に別れを告げるチャンスだ。

ベテランの女性看護師が、澤村をじろりと睨《にら》んだ。怪我人に向かって失礼な……と思っているのだろう。

「同僚なんです」

「ああ……何とか大丈夫ですよ」

「人の頭のことを勝手に言わないで欲しいねえ」橋詰が肘《ひじ》を使って、のろのろと上体を起こした。

「ちょっと、動かないで下さい」

看護師に注意され、橋詰がうなだれるような格好で動きを止めた。看護師がようやく包帯の処理を終えて、忠告する。

「寝てた方がいいですよ」

「いやいや、大丈夫です。これでもタフですから」

澤村は、橋詰とタフという言葉を同じ文脈で使うべきではないと思ったが、何も言わなかった。相手は一応、怪我人である。橋詰は処置台の上で胡坐《あぐら》をかき、澤村と相対した。ネット型の包帯がアフロヘアを押し潰《つぶ》しているので、いつもと違う奇妙な印象になっている。白髪になって坊主頭にしたら、こんな感じになるのかもしれない。

「大丈夫なんですか？」

「何とかね」頭を振って顔をしかめる。「いやあ、びっくりしたな」

「藤巻ですか？」

「間違いない」橋詰の表情がにわかに真剣になった。「あいつだよ」

「何でいきなり出くわしたんですか」

「そりゃあもちろん、パトロールしていて」

「それは、あなたの仕事じゃないでしょう。いつも自分で言ってるじゃないですか」澤村は溜息をついた。「で、会ってみてどうだったんですか？　奴は何をやってたんですか」

「分からない。ぶらぶら歩いていた」

「現場は石井さんの家の近くですよ」

「あ、そう」平然とした口調で橋詰が言った。

「知らなかったんですか？」

「こっちは遊軍だからね」

　何が遊軍だ。好き勝手に首を突っこんでくるから、こんな目に遭うのではないか。澤村は呆《あき》れて、首を横に振った。

「それで、藤巻は何か言ってましたか？」

「一言も。声を聞かれるのを恐れていたみたいだね」

「そんなこと、あるんですか？」

「ないでもないよ。正体を知られたくない、っていう意識の表れだ。声は、人間の本性を表す物だから、顔を見られるよりも、声を聞かれるのを恐れる人間もいる」

「もうばれてるのに」初美がぼそりと言った。

「そう、身元は分かってる。指名手配もされてるんだからね」急に勢いづいて、橋詰が言った。「そういう意味じゃなくて、話すと本当の自分を知られてしまう、と恐れる感じかな」

「話しただけで、本当の姿が分かるものですか?」初美が首を傾げる。

「それを割り出すのは、永沢先生たちの仕事じゃないか」

橋詰がにやりと笑う。だがすぐに、激しく咳《せ》きこんでしまった。まだ肺の中に水が残っているのではないか、と澤村は疑った。

「いきなり襲われたんですか?」

「そう。あれはたぶん、スパナだな。袖《そで》の中に隠していたんだ。腕を振って取り出して、いきなりガツン。たぶん、澤村先生に電話をかけ始めたから、まずいと思ったんだろうな」

「ああ」それで、電話が一言だけで聞こえなくなった理由が理解できた。「側溝に叩《たた》きこまれたの、覚えてますか?」

「それは、全然」力なく首を振った。「殴られて、一瞬で気を失ったんだろうねえ」

「頑丈そうに見えますけどね」

「繊細なんだよ、この頭は」先ほど「タフ」と言っていたのと正反対の台詞《せりふ》を口にしながら、橋詰が頭を指差した。「それより、気をつけた方がいいね。石井の家の張り込みは、どうなってたのかな？」

「正面に、何人か」

「それでも気づかなかったわけだろう？　危ないな」

「藤巻は何をしてたんですかね」

「それは分からないけど……石井はどうしてるんだ？」

「ホテルに泊まってます。警戒の人間も貼りつけています」

「だったら大丈夫かね……しかし、藤巻は何をしてたんだろうね。偵察かな？　だとしたら、ちょっと用心が足りないけど。網の中に自分で入って来るようなもんだ」

「だけど俺たちは、見つけられなかった」何故だ？　目立たない格好をしていたから？　何もできなかった自分に腹が立つ。

「俺が見つけたじゃないか」橋詰がにやりと笑った。

「逃げられたら同じでしょう？　どっちへ逃げたかは……分からないですよね」

「面目ないねえ」橋詰が謝ったが、さして申し訳なさそうな様子ではなかった。「ま、これで戦線離脱ということで、後はよろしく頼みますよ」

「問題ないです。最初から、戦力として計算してませんから」

澤村の皮肉に、橋詰が下唇を突き出した。そんな顔をされても、フォローできない。湯沢を徘徊《はいかい》している藤巻を、できるだけ早く拘束しなければならないのだ。

捜索網は大きく広がっていた。橋詰が倒れていた側溝付近は規制線で封鎖され、前後に停まったパトカーが、毒々しい赤い光を周辺に投げかけている。メーンストリートには野次馬が集まっていたが、地元の人はほとんどいないだろう。目立つのはスキーウエアばかりだ。こんな時間なのに……。

澤村はつい、歩くスピードが速くなるのを意識した。怒りと焦り。怒りの中には、勝手なことをした橋詰に対する物も含まれる。どうせ役にたたないのだから、県警の自分の部屋で大人しくしていればよかったのに。

「澤村さん」声をかけられ、振り返ると、見覚えのない若い刑事が立っていた。年の頃、三十歳ぐらいか。こざっぱりした髪型、顎《あご》の張った長方形の顔。膝《ひざ》まである長いコートに身を包み、背筋をぴんと伸ばしている。耳こそ潰れていないものの、かなり本格的に柔道をやっていたタイプではないか、と澤村は読んだ。見知った顔ではなかったので、うなずくだけに止《とど》める。

男は澤村に駆け寄って来た。短い距離で、足場も悪いのに、綺麗《きれい》な前傾姿勢のフォームを見せている。柔道ではなく陸上の選手ではないか、と澤村は印象を変更した。

「長浦南署の吉野《よしの》です」

「応援か?」結局、南署も人を出したわけか……本当は自重すべきだろうが。直接の当事者とも言える人間が出て来ると、トラブルを起こしかねない。

「ええ」

「トラブルはないか？」

　吉野の四角い顎が引き締まった。澤村の言う「トラブル」の意味をすぐに汲《く》み取った様子である。

「今のところは」

「一つだけ、聴いておきたい」澤村は声を低くした。「南署の件、あんたは直接関係してないんだろうな」

「ないです」遠慮なしの大きな声で吉野が答える。「最初からかかわっていたかどうか、ということでしたら」

「つまりこの一件は、一部の阿呆《あほ》な人間が勝手にやったことで、刑事課の中でもほとんどの人間は知らなかった、ということなんだな？」

「その通りなんです」思い切り力をこめてうなずく。「絶対に許せません……あの、自分、実は来週から捜査一課なんです」

「そうなのか？」俺と入れ替わりか。だとしたら、少し予定を早めて、谷口が投入してきた可能性もある。それこそ、一刻も早く現場に慣れさせるために……だいたい今、長浦南署にいても仕事にならないのではないだろうか。盗犯の被害者に話を聴きに行っても、白い目で見られる可能性がある。

「よろしくお願いします」吉野が勢いよく頭を下げた。

「とはいっても、俺も今週一杯で異動なんだけどな。君と入れ違いだ」

「それは分かってますけど、それまでは」

「ああ」

「失礼します」また馬鹿丁寧に頭を下げて、吉野が走り去った。

「変ですね」すっと寄って来た初美が、囁《ささや》いた。

「何が」

「南署から人は出していないはずなんですけど。課長が、そのつもりはないって言ってましたよ」

「俺もそう聞いてた」

「当事者が、ここで捜査に入ってたらまずいですよね。今のところ、新潟に来ているのは捜査一課の人間だけですよ」

「奴のこと、知ってるか？」

「いえ、直接は知らないです」

嫌な予感がした。谷口が命令したのではなく、暴走では？　自分のことは棚に上げて、澤村は懸念した。居ても立ってもいられなくなって、命令もなしで新潟入りしたのか。

電話が鳴り出したので、慌てて出る。谷口だった。

「橋詰の容態は？」

「頭を二か所裂傷。軽い脳震盪。命に別状はありません」

「藤巻なんだな」

「橋詰さんは、そう言ってます」

谷口が、唸《うな》るような声を上げた。「奴はいったい何をしているんだ？」と絞り出すように訊《たず》ねる。

「分かりません。橋詰さんは、偶然出くわしたようですが」

「お前たちがいくら歩き回っても見つけられなかった人間を、よりによって一番役にたたない人間が見つけたわけか」

強烈な皮肉に、澤村は思わず苦笑した。しかし、庇《かば》ってやる気にはなれない。それこそ自業自得だ。

「藤巻の行方は？」

「今のところ、分かりません。俺も今、病院から戻って来たばかりなんです」

「この時間だと、逃げるに逃げられないだろう。ホテルや旅館のローラー作戦を続行だ」

「それは構いませんが……」現場の指揮命令系統はどうなっているのだろう、と澤村は疑問に思った。今のところ自分たちは、あくまで新潟県警の手伝いをしている、という感覚である。手伝いだからといって気を抜くわけではないが、あまりにも勝手に話を進め過ぎると、またトラブルの種になる。

「新潟県警とは、正式に合同捜査本部を作ることにした」

「いつの間にそんな話になったんですか？」

「つい先ほどだ……俺たちも、遊んでいるわけじゃないんだぞ」

「そんなこと、言ってませんよ」珍しく突っかかるような谷口の言い方に、澤村はこの男の怒りと焦りを感じた。

「とにかく、そういうことになった。今夜は全面的に捜索を展開することになるが、明日の朝以降、改めて指示を出す」

「――分かりました」どことなく釈然としないまま、澤村は答えた。電話を切ってから、吉野のことを聞き忘れたと気づいたが、わざわざ電話し直す気にはなれない。

そんなことよりも……これまで、合同捜査本部が上手《うま》く機能した、という話は聞いたことがない。早く犯人の身柄を確保できればいいが、そうでないと責任の押しつけ合いになるからだ。この一件はあくまで新潟県警が主役で捜査を行い――今のところ現場は新潟県内だけなのだ――自分たちは手伝いに徹した方がいいのではないかと思う。長浦南署に対する捜査もあるわけだし。

だが、決まったことなら仕方がない。

もっとも、自分がその決まりを守るかどうかは、別問題だ。実情からずれていると思えば、こちらでやるべきだと信じることをやる。ただし、今は藤巻の身柄を拘束するのが最優先だ。他のことは放っておいていい。

メーンストリートの方で、急に空気がざわついた。

「何だろう」

「行ってみましょう」

　初美が先に立って歩き出す。澤村も後に続いたが、足元の冷たさと不快感が強かった。もらったサンダルはまだ持っていたが、これで雪道を歩き回るわけにはいかない。靴下だけは履き替えたのだが、既に濡《ぬ》れたブーツから雪の冷たさが染みこみ、歩く度に痛みに近い感覚が突き抜けてくる。牧内の姿を見つけて、状況を訊ねる。

「何かあったんですか」

「石井さんが、これから新潟へ向かうことになった」石井のマンションを見詰めたまま、牧内が淡々とした口調で答える。

「ホテルの方が安全じゃないんですか」

「橋詰さんが襲われた話を聞いて、急に心配になったらしい」

「誰がそんな余計なことを言ったんですか?」

「新潟県警」牧内がぼそりと答える。

　新潟県警も馬鹿ではないか、と澤村は頭に血が上るのを感じた。それでなくても不安な人間を、さらに心配させてどうする。

「とにかく、実家へ戻る、と言い出したんだ」

「ああ、まあ……しょうがないですね」自分をつけ狙っているかもしれない人間が湯沢をうろうろしていたら、気が休まらないだろう。「送るんですか?」

「自分の車を運転していくそうだ。もちろん一人同乗して、護衛のパトカーもつけるが」

「大袈裟《おおげさ》過ぎる」

「石井さんの気持ちも分かってやれよ」牧内がちらりと澤村を見た。「精神的に、相当追いこまれているぞ。何だかんだ言って、こういう時は、家族と一緒にいる方が安心できるだろう。実際、その方が安全だろうし。実家の方にも、県警の警備は付くそうだ」

「そうですか」

ちらりと腕時計を見る。橋詰がここで襲われてから、一時間以上が経っていた。ずいぶん動きが早いが、それだけ石井も焦っているということだろう。

駐車場の出入り口は、駅前の道路——マンションの玄関ホールがある方だ——の反対側にあるので、最初に石井の車のヘッドライトの光が、脇道から出てくるのが見えた。一度路肩に停めると、そこに新潟県警の刑事が乗りこむ——スキー場で自分と遣《や》り合った男だ、と澤村は気づいた。パトカーが一台、サイレンなしでパトランプを回しながら到着し、石井の車の前につける。

パトカーの先導で石井の車が走り出す。その瞬間、澤村は不気味な予感に襲われた。そもそも、藤巻はここで何をしていたのだろう。誰かが石井の家を見張っていることは、当然想像していたのではないか。危険を冒してまで接近したのは何のためか。

澤村は、石井のマンションの様子を思い出した。マンションの一階部分の駐車場は、建物の裏側に出入り口がある。そちら側は、誰も警戒していなかったはずだ——少なくとも、ある時間帯より以前は。ということは、藤巻は気づかれずにあのマンションに近づけた可能性がある。

　スパナ。

　誰かを襲うための凶器として、わざわざ持ち歩いていたとは思えない。工具なのか？　何かをやろうとしていた？

「まずい」思わず声を張り上げる。隣にいた牧内が、ちらりと澤村を見て胡散臭《うさんくさ》そうな表情を浮かべたが、澤村は気にもならなかった。「停めないと」

「何が？」

「車ですよ。藤巻が――」

　その瞬間、爆発音と同時に、石井の車が炎に包まれた。

6

　こんな遅くに、遠くからご苦労なことだ。藤巻は皮肉に思いながら歩き続けた。目の前の国道に並ぶ車は、ほとんどが県外ナンバーである。ナイタースキーを楽しんで、これから夜通し車を飛ばして東京へ帰るのだろう。
　雪――軽い雪嵐という感じ――のせいもあって、車列はのろのろとしか進まない。雪の粒は細かいが、とにかく風が強かった。視界は最悪で、国道の街灯も頼りにならない。

雪に慣れていないドライバーなら、アクセルを踏むのを躊躇《ためら》うだろう。

藤巻はひたすら歩き続けた。あのアフロヘアの男を叩《たた》きのめしてから、既に二十分。現場から駅の東口に出て、そのままずっと歩いて国道十七号線の近くまで来た。いくら何でも、そろそろ緊急手配が始まるだろう。狭い湯沢の街を封鎖するのは、それほど難しくないはずだ。国道と関越《かんえつ》道、それに駅を押さえれば、まず漏れはないと警察は考えるに違いない。

そう、理屈の上ではその通りだ。しかし藤巻は今では、警察の目は基本的に節穴だ、と確信している。湯沢へ来てから何度も駅の構内を歩き、警察官の姿を見かけたが、声をかけられたのは先ほどの一回だけだった。ということは、あの間抜けなアフロヘアは、それなりに優秀な刑事なのか？　あり得ない。人は見た目だけでは判断できないと言うが、あの男は絶対に間抜けだ。少なくとも、刑事としてはどうしようもない。刑事なら、多少なりとも格闘技の経験を積んでいるのではないだろうか。ああも簡単に俺にやられるということは……まあ、そんなことを考えても仕方ない。今は、県境を抜ける方法を考え出すのが先だ。もちろん、徒歩はあり得ない。国道十七号線は市街地を離れて県境に近づくにつれ、つづら折りの山道になり、最高地点の苗場《なえば》付近では標高千メートルに達する。しかも町場からは相当距離がある。とてもそこまでは歩いて行けないし、標高が高い場所では激しい吹雪になっている可能性もある。まったく、三月だというのに……とにかく、車のお世話になるしかない。

歩き続けているうちに、目の前に信号が現れた。よし、チャンスだ。藤巻は信号のところまで、雪に足を取られながら走った。交差点の一番前で停まっているのは、練馬《ねりま》ナンバーの古いSUV。屋根にはスキー板が装着されていた。さっと車内を見ると、気の弱そうな若い男が、ハンドルを握ったまま、欠伸《あくび》を嚙《か》み殺している。

間抜けそうだ。

藤巻は迷いなく、後部ドアを引き開けた。運転席の男は、一瞬何が起きたのかも分からない様子で、言葉も出ない。藤巻は荷物を跳ね飛ばしながら、後部座席を左から右へ素早く移動し、男の首筋にナイフを突きつけた。車内に緑色の光がかすかに入ってきたので、信号が変わったのが分かる。

「出して」囁《ささや》き声で要求する。

「あんた、何だ？」声は震え、発音が曖昧《あいまい》になっていた。

「いいから」

クラクションが背後から襲ってくる。どうやら後ろの車の人間も間抜けらしく、藤巻が車に滑りこんだのに気づいていない様子だった。

「ほら、早く出さないと、後ろの車に怒られる」

「あんた、誰なんだよ！」

「ただのヒッチハイク」藤巻は身を乗り出し、よく雪焼けした男の首にさらに強くナイフを押しつける。暖房が強く効いているせいで、藤巻は早くも額に汗が滲《にじ》むのを感じた。

「とにかく、早く出して。出さないと死ぬよ」

ドライバーが唾を呑む音が聞こえたような気がした。次の瞬間には、車がゆっくりと走り出す。

「あんたはどこまで行くのかな？」

「結構。東京へ帰るんだよ」声は辛うじて聞き取れるぐらいだった。

「夜中に一人で運転していると、事故を起こしやすいから。途中までつき合うよ」

「途中って、どこへ？」

「取り敢えず、高崎まで行ってもらおうかな」

「高崎って……」ドライバーの声には戸惑いがあった。

この車で東京まで行くことは考えられない。途中から新幹線を使うのが合理的だ。県境を越えれば、警察の網は今以上に緩くなるはずである。

「ゆっくり行こうか。そんなに急ぐ旅でもないんだ」

このドライバーにとっては、長いドライブになるだろうが。ナイフを握った藤巻は、後部座席から身を乗り出したまま、少しでもリラックスしようとした。とはいっても、実際にはそれほど緊張しているわけではない。警察は間抜けだ。このドライバーも間抜けだ。俺とは能力が違い過ぎる。

俺は必ず、最後までやり遂げる。既に二回やった。やり切れる、という自信は高まるばかりである。

「どこへ行けば……」

「通行止めじゃなければ、関越に乗って」

高崎まで行くのは難しくはない。新潟は雪だが、県境を過ぎれば晴れているだろう。しかし、このまま直行すると、時間を持て余す。湯沢から離れても、人気の少ない夜明け前の街をうろちょろするのは、得策ではない。それにこの男をすぐに離せば、間違いなく警察に駆けこむだろう。新幹線の始発ぎりぎりまで、高崎駅近くに二人でいるのが正解だ。

「携帯、貸してもらえるかな」

「え?」

こいつは本当に鈍いのか、と藤巻はがっかりした。バックミラーで見た限り、若いサラリーマンという感じだが、たぶんろくに仕事はできない。おどおどと泳ぐ目は、かすかに潤んでいる。自分の部下にはしたくないタイプだ。

「携帯。電話はしないよ。新幹線の時刻表を調べたいだけだから」藤巻は、ナイフを一際強く、首に押しつけた。よく研ぎこんだ刃先……首筋から細く血が流れ出す。ハンドルを持つ手が震えたのか、車が左右に揺れた。「しっかり運転してよ……ほら、携帯」

男が震える左手を伸ばし、携帯を差し出した。藤巻は座る位置を変え、後部座席の真ん中に陣取る。右手で男にナイフを突きつけたまま、左手で携帯電話を操作し、時刻表をチェックする。始発は午前六時過ぎ……あと五時間ほど、時間潰《つぶ》しをすればいいだけか。何とかなりそうだ。

とにかく今は、県境を越えてしまうことだ。そうすれば、もう少し気持ちに余裕を持って、いろいろ手を打てるようになる。藤巻は男の携帯電話を自分のダウンジャケットのポケットに落としこみ、ナイフを引いた。途端に、運転席から安堵《あんど》感が伝わってくる。

「さあ、慎重に運転してくれよ。君と心中するつもりはないから。無事に高崎まで行ってくれれば、危害は加えない」

ドライバーが左手を伸ばし、首筋の傷に触れた。痛むのか、びくりと体を震わせる。だらしない……理彩は、もっと大変な痛みを味わったんだぞ。お前には、そういう痛みを与える価値すらない。単なる運転手だ。

関越道は、雪のために五十キロ規制になっていた。一般道とほとんど変わらぬスピード。オレンジ色の街灯が雪に反射し、視界が霞《かす》む。

長い関越トンネルを抜けた後も、まだ雪はちらついていた。新潟から群馬に出て変わったことといえば、速度規制が五十キロから八十キロに上がったことぐらい。この時点で、まだ午前二時にもなっていなかった。朝まで、まだまだ時間を潰さなければならない。

「眠くないかな」

返事はなかった。緊張しているのか、喋《しゃべ》ると何か危害を加えられるとでも思っているのか。

「近くのパーキングエリアに入ろう。コーヒーでも飲まないか？」

「……いらない」

「いやいや、飲んでもらわないと。夜は長いんだから、ちゃんと目を覚ましておかなくちゃ。明日は仕事？」

「ああ」

「どこにお勤めかな？」

「関係ないだろう」精一杯強がっている様子だった。

藤巻はいきなり、運転席の背中を蹴《け》飛ばした。大したショックではないはずだが、ドライバーは十分な衝撃を受けた様子で、車が蛇行する。すぐに、後続の車から激しくクラクションを浴びせかけられた。

「ほらほら、しっかり運転して」

無言。しかし車は、安定性を取り戻していた。

「すぐパニックになるようじゃ、車の運転には向いてないよ」

「あんた、誰なの？」

「それを言ったら、カージャックにならない」藤巻は、再びナイフを男の首に突きつけながら、シートの隙間から顔を突き出した。「余計なことは考えない方がいいよ。黙ってこっちの言うことを聞いていれば、いつかこの夜は終わる。でも、余計なことをしたら、今夜はあんたの人生で最後の夜になるだろうな」

クサい台詞《せりふ》だな、と我ながら白けた。どこかの映画で聞いたような……だが、恐怖心は十分、男の胸に染みついたようだった。肩を怒らせ、緊張したままハンドルを握り続ける。これまた安っぽいアクション映画の場面のようだ。映画好きの理彩が、決して観ようとはしないタイプの映画。彼女は辛気臭い、古い邦画を好んで観る。映画館で、彼女の近くに座っているのはよかったが、映画につき合わされるのは苦痛だった。

「結構だね。乱暴なことは嫌いなので」殺す必要のない人間は殺さない。藤巻は、無駄なことは一切しない主義なのだ。全てはゼロか一かであって、中間はない。そして現段階では、この男を殺す選択肢は「ゼロ」だった。そうする意味がない。どこかで殺して車だけを奪い、自分で運転することも考えたが、それは非効率的だ。危険でもある。安全なところまで行って、後は車を降りればいい。

関越トンネルを抜けて最初の、谷川岳《たにがわだけ》パーキングエリアに入る。真夜中とあって、駐車している車は少なかった。ほとんどが休憩か仮眠を取っているドライバーたちのはずで、自動販売機の光が外へ溢《あふ》れている建物の近くに、人気はなかった。

「さ、出ようか」藤巻は右側から外へ出て、すぐに運転席のドアを開けた。「馬鹿なこと、考えないようにね。悪いけど、君の家族の名前や連絡先は、携帯で調べさせてもらった。変なことをすると、この人たちに迷惑がかかるよ。迷惑だけならともかく、もっとひどいことになるかもしれない。こっちは一人じゃないんでね……さあ、降りて。コーヒーを飲もう」

本当は、コーヒーなど必要ではない。化学物質がなくても気持ちが昂《たかぶ》る、というのは現実にあるのだ。今は体中に力が満ち、眠気などまったく感じない。まだいくらでも動けそうだった。だが、この男を完全にコントロールするためには、俺の方が圧倒的に有利な立場にあると思い知らせておく必要がある。

男は、のろのろと運転席から降りた。薄く積もった雪に足を取られ、転びそうになる。藤巻は肘《ひじ》を摑《つか》み、しっかり支えてやった。ドライバーに怪我されたら、この先困ってしまう。藤巻は男の斜め後ろに位置を取り、腎臓《じんぞう》の辺りにナイフを突きつけた。ダウンジャケットに少しだけ穴を開けるように、力を入れる。刃先が背中に触れたのか、男がびくりと飛び上がった。

「動かないで。ダウンジャケットに穴が開くぐらいじゃ済まなくなるよ……そうそう、ダウンジャケットの代金は後で払うから。申し訳ないからね」

男の背中からは、恐怖や戸惑い、怒りなど、様々な感情が溢れ出してくるようだった。それはそうだろう。この男は、俺が何者か、まだ気づいていないはずだし、どうして自分がこんなことに巻きこまれたかも、分かっていないだろう。

藤巻は、男を背中から脅したまま、建物に入った。自動販売機がずらりと並び、白色光を闇に投げかけている。缶コーヒーではなく、紙コップのコーヒーに目をつけた。缶コーヒーは、ただの「砂糖入りコーヒー風味の飲み物」であり、最近は紙コップで供されるコーヒーの方がよほど美味《うま》い。

「悪いけど、コーヒーは奢《おご》ってもらえるかな。手を離したくないんで」周囲を見ながら藤巻は小声で告げた。「ブラックで」

男が尻《しり》ポケットから財布を抜くと、震える手で硬貨を自動販売機に落としこんだ。ブルーマウンテン、百三十円……高いのか安いのか。本当にブルーマウンテンを使っているかどうかなど、分からない。むしろ「ブルーマウンテン風」とした方が正確ではないか、と藤巻は思った。

男がコーヒーカップを二つ取り出し、両手に持った。

「コーヒーを引っかけようとか、考えないように」藤巻は忠告した。「その程度の熱さと量じゃ、別にびっくりしないから」

男が肩を大きく上下させた。「何もしないよ」と言って、自分から車に向かって歩き出す。聞き分けがよくなったご褒美として、藤巻はナイフを少しだけ引いた。

「普通に歩いてくれよ。目立たないようにね。ゲイのカップルが、仲良く歩いているように見せかけるんだ」

男が一瞬立ち止まる。今の言葉に反応したということは、本物のゲイなのか？　だとしたら、少し面倒だ。藤巻は、ゲイに嫌悪感を抱いている。表立って偏見を口にすることはないが、自分の近くにはいて欲しくない、と常日頃から願っていた。

藤巻は男を先に運転席に押しこみ、また後部座席に座った。男が差し出すコーヒーを受け取り、一口飲む。少し歩いて来ただけで、体は冷え切ってしまっていた。そういえば外に出た時、顔にまとわりつく息の白さが、湯沢よりも濃かったのを思い出す。この辺りも相当標高が高く、雪が降っていなくても、気温はかなり下がっているはずだ。

藤巻はちらりと腕時計を見た。間もなく午前二時。定時のニュースが流れる時間だ。

「悪いけど、ラジオをつけてくれないかな。NHKで」

言われるまま、男がラジオのスイッチを入れる。藤巻は静かに、ニュースが始まるのを待った。コーヒーは……やはり不味《まず》い。銘柄にこだわらなくても、美味い不味いぐらいは分かるのだ。

「……今入ったニュースです。新潟県湯沢町の路上で、乗用車が突然爆発・炎上し、乗っていたスキーインストラクターの石井博通さんと、新潟県警捜査一課の武本満《たけもとみつる》警部補が、全身に火傷《やけど》を負って意識不明の重体になっています。警察の調べによりますと、石井さんが運転する車は、走り出した直後、いきなり爆発音と同時に炎上した、ということです。警察で、事件、事故の両面から調べています」

藤巻は、笑っていいのか怒っていいのか分からなくなった。作戦は上手《うま》くいった——一日早かったが——が、意識不明とは……現段階では、ターゲットは死んでいない。高温の炎で一気に焼き殺すつもりだったのに。考えが浅かったか。トランクと違い、ハンドルを握っている状態なら、逃げ出す余裕がある。

それにしても、石井はどうしてこんな時間に車を乗り出したのか。おそらく、自分が警察官を叩《たた》きのめしたことと関係しているのだろう。それを知って、安全を図るために、湯沢を脱出しようとしたに違いない。護衛のために、警察官も一人乗っていて、という感じではないだろうか。

まあ、仕方がない。このまま、石井が死ぬのを待とう。第二のターゲットをもう一度狙うのは、危険が大き過ぎる。今は、最後のターゲットに向かって突き進むだけだ。

突然、涙が零《こぼ》れるのを意識する。悔しい……本当は、あの男が焼け死ぬのを、この目で確かめたかった。完璧《かんぺき》な計画にしたかった。自分の詰めの甘さを考えると、自然に涙が零れてくるのだった。

情けない。情けない。情けない……。

7

「何ですか！」

初美が悲鳴のような声を上げる。それを無視して、澤村は走り出した。濡《ぬ》れたブーツは重く、走りにくいことこの上ない。しかし今は、文句は言っていられなかった。

石井の車が炎に包まれている。おそらく車内も火の海だろう。石井は完全に車のコントロールを失っている様子で——そもそも生きているのか死んでいるのかも分からない

――スピードはむしろ上がっていく。アクセルに乗せた足を外せないのか……車はそのまま、土産物店のシャッターに突っこんでいった。大きな衝撃音とともに暴走は停まったが、次の瞬間には、車が爆発したように大きい炎が上がる。ガソリンタンクに引火したか……澤村は、背筋に恐怖が走るのを意識したが、何とかしなければならないという義務感の方が上回った。

車に近づこうとしたが、あまりにも火勢が強過ぎて、どうにもならない。炎の隙間から石井の顔が見えた。必死で窓ガラスを叩いているが、ドアは開けられないようだ。クソ、このまま死なせてたまるか……これでは藤巻の思う壺《つぼ》だ。

「澤村さん！」初美の呼びかけに振り向くと、彼女はいつの間にか小型の消火器を抱えていた。パトカーに常備してあるものだ、と気づく。

「投げろ！」

初美が、消火器を高く放り投げる。澤村は一歩前に出て、道路に落ちる直前でキャッチした。そのまま、燃え盛る石井の車に向ける。消火液が車を包みこんだが、炎を鎮めるほどの効果はない。炎は長い舌のように伸びて、澤村の顔をも舐《な》めようとした。一歩下がりながら、なおも消火器を向け続ける。土産物店のシャッターの横にあるドアが開き、店主らしい老人が、パジャマ姿のまま顔を突き出した。恐怖の表情が浮かんでおり、その場に釘《くぎ》づけされたように動けない。炎が、彼の顔を斑《まだら》に赤く照らし出した。

「消火器を！」頼んだが、反応はない。「消火器！」もう一度叫ぶと、店主が店の中に引っこんだ。すぐに、澤村が使っている物よりも、一回り大きな消火器を持って戻って来る。澤村は空になった消火器を投げ捨てて新しいのを受け取り、また車に向けた。その頃になると、近くにいた他の警察官も集まって来て、消火器で援護し始めた。

ようやく火勢が収まってくる。まだぶすぶす言っており、窓の隙間から炎がちらちらと舌を出していたが、何とかなるかもしれない。わずかな希望にすがり、澤村は思い切って車に近づいて、運転席側の窓ガラスを蹴《け》りつけた。一発で割れ、中から飛び出してきた高温の空気が顔を直撃する。思わず両手で顔を庇《かば》い、二、三歩後ずさった。澤村はすぐにダウンジャケットを脱ぎ、それを使ってドアハンドルを引っ張りにかかった。ダウンジャケットのフードに火が燃え移り、炎の熱さをはっきりと意識する。思い切り体重をかけて引っ張ると、何かが折れる硬い音がして、ドアが一気に開いた。勢いで道路に倒れこんでしまったが、すぐに立ち上がる。

運転席から、石井が転がり出て来た。ダウンジャケットがまだ燃えている。髪の毛は完全に燃え尽き、血が混じった醜い火傷が見えていた。クソ、意識はあるのか？

「水だ！」

叫んだが、反応がない。周囲を見回すと、土産物店の一角に、水道とホースがあるのが見えた。急いでホースを取り上げ、蛇口を回す。勢い余って水が自分の顔を濡らしたが、冷たさはむしろ心地好《よ》いぐらいだった。迸《ほとばし》る水流を石井に向けると、じゅっと火が消える音がし、炎が煙に変わる。何とか……何とか生き延びてくれ。澤村は必死に、石井の体に水を浴びせ続けた。焦げ臭く、しかも生臭い臭いが鼻腔《びこう》を刺激し、吐き気を呼ぶ。澤村は何度も焼死体を見ているが、「焼死しかけている人間」を目の当たりにしたことはない。

消防車のサイレンが聞こえてきた。その瞬間、体から力が抜ける。ホースを放り投げ、濡れたアスファルトの上で跪《ひざまず》いた。

「石井さん！」叫んだが反応はない。水蒸気と煙が入り混じって、石井の体から立ち上っていた。燃えたダウンジャケット、ほぼ頭髪がなくなってしまった頭——上半身の方が重傷のように見えたが、よく見ると下半身も酷《ひど》い。ジーンズはほとんど焼けてしまっていて、下半身がほぼむき出しだった。大腿《だいたい》部は、赤と茶色、黒の筋だけになっている。出血した上に、激しい炎で炙《あぶ》られたのだ。所々で裂けたように深く長い傷が見えたが、そこから覗《のぞ》く内部組織も、黒く変色している。たとえ生き延びても、下半身はもう使い物にならないのではないか。

反射的に、石井の手首に触れる。脈を探ったが、弱々しく、ほとんど感じられなかった。死んでしまったのか、生きているのか——石井が呻《うめ》き声を上げ、顔をわずかに動かした。既に肉片の塊になった顔から水滴が垂れ、アスファルトの水溜《みずたま》りにかすかなピンク色を加える。焼け焦げた顔面がひくつき、突然右目だけが開いた。

「石井さん！」呼びかけたが反応はない。目は開いたものの見えていないようで、空《うつ》ろだった。すぐに、力尽きたようにゆっくりと目が閉じる。

澤村の上に、突然激しい雨が降り注いだ。雨……違う。まだ車が燃えていると判断して、消防車が放水し始めたのだ。ゆっくり立ち上がり、早くもずぶ濡れになりながら、澤村は後ずさった。石井は、やはり生きているとは思えなかった。

湯沢町を管轄する南魚沼《みなみうおぬま》署は、この街ではなく隣の南魚沼市にあり、交通量の少ない夜中でも、車で三十分ほどはかかる。そういう離れた場所にわざわざ指揮本部を作る意味が、澤村には分からなかった。今夜のところは、湯沢の派出所を前線基地にしてもよかったのではないか……しかし湯沢の町に散った刑事たちは、狭い交番にはとても入り切れないだろう。

全身ずぶ濡れの寒さに耐えながら、澤村は車の中で自分の体を擦《こす》り続けた。怒りと悔しさで、そうしていないと体が爆発してしまいそうでもあった。あまりにも凶暴な気配を発しているせいか、隣に座った初美も何も言おうとしない。澤村に乾いたタオルを渡した後は、ずっと押し黙っていた。

所轄に入ると、澤村はトイレで顔を洗った。身を切るように冷たい水のせいでようやく落ち着いたが、やはり怒りは消えない。もう一歩だったのだ。ほんのわずかなタイミングの差で、藤巻を逃がしてしまった。いや、それよりも、石井を助けられなかったのが痛い。あの時、もう少し早く勘が働いていれば、彼の車を停めることはできたはずだ。そうすれば、あんなことにはならなかった……。

曇って、所々にひびが入った鏡を覗きこむ。そこに映る男の顔は、古い鏡そのものよりもくたびれ、死人のように見えた。一瞬だけ開いた石井の目を思い起こさせる。いったい俺は何をやっているのか。目は真っ赤で、鏡の中の自分に問いかけても、答えは出てこなかった。これでは橋詰と変わらない。引っ掻《か》き回すだけ引っ掻き回して、肝心の犯人を見つけ出すこともできず、守るべき人間を傷つけ……いや、今の俺は橋詰以下だ。偶然とはいえ、少なくとも橋詰は藤巻に迫っていたのだから。

一つ溜息《ためいき》をつき、トイレを出る。そこで初美と出くわした。

「簡単に会議をやるみたいです」

「どういう会議なんだ？」

「現状を把握するために。今のところ、ごちゃごちゃですから……現場にいた人間も、状況が全然分かっていないんですよ」

「合同捜査本部は、新潟西署に置いてるんだろう？　県警本部からは誰か来るのか？」

「そうなると思いますけど、どうしたらいいんですかね、私たち」初美の顔には、はっきりと不安が浮かんでいた。こういう形での捜査は珍しい。県警の枠を超えた合同捜査本部ができることはあるが、実際の捜査は、それぞれが自分の管内で行う場合がほとんどだ。たまに会議をして、情報を交換するのが「合同」の実態である。こんな風に、相手の管内にまで入りこみ、本当に協力し合って――現在はそういう状況にはなっていないが――捜査することなど、ほとんどない。

「分からないな。最優先事項は、藤巻の身柄確保だけど」

「このまま、新潟県警の下働きでっていうのも、ちょっと嫌な感じです」

「だいぶ嫌味を言われたか」

「澤村さんのせいでもあるんですよ」

「……そうだな」

初美が驚いたように目を見開く。「何言ってるんですか。らしくないですよ」と力なく付け加える。

「言ったのは君じゃないか」

「澤村さん、そういうことを認める人じゃないでしょう」

「いや」澤村は首を振った。「今夜の俺は最低の刑事だ」

初美は何も言わなかった。澤村にはそれが「武士の情け」に思えた。

打ち合わせには、道場が用意された。古い署なので暖房もないが、人いきれで暑いほどだった。これほどの人数が湯沢に投入されていたのか、と澤村は改めて驚く。主役はあくまで新潟県警であり、こちらは圧倒的に少数派だ。澤村と初美、牧内、それに吉野。あとは顔が分かっても名前を知らない刑事が何人かいる。一方新潟県警の方は、地元署だけではなく、新潟西署、捜査一課、機動捜査隊の人間も集まっているだろう。

澤村たちは、道場の後方でまとまって座った。誰がこの場を仕切るかと思ったら、出てきたのは竹内だった。ただし、一人ではない。竹内はあくまで露払いという感じで、大柄な男が竹内の後に続いて道場の前に出る。竹内がまず「注目！」と声を張り上げる。ざわついた空気が一瞬で静かになり、澤村も背筋を伸ばした。

「新潟県警の捜査一課の管理官だよ」牧内が声をひそめて教えてくれた。「矢嶋《やじま》さん」

矢嶋は、身長が百八十センチを軽く超える大柄な男で、横幅も背の高さに見合ったサイズだった。短く刈り上げた髪、四角く張った顎《あご》、分厚い唇。いかにも迫力で相手を圧倒しそうなタイプだ。

「まず、状況を整理しておく」太い声で、前置き抜きでいきなり話し始める。「二十三時四十分、長浦県警の橋詰情報統計官が藤巻を発見したと見られるが、襲われ、負傷した。命に別状はない。その後で緊配をかけたが、今のところ藤巻の発見には至っていない。二十四時五十分、石井博通が自宅を出た直後、車が爆発。石井博通と、同乗していた武本警部補が、全身に火傷《やけど》を負い、二人とも意識不明の重体だ」

最後は、言葉を噛《か》み潰《つぶ》すような言い方だった。道場に、冷たい沈黙が下りる。一連の事件での犠牲者が、一気に三人に増える可能性が高まったのだ。

「今後の捜査方針について、捜査一課と長浦県警が電話で打ち合わせを行った。当面、藤巻の確保に全力を尽くす。それと長浦県警の方では、藤巻の周辺捜査」

「何であの人が、うちの仕事を勝手に仕切ってるんですか」

澤村は不満を口にしたが、牧内は唇の前に人差し指を立てて黙らせた。

「今のは、谷口課長の言葉だと思え。幹部は、新潟県警とも入念に打ち合わせしてるんだから」

澤村は黙ってうなずいた。どうにも釈然としないが、この場に新潟県警に対抗できる管理職がいないのだから、どうしようもない。それに自分は今や、捜査に正式に復帰した身であり、この場で荒波を立てるわけにはいかない。それに、誰が仕切るか、指示するかなどは、重要な問題ではないのだ。納得いかなければ、自分の判断で動けばいい。

「以上、今夜は徹夜になる」矢嶋は、報告書を読むような調子で指示を終えた。簡潔なことこの上ないが、むしろ事の重大性は頭に染みこむ。

刑事たちが一斉に立ち上がり、その勢いでかすかに畳が揺れる。片隅に取り残された澤村たちは、道場に居残り、今後の方針を打ち合わせた。

「取り敢《あ》えず、一課長と連絡を取って、現在の状況を報告しないと」一番年長の牧内が仕切る格好になる。

「まだ話していないんですか？」澤村は訊《たず》ねた。

「ばたばたしていたからな」牧内が首を横に振った。

藤巻の周辺捜査といっても、自分たちはどう動くべきか……牧内の携帯が鳴り出し、彼は軽く頭を下げて電話に出た。

「はい、牧内……ああ、課長。はい、今打ち合わせが終わったところです。ええ、現状、藤巻の身柄確保が最優先で、捜索を続行します。はい、分かりました。いや、他の人が乗ってきた車があるから今晩でも戻れますけど……そうですか。分かりました。では、明日の朝一番で。了解です」

　音を立てて電話を畳み、「長浦へ撤収だ」と告げる。

「牧内さん、撤収じゃないですよ」小さな言葉の違いが気になり、澤村は訂正した。

「転進、です。新しい捜査が始まるんですから」

「ああ、分かった」面倒臭そうに牧内が首を振った。「言葉は何でもいいから。向こうで、本格的に藤巻の周辺捜査を始める。こっちの事件の直接的な捜査は、新潟県警に任せるということだ」

「どうして今晩、出発しないんですか。車があるんだから、明け方までには長浦に着けますよ」澤村には、谷口の判断が甘く思えた。

「課長だって、事故が怖いんだよ。少しは休めということだ」

「だったら新幹線にしましょう」澤村は、道場の壁に貼られた新幹線の時刻表を目ざとく見つけた。歩み寄り、始発を確認する。「始発は六時過ぎです。東京まで一時間半……夜が明けるまで待つなら、それが一番早いはずです。車は、後発グループを作って、運んでもらえばいい」

「分かった。そうするか」牧内も疲労の色が濃い。少し休めたとしても、車で長浦まで戻るのは面倒だろう。

「じゃあ、始発の時間に駅に集合にしましょう」牧内が正常な判断力を失っているのではないかと思い、澤村はさっさと話をまとめにかかった。「それでいいですね？」

「了解」牧内が欠伸《あくび》を噛み殺した。「じゃあ、今夜はひとまず解散しよう。あまり時間はないけど、休んでくれ。俺は、矢嶋さんに挨拶《あいさつ》してから戻るから」

「大丈夫ですか？」澤村は、急に心配になった。この時間でも元気一杯に見える矢嶋に攻撃を受け、牧内がダメージを受ける様が簡単に想像できる。

「大丈夫だよ……じゃあ、明日の朝に、な」牧内が小さく一礼して道場を出て行く。澤村は彼の背中を見送ってから、暗く寒い階段を下りた。

「藤巻、どこへ行ったんですかね？　まだ湯沢に隠れてるんじゃないですか？」初美が言った。

「その可能性もあるな」

「でも、写真つきの手配が回ってますよね。旅館やホテルの従業員が見れば、分からないわけ、ないと思うけど」

「今の季節は、宿泊施設も、スキー客の対応で手一杯じゃないかな。それに藤巻は、こっちが手配するより先に湯沢に入っているんだから。もしかしたら、宿を何か所か取っているかもしれない。そういう所に出入りしていれば、目立たなくなる」

「でも、あんなことをした後なのに、まだ湯沢にいますかね。まだやることがあるんでしょうか」初美が首を捻《ひね》った。

「奴は、今は車を使っていないはずだ。この時間だと電車もない。街を出ないでじっとしているのが一番安全じゃないかな」

レンタカーを借りるには、免許証がいる。藤巻は、新潟では自分の免許証を使って車を借りているから、後になってわざわざ偽造免許証を使うとは思えない。車を用意するなら盗むしかないはずだが、今のところ、盗難届けは出ていなかった。可能性としては、自分の車――藤巻が車を持っているのは分かっている――を予《あらかじ》め湯沢に隠しておいたことも考えられるが、それはあまりにも穿《うが》った見方だ、と澤村は思った。ほとんどの犯罪者は、ここまで用意周到にはしない――もちろん、藤巻は貴重な例外かもしれないが。

「そうですね……でも、明日の朝になっても状況は変わりませんよ」

「駅で張って、捕まえるしかないか」このまま長浦に戻ってしまっていいのか、迷う。

「歩いて県境を越える、というのは考えられませんか」

「それはあり得ない」澤村は即座に否定し、頭の中で地図を思い浮かべた。湯沢の駅前付近から県境までは、国道十七号線で二十五キロぐらいあるのではないか。この厳しい天候の下、しかも夜中にそれだけの距離を歩き通すのはほぼ不可能だろう。まさに山越えになるのだ。「やっぱり、駅だな」

「あの」

後ろから声をかけられ、澤村は振り向いた。吉野が、遠慮がちに話し始める。

「車じゃないんでしょうか」

「その車を、どこで手に入れたと思う?」

「カージャック」

馬鹿な、と言おうとして、澤村は言葉を呑《の》んだ。あながち空想とも言えない。藤巻は、こちらが想像もしていない手を、次々に繰り出してくるではないか。犯行直後、現場を離れて車を奪えば、緊配をすり抜けた可能性もある。車を奪うというか、運転している人間を人質にして、車を走らせる……もしも運転者を放り出せば、今頃は一一〇番通報が入っているはずである。

「だとしたら、もう県境を越えているかもしれないな」

「そう思います」

「分かった」

「どうするんですか？」初美が訊ねる。

「一応、新潟県警の耳には入れておこう。警戒するには、群馬県警にも協力してもらう必要があるな」藤巻が長浦方面に戻っている前提での追跡になるが。

「群馬県警に協力してもらうのはいいんですけど」初美が手首をひっくり返して腕時計を見た。「もう、群馬も抜けているんじゃないですか。時間的には、東京まで行っていてもおかしくないです」

その通り……結局、俺たちは後手後手か。澤村は、胸の内で悪態をついた。今の俺は最高の刑事どころか、本当に最低の刑事だ。

8

夜が明け始める。運転席の男はうつらうつらしていたが、藤巻の意識は相変わらず尖《とが》っていた。眠気や疲れは、気力で何とでもコントロールできるし、午前二時に飲んだコーヒーが効いている。窓の曇りを掌《てのひら》で拭《ぬぐ》って、外の様子を確かめた。静かだ……まだ夜は完全には明けきらず、駅の周辺は濃い灰色で埋め尽くされている。関越道を高崎インターチェンジで降り、駅の東口まで走ってきて、今は待機中。広い道路の行き止まりがロータリー、その奥が駅舎だ。始発駅を利用するつもりなのだろう、背中を丸めて駅へ歩いて行く人たちの姿がちらほらと見受けられる。人の波に紛れるとまではいかないが、この際状況を選んではいられない。駅の構内で完全に一人きり、ということにでもならない限り、何とか目立たず動けるはずだ。

ちらりと腕時計を見て、適当なタイミングだと判断する。切符を買い、改札を抜けるのには、ぎりぎりの時間しか残されていなかった。

「お疲れ様」

声をかけると、男がびくりと体を震わせる。バックミラーを覗《のぞ》く目は、真っ赤になっていた。

「これで失礼する。申し訳ないけど、携帯は持っていくよ。もちろん、この件は黙っていてもらわないと困る。君の知り合いとは、簡単に連絡が取れる。まずいと思ったら、迷わずにそうするからね。そうしたらどうなるか、想像できるかな？」

男が思い切り首を縦に振った。眠気は一気に吹っ飛び、恐怖に支配されたようだった。

「結構だ。じゃあ、ここにあと十分だけいてから、車を出してくれ。もちろん、公衆電話でどこかに連絡を取るのも駄目。見てるからね」久しぶりにナイフを取り出す。脅しは十分効いたか……やり過ぎはないはずだ、と判断し、ナイフの先端を、男の耳たぶの裏側に軽く突き刺した。短い悲鳴が上がり、男が思わず前のめりになる。男が左耳を左手で押さえたが、押さえ切れずに指の隙間から抜け落ちた鮮血がシートを汚した。革なら拭《ふ》けば何とかなるが、このSUVのシートは安っぽいファブリック地だ。血痕《けっこん》はずっと消えないだろう。

「これで分かったと思うけど、こっちは本気なんだ。世の中には、何かやる時に躊躇《ためら》わない人間もいるんだからね。分かったかな？」

男が弱々しくうなずいた。

「分かったかな？」藤巻は少しだけ声を荒らげ、繰り返した。「分かったら返事して欲しいんだけど」

「……はい」

男の声は、今にも消え入りそうだった。しかし藤巻はそれで満足し、ナイフの刃をシートで拭った。鉛筆で描いたような細く赤い直線がつく。ナイフを顔の前に持ち上げ、曇りも汚れもないことを確認してから刃を閉じた。これで問題なし。この男の頭には、十分過ぎるほどの恐怖が染みついただろう。

「その傷は、気にするほどじゃないよ。放っておけば血は止まる」

「病院に……」

「言う事を信じて欲しいな」藤巻は大袈裟《おおげさ》に溜息《ためいき》をついた。「こんなことで嘘をついても、何にもならないんだから。血は、放っておけば自然に止まる。十分だ。十分だけ、ここにいること。その後はどこへ行ってもいい……警察以外ならね。病院へ駆けこんでもいいけど、その場合は適当な怪我の言い訳を考えないと駄目だよ」

藤巻は身を捻ってダウンジャケットを脱ぎ、裏返した。表はグレーだが、裏は紫をベースに、多色刷りの雪が舞っているような、派手な模様である。これで、服装は手配された物とは変わったはずだ。ドアを開ける。久しぶりに吸う外の空気は、肺が痛いほど冷たかった。だがその冷たさは同時に、気持ちを引き締めてくれる。

ここまでは無事に来た。後は長浦に戻り、自分に課した任務を果たすだけである。任務――理彩を侮辱した人間を始末すること。

藤巻はニットキャップを深く被《かぶ》り、伊達《だて》眼鏡をかけた。下手な変装だが、これでも結構印象は変わる。

県境というのは、極めて大きな境界だ。藤巻はこれまでの犯罪を精査してきた結果、複数の県にまたがる事件の場合、警察は解決に手間取る、ということを学んでいた。互い、遠慮、連絡不足。上級官庁として警察庁はあるが、あれはあくまで行政官庁、調整機関であり、捜査指揮という点では上手《うま》く機能していないようだ。アメリカのFBIのように、自分たちだけで県境を無視して捜査できる組織があれば話は違うが、日本の場合、捜査は県単位が基本になる。

油断するな。群馬県警の連中が、どこかで張っているかもしれない。駅やインターチェンジは、張り込みの重要なポイントだから。しかし、本気でやっているとは思えなかった。急に他県警から降ってきた面倒な仕事、ぐらいにしか考えていないのではないだろうか。

一度だけ振り返った。男は、愛車の運転席で左耳を押さえ、前屈《まえかが》みになっている。痛いか……痛いだろう。その痛みを教訓にしろ。自分より圧倒的に強い者を前にした時、変なあがきは命の危険に直結するのだ、と。

少しだけ大人しくしていてくれればいい。どうせあの男は、教訓を学んでも、その後に生かすことができないタイプだろうから。だいたい、用心が足りないのだ。少しでも用心している人間なら、簡単に車を乗っ取られたりはしない。

駅まで来ると、すぐに「駅東交番」が目に入る。駅への入り口はその真横だ。交番に警官の姿は見えない……怯《おび》える必要はないと考え、背中を伸ばしてことさらゆっくりと歩いた。構内へ入るとすぐに、エスカレーターがあり、その脇が小さなフードコートになっている。うどん屋、牛丼屋、サンドウィッチ屋などがあるが、店が開くのは早くても七時。それまでのんびり待っているわけにはいかないし、こんな不潔な場所では食べられない。

二階へ上がると、構内は、ひたすらだだっ広かった。新幹線を始め、何本ものJR線、私鉄が走る群馬県内のハブ駅だから、駅舎も広くなって当然だが。そして広いが故に、寒い。風が好き勝手に吹き抜けるようで、歩いているだけでつい背中が丸まってしまう。藤巻はごく自然に新幹線の切符を買い、改札を抜けた。

ふいに、いつもの朝食が恋しくなった。藤巻の朝の食事は、三百六十五日、ほとんど変わらない。トーストが一枚。これをバターやマーガリンではなく、塩抜きのオリーブオイルで食べる。チーズが一欠片《かけら》。それに季節の果物を合わせ、飲み物はエスプレッソだ。色々と試して辿《たど》り着いた、完璧《かんぺき》な朝食。ここのところ、家を離れているので、どうしても食生活が乱れてしまう。こういうことは、自分には絶対にないと思っていた。何があっても、生活のリズムを狂わせることなど……だがこれも、自分で選んだ道である。使命を果たすまでは、多少の我慢は必要だ。

これから東京まで約一時間。ちょうど東京へ着いた頃が、いつもの朝食の時間になる。東京駅のごたごたした雰囲気の中で朝食を取るのは気が進まないが——食事は常に一人で食べるものだと思う——仕方がない。単なるエネルギー補給と考え、腹に詰めこめばいい。

改札には、予想通り制服警官が一人張っていたが、まだ子どものように幼い顔で、明らかに疲労困憊《こんぱい》している。鋭い目線をあちこちに投げているつもりのようだが、藤巻の目にはただ習慣的にそうしているようにしか見えなかった。少しうつむいたまま、改札に呑《の》みこまれる人たちに混じると、あっさりと突破できた。それで少しだけ気が楽になるが、顔は上げない。猫背の人間の真似を続ける。態度が急に変わると、どんなに鈍い警官でも不審に思うだろう。

しかし、誰も藤巻に注意を払っていなかった。駅員も、始発のこの時間だと、さすがに気合いたっぷりというわけにはいかない。

ホームへ出ると、早い時間なのに結構人がいる。寒風が吹き抜け、立っているうちに体を揺らしながら足踏みを始めてしまうが、それは他の人も同じようで、目立ちはしないだろう。ちらりと腕時計を見る。顔を上げると同時に、新幹線のヘッドライトの光が目に入った。急いでホームのゴミ箱に近づき、男から奪った携帯電話の電源を切って捨てる。

窓際の指定席に腰を落ち着け、カーテンを閉じる。隣が空席なのでほっとした。こんな近くに誰かがいると、落ち着かなくなる。手と顔を洗いたいなと思ったが、新幹線のトイレはどことなく不潔で、入る気になれない。仕方なく、常に持ち歩いている抗菌ウエットティッシュを何枚も使い、丁寧に両手を拭った。顔も拭き、それでようやく人心地ついた気分になる。東京まで一時間ほど……少し寝ておこうと思ったが、すぐ目の前にある電光掲示板が気になった。見ていれば、そのうちニュースが流れるはずだ——と思っているうちに赤い文字が藤巻の行為を紹介する。

「新潟・湯沢で車爆発　二人が意識不明」

藤巻は思わず舌打ちしそうになって、唇を結んだ。まだ死んでいないのか……この先、生き延びる可能性はあるのだろうか。もしもそうなったら、作戦は失敗だ。滑らかに全てを終えたかったのだが、計画全体に大きな傷がつくことになる。だが今のところ、状況を確かめようがない。新幹線に乗っている限りは、たまに流れる電光ニュースで確認するしかないだろう。まあ、死ねば間違いなく続報が出るだろうから、見逃すことはないはずだ。

静かに目を閉じる。眠気は強烈だったが、意識の中に「失敗」という言葉が入りこんできて、睡眠を妨げた。俺は失敗したのか？　だったら、これ以上計画を続ける意味はあるのか？　予定していたことが全て上手くいってこそ、やる意味がある。途中で失敗が分かったら、ストップすべきではないか。

だがそれでは、俺の気持ちには永遠に穴が空いたままだろう。やると決めたことをやらなければ、俺は屑《くず》になる。

自分の人生に現れて、かき回していった人間たち。理彩……あの女は、絶対に俺に気があった。だからこそ俺は、祭壇に祭り上げ、神のように扱ってやろうと思っていた。それなのに、あの怯えたような態度は何だ？　人を馬鹿にしていたのか。そう考えると、激しく怒りで耳が熱くなる。だが同時に、あの女の部屋の空気……匂いを思い出すと、激しく勃起《ぼっき》するのを意識した。あの女の部屋は、俺の部屋とは百八十度違う。自分にとって、部屋は寝るだけの場所。理想は無菌室であって欲しい。外の汚れを落とし、自分を清浄に戻すための場所として機能させたかった。だから、余計な物は何も置いていない。

あの女の部屋には、明確に女の匂いがあった。かすかだが、大きく息を吸いこむと、胸の中で爆発しそうな女の匂い。その場に長くいることには、耐えられそうになかった。部屋に入って最初の呼吸をしてからずっと勃起しっ放しで、射精の誘惑に抗《あらが》いながら盗聴器を仕かけるのに、これまでにないほどの集中力が必要だった。

その結果入手した、電話での会話。あの女が、自宅にいる時は携帯ではなく固定電話を使っていたのは意外だったが、それが藤巻には奏功した。例の石井という死に損ない、それに家族との会話を聞いて、あの女が大きな勘違いをして、罪を犯してしまったことが分かったのだから。

あの女は、俺を「気持ち悪い」と言った。

どこが、だ？　俺は自分の体を可能な限り清潔に保ち、徹底的に節制してきた。そういうやり方は、好まれこそすれ、「気持ち悪い」などと言われる筋合いはない。だが理彩は、何度も繰り返した。気持ち悪い・気持ち悪い・気持ち悪い・気持ち悪い……それからあの女は、俺にとって浄化し、殲滅《せんめつ》すべき対象になった。女を犯し、自分の物にしたいという肉欲の誘惑も、簡単に乗り越えることができた。穢《けが》らわしい、汚い存在を抱くことを考えただけで、吐き気がこみ上げてくるほどだったから。

あの女が、甘えた声で相談していた男……石井も同罪だ。あいつらは同じ、地獄の業火で焼かれるべきだった。そして長浦南署のあの刑事。理彩を性的な目で見て、彼女を怯えさせた男。理彩に対する憎しみと、その男に対する憎しみは、不思議なことに両立した。おそらく、と藤巻は自分で分析していた。あの男と接触したことで、理彩は汚れたのだ。精神が歪《ゆが》んだのだ。だからこそ、許せない。

完全に理屈は通っていた。一分の隙もない理論。自分を動かす動機としては、これで十分だった。

あとはやり遂げるだけ。一つだけ心配なのは、ああいうタイプの男——女を性的な目でしか見ないような男は、どんな死に方をしても浄化されないだろう、ということだ。ただ殺すだけでは駄目なのだ。あんな人間は完全に浄化しないと、世の中に悪影響を与える。そのためにもっとも相応《ふさわ》しいやり方は何か。

炎。

やはり、それしかない。基本方針は決まっているし、準備も整えてあるのだから、あとはやり方を考えればいい。今は、心配するのはよそう。貴重な休憩時間なのだ。

カーテンを細く開け、外の光景を視界に入れる。一面、薄茶色の田園風景だ。ほとんど地平線まで見えそうなほどの平野。ようやく上がった太陽が、視界の隅々までを照らし出す。

侘《わび》しい光景だ。

これが終わったら、俺はどこへ行くのだろう、とふと考える。こういう田舎町？　あり得ない。こんなところでは暮らしていけないし、人が少ないから目立ってしまうだろう。

では、都会に隠れて暮らすか？　それも考えにくかった。

自分にも浄化が必要なのだ、とふと気づいた。汚い物を清める旅を続け、その最後で自分を浄化する——このエンディングは、完璧ではないか。

カーテンを閉め、目も閉じる。静かに訪れてくる眠りの中で、藤巻は頰が少しだけ緩んでいるのを感じていた。

9

午前六時前の越後湯沢駅は、静まり返っていた。さすがにこの時刻だと、スキー客の姿も見当たらない。澤村はかじかむ両手を丸めて息を吹きかけてから、バッグを背負い直した。結局、昨夜はまったく寝ていない。寝てしまったら起きる自信がなかったし、そもそもまったく眠くなかった。様々な出来事が脳裏を去来し、眠気を妨げ続けたのだ。

そして、朝になって残ったのは、意外なことに橋詰を心配する気持ちだった。昨夜はっきりと話ができているから、決して重傷ではないと分かっているのだが、頭の怪我は予断を許さない。何でもないと思われていたのが、後で急激に具合が悪くなることも少なくないのだ。後で病院に電話して、様子を確かめよう。二、三日入院する予定だというが、面倒を見てくれる人はいるのだろうか――彼の私生活を何も知らないと気づいて、愕然《がくぜん》とした。もっとも最近は、これが当たり前のようなものだが。隣で仕事をしている人間のことが何も分からない。誰もが、自分の私生活を明かさなくなった。

全員が集合――したつもりが、吉野がいない。牧内が顔をしかめながら、腕時計に視線を落とした。電話をかけてみたが、反応はない。

「仕方ない、置いていこう」苛立《いらだ》たしげに言った。

「自業自得ですね」澤村も同調した。若いくせに寝坊とは情けない……一晩や二晩徹夜しても、集合時間に遅れる言い訳にはならないのに。

新幹線に乗りこむと、まったく突然に、疲労感と眠気に襲われた。東京駅へ着くまでの一時間半ほどは、何もすることがない、という油断が気持ちを緩ませる。まあ、ここで無理に起きていても仕方がない。休める時には休んでおくのも仕事のうちだ、と目を閉じようとした瞬間、鳴り出した携帯電話の呼び出し音に耳を叩《たた》かれる。慌てて自分の電話を取り出したが、鳴っていたのは牧内の携帯だった。

「吉野だよ。馬鹿野郎が」

牧内がしかめっ面を作り、席を離れてデッキに向かう。怒りをこめた大声で話す背中を見ながら、澤村は初美と顔を合わせた。

「寝坊ですかね」初美が苦笑する。

「そんなところだろう……ところで、吉野ってどういう奴か、本当に知らないのか？」

「分かりません。今まで接点、ないんですよ」初美が首を振る。

牧内がすぐに戻って来た。不機嫌そうに顔をしかめている。

「まだホテルでしたか？」澤村は訊《たず》ねた。

「いや、もう長浦にいた」シートに腰を下ろしながら、牧内が言った。

「長浦？　どういうことですか」

「昨夜、一人で車で帰ったらしい」

「じゃあ、車で帰る予定の、後続部隊の連中は？」

「何人かは、後から新幹線で追いかけるしかないだろうな……吉野のことは、もう放っておこう。頼まれもしないのに、勝手にこっちに来たんだから。面倒見切れない」

牧内が無愛想に言った。吉野も、気持ちが逸《はや》って一人で暴走したのだろうが……澤村にも理解できないではないが、暴走は暴走である。自分が同じ立場だったらどうしただろう。今回は、若い奴に遅れをとったな、と澤村は密《ひそ》かに悔いた。結果論だが、どうせ眠らなかったのだから、一晩かけて車を飛ばし、長浦に戻った方がよかった。何も、課長の命令に従う必要はなかった。

「こんなに早く戻って、奴は何をやってるんですか」澤村は両手で顔を擦《こす》った。

「さあね」牧内が肩をすくめる。「八時から、長浦南署で対策会議をやるそうだから、どうしてもそれに出たかったんじゃないか」

「俺たちは間に合いそうにないですよ」澤村は腕時計を見た。東京着が七時半頃。そこから長浦まではJRでさらに四十分……会議の途中で飛びこむことはできるかもしれないが、そこまでして出なければならない会議ではないだろう。だいたい、会議では下らない報告が淡々と続くだけで、本当に有益な情報は、それ以外の場所で出てくるものだ。

今度こそ寝るか……目を閉じた瞬間、今度は澤村の電話が鳴り出した。舌打ちしてディスプレーを確認すると、谷口だった。一瞬目を閉じただけで、やけに重くなってしまったように感じられる体を引き上げ、デッキに向かう。

「長浦着は何時の予定だ?」例によっていきなり、谷口が切り出す。

「八時過ぎですね」

「朝の対策会議のことは気にするな。お前は、その後で招集してある別の会議に出てくれ。場所は長浦南署だ」

「何の会議ですか」嫌な予感がする。澤村はとにかく、会議と名のつく物が、全て嫌いなのだ。

「少人数で、今後の対策を検討する」

「俺がその会議に出る意味はあるんですか?」額を揉《も》みながら、澤村は反論した。会議、会議、会議……街を歩き回っている方が、自分の性には合っているのに。

「藤巻の犯人像を確定しておきたい。お前の意見が聞きたいんだ」

「そんなこと、橋詰さんの仕事じゃ――」言いかけ、澤村は口を閉ざした。谷口は、俺に橋詰の仕事を押しつけようとしているのか？　冗談じゃない。分かっているわずかな事実だけで、藤巻という人間の全体像を推理するなど、判じ物に過ぎないではないか。

「橋詰は使えないだろうが。ここはお前の意見が重要だ」

「その会議、長浦南署の連中も参加するんですか？」澤村はふいに、激しい怒りが吹き上がるのを感じた。「あんな、役立たずの連中は――」

「そう言うな」苦しげな口調で谷口が懇願する。「俺たち一課は、南署の怠慢を調べる立場にない。あくまで藤巻の身柄確保が第一だ。そのための会議なんだ」

「藤巻の足取りは、まだ分からないんですか？」

「ああ。検問は群馬県内でも強化しているが、引っかかってこない」

強化と言っても、実際にはそれほど大したことはしていないだろう。夜中に警察官を大量動員するのは難しいのだ。それも他県警の事件となれば、どうしても気合いが入らない。願わくは、これが警官殺し――武本はまだ死んでいないが――である、と自覚を持って欲しかった。県が違えど、同じ警察官が殺されたとなったら、それなりに奮い立つはずだ。

「カージャックの可能性は……」

「それももちろん、念頭に置いている」硬い口調で谷口が言った。

「新幹線を使う可能性はないですかね。カージャックして、どこか近くの駅まで行って、とか」

「それもチェック済みだ」谷口の声に苛立ちが混じった。「お前もいろいろ気になることはあるだろうが、気にするな」

「無理です」

「考え過ぎるのがお前の弱点だぞ」

言われずとも、十分過ぎるほど分かっている。澤村は口をつぐんだが、さらなる疑問が襲ってきた。

「そういえば、吉野っていう南署の若い刑事が、勝手に新潟に来ていたんですが」

「そいつがどうした」

「一人で、夜中に勝手にそっちへ戻ったそうですが。ふざけた話だ」

谷口が、それまでの緊張感に溢《あふ》れた会話に相応《ふさわ》しくない、乾いた笑い声を上げた。

「お前がそんなことを言うとは、意外だな」

「何がですか」

「勝手に、というのはお前の専売特許だろうが……そろそろ考えろよ。来週からは、俺はお前を直接庇《かば》えない」

「……ええ」

自分と谷口が特殊な関係にあることは、澤村も十分意識していた。あの事件……少女を見殺しにしてしまった事件での、現場の刑事と指揮官。谷口もずっと、鬱々《うつうつ》たる思いを抱えてきたのだ。だからこそこの男は、澤村を重用し、無茶をするのを庇ってきた。そういう関係が、間もなく消えるとは言わないが薄れるのは間違いない。事実が、一抹の寂しさを伴って澤村に襲いかかってきた。もちろん、いつまでもその気持ちに甘えているわけにもいかないが。

人はいつか、一人になる。

「吉野のことが気になるのか？」

「いや、そういうわけでもないですが」無意識に嘘をつく。自分と入れ替わりに捜査一課へ行く男だ。どんな人間なのか、気にならないはずがない。今のところ、プラスとマイナス、どちらのポイントをつければいいか分からなかった。勝手に走り出すのは、確かに自分に似た行動パターンではある。それをマイナスと考えれば、自分を否定することにもなりかねない。

電話を切り、席に戻る。初美は目を閉じ、早くも熟睡している様子だったが、澤村はもう眠れなかった。気になることが多過ぎる。

長浦南署へ戻ったのは、捜査会議が終わった直後だった。刑事たちは既に街に散り、藤巻という男の正体を割り出すべく、動き始めている。できるだけ早く動けるようにと、谷口は会議を早めに切り上げたらしい。

澤村が呼ばれたのは、五人も入れば一杯になってしまう小会議室だった。同席しているのは、谷口の他に、本部の捜査一課から強行班の係長、溝渕《みぞぶち》、若手刑事の内村《うちむら》、それに監察官室の小嶋《おじま》警視。以前長浦中央署の副署長をしていた小嶋とは、面識がある。澤村が軽く頭を下げると、難しい表情を浮かべたまま顎《あご》を引いた。それで一礼したつもりらしい。

「さっそくだが、今回の件、一課としては藤巻の人物像の特定に全力を尽くす」谷口が切り出した。五十歳を超えているにしては引き締まった体を薄いグレーのスーツに包み、濃紺のネクタイで胸元にアクセントをつけている。

「俺は、この会議ではオブザーバーだから」ぶっきら棒な口調で小嶋が言った。「責任は放棄する」と宣言しているように、澤村には聞こえた。

「それで結構です」

谷口があっさり切り捨てる。責任を取るつもりがない人間は口出しするな、と言っているも同然だった。小嶋の耳が、わずかに赤くなる。谷口が全員の顔を見渡してから、「内村」と呼びかけた。

「はい」立ち上がろうとした内村が、一瞬浮かした尻《しり》をまた椅子に下ろした。狭い部屋なので、一人だけ立って喋《しゃべ》っていると、雰囲気が堅苦しくなる、と気づいたようである。

「藤巻の人定を、改めてご報告します。昭和四十八年、東京都出身。両親は、父親が大手商社で役員まで務めましたが、既に退職しています。母親は専業主婦。本人は都立高校を卒業後、長浦市立大に進学、平成七年に卒業して、大手電機メーカーに就職しています。そこを一年で辞め、現在勤務するＩＴ系企業に、入社しました」

「大学の学部は？」

「理学部です」澤村の問いに、内村が即答した。

谷口がこの男をこの会議に呼んだ理由は、想像できる。谷口独自のやり方なのだが、指揮命令系統を何段階か飛ばして、平の刑事に重要な捜査を直接命じるのだ。谷口に言わせると、一種の「強制教育」。中間管理職には評判が悪いが、谷口にすれば、自分のノウハウを若い刑事に直接伝えたいという思いが強いのだ。そして内村は、早くも「ミニ谷口」になりかけている。仕事は手早く、報告する時には余計なことを喋らない。

「専攻は」

「化学……ばけ学の方ですね」

澤村はうなずいた。石井の車に仕かけられた発火装置。それを作る基礎知識を、学生時代にある程度学んでいたということか。内村に視線を送り、先を続けるよう、促す。

「電機メーカー退職後の状況です。入社五年目でチーフプログラマーになり、十年目でサブマネージャー、三年前にはプロダクトマネージャーになっています」

「ああ、ちょっと、カタカナの肩書きを細々と言われても分からんのだがね」小嶋が割りこんだ。澤村が鋭い視線を飛ばしても、気にする様子がない。

「失礼しました」途中で遮られたのも気にならない様子で、内村が頭を下げる。「プログラマーはお分かりかと思いますが、現場でコンピュータ用のプログラムを実際に書いたり、クライアントのサーバのメンテナンスをするのが仕事です。だいぶ省略した説明ですが。マネージャーはそのエンジニアを統括する仕事で……」

「つまり、管理職なんだな？」

言わずもがなの質問が、小嶋の口から出る。今度は澤村も遠慮せずに睨《にら》みつけた。オブザーバーというなら、一言も発せず、大人しくしていればいいのに。次に何か余計なことを喋ったらケツを蹴《け》飛ばしてやろう、と澤村は決めた。

「そういうことです。現在、五十人ほどの人間を統括して仕事をしています」

「社内の評判は？」手元の手帳に視線を落としたまま、溝渕が訊《たず》ねる。

「仕事での評判は、悪くはないです。プロジェクト全体の責任は、藤巻よりももっと上の人間が負うもので、藤巻の仕事はあくまで、労務管理が主体です。勤務シフトのことなどで不平が出ることはあったようですが、概《おおむ》ね公平な仕事振りだったようです」

「ああ、あの業界は大変らしいからな」依然として手帳を見たまま、溝渕が言った。

「IT奴隷、とか言うらしいじゃないか」

「そうですね。深夜残業、徹夜も当たり前だそうですから、シフトの割り振りが大変なのは想像できます。その業務に関しては、そつなくこなしていたようですね」内村が淡々と応じる。

「管理職としては、結構若くないか?」と溝渕。

「いえ、あの業界では普通だそうです。プログラマーとして無理が利くのは二十代まで、という話もあるぐらいですから。体力的にも、相当大変なようです。藤巻に関して言えば、出世のスピードは普通、ということですね」

「独身なんだよな」溝渕が念押しをする。

「そうです。一度も結婚していません」

「するとなにかい」溝渕がようやく顔を上げた。眼鏡を取り、目を細めて内村を見やる。

「結婚しないまま、仕事一筋で四十歳近くなって、社内では気味悪がられていたとでも?」

「はい……抽象的、感覚的な情報で申し訳ないんですが、気持ちが悪い、と証言していた人が何人もいます」

「具体的には」谷口が割って入る。

「度が過ぎた潔癖性が、他の社員の目には奇妙に映ったようです」

「部屋がそういう感じだっていうのは聞いているけど、会社でも同じなのか?」澤村は、薄ら寒い物を感じながら訊ねた。潔癖性は、必ずしも悪いことではない。身の回りを整理できないよりは、よほどましだ。だが人間は、無菌状態では生きられない。それを無理に押し進めると、滑稽《こっけい》を通り越して不気味な感じにもなるはずだ。

「出勤してくると、まず抗菌のウエットティッシュで、デスク周りを拭《ふ》きます。デスクだけではなく電話やパソコンも全部、です。その作業だけで、毎朝ティッシュを一パック、使い切ってしまうそうで」

内村が、両手を組み合わせて長方形を作った。ポケットサイズのウエットティッシュということか……澤村は思わず顔をしかめた。それほど大きな物ではないが、デスク周りを掃除するだけで使い切る、というのは大袈裟《おおげさ》過ぎる。

「相当神経質だったようだな」

谷口が指摘したが、澤村は「神経質」というだけではない何かを感じていた。頭の中で、言葉が何か引っかかっている。何だったか……気にはなったが、いつまでも気にしてはいられない。

「ええ。それを部下に強要するようなことはなかったんですが、見ていて気味が悪い、と言っている人も多かったですね。それと、部下と一緒に食事をすることは、一切なかったそうです」

「どういうことだ」谷口が眉《まゆ》をひそめる。

「分かりません。とにかく、一度も一緒に行ったことがないそうです。今は、誘う人もいなくなった、とのことです」

「えらく人間離れした感じじゃないか」小嶋が呑気《のんき》な口調で感想を漏らした。「そういう人間が、いきなり派遣の女の子にのぼせて、おかしくなっちまったっていうのか？」

余計なことを言うな、と澤村は口にしかけたが、結局言葉を呑《の》んだ。口は悪いが、小嶋の想像は案外当たっているのではないか。どういうわけか、自分を無菌室状態に置こうとしていた藤巻……そういうタイプの男が、女性に興味を持てない、というのは何となく想像できる。肉体的な接触に嫌悪感を抱いていたのではないだろうか。長年のそういう習慣を変えさせるほどの力が、理彩にあったということかもしれない。もちろん彼女の方では、そんなことを考えてもいなかったはずだが。

「竹山理彩が会社で働いていた時、二人がつき合っていたどころか、親しく話をしていたという証言さえ一切ありません。藤巻は、仕事で必要な時以外は一切、竹山理彩とは話さなかったようです」

「それが突然ストーカーか？　訳が分からんな」小嶋が首を振った。

四十歳近くになって、生まれて初めての本気の恋だったのだろうか。それで自分を見失ってしまったのかもしれない。積極的に声をかけられず、接触の手段も考えつかず、ただ自宅を張り込んだりしていたとしたら……幼い精神性が透けて見える。だが、それだけとは思えなかった。片思いしていた相手をいきなり殺すのは、行動が飛躍し過ぎる。二人の間に、何かあったのではないだろうか。

清める。

澤村はふいに、橋詰が言っていた台詞《せりふ》を思い出した。「火は不浄な物を清める」だったか……まるで理彩が汚物で、それを浄化するために焼き殺したような……到底容認できる考えではなかったが、藤巻の行動は、既に常軌を逸している。彼の頭の中を理解するのは、不可能なのではないか。

このところ、俺が相手にしているのはそんな連中ばかりだ。澤村は、胸の中に苦い物がこみ上げてくるのを感じた。橋詰の統計の中には、決して入らないような連中。確か彼はかつて、「例外を研究するのも大事だ」と言っていたが、むしろ犯罪者は全て、統計の外にあるのではないだろうか。常識を外れた考えや行動をするからこそ、犯罪に走る。

根源的な原理のことは、今はどうでもいい。仮に藤巻が、清める――不浄な物を浄化しなければならないという考えに取りつかれていたとして、二人の間に何があったのだろう。それに、理彩はともかく、石井は何故巻きこまれた？　ただ理彩にアドバイスしただけではないか。

「橋詰の考えを聞きたいところだな」谷口が顎《あご》を掌《てのひら》で擦《こす》りながら言った。朝、よほど慌てていたのか寝ぼけていたのか、珍しく剃刀《かみそり》の傷がある。

「無駄ですよ。いつも適当なことばかり言って……理論的な裏づけなんか、何もないんです。後づけの適当な説明ですよ」澤村は思わず反発した。

「しかし、当たることもあるぞ……今回は、藤巻の次の行動が読めないのが痛い」

「今後も関係者を狙うのは間違いないんじゃないですか。石井も、相談を受けたから狙われたんでしょう」

「つまり、竹山理彩の関係者をケアしておけばいいわけか……そっちの方はどうなんだ、

間ですね」

「既に人を貼りつけてあります。現在、Aクラスの危険性があるのは十人程度、と判断していますか。家族や高校時代の友人……竹山理彩が、ストーカーの件を相談していた人間ですね」

溝渕」

「長浦や東京にはいないのか？」

「いますが、Bクラスと考えていいと思います」溝渕がまた手帳を覗《のぞ》きこんだ。「話は知っていたにしても、それほど深くなかったと判断しました」

「線引きが難しいな」谷口が腕組みをし、背中を反らした。「しかし、Aクラスの人間がほぼ新潟の人間というのは、どういうことなんだ？」

「結局、長浦や東京での暮らしに、馴染《なじ》めなかったのかもしれませんね」溝渕が訳知り顔で言った。

本当に？　故郷を離れて二十年も経つ澤村は、長浦に「馴染めない」という感覚を抱いたことはなかった。長浦は、東京に比べれば少しは地方色が残っているが、それでも大都会であることに変わりはない。都会特有の素っ気無さが、自分の性には合っている、とも思っていた。誰からも干渉されない自由さ……だがそれを「侘《わび》しい」と感じる人間もいるだろう。もっとも、理彩がそうだったとは考えにくい。女性はともかく、男を自然に惹《ひ》きつけてしまうタイプだったのだから、孤独を感じる暇さえなかったのではないだろうか。だがそれは、理彩が心を開いていてこそ、である。実は彼女は、男に頼らないでも生きていけるタイプだったのではないか？　それに、「長浦に来て変わった」という石井の証言もある。

「竹山理彩に恋人がいた、という情報があるんですけど、その辺は何か掴《つか》んでいないんですか？」澤村は話題を変えた。

「それが、ないんだよ」溝渕が情けない声を出した。「いれば、分かりそうなものだけどな」

「大学時代の友人、会社の同僚。会社の方は、派遣会社と派遣先の会社、ですかね」澤村は指を折った。「今まで、何社ぐらいに派遣されていたんですか？」

「二社だ。藤巻の会社は、一年いただけで実質的に辞めたわけだが」

「その二社での男関係はないんですか」

「今のところは、掴めていない」

「じゃあ、大学ですかね……」澤村は顎に手をやった。今朝は髭《ひげ》を剃《そ》っていないので、鬱陶《うっとう》しい触り心地である。

「そうなると、かなり範囲が広い。手はつけ始めたが、少し時間がかかるな」溝渕は、少しだけ腰が引けている感じだった。

「そこを割り出せれば、Aランクの人間が増えると思います。その分こっちの網も広がるわけだし……」

「それはもう、指示してある」谷口が割って入り、澤村に命じた。「お前も、大学の関係者を当たってくれ」

「ええ……」

「どうした」

「何か、リアリティがないんですよ」澤村は正直に打ち明けた。「竹山理彩も藤巻も、書割の中にいるような感じで」

谷口の頬が引き攣《つ》った。そんな情緒的なことを言っている場合ではない、とでも思っているのかもしれない。だがもしかしたら、彼も同じように感じているのではないだろうか。どこかふわふわと生きている理彩。その理彩を思う気持ちが強いあまりに、理解不能な犯行に走った藤巻。何となく、小説の登場人物のようでもあり——それも、出来の悪いミステリだ——ただストーリーを動かすために、作者の都合で生み出された人間たちのように思える。

「大学の方、当たります」澤村は宣言した。今は、考えるよりも動かないと。

「ああ」

谷口がうなずいて立ち上がり、それで会議は終了になった。何の結論も出ない会議だったな、と澤村は疲労を感じた。どうも自分たちは、最悪の結末に向かって突っ走っている感じがする。藤巻が逮捕され、殺人事件の捜査が一段落すれば、その後に待っているのは長浦南署に対する本格的な調査だ。澤村は、南署の怠慢を許すつもりはなかったが、それでも内輪の人間が調べられると考えると、いい気分はしない。

携帯電話が鳴った。見知らぬ固定電話の番号が浮かんでいる。出るかどうか躊躇《ためら》ったが、澤村は結局通話ボタンを押した。

「ああ、澤村先生」橋詰だった。

「何してるんですか」一瞬で顔が歪《ゆが》む。「寝てなくていいんですか」

「いやあ、暇でねえ」

谷口が怪訝《けげん》そうな表情をこちらに向けたので、送話口を掌で塞《ふさ》いで「橋詰さんです」と告げた。谷口は「任せる」とだけ言って部屋を出て行ってしまった。他のメンバーもそれに続く。一人取り残された澤村は、改めて電話を耳に押し当てた。

「暇もクソもないでしょう。重傷なんですよ」実際には軽傷だが、少し脅しをかけておいた方がいい。

「何だね、予想していたことが本当になると、実に快感だ」

「はい？」

「どうしてこういう髪型をしているか、分かる？　ショックアブソーバーなんだよ。ヘルメット代わりと言ってもいいかな」

「まさか」本気でこんなことを言っているのか？　橋詰という男は、基本的に九十パーセントが茶化し、九パーセントが冗談、残る一パーセントが本気という人間である。仮にも心配して損した、と澤村はげんなりした。どうせなら藤巻も、あの男の口を殴りつければよかったのだ。喋《しゃべ》れなくなれば、橋詰の鬱陶しさは九割方消える。残り一割は、こちらが目を瞑《つぶ》ることで解決しよう。

「ところで、藤巻はもう捕まった？」

「まだですね」

「よく頑張るねえ。透明人間みたいな男だな」

「カージャックでもして、逃げているのかもしれません」

「ああ、あり得るね。彼は緻密《ちみつ》なように見えて、結構乱暴な男だと思うよ。何なのかね、あのアンビバレントな感じ。普段は自分の生活を完璧《かんぺき》にコントロールしているのに、邪魔者が入るといきなりぶち切れる」

「確かにそんな感じはありますね」漠然と感じていたこと……それを橋詰が言葉にしてくれた。そう考えると、この男もまったく役に立たないわけでもない。

「カージャックなんて、ちょっと冷静になれば成功するはずがないって分かるんだ。でも、たまたま弱気なドライバーにでも当たれば、成功する可能性もある」

「女性ドライバーとか？」

「いや、男だろうね。女性だったら、パニックになって運転どころじゃないでしょう。すぐに車から逃げだそうとして、もっとひどいことになるよ。それと、車も奪ってないんじゃないかな。ドライバーを放り出したら、さすがに今頃は一一〇番してるだろうし」

「殺したかもしれません」

「ああ」橋詰が溜息《ためいき》をつくように言った後、しばらく沈黙が訪れた。「ぼけたかねえ。まず、その可能性を指摘しておくべきだった。今後、犯人の心理分析は澤村先生に任せてもいいよ」

「お断りします」

澤村は電話を切った。橋詰が意外に元気そうだったのは明るい話題だが、だからといって彼が役に立つとは限らない。元気であるが故に、また余計なことを言ってこちらを苛立《いらだ》たせる可能性が高いのだ。

10

澤村は、吉野と組まされた。多少心配だったが、谷口は、南署の中でこの男にだけ、チャンスを与えるつもりのようだった。変な色に染まっていない吉野なら、捜査に加えても問題ないと判断したのだろう。勝手に新潟に行った暴走には、目を瞑ることにしたようだ。しかし吉野が今後、居心地の悪い思いをするのは間違いない。捜査一課に異動してしまえば気にすることはないかもしれないが、警察には人事異動が付き物だ。後に南署の刑事たちと他の職場で一緒になり、「あの時お前は裏切った」と文句をつけられる可能性もある。

その吉野は、夜通し車を走らせてきた疲れをものともせず、元気に覆面パトカーのハンドルを握っていた。まったく眠そうな様子を見せないので、もしかしたら覚醒《かくせい》剤でも使っているのではないか、と心配になる。

「眠くないのか？」

「大丈夫ですよ」声にも張りがある。

「寝てないんだろう」

「一晩ぐらい、平気です」

「それならいいけどな」澤村は助手席で屈《かが》みこみ、スニーカーの紐《ひも》を締め直した。自宅へ戻っている暇がなかったので、長浦南署の近くでこのスニーカーを手に入れたのだ。少しだけサイズが大きく、紐をきつく締めなければならなかった。

「市立大か」

「地味な大学ですよね」吉野がすかさず反応する。

「確かに、派手な話題は聞かないな」偏差値が高い割には……長浦の外まで響くような話題は聞かない。スポーツが強いわけでもなく、就職に有利なわけでもない。地元に根ざした公立大学ということで、卒業後は長浦で教員になる学生が多いそうだ。「新潟から市立大へ入る人も、珍しいんじゃないかな。あそこは地元比率が高いと思う」

「そうでしょうね……それで、話を聴く相手なんですけど」

「国松《くにまつ》か」今のところ、最低限のデータしかない。理彩とは同じゼミの仲間で、卒業後は大学に残って事務局で働いているという。「会ってみないと、どんな人間か分からないな」

「そうですね」吉野が肩を上下させた。頬を膨らませ、ふっと息を吐く。

「何だ、緊張してるのか」

「事件が事件ですから。澤村さんは――」

「ちょっと待て」言って、澤村はジーンズのポケットから携帯電話を取り出した。谷口からだった。「澤村です」

「二人の死亡が確認された」それだけ言って、谷口は電話を切ってしまった。

澤村は目を閉じ、携帯を畳んだ。

「どうしました?」吉野が不安そうに訊《たず》ねる。

「石井さんと、新潟県警の武本警部補が亡くなった」

「クソ!」吉野が拳《こぶし》を固め、ハンドルを思い切り叩《たた》く。クラクションが悲鳴のように甲高い音を立てた。

「落ち着け」

「無理です。昨夜の現場、自分も見てるんですよ」

「それは俺も一緒だ」目を閉じると、生きながら黒焦げになった石井の姿が脳裏に浮かぶ。人の死に方としては、最も残酷な部類に入るだろう。しかも即死ではなく、長く苦しんで死んだことになる。

「俺は、澤村さんみたいに落ち着けません」吉野の声は震えていた。

「俺だって落ち着いてない」

「そうは見えませんけど」

「騒いでも仕方ないだろう」被害者が生き返るわけがない、という残酷な台詞《せりふ》を呑《の》みこみ、澤村はようやく目を開けた。途端に、強い陽射しが目に飛びこみ、視界が白く染まる。今朝までは、新潟の曇天の下にいたのに……海が近いせいだろうか、長浦の陽射しは、冬でも眩《まぶ》し過ぎる。「とにかく、こっちはこっちでやることをこなすだけだ」

「こんなことをしていても、藤巻には辿《たど》り着けませんよ」吉野の声がにわかに低くなった。「藤巻を見つける方法を考えるべきじゃないですか」

「網を広く張ることも大事だ」

「そんなの、直接的じゃないでしょう。もっと上手《うま》い手があるはずだ」

「それを考えるのは、お前の自由だ。むしろ必死で考えた方がいい。いいアイディアだったら、谷口課長は採用してくれる」

「そうですか」吉野が拳を口に押しつけた。どうにも納得していない様子で、目つきは険しかった。

どうもこの男は、逸《はや》り過ぎる……澤村は知らぬ間に苦笑していた。何となく昔の自分を見るようでもあったが、やはり違う、とも思う。自分の場合、規則を無視して暴走するのは、ただ自分のためだ。最高の刑事になるために。それが少女に対する供養になると信じているが故に。しかし吉野の場合、そういう感じではなかった。まるで、事件自体が持つ引力に引っ張られている感じである。自分の意思は関係なく、渦の中心に引きこまれてしまうような……もちろん熱心なのは悪いことではないが、気をつけないと、いつの間にか事件の悪意に呑まれてしまう。

そう、事件は大きくなると、それ自体、意思を持つようになるのだ。

ふっと息を吐き、澤村は肩の力を抜いた。不思議と疲れや眠気は感じなかったが、やはり自分は尋常な状態にはないのだ、と意識する。バッグを開き、コンパクトデジカメの存在を確認した。石井たちの写真を撮っていない……いや、彼らはつい先ほど死亡が確認されたのだから、澤村が助け出した時点では、「死体」ではなかったわけだが。ひどく不謹慎なことを考えている気分になり、バッグを閉じた。次第に自分の心が冒され、何物かに変容しようとしている感じがする。

事件は、いくら経験しても慣れない。一つ一つが違うから、前例に助けを求めても、慰めを得られるとは限らないのだ。そういう意味で、橋詰の仕事にはまったく意味がない。データを弄《いじ》っているだけなら誰にも迷惑がかからないが、あの男の悪いところは、自分でも現場に首を突っこんで、混乱させることだ。今度のことがいい教訓になり、少しは大人しくしていてくれればいいのだが——人間は意外に過去に学ばない生き物だということを、澤村は経験的に知っている。

長浦市立大のキャンパスは、市の北部に点在している。元々は市の南部、港の近くにあって、キャンパスのどこからでも海が見えるというのが売りになっていたはずだが、手狭になり、二十年ほど前に市の北部の住宅地に分散して移転していた。土地をまとめて購入するだけの予算がなかったのか、不測の事態のためにリスク分散しているのかは、澤村には分からなかった。

本部棟は、最寄り駅から歩いて十分ほどの距離にある——直線距離にすれば。だらだらと坂を上っていかなければならないので十分かかるのだが、道が平坦《へいたん》だったら、五分ほどではないか。車のエンジンがずっと高い回転数を保っているのに、澤村は途中で気づいた。

春休みなので、キャンパス内を歩く学生はほとんどいない。車を降りると、わずかに暖かい風が首筋を撫《な》でていき、緊張感が解《ほぐ》れるのが分かった。新潟とはえらい違いである。正門前には桜並木。新年度が始まる頃には見事なピンク色の雲ができるだろう。それもう少し先の話だ。

新潟では、桜はいつ咲くのか。

大学の構内に入ると、吉野は急に無口になった。緊張しているのか、何か考えているのかは分からないが、澤村は声をかけないことにした。明らかに、「話しかけるな」というオーラを発している。

予《あらかじ》め連絡を入れておいたので、国松は本部棟の前に立って待っていてくれた。濃紺のブレザーにレジメンタルタイ、薄いグレーのスラックスという格好で、足元は房飾りのついたローファー。両手を腹のところで組み合わせ、小刻みに震わせている。緊張で、今にも爆発しそうな感じに見えた。

「県警捜査一課の澤村です」

挨拶《あいさつ》すると、顔を強張《こわば》らせたままうなずく。細身の顎《あご》、薄い唇、削《そ》げた頬……いかにも神経質そうな感じだ。

「どこか、話ができる場所はありますか？　座って話せれば、どこでもいいんですが」

「ああ、あの……学食でもいいですか」

意外な申し出だった。警察の事情聴取ということで、会議室か何かを用意しているのではないかと思ったのだが。しかし考えてみれば、これは大学とは何の関係もない、彼の個人的な問題である。施設を使うわけにはいかない、と思ったのだろう。もちろん学食も大学の施設ではあるが。

「何だったら、近くの喫茶店を使ってもいいですよ」

「いや、この辺、喫茶店があまりないんですよ。駅の方まで出ればあるけど、そっちは遠いので」

国松が説明した。確かに、駅からここへ来るまでの間に、それらしい店は見かけなかった、と思い出す。まあ、学食でも構わないか……この時期、学生は少ないはずだし、内密の話をしていても目立たないだろう。それに、移動している時間ももったいない。

学食は、本部棟からしばらく歩いた場所にあった。少しでもリラックスさせようと、澤村はいろいろ話しかけた——彼が話しやすい大学の話題ばかりを選んだのだが、返ってくる答えはいつも、一言二言ばかりだった。いくら何でも緊張し過ぎだ。話しているうちに嘔吐《おうと》するか、気絶するのではないかと、澤村は懸念を抱いた。

地下にある学食は、空気が淀《よど》んでいた。ソースと醬油《しょうゆ》、それに油の臭いが入り交じり、呼吸をしているだけで、何となく胸焼けがしてきた。朝食は抜いてしまっているのに、食欲はまったく湧かない。学食というのは、えてしてこういうものだが……。

ほとんど人気はなかったが、国松は一番隅の、特に目立たない場所を選んだ。調理場から、かちゃかちゃと金属が触れ合う音が聞こえてくるが、それを除けば静かなものである。近くに給湯器があるのに気づき、澤村は吉野に目配《めくば》せした。気づいた吉野が立ち上がり、プラスティック製の湯呑《ゆの》みに茶を汲《く》んで戻ってくる。湯呑みの中に視線を落とすと、薄い黄色の液体がかすかに揺れていた。鼻先に持っていっても、香りはほとんどしない。お茶ではなく、湯に着色しただけではないか、と澤村は疑った。

「竹山理彩さんとは、ゼミが同じでしたね」澤村は前置き抜きで切り出した。

「ええ」短く答えて、国松が唾《つば》を呑む。やけに大きな喉仏《のどぼとけ》が上下した。

「そんなに緊張しないで」

澤村が肩を上下させると、国松もすぐにそれに倣った。

「理彩さん、大学時代はどんな感じだったんですか？　ずいぶんもてたでしょう」

いきなり下世話な話になったのに驚いたのか、国松が目を見開く。

「ええ、まあ、もてたというか……そうですね。でも、本人は全然そういう意識じゃなかったですけど」

「あなたは、理彩さんとつき合ってませんでしたか？」

「いえ、まさか」慌てて顔の前で手を振る。「その頃私は他に、つき合ってた子がいましたから」

その方が好都合だ。そういう状況だったら、個人的な感情に左右されず、理彩を見ていたはずである。

「理彩さんに言い寄る男は多かったけど、彼女の方で相手にしなかった、ということですね」

「そんな感じです」

「大学の外に恋人がいたとか？」

「いや」国松が首を傾げた。「違う、と思いますけど」

「根拠は？」

硬い言葉での質問に、国松が唇を引き結ぶ。これは、よほど慎重に言葉を選ばないと証言を引き出せない、と澤村は気を引き締めた。

「理彩さんと、そういう話をしたことはありますか？　男女に関係なく、その手の恋愛話をすることはあるでしょう」

「そんなにはっきりと話したことはないですけど、何となく、雰囲気で分かるじゃないですか」国松が、手元の湯呑みに視線を落とした。慎重に取り上げると、一口だけお茶を飲む。それで少しは落ち着いた様子だった。「うちのゼミ、男女問わず、メンバーの仲は良かったんです。毎週一回、ゼミの後には必ず呑みに行くのが恒例で……彼女、一回も欠席したことがないんですよ。普通、つき合っている人がいれば、そっちが優先になりませんか？」

「いや、でも、週一回ぐらいなら……」

「俺だって、行けなかったことはありますよ。予定って、結構被《かぶ》るじゃないですか」

「まあ、そうでしょうね」少し思いこみが強過ぎると思ったが、話を先へ進めるために、澤村はうなずいた。

「それに、『恋愛なんて面倒臭い』って言ってるのを聞いたことがあります」

「面倒臭い？」

「高校の頃、三角関係に巻きこまれて、うんざりしたって」

「ああ」例の、警察沙汰《ざた》になった一件のことだ。三角関係どころではない。理彩は、だいぶオブラートに包んで話していたようだ。「そういうことは、確かにあったようですね」

「だから、ちょっと臆病《おくびょう》になっていたのかもしれませんね。それに、本人は余裕だったから」

「余裕？」

「その気になれば、男なんていつでも摑《つか》まえられるって感じだったから」国松が少し白けた口調で言った。「もてたのは、間違いなかったですからね。それこそ、本人がその気になればよりどりみどりで……でも実際、あの頃はとても恋愛どころじゃなかったから」

「講義が大変だったんですか？」

「就職の方ですよ」言ってから、国松が深く溜息《ためいき》をついた。「本当に大変で。あの頃は、三年生になるとすぐ……二年生の終わりくらいから、もう就職の話が出て、みんなそわそわしていたから」

学生たちが就職に苦しむ状況は、ずっと変わっていない。しかし市立大は、それなりに優秀な大学だし、就職に困るようなイメージもないのだが……澤村の考えを読んだように、国松が説明を続ける。

「うちの大学、就職実績はあまりよくないんです。元々、長浦の地元企業へ就職したり、県内で教員になったりする人間が多くて……東京に比べれば、企業や官公庁も小さいんで、どうしても採用が絞られるんです。特に理彩のように地方出身者だと、どうしても……コネもないですしね」

「彼女、卒業後に新潟へ戻るつもりはなかったんだろうか。地元なら、何か就職先もあると思うけど」

「そっちもやってたんですけど、全部失敗したそうです」当時の理彩の様子を思い出し

できる。

「うまくいかなくて、結局派遣ですよ」

「こっちへ残ったのはどうしてだろう」派遣の仕事なら、それこそ全国どこでもできる。

「そもそもこっちへ出て来るの、親が反対していたみたいで……父親はともかく、その件で母親とはずっと折り合いが悪かったそうなんです。だから、帰るに帰れなくなったんじゃないですかね。でも、『長浦は好きだからいい』って言ってましたけど」

「最近、理彩さんに会いましたか？」

「去年の年末に……年に一度、ゼミの仲間で集まるんです」

ずいぶん仲のいいものだ、と思った。社会に出て三年目ぐらいだと、自分の仕事で手一杯で、都合を合わせるだけでも大変なはずである。

「その時、どんな様子でしたか？」

「普通……というか、いつも通りの理彩でしたね。菩薩《ぼさつ》で」

「菩薩？」

「ああ」国松が苦笑した。初めて、硬い雰囲気が崩れた。「内輪の冗談です。理彩って、何かそんな雰囲気があるんですよ。人当たりが柔らかいっていうか、ふわっとした感じで。癒《いや》し系の究極で、だから菩薩」

「なるほど」そういう雰囲気がまた、男を引きつけたのかもしれない。「その時、恋人の話は出ませんでしたか？」

「直接は聞いてないんですけど、ちょっと……」国松が言い淀んだ。

「何かあったんですか？」

「後で、他の女の子たちと話したら、そんな話があったって」

澤村は身を乗り出した。

「ゼミの仲間の皆さんを、紹介してもらえませんか？」

紹介してもらった一人、吉川碧《よしかわみどり》を摑まえるのは簡単だった。起業して、実家を会社にしているという。つまり、ほぼ常に自宅にいる。

「さっき、一言も喋《しゃべ》らなかったな」ハンドルを握る吉野に訊《たず》ねる。

「澤村さんの邪魔をしたら悪いかなと思って」

「ああいう時は、喋った者勝ちだぞ」

「よく、『黙ってろ』って怒られましたけど」運転しながら、器用に肩をすくめる。

「長浦南署で？」

「ええ」

「そんなやり方はないぞ」

「南署は、やっぱりおかしいんですかね」

いいチャンスだ、と思った。内陸部の住宅地にある市立大から港の近くにある碧の家までは、車で三十分以上かかる。南署の様子を吉野から聞き出す時間はたっぷりありそうだ。

「今回は、ひどい話になったな」

「まったくですよ」吉野が肩をすくめ、息を吐いた。「何だか、自分も肩身が狭いです」

「だけど、君は何も知らなかったんだろう？」

「ええ。知っていれば……」

何もできなかっただろう。仮に吉野が、改めて理彩の相談を聴いたとしても、一人でできることは限られていたはずだ。しかも上の許可を得ずに勝手に動くと、結果はどうあれ痛い目に遭う。この男に、澤村にとっての谷口のような守護者がいるとは思えない。

「普段から、あそこの刑事課はだらけた雰囲気なのか？」

「他の所轄の様子は知らないんですが……」

「そうか、君はあそこが初任地か」

「でも、淀《よど》んだ感じは分かります。すみません、こんなこと、言わないで下さいよ」

「俺は監察の人間じゃないから、この話をどうこうしようとは思わないよ。自分の知識として知っておきたいだけだ。来週からは、南署の人間なんだから」

「何か、やる気がないんですよね」吉野が唇をきゅっと結ぶ。「特に、被害者に対して冷たいっていうか……あそこ、住宅街だから、結構ノビがあるじゃないですか」ノビ——忍び込みの略で、一般住宅を狙う窃盗犯や住居侵入事件のことを指す。「そういう時、事情聴取がおざなりっていうか、これぐらいでいいのかなって思うことはありました」

「君が疑問に思うぐらいだから、相当ひどかったんだろうな」

「ええ」

ベテランの——正確にはくたびれた年寄りの刑事は、仕事で手を抜きがちだ。どんな被害者も、調書の中にしかいない存在に思えてしまい、心のこもった対応ができない。相手に同情を覚えなければ、当然事件に取り組む意欲も緩んでしまい、解決に辿《たど》り着けないことも少なくない。そして一人、二人でもそういういい加減な人間がいれば、課内の全体的な空気も自然に悪くなるものだ。それが最終的には、署全体の雰囲気悪化につながる。

ところがそういう不良債権に限って、なかなか取り除けないものなのだ。明確な不祥事やミスがあれば、人事で処分することになる。だが、「あまり仕事をしない」「手を抜いている」というのは、正式な記録には残りにくい。結果、ただ給料をもらってだらだら過ごしているだけの人間が、無事に定年まで勤め上げてしまうことも珍しくないのだ。若い刑事は、そういう有害人物のやり方を見て、「こんな感じでいいのか」と思いこんでしまう。思いこむだけならともかく、手を抜くことを真似する人間も後を絶たない。人間は、低い方へ流れる方が、絶対に楽なのだから。

幸い、吉野はまだ悪い色に染まっていないようだ。内部を批判的に見られるのがその証拠だし、やけに張り切っているのも、自分はあの連中とは違う、と証明したいからだろう。それ自体はいいことだ。変に暴走して、怪我を負うようなことがなければ。

「まあ、それも今週一杯の我慢だ……今、署内の雰囲気はどうなんだ？」

「お通夜みたいですね。皆、首をすくめて大人しくしてます」

「あんな風に、手抜きして事件を拡大させてしまった連中のことをどう思う？」

「俺だったら、自殺します」

急に強い言葉が飛び出し、澤村は軽い衝撃を覚えた。ここまで覚悟がある人間なら、決して手抜きなどしないはずだ。

「死ぬことはない。この一件をさっさと片づけて、捜査一課で頑張ればいい」

「でも澤村さんは、来週から南署ですよね」

「大掃除のチャンスかもしれない」澤村は顔を両手で擦《こす》った。「そういう連中の相手をするのは下らないけど、腐った部分は取り除かないと、他に悪影響を与える。誰かがやらなくちゃいけない仕事なんだ」

碧の「花屋」は、生花を扱う店ではなかった。手入れのいらないプリザーブドフラワーを大量に作り、ネットだけで販売しているという。そういう商売が成り立つのが、澤村には意外だった。

「お店を構えなければ、経費がかかりませんから」花で一杯のリビングルームで、碧が明るい調子で言った。「家を倉庫代わりにすれば、結構数は置いておけるし」

「それでちゃんと、商売になっているんですね」

「ええ」

くりくりとよく動く目のせいか、碧は常に笑っているように見えた。ショートボブの髪型は、快活な印象を与える。分厚いデニムのエプロンだけが、花屋のイメージを体現していた。

植物に囲まれているせいか、澤村はソファに腰かけても、何となく気持ちが落ち着かなかった。植物が話すわけでもないが、何となく森の中か植物園にでもいるような感じがする。碧が淹《い》れてくれたハーブティを一口飲んだが、やはり腰がふわふわするような感触が消えない。ソファが柔らかいせいかもしれない、と澤村は思った。

「理彩さんのこと、残念でした」

碧が、カップを口元に持って行こうとした手の動きを止めた。視線が彷徨《さまよ》い、落ち着かない雰囲気になる。しまいには、カップをテーブルに置いてしまった。バランスを崩し、ほとんど透明に近い黄色の液体がテーブルに零《こぼ》れる。しかし碧はそれを気にする様子もなく、澤村の顔を凝視した。

「そうですよね……そんな話じゃなければ、警察の人は来ないですよね」

「残念ですが」

「今日、午後から新潟に行きます」

「お通夜ですね」

「ええ」碧が、目の端を指先で拭《ぬぐ》った。「お別れを言いたいから」

「そうですか」

「だから、あまり時間が……」碧が壁の時計を見上げた。今時珍しい鳩時計。時針は十二時を指していた。長浦から新潟までは、東京駅経由で三時間ほどだが、女性にはいろいろ準備があるのだろう。

「分かりました。手短かに」

澤村が言うと、吉野がさっと手帳を広げた。それを見届けてから質問を始める。

「去年の年末に、理彩さんと会いましたね？　大学のゼミの忘年会で」

「会いました」少し声が震えているが、答えはしっかりしていた。

「その時、どんな様子でしたか」

「いつも通りでした。おっとりしていて……」

それは理解できる。藤巻によるストーカー行為がエスカレートしたのは、今年になってからなのだ。それまでは、そういう気配があったにしても、理彩もそれほど悩んでいなかったのだろう。

「ストーカーの話は出ましたか？」

「その時の話だと、ストーカーなんていう感じじゃなかったんです」碧がようやくお茶を一口飲む。小さく息を吐き、澤村の目を真っ直ぐ見据えて続けた。「会社の上司から自宅に電話がかかってきたって。あと、仕事と関係ないメールとか。よくあることだからって、笑ってましたけど」

「その後、相談を受けたりしなかったんですか？」

「ないです」碧が力なく首を振る。「だから、おかしいと思ったんです。その後も電話で話したり、メールしたりはしていたんですよ？　でも、そんな話は全然出なくて、それで今回、いきなりこういうことになったでしょう？　いったい何があったんですか？」

「今年に入って、ストーカー行為がエスカレートしたんです」

「何で一言も言ってくれなかったんだろう」碧がぽつりと言った。「友だちとして、信用されていなかったんですかね」

「あまり話を広めたくなかったのかもしれません」澤村は碧を慰めた。「この件を詳しく知っていたのは、ほんの一握りの人間なんですよ」

知らなくてよかったのだと考え、澤村は恐怖が背筋を這《は》い上がるのを感じた。理彩から相談を受けていたら、藤巻しか知らないルールに則《のっと》って、犠牲者のリストに名前が連なっていたかもしれないのだ。

「何だか、友だちだと認められていないみたいで」

「逆に、友だちには話しにくいことかもしれません。自分の弱みを見せるようだと思うかもしれないし」

そういう意味で、石井の距離感は、理彩にとって貴重だったのかもしれない。自分のことはよく知っているし、秘密を守れる性格だということも分かっている。一方で、現在の自分の生活とはほとんど関係がないので、知り合いに話が漏れる恐れもない。理彩は、あくまで今の生活を守りたかったのではないか、と思った。経済的に満足のいくものでなかったとしても、心地好《よ》い世界だったのかもしれない。しかし、ストーカー被害に遭っていることを自分に近い人間が知れば、全てが崩れてしまうとでも思っていたのではないか。

「他に、相談していた人はいませんか？」

「それは、私には分かりません」碧の顎《あご》が強張《こわば》った。「理彩のこと、何でも知っていたわけじゃないし」

「恋人は？」

「はい？」

「恋人ですよ。理彩さんの恋人」

「ああ……」碧が言い淀《よど》んだ。顎に拳《こぶし》を当て、助けを求めるように部屋のあちこちに視線を投げる。「その話ですか」

「何か、問題でもあるんですか？　理彩さんに恋人がいても、おかしくないでしょう」

「おかしくないけど、はっきりとは……」碧の口調は依然として歯切れが悪い。

「聞いてないんですか」

「聞きましたけど、どんな人かは知らないんです」

かすかに希望の火が灯《とも》る。澤村は身を乗り出し、さらに追及を続けた。

「いる、ということは聞いていたんですね」

「たぶん、つき合い始めたばかりだったんじゃないでしょうか」

「そういう時って、人に話したくなるものじゃないですか？」

「理彩は別です」碧が首を振った。「昔からそういうこと、ちゃんと話さないから。用心深いっていうか、シャイっていうか、上手《うま》く言えないけど」

「でも、そういう話は出ていたんですね」

「ええ」

「誰なのか、見当はつきませんか」澤村は、ひどく気が逸《はや》るのを感じた。その相手が、藤巻の次のターゲットになる可能性があるのだ。

「ええと……」碧が困ったように目を細める。「大学時代の友だちじゃないと思います。それなら、仲間内で噂になりますから」

「なるほど。ということは、現在の仕事での関係ですかね」

「どうなんでしょう……派遣ですから、普通の会社で働いている感覚とはちょっと違うと思うので。派遣先での人間関係については、結構煩《うるさ》く言われるみたいです。基本、そこで働いている人とは恋愛禁止みたいですね」

「他にはどうですか？　例えば理彩さん、何か趣味はなかったんですかね。会社以外で、社会とつながっている物、です」

「趣味ですか？」碧が顎に人差し指を当てた。「最近は分かりませんけど、学生時代は映画、かな」

「映画、ですか」趣味というには、あまりにも幅が広過ぎる。澤村は、顎が緊張するのを感じた。この線を追っていっても、雲の中を手探りで進むようなものかもしれない。

「大学の頃、映画研究会に入ってました。古い邦画が好きで……昭和三十年代ぐらいまでの映画です」

そういう条件で、何か絞りこみができるだろうか。澤村は首を傾げた。

「あと、外のクラブにも入っていると思うんですけど」

「外というのは？　大学の外で？」

「そういうクラブがあるそうです。古い映画を一緒に観たり、情報交換したりとか、そういうことらしいですけど……すみません、私はあまり詳しくないので」

「映画研究会、大学の方に確認すれば分かるでしょうか」

「たぶん……文科系の、正式に認可されたサークルですから」

そこをとっかかりにして、理彩が入っていた外部のクラブを探し出そう。しかし、少しだけひるむ。そのクラブを探り当てても、その中での理彩の交友関係を解き明かすには、かなり時間がかかりそうだ。

そうしている間にも、藤巻は自由に動き回っている。

澤村はそれからもしばらく質問を変えて碧を突《つ》き続けたが、それ以上有益な情報は出てこなかった。碧が壁の時計に目を向ける頻度が増えたので、暇《いとま》を告げる。

「あの……」碧が遠慮がちに切り出した。

「何ですか」

「理彩には会えるんですか」

澤村は頬が引き攣《つ》るのを意識した。無理だ。焼け焦げた遺体と対面することなど、一般人である碧には不可能だろう。卒倒しかねない。おそらく、棺《ひつぎ》の蓋《ふた》は、閉められたままになるはずだ。

「分かりません」正直に答える。

「そんなに……酷《ひど》いんですか」碧が唇を引き結ぶ。

「どんな遺体でも、酷い物です」

他に言葉を持っていない自分が、情けなく思えてきた。

第三部　射　殺

1

長浦県警側の捜査本部は、長浦南署ではなく中央署に置かれている。南署を避けたのは、「当事者」たちがいる場所で捜査はできないからだ。谷口たちが、そんなことにまで気を遣わなくてはならないのだと考えると、澤村はますます陰々滅々たる気分になった。

中央署で開かれた夜の捜査会議は、どことなく意気消沈した雰囲気で始まり、絶望に近い空気の中で終わった。依然として、藤巻の行方に関する手がかりはない。理彩の周辺の人間関係も、まだはっきりしなかった。

一日の——いや、それ以前からの疲れに体を蝕《むしば》まれ、澤村は目を開けているのさえ辛《つら》くなっていた。会議室から刑事たちが退出する段になっても、椅子に腰かけ、自分の中の悪が飛び出すのを押さえるように、きつく腕組みをし続ける。午後九時……これから動き出すには遅過ぎる時間だし、そもそも新しい一歩を踏み出すための手がかりもない。もどかしさで、頭が爆発しそうだった。

理彩の大学時代の友人たちには、一通り話を聴いてしまった。唯一の手がかりとして残っているのは、理彩が参加していた外部の映画サークルの人間だが、割り出せたたった一人のメンバー——会長だ——は出張中で、明日の午前中でないと戻らないという。何度か電話をかけたがつながらず、事情聴取は明朝まで持ち越しになった。仕方がないと分かってはいたが、それまでの十数時間が無駄になるのが我慢できない。

「帰らないんですか？」

初美が立ったまま声をかけてきた。澤村は顔を上げ、彼女をちらりと見た。疲労の色が濃いが、自分も似たようなものだろう。両手で顔を擦《こす》り、そのまま掌《てのひら》をテーブルに伏せる。

「どうしたものかな、と思って」

「何がですか？」

「明日の午前中まで、やることがない」

「しょうがないでしょう。取り敢《あ》えず、食事でもしませんか？　夕飯、食べ損ねたんですよ」初美は屈託がない。ない振りをしているだけかもしれないが。

「ああ……そうだな」食欲はなかった。義務的に昼食を取っただけで、そんなものはとうに胃から消えてしまっているのに、腹が減った感覚がない。焦りと怒りが胃の中に充満して、食欲を奪っているのではないだろうか。

「何にしましょうかね」

初美が、わざとらしく明るい口調で言った。自分を元気づけようとしているのだと分かったが、その厚意に甘える気にもなれない。

「トンカツとか？」適当に思いついて言ってみた。

「この時間にトンカツは重くないですか？」初美が顔を歪《ゆが》ませる。

「トンカツ抜きで、キャベツだけ食べるんだ」

「それじゃ、橋詰さんじゃないですか」

「知ってるのか？」澤村は、片目だけを見開いた。

「伝説ですよ。県警の女子の間では有名です……笑い話として」

澤村は、ようやく頬が緩むのを感じた。

「まったく、あのオッサンの阿呆《あほ》さ加減は信じられないよ。うちの県警は、何であんな人をいつまでも飼っておくのかね」

「それは私には分かりませんけど……やっぱり、橋詰さんのことが気になるんですね」

澤村はもう一度顔を上げ、今度はもう少し長く初美の顔を見据えた。彼女の表情はあくまで真剣だった。

「心配してるんでしょう？　一歩間違ったら死んでましたよね」

「その方がさっぱりしただろうな」澤村は頭の後ろで腕を組み、大きく伸びをした。肩甲骨と首の辺りで、ばきばきと嫌な音がする。「あんなオッサンがいなくても、誰も困らないし、訳の分からないことを言われなくなればせいせいするよ」

「本気で言ってるんですか？」

「つき合ってみれば分かる」

「でも、澤村さんだって、橋詰さんの影響を受けてるでしょう」

「まさか」澤村は首を振った。初美はいったい何を言い出すんだ？

「心理学が本当に捜査に役立つかどうか、私には分かりません。でも、犯人の立場に立って考えることの大事さは、橋詰さんを見ていてよく分かります」

「そんなこと、刑事なら誰だって考える。無意識のうちにやってるか、それに屁理屈《へりくつ》をつけるかの違いだけだぜ」

「でも、ああいうアプローチの仕方もあるんだって分かると、新鮮な気分になりますよ。もちろん、もっといい方法があるかもしれないし、そういうのは一人一人で探せばいいんでしょうけど」

「ああ、だから——」反論するのが急に面倒になった。こんなことで体力を消耗したくない。「飯にしようか」

「はい」初美の顔が急に明るくなった。

　切り替えの早い娘《こ》だな、と思いながら立ち上がる。そこへ、吉野が飛びこんで来た。唇を引き結び、ひどく真剣な様子である。

「どうした」

「ちょっと、お話ししたいことが……」声をひそめて告げる。

「急ぐのか？」

「ええ」

「飯を食おうかと思ってたんだ」初美に目をやる。「彼女と一緒に。君もどうだ？」

「いいんですか」

「そっちがよければ。どうせ彼女とは、来週から同僚になるんだし、先に顔合わせぐらいしておいてもいいだろう」

初美が吉野に向かって軽く頭を下げた。吉野は少し戸惑っているようだったが、うなずき返すだけの礼儀は残っていた。

「じゃあ、行こうか。飯を食えば、少しは元気になるだろう」それは二人にではなく、自分に向けての台詞《せりふ》だった。

長浦中央署管内には、駅ごとに繁華街が幾つもあるが、中央署そのものは、そういう賑《にぎ》やかさからは少し離れた場所にあった。それ故、夜九時を過ぎると、食事が取れる場所は少なくなる。歩いているうちに、夕飯なんか食べなくてもいいんだ、と面倒に思う気持ちが強くなってきた。

「この辺で飯を食える店があったかな？」吉野に訊《たず》ねる。

「ないんですよねえ」吉野が渋い表情を浮かべた。「ファミレスか、牛丼屋か立ち食い蕎麦《そば》ぐらいで。繁華街から、ちょっと外れてますからね」

「だったらファミレスか」うんざりだった。外を歩き回ることが多い仕事なので、どうしても食事はファミレスのお世話になることが多い。メニューは豊富だが、食べ飽きている、というのが正直なところだった。

「あ、洋食屋が一軒あります。結構遅くまでやってますし、美味《うま》いですよ。たまに、うちの管内から遠征してくるんです」思い出したように吉野が言った。

「じゃあ、そこにしよう」多少なりとも毛色の変わった食事ならありがたい。

「ちょっと汚いですけど」

「それで文句は言わないよ」

　案内された洋食屋は、署から歩いて五分ぐらいの場所にあった。汚いではなく古い、というのが正確だろうと、建物を見て澤村は思った。三階建てのビルで、一階と二階が店舗、三階が住居になっているらしい。入ってみると、一階には古いテーブルが放置されているだけで、客は一人もいない。実際の店舗は二階だけなのだと気づいた。角がすり減ったコンクリートの階段を上がって客席に入ると、遅い時間なのに、席は半分ほども埋まっている。酒を呑《の》んでいる人間は一人もいない。ひたすら食事のための店なのだ、と気づいた。温かなラードの匂いが流れていて、なかったはずの食欲が刺激される。

　四人がけのテーブルに三人で座る。ビニールのテーブルクロスはべたついていたが、不潔な感じはない。吉野が気を利かせて、テーブルに置いてあるコップに、水差しから水を注いだ。初美はその様子を、面白そうに見ている。今まで捜査一課で最年少の一人だったのだが、来週からは後輩ができるのだ。どうやってこき使ってやろうかと考えているのかもしれない。

「お勧めは？」

「フライ物は何でも美味いですよ。あとはオムライスとか」

オムライスの気分ではない。先ほどトンカツ抜きのトンカツ定食の話をしたついでだと思い、澤村はレバーフライを頼んだ。あまり見ないメニューだし、トンカツよりもこちらの方が体にもいいだろう。初美と吉野はメンチカツ。

「で、話っていうのは？」こういう場所で話して問題ないことなのだろうかと心配しながら、澤村は吉野に訊ねた。

「まだ見つからないんですよね」

「ああ」主語を省いて喋《しゃべ》っているのが気にいった。この男がどういう刑事なのかは分からないが、暴走癖が目立つだけではなく、慎重な一面もあるようだ。

「前にも言いましたけど、今のやり方でいいんでしょうか。これじゃ、一直線に近づけないと思います」

「だったら、自分で駅やインターチェンジを調べてみるか？　それで行き当たる確率は低いぞ」

「というか、もっと……藤巻本人の周辺を調べた方がいいんじゃないでしょうか。知り合いがゼロっていうことはないだろうし、そこを調べれば、居場所が分かる確率も高くなるでしょう」

澤村はうなずいたが、それはできないのだ。藤巻の身柄確保につなげるための直接の捜査は、新潟県警が主体になって行うことで、両県警が合意している。事件現場はあくまで向こう。主役は新潟県警なのだ。新潟県警は、既に十数人の刑事を長浦に投入している。長浦県警としては、この件に関しては道案内とサポートが主な仕事だった。谷口もそういうやり方を気に入ってはいないようだったが、こちらが弱い立場にある以上、どうしようもない。

「今は無理だな」

「今やらなくて、どうするんですか」吉野が食い下がってくる。

「捜査の主体は新潟さんなんだぜ。横から首を突っこむようなことはできない。うちの方が圧倒的に立場が弱いんだ」

「クソッタレどものせいで」

吉野が急に乱暴な言葉を吐いた。目には、真性の怒りが宿っている。よほど腹に据えかねているのだろうが、ここで怒ってもどうにもならない。本当は俺だって藤巻を追いたい、と澤村は思った。だが、暴走して効果がある場合と、そうでない場合がある。今回は明らかに後者の状況だ。藤巻を追いこむには、物量作戦で行くしかない。大勢の刑事が聞き込みを続け、乏しい手がかりを何とか引っかける、という形だ。一人で藤巻を捜し回っても、手がかりが得られる可能性は少ないし、これ以上新潟県警を怒らせるのも得策ではない。澤村には、武本、そして石井を見殺しにしてしまった、という負い目もあった。今はテンションが高く保たれているので、その事実が心の裂け目に食いこんでくることはないが、この件は今後長く、自分を苦しめるだろう。

料理が運ばれてきたので、澤村はほっとした。若い刑事を諌《いさ》め、勝手な暴走を思いとどまらせることなど、自分の役目ではない。吉野は、自分と同じような俺の暴走癖を知って、何とかしてくれると思って相談してきたのかもしれないが。

レバーフライは、フライというより唐揚げだった。薄い切り身がどっさりと皿に載り、つけ合わせは皿の残りスペースを埋め尽くすキャベツとマカロニサラダ。味噌《みそ》汁がつかないのは、洋食屋としてのアイデンティティかもしれない。

食べてみると、かすかな塩味が舌に残り、正体の分からない香辛料の香りが鼻から抜ける。しかし全体には薄味だったので、ウスターソースをざっとかけ回した。それで味がしっくりとする。食べ続けるうちに、かりかりとした歯ごたえが快感になってきた。

一方、初美たちが頼んだメンチカツは、巨大で肉厚だった。ナイフを入れた初美が、嬉《うれ》しそうな声を漏らす。閉じこめられた肉汁が皿に流れ出し、いかにも美味そうだった。

三人で黙々と食事を続ける。吉野が何を考えているかは分からなかったが、食事の間は仕事の話をしないようにしているのかもしれない。食べるスピードはやけに速かった。

さっさと食事を終えて、本題に戻ろうとしているのだろう。澤村は、意識していなかったが、いつの間にか普段よりゆっくりと料理を味わっていた。予想通り先に食べ終えた吉野が、ナイフとフォークを乱暴に皿に置く。早く話したくてうずうずしている様子だった。

澤村は敢《あ》えてじっくり時間をかけて、食事を終えた。初美とほぼ同着。普段は食事は速く食べることだけを考えているせいか、これほどゆっくり食べると、胃がやけに膨れた感じがした。

「澤村さん――」

「勝手に動いたら駄目だぞ」機先を制して澤村は言った。「今回の件では、できるだけ大人しくしていた方がいい。大掛かりな仕事なんだから、全体を見渡せる人間の指示を受けないと、動きが無駄になる」

「澤村さんは分かってくれると思いましたけど」吉野が唇を尖《とが》らせる。やけに子どもっぽい仕草だった。

「分かるけど、時と場合による。今は違うんだ。それに、新潟さんを怒らせたら、ろくなことがないぞ」

「そうですかね。向こうでは普通でしたけど」

それはお前が平の刑事で、新潟県警にしてみれば箸《はし》にも棒にもかからない存在だったからだ――しかし、真実を告げる残酷さは、今の澤村にはない。この男が張り切っているのは間違いなく、その意気込みを消したくはなかった。

「俺は散々嫌みを言われたぞ」澤村は皿を脇にどけて、身を乗り出した。「それに、負い目もある」

「ああ」吉野の目が暗くなった。「それは分かりますけど」

「だから、今は黙って上の命令に従っておけ。それと、自分の身を守ることを考えた方がいいぞ」

「どういうことですか？」

「君は来週異動だけど、それで今の職場と関係がなくなるわけじゃない。当事者……じゃないけど、同じ職場にいたんだから、本部でもしつこく話を聴かれる可能性が高い。そういう時に、ちゃんと答えられるようにしておかないと」

「何も知らないんだから、答えようがないですよ」吉野が肩をすくめる。「上の人たちのことなんて、何も言えません」

「それならそれでいい。その言い分をずっと押し通すんだ」ふと、実際には吉野もこの一件に関係していたらどうする、という疑問が浮かんだ。責任の一端を負うべき人間に、逃亡のアドバイスを与えてしまうことになるではないか……いや、この男も一種の被害者なのだと信じたかった。責任はまったくなくても、今後、県警の中で白い目で見られるのは間違いない。あの事件の時、お前も長浦南署の刑事課にいたのか、と。見えない汚点のようなものだ。

「とにかく、大人しくしておいた方がいい。上の命令はちゃんと聞いて」

「……分かりました」まったく納得がいっていない様子だったが、吉野はうなずいた。

「来週からのことを考えろ。捜査一課に行ったら、また別の事件を担当することになるかもしれないぞ」

「この件を続行じゃないんですか」吉野が顔を上げた。わずかに顔色が白くなっている。

「それを決めるのも、君じゃない」

「希望しても駄目ですかね」

「希望が通らないのが、うちの業界なんだ」だから俺は暴走するわけだが。それで成功したこともあるが、失敗に終わったことも少なくない。しかし少なくとも、谷口という後ろ盾がいなかったら、こんな風に自分勝手に動くことはなかっただろう。そういう意味で俺は反則をしている。と澤村は思う。

そしてこういうやり方が、自分の心を確実に蝕《むしば》んでいるのは分かっていた。結果を出しても、周囲には冷たい目で見る人間が必ずいる。無視していても、陰で悪口を言われているのは想像できるわけで、そういうことを考えるだけでも気が滅《め》入る。ただ、澤村の考える「最高の刑事」は、チームワーク、あるいは仲間との馴《な》れ合いとは関係ない。

食事を終えて店を出ると、十時近くになっていた。

「一度、中央署に戻ります」

吉野が、少しだけ冷めた口調で言った。俺に失望したのかもしれない、と澤村は思った。「どんどんやれ」と背中を押してくれるのでは、と考えていたのではないだろうか。

「ああ。明日の朝、会おう」

「お疲れ様です」丁寧に頭を下げ、踵《きびす》を返す。長浦にしては暗い闇の中を歩いて行く途中、一度も振り返らなかった。

吉野の背中を見送ってから、澤村たちも駅の方に向かって歩き出した。まだ濡《ぬ》れたブーツの入った紙袋をぶら下げているのだが、これがやけに重い。それに、どうにも間抜けな感じがした。

「変に焦ってますよね」初美が感想を漏らす。

「吉野？」

「ええ。何だか、この一件に、個人的に思い入れがあるような感じがするんですけど」

「確かに、な」

「何なんでしょうね。自分の職場で不祥事が起きたから、怒ってるんでしょうか」

「そうかもしれない」

それだけ？　刑事の功名心というのは、意外に複雑なものだ。身内の事件であっても、ここで手柄を立てて自分の能力をアピールしたいと吉野が考えるのは、不自然ではない。最近の若い刑事――そんなことを考えてしまう自分の年齢を思うとうんざりした――は、何でもそつなくこなすが、自分から打って出ようというタイプは少ない。そういう意味で、吉野のやる気は褒めていいものだが、それにしても勢いが激し過ぎる。初美の言う通り、個人的な思い入れが原動力になっているようにも思えた。もちろん、一人の若い女性があんな風に残酷に殺されて、犯人を憎む気持ちを持たなかったら、刑事など辞めた方がいいのだが。

「何だか……澤村さんて、若い頃、あんな感じじゃなかったですか？」

「今でも十分若いと思うけど」

「若ぶりするようになったら、年を取った証拠ですよ」初美が、妙に爽《さわ》やかな笑顔を浮かべて言った。

「そういうつもりはないけど」澤村は肩をすくめた。今夜は、初美と軽口を叩《たた》き合っている気持ちの余裕がない。

「でも澤村さん、昔からがつがつしてたんじゃないんですか」

「そんな風に見えるか？」

「何でも自分で抱えこむんだから、実際、そうなんじゃないですか」初美が急に真顔になった。「少し、仕事をし過ぎですよ」

「それほどとは思ってない」

「それで忙しくないっていうなら、人間じゃありませんね」初美が力なく首を振る。

「それで本当に、体は大丈夫なんですか」

「ああ」

初美が立ち止まる。澤村は三歩ほど先に進んでから足を止めた。振り返ると、初美は首を少しだけ傾げて澤村の顔を凝視していた。ほぼ徹夜したはずの翌日の午後十時、疲れているはずなのに、顔にはそれが表れていなかった。

「むきになり過ぎると、いつか壊れますよ」

「壊れないように、気持ちを鍛えているつもりだけど」

「澤村さんには敵《かな》わないですね」初美が苦笑し、大きなトートバッグを担ぎ直した。

「別に、競争しているわけじゃありませんけど」

気持ちを鍛えているつもり、か。ようやく部屋に辿《たど》り着いて一人になると、澤村はぼんやりと考えた。刑事は、鉄の魂を持つわけにはいかない。何も感じなくするように自分をコントロールすることはできるかもしれないが、そうしたら捜査に必要な感受性は失われてしまうだろう。犠牲者を悼む気持ちが大きくなればなるほど、最初のダッシュが効くのだ。

しかし心は磨《す》り減る。事件は一つ一つ違う顔を持っているが故に、どれだけ現場を踏んでも、慣れることはないのだ。以前の事件を教訓にしようと思っても、役に立たないことが多い。

澤村は、まだ湿っているブーツに、古新聞を突っこんだ。オイルレザーで耐水性を謳《うた》ってはいるのだが、中にまで水が入りこむような状況は、メーカーも想定していないだろう。元通り履けるようになるかどうかは、分からなかった。

ベッドに体を投げ出し、頭の下で両手を組む。すぐにも眠りに引きこまれそうになったが、無理矢理目を開け続けた。藤巻とはいったい、どういう男なのだろう……自分の確固たる世界を持っている人間のはずだ。完全に予定調和的で、自らコントロールできない物など何一つない世界。おそらくそこは清潔で、髪の毛一本落ちていない。

あの男は今まで、女と関係したことがないのではないだろうか。いかに美化しようが、男と女の関係には、必ず清潔とは言えない要素が入りこむ。互いの汗が交じり合うような肉体的接触を、あの男が快感と感じるとは思えなかった。だったらどうして、理彩に対するストーカー行為に及んだのか。

ふと、頭に嫌な考えが浮かぶ。

生贄《いけにえ》？

自分の世界をより完璧《かんぺき》な物にするために、理彩が必要だったのではないだろうか。そこには肉欲も愛情もなく……そんなことがあり得るのだろうか。完全に澤村の理解を超えており、どうしてこんなことを思いついたのか、自分でもさっぱり分からなかった。

重い体を何とか引き起こし、ベッドを抜け出る。のろのろとシャワーを浴びたが、エアコンのスイッチを入れておくのを忘れたので、部屋に戻った途端に、濡れた体が凍りついてしまう。どうして今回は、こんなに抜けたことばかりしているのだろうと思いながらエアコンのスイッチを入れ、一枚余計にトレーナーを着こむ。長浦南署の連中の間抜けさが自分に乗り移ってしまったということはないか？　そうでなければ、湯沢で二人も犠牲にすることはなかった。藤巻が車に仕かけをしたかもしれないということぐらい、予想していて然《しか》るべきだったのに。

藤巻、どこにいるんだ。

吉野の焦る気持ちは、よく理解できた。橋詰ではないが、逮捕される時、藤巻がどんな顔をするのか見てみたいという願いもある。恐らく逮捕した後は、藤巻の心の闇に潜りこむことになるだろう。そういう行為は、澤村の心を確実に蝕む。相手に同化しようとするあまり、自分の心も悪に染め上げられてしまうのだ。もっとも今回は、主体的に藤巻を取り調べるのは、新潟県警の仕事になるだろうが。

濡れた頭にタオルを被《かぶ》ったまま、ベッドに腰かけた。エアコンの温風が、かすかに体を擦《こす》っていく。今は、眠ることすら罪のように思えた。吉野の態度が、どうしても脳裏に残って消えない。俺も今すぐ街に飛び出し、藤巻を追うべきではないか……しかしそれが、捜査のやり方としてはあまりにも非効率的だということは分かっている。これはボードゲームのようなものなのだ。相手の痕跡《こんせき》を探し、追い詰め、いずれは王手をかける。問題は、ゲーム盤の面積が、おそらくは日本全体と同じであることだ。

考えても仕方がない。自分で自分に課した仕事は、藤巻を網にかけること。そのために役立つかもしれない捜査が待っている。そのために、今晩は体を休めなければならない。それも仕事のうちなのだ。

仕事。それは魔法の言葉だった。澤村はいつの間にか、眠りに落ちていた。

翌朝、吉野は捜査本部に姿を現さなかった。

2

「何やってるんだ、あの男は」最初に文句を言ったのは溝渕だった。朝の捜査会議が終わった直後、会議室の中を見回し、澤村を呼びつける。「お前、吉野のこと、何か聞いてないか」

「聞いてますよ」暴走したのだ、と分かっていた。経験も少ないあの男が、一人でどこまでやれるかは分からない。

「どういうことだ？」溝渕が目を細める。

「藤巻の行方を追いたがってました」

「何を勝手なことを」溝渕が吐き捨てる。

「好きにさせておけばいいんじゃないですか？　あいつ一人がいなくても、大勢に影響はないでしょう。やる気は認めますけど、まだ経験が少ないんだから。それに、南署の人間を捜査に参加させるのも、筋が違う」

「当てにはしてないが、これじゃ規律が保てないんだよ」

「一人抜けたぐらいで、規律もクソもないでしょう」澤村自身、吉野はもう当てにできない、と諦《あきら》めていた。湯沢から勝手に帰ってしまったことに続いて、二回目の暴走なのだから、さすがに面倒を見切れない。

「長浦南署はどうなってるんだ？　上の人間が阿呆《あほ》だから、下の教育もできないのか」

溝渕がぶつぶつと文句を続ける。

そういうあなたは、捜査一課に来る前に長浦南署にいたではないか。蔓延《まんえん》するだらけた気配に気づかなかったのか？　澤村は首を振って、溝渕に対する文句を呑《の》みこみ、携帯電話を手にした。吉野にかけてみたが、電源を入れていない様子である。

「出ませんね」溝渕に向かって携帯を振って見せた。

「しょうがねえな」溝渕が舌打ちをする。「放っておこう。最初から、戦力として期待してるわけじゃないし、そもそもあいつが捜査本部にいるのも、正式じゃないんだからな……ちょっと待て」溝渕の携帯電話が鳴り出した。「はい、溝渕……あ、課長、おはようございます」急に言葉遣いが丁寧になり、背筋が伸びる。「え？　カージャック？」

澤村は一瞬、溝渕の携帯をひったくろうかと思った。文脈から、藤巻関係の話なのは間違いない。同時に、吉野の間の悪さに少しばかり同情した。ここにいれば、この情報を耳に入れることができたのに。しかし、「居合わせることができる」のも刑事の重要な能力だ。「場の力」のような物を読み取り、何かが起きるのを察知する……澤村は、余計な考えを頭から押し出し、溝渕の言葉に耳を傾けた。

「ええ……昨日なんですか？　昨日の早朝ですね……高崎駅で。はい、それで本人はどこにいるんですか？　警視庁に出頭？　ああ、東京の人なんですか。それはすぐに、会いに行った方がいいです。ええ、澤村がいるんで、行かせます」

溝渕が電話を切るのを待たず、澤村はダウンジャケットを引っつかんだ。燃える車から石井を助け出そうとした際に、フードのファーが少し焦げてしまったのだが、これ以上暖かい防寒具は持っていない。

会議室を出ようとした瞬間、肝心なことを聞き忘れていたのに気づいて急ブレーキをかける。振り向き、溝渕に「場所はどこですか？」と訊《たず》ねた。

「武蔵野《むさしの》署だ」溝渕が怒鳴る。「分かるか？」

「何とかします」

「永沢を連れて行け。事情聴取するなら、二人でやれよ」

「あいつはどこにいるんですか」ドア枠に手をかけたまま、澤村は怒鳴り返した。吉野の焦る気持ちが、自分の中に蘇《よみがえ》るのを意識する。「待ってる暇はありません。先に行きますよ」

走り出した瞬間、トイレから出てきた初美に出くわした。刑事にとって一番大事なのはこれだ——運の良さ。

「何ですか？」澤村の勢いに押されたのか、初美がその場で凍りついたように立ち止まる。

「カージャックの被害者が見つかった」立ち止まらず、叫びながら走った。

「本当だったんですか、それ?」初美の声が後ろから追いかけてくる。

「武蔵野署だ。東京へ行くぞ」

後は何も言わず、澤村は走るスピードを上げた。ここから武蔵野署まで一時間ぐらいか……サイレンを鳴らし、記録を打ち立てるつもりで走り抜けよう。澤村は、覆面パトカーのキーを固く握り締めた。

首都高の渋滞を縫って走り、中央道の調布《ちょうふ》インターチェンジから三鷹《みたか》に抜け、武蔵野署まで一時間を切った。車を降りた時には、両手にかすかに汗をかいていたが、それでも澤村は気力が湧き上がるのをはっきりと感じていた。

「電話、きませんでしたね」車から降りると、初美が自分の携帯電話を振って見せた。

武士の情けではないが、カージャックの被害者が名乗り出てきた、と吉野の電話にメッセージを残させたのだ。返事がないということは、聞いていない可能性が高い。

「放っておこう。こっちが優先だ」

武蔵野署は、三鷹駅の北口にあり、まだ庁舎は新しかった。隣の吉祥寺《きちじょうじ》に比べれば静かな住宅街の中で、辺りを睥睨《へいげい》するような迫力を放っている。一方で、ガラス面積が大きいせいで、最新のオフィスビルのようにも見えた。上層階は骨組みだけのような格好で、あまり威圧感をまき散らさないよう、多少はデザインに気を遣っているようでもある。

署内に飛びこむと、すぐに刑事課の取調室に案内された。澤村はすぐにも会わせてもらいたいと申し出たのだが、刑事課の係長はA4用紙二枚に打ち出した簡単なメモを先に読むよう、勧めてきた。武蔵野署でも事情聴取をしているのだから、ゼロから話を聴き直すよりも、この方が効果的である。立ったまま目を通した。

・被害者　加賀亮一（かが・りょういち）昭和五十九年一月四日生まれ　二十九歳
・住所　東京都武蔵野市境南《きょうなん》町六の二の三　武蔵境《むさしさかい》ハイツ四〇五号室
・職業　派遣会社勤務（総務職）

派遣会社、というところで理彩との共通点を発見してどきりとしたが、どこかに派遣されているわけではなく、派遣会社本体で働いている、ということだった。さらに調書に目を通していく。

・状況　被害者加賀は、新潟県湯沢町にスキーに赴き、三月四日午前零時半頃、帰宅のために、国道十七号線の関越道湯沢インターチェンジ入り口付近で信号待ちをしていたところ、突然乗りこんできた男にナイフで脅され、そのまま車を走らせるよう命じられた。
・その後、関越道谷川岳パーキングエリアに立ち寄り、午前三時過ぎまで休憩。その間、コーヒー（百三十円）を奢《おご》らされた。
・関越道を高崎インターチェンジで降り、高崎駅前に移動、そのまま始発の新幹線が出る六時過ぎまで待機。
・男は車を降りる際に、携帯電話を奪って逃げた。警察に話すと、家族や知り合いに危害を加える、と脅した。
・男は被害者加賀の首、及び耳にナイフで切りつけ、軽傷を負わせている。加賀は、医者等で治療を受けていない。
・家族らに危害を加えられるのを恐れ、東京へ戻って来てからも何も言わないことに決めていたが、三月五日朝になって思い直し、武蔵野署へ出頭した。

分かりやすい。分かりやすいが故に、澤村は頭に血が上るのを感じた。群馬県警は何をやっていたのだ？　昨日未明の段階で手配は回っていたのに、乗っ取られた加賀の車を捕捉《ほそく》できなかったのだろうか。早朝に駅前でずっと停まっている車は、相当目立ったはずなのに。しかも、堂々と駅舎に入って行った藤巻を見つけられなかった。

「群馬県警は寝てたんですか？」

澤村の皮肉に、係長が顔をしかめる。

「車一台だけを捕捉するのは難しいぞ」

「そうですかね？　田舎で、夜中から明け方にかけて走っている車なんて、そんなにないでしょう」

「高崎辺りは、それほど田舎でもない」

「東京や長浦とは違いますよ」

一々反論しながら、係長に文句を言うのが馬鹿らしくなってきた。警視庁は今のところ、失点ゼロなのだから。深呼吸して気持ちを落ち着け、できるだけフラットな声を作った。

「加賀という男は、どんな様子なんですか」

「びびりまくってるよ」係長が皮肉に唇を歪《ゆが》めた。「昨夜もほとんど寝てないみたいだ」

「携帯はどうなりました？」

「駅のゴミ箱かどこかに捨てたんだろうが、まだ見つかっていない」

係長の言う通り、見つけ出すのは難しいだろう。駅のゴミ箱は、とうに中身が入れ替わっているだろうし、奇跡的に見つかっても、藤巻の指紋が検出できるぐらいが関の山だ。捜査に決定的な影響は及ぼさない。

「本人に話を聴いていいですね？」澤村は念押しした。

「もちろん。そのつもりで来てもらったんだから……ただ、お手柔らかにな。あんたは、普通に話していても相手をびびらせるタイプみたいだから」

「そんなこともありませんが」

係長が一瞬唇を引き結んだが、すぐに不満そうに端が垂れ下がった。明らかに澤村を信用していない。だが、貴重な目撃者——被害者を怯《おび》えさせるのは、澤村の本意ではなかった。一つ深呼吸して気持ちを落ち着かせ、何とか表情を柔らかくしようと努める。

「では、失礼します」

初美と一緒に取調室に入る。庁舎は新しいのに、取調室には既に、独特の雰囲気が流れていた。ここでは、多くの人間が反省し、涙を流す。悲しみや苦しみが染みついているというか……もちろん、加賀は罪を告白して泣いたわけではない。

だいたい武蔵野署は、どうして彼をここへ入れたのだろう。被害者から話を聴くなら、会議室なり刑事課の一角を使う方がいい。取調室は狭く圧迫感があるので、座っているだけで妙なプレッシャーを感じて、喉《のど》が詰まるような思いがするものだ。

室内には、武蔵野署の若い刑事が一人。澤村たちに気づくと立ち上がり、丁寧に頭を下げた。澤村はうなずき返して、今まで彼が座っていた椅子に腰を下ろした。初美は、記録者用の席に。加賀の前には湯呑《ゆの》みがあったが、薄黄色い茶の水位は、縁からほとんど下がっていなかった。

名乗り、相手の反応を待つ。加賀はのろのろと顔を上げたが、ボロ雑巾《ぞうきん》のように疲れ切っているのが分かった。目が大きいだけに、充血も余計に目立つ。コートを脱いで椅子の背に引っかけていたが、裾《すそ》が床に触れている。汚れる、と忠告しようとしたが、今の彼に、コートを汚さないことがどれだけ大事なのかは分からなかった。

話し始める前に、澤村はざっと加賀の様子を確認した。耳が隠れるほどの、少しウェーブした髪型。ほっそりした顔立ちで、頬には陰が見えるほどだった。濃いベージュ色のタートルネックのセーターを着ているが、首の傷は隠せていない。大振りな絆創膏《ばんそうこう》が、セーターから少しはみ出していた。

「怪我は大丈夫なんですか？」

「あ、ええ」加賀の声が少し甲高く、震えて聞こえる。右手を伸ばして絆創膏に触れると、顔をしかめた。

「そんなに大きな傷だったら、医者に行った方がいい」

「そんなにひどくないです」言いながら、加賀が体を震わせる。鋭利なナイフが肌を切り裂く感触は、簡単には忘れられないだろう。

「一晩経ってから届け出てきたのは、どうしてですか」

「怖かったですから」震える声で答える。「携帯に、連絡先がどれだけ入っていたか……家族も友だちも、仕事の関係もですよ。そういう人たちに迷惑がかかったらどうなるか、怖かったんです」

自分たちが知らない藤巻の才能ではないか、と澤村は思った。人を簡単に脅し、支配してしまう。しかし、あの男を過大評価してはいけない、と澤村は自分を戒めた。ナイフを首に突きつけられた状態で強がれる人間は、まずいない。

「相手はどんな様子でしたか？」

「静かでした」

「静か?」

「ずっと落ち着いた様子で。ナイフを持ってなければ、ただの人です。でも、ニュースは気にしていました」

「湯沢の事件ですね?」

「たぶん」加賀が唇を噛《か》む。「車に乗っている時、NHKのニュースを何回も聞きました」

「その事件のことについては、何か言ってましたか?」

「いえ、何も」ちらりと唇を舐《な》め、視線をテーブルに這《は》わせる。

「あなたの方では聞かなかった?」

「聞けませんよ、そんなこと」加賀が泣き言を言った。「余計なことを言ったら、何されるか分からないから」

「概して紳士的だった、という感じ?」

「まさか。いや……」加賀が言い淀《よど》んだ。「やっぱりおかしいですよ」

「どんな風に?」

「ねじが緩んでいる……ずれているっていうか。間違ったところを締めてしまった感じです」

澤村はうなずいた。橋詰なら、この状況をどう分析するだろう、と考える。狂気の兆候なのか、冷静に計算して脅迫者を装っていたのか。

「高崎駅で降ろしたのは、昨日の午前六時頃でしたね」

「ええ」

「どこへ行くか、言ってませんでしたか？」

「いえ、何も」

予想されたことだが、澤村は少しだけ失望した。何か、少しでも手がかりがあれば……藤巻は東京ではなく、新潟方面へ戻った可能性もある。まだ向こうでやり残したことがあるとか。十分な護衛はついているはずだが、理彩の家族が心配になった。

「人を三人、殺してきた人間だということは、いつ分かったんですか？」

「昨日の夜、家へ帰ってニュースを見て……」

「夜？」

「昨日は、休み明けでそのまま仕事に出なくちゃいけなかったので」

考えられない。澤村は啞然《あぜん》として首を振った。脅され、車を乗っ取られ、怪我までさせられた。それで普通に仕事に行ったというのか？　もしかしたらこの男は、おどおどした態度とは裏腹に、相当タフなのかもしれない。あるいは、鈍いのか。

「あり得ないです」

「分かりますよ」加賀の精神状態は分析不能だったが、澤村は彼の言い分に同意した。「そんな人間と偶然遭遇するのは、普通は考えられませんよね」

「びびりました……知ってからの方がびびりました」加賀の声が震え出し、テーブルに涙が落ちた。

澤村は体の力を抜き、椅子に背中を預けた。藤巻と二人きりで数時間。それだけでも神経が参ってしまうような経験だろうが、後から正体を知れば、ショックが増幅されるのは簡単に理解できる。加賀にとっては、人生最悪の経験だっただろう。

事情聴取は、そこから先へ進まなかった。情報を隠しているわけではなく、加賀はなるべく、藤巻を見ない、知らないようにしようと努めていたのではないだろうか。恐怖を乗り越えるには、情報を遮断してしまうのが一番だから。

一時間ほど、手を替え品を替え加賀を攻め続けたが、澤村はついに諦《あきら》めた。「何か思い出したらすぐに連絡して下さい」と告げて、取調室を出る。最初に応対してくれた係長が立ち上がり、目線で「どうだった？」と質問をぶつけてきた。澤村は力なく首を振るしかできなかった。

「役に立たなかったかね」係長が残念そうに言った。

「少なくとも、藤巻の罪状をもう一つ加えることはできますけどね」

「しかし、行方につながる手がかりにはならない、か」

「ええ」

「東京に隠れたかね」係長が、何となく周囲を見回した。「それだと、捜すのは難儀だぞ」

「ただ隠れているだけじゃないと思います。あの男はまだ、目的を達していないかもしれない」

「目的？」

澤村は口を閉ざした。これは全て、自分たちの妄想ではないのか？　藤巻は、犯行予告をしているわけではない。つけ狙っている人間が何人いるかは、あの男にしか分からないのだ。もしかしたら既に、やるべきことはやったと安心し、本格的に逃亡生活に入ったかもしれない。あるいは既に自殺したか。

自殺は勘弁して欲しい、と澤村は祈るような気持ちになった。本人が死んでしまったら、真実は埋もれてしまう。一年前の事件もそうだった。逃亡していた二人のうち、女は公式には未《いま》だに「行方不明」である。冬の日本海に転落して、生きているとは思えなかったが……生死はともかく、彼女の行方とともに真相が消えてしまったのは事実である。彼女の子どもを含む二人の人間が殺された事件の真相は、未だに闇の中にあった。

「復讐《ふくしゅう》、のようなものです」

「ああ、ニュースではそんな風に言ってたけど……おたくらも大変だね」係長が、同情たっぷりに言った。長浦南署のミスを詳しく知っているのは明らかだった。恐らく、日本中の警察が今、この一件に注目している。

「署内で自殺者が出ないことを祈りますよ」

「そんなことになったら、後味が悪いよな」

「いや、状況を全部喋《しゃべ》る前に自殺するのは無責任でしょう。全部きちんと喋ったら、さっさと死ぬべきだと思いますけどね」

係長の顔が引き攣《つ》った。

「あんた、きついねえ」

「それぐらいのことを言われても仕方ない連中なんです。身内で不祥事が起きれば、嫌でも分かりますよ」

3

眠りから現実に引き戻された時、藤巻は何とか自分を納得させようとした。これは決して惰眠ではない。今後の活動を続けるために、どうしても必要な休息だったのだ。残念ながら人間は、眠らないと動き続けられない。

ベッドサイドテーブルに置いた腕時計を取り上げる。カーテンを引いてあるので室内は真っ暗だが、針に塗ってある蛍光塗料のせいで、時刻ははっきりと読み取れた。十時半……十二時間も寝てしまったのか。実に普段の二倍もの睡眠である。そのせいか、体が少し重い。頭も、鉛でも詰めこまれたようだった。

ベッドから抜け出し、のろのろとバスルームに入る。鏡の中の顔はまだ疲れ、目の下に隈《くま》ができていたが、睡眠は十分なはずだ。これ以上、一日の生活ペースを狂わせるわけにはいかない。二日続けて朝食を抜いてしまったことだけでも、大問題なのだ。

顔を洗い、丁寧に拭《ぬぐ》ってからタオルをきちんと畳んだ。シャワーを浴びようかとちらりと思ったが、やめにする。朝にシャワーを浴びる習慣はない。これから一日のペースをどう取り戻すか、難しい。改めて、自分が異常な環境にいるのだと自覚し、かすかな苛立《いらだ》ちを覚える。

普段目を覚ます午前七時から今までの三時間半は、なかったことにしよう。そして、日常を取り戻すために、習慣の一つをこなすことにした。

腕立て伏せ。

藤巻にとって腕立て伏せは、簡単に体調を整えるための二十年来の習慣になっていた。朝起きて、朝食を取る前の十分間の義務。塵《ちり》一つ落ちていない自分の部屋に比べて、ホテルの床がどれほど汚いか分からないので、バスタオルを広げ、そこに両手をついた。肘《ひじ》の角度を意識し、深くゆっくりと、顎《あご》がタオルにつきそうになるまで曲げる。そこからさらにゆっくりと戻していく。背中を丸めないように意識し、腹筋と背筋にも力をこめる。この姿勢は、首から下の全ての筋肉に緊張を強いるのだ。そのせいか、藤巻にはまったく贅肉《ぜいにく》がない。同年代の同僚たちの体が醜く崩れているのを、いつも鼻で笑っていた。自分の体をきちんとコントロールできないような人間に、明日はない。

二十回ずつ、三セット。その後両足をベッドに上げて負荷を高めた状態で、十五回ずつ三セットを繰り返した。終わった頃にはかすかに汗をかいていたので、もう一度、さらに丁寧に顔を洗う。

さっぱりした気分になって、荷物をまとめる。ゴミが増えていたし、東京へ戻って新しい道具を手に入れたせいで、ディパックはぱんぱんになっていた。一回り大きい物が欲しかったが、できるだけ自分の痕跡《こんせき》は残したくない。買い物をしたりすれば、店員に顔を覚えられる恐れがある。捨てたいゴミもあるのだが、ホテルに証拠を残したくもなかった。とにかく今は、自分の存在を薄めなければ。

ディパックを片づけながら、銃を取り出して確かめる。予《あらかじ》め入手しておいて、都内の銀行の貸金庫に預けておいたものだ。両手で構え、カーテンが閉まったままの窓に向ける。ここで撃ったらどうなるだろう、と考えた。向かいには、このホテルよりも高層のビルがある。銃弾が、道路を挟んだ向かいのビルまで飛び、窓を破ったら……この時間だと、仕事をしている人間がたくさんいるだろう。そういう人たちが慌てふためく様を想像すると笑えてきたが、何も危険を冒す必要はない。ビニール袋に入れ、さらにイギリス製の高い靴を買った時についてきた厚い布袋にしまって、ディパックの一番下に隠した。しばらくこいつの出番はない。いや、もしかしたら最後まで出番はないかもしれない。

そしてこの銃を使う時、俺の仕事は終わるだろう。

暖房が効いているせいか、なかなか汗が引かない。ちらりと腕時計を見た。十時五十分……チェックアウトは十二時だから、まだ充分時間はある。

自分で決めたルールを破ることにして、藤巻はゆっくりとシャワーを浴びた。それで汗が流され、すっきりした気分になったが、体を拭《ふ》きながら、不安が押し寄せてくるのを意識する。

ルールは守らなければならない。

それを破った自分には、何か大きな罰が待っているのではないだろうか。

4

予定が狂った。澤村は本当は、午前中を映画サークルの代表者への事情聴取に費やす予定だった。それも相手に事前に知らせず、出張帰りにいきなり顔を見せるつもりだったのだが……武蔵野署では一つの手がかりが得られたが、代わりに急襲のチャンスは失われた。向こうは普通に仕事モードに入っているだろう。そういう状態では、警戒心も高まる。

気を取り直し、澤村は改めて、サークルの代表者、久保《くぼ》が勤める小さな広告代理店へ車を走らせた。銀座《ぎんざ》四丁目の交差点から二本ほど裏へ入った場所。かなり古い雑居ビルの四階全体が事務所だった。

ドアを開けるとすぐ、もう一枚のドアがあった。腰の高さの小さな台の上には電話が乗っている。「御用の方は、内線番号で呼び出して下さい」。澤村は張り紙の指示通りに、営業部の番号をプッシュした。澄んだ女性の声で返事があったので、名乗り、久保を出すよう頼んだ。

「久保ですが」

電話に出た久保は、明らかに戸惑っていた。案外勘が鈍いのではないか、と澤村は想像した。自分の趣味の仲間が殺されて警察がやって来た——事情聴取だろうということぐらいは、気づきそうなものだが。あるいは、犯人扱いされるのを恐れているのかもしれない。思い当たる節でもあるのか。

ドアが開き、久保が隙間から顔を出した。小柄で細面の顔立ち。年齢は三十代半ばぐらいだろうか。ワイシャツにネクタイ姿で、想像した通り、怯《おび》えた表情を浮かべている。

「ちょっとお時間をいただけますか」

「構いませんけど……理彩さんのことですか?」

「そうです」

久保が唇を噛《か》む。意識してかせずか、強く噛んでしまったようで、唇から色が抜けた。

「中へ……どうぞ。中でいいですか?」

「どこでも構いません」

久保が大きくドアを開いた。正面はずっと長い廊下になっており、右側のオープンスペースが事務用に使われている。基本的に、部署と部署の間を区切るのは、背の低いロッカーだけのようだった。そのせいか、フロア全体が明るく開放的な雰囲気になっている。左側に並んでいる小さなドアは、打ち合わせや会議用のスペースなのだろう。久保がドアをチェックしながら歩いて行く。やがて空いている部屋を見つけたようで、軽くノックしてから中へ入った。澤村は入る前に、ちらりと隣のドアも見てみたが、こちらも「空」になっている。隣に誰もいない状態で話したいのだ、と分かった。

部屋は狭く、テーブルでほぼ埋まっていた。四人がけだが、四人で会議していたら酸欠になりそうである。澤村と初美は、久保が座るのを待って椅子を引いた。

「この事件、いつお知りになりました？」

「事件の……翌日ですね」久保が、ワイシャツのポケットからスマートフォンを引き抜いてテーブルに置く。「朝のニュースで聞いて、びっくりしました」

「そうでしょうね。彼女と最後に会ったのはいつですか」

久保の頰が引き攣る。この状態だと、満足に話も聴けないだろうと思い、澤村は先に安心させることにした。

「別に、あなたを疑っているわけじゃありません。犯人はもう割れています」

「ああ、そうなんですけど……何だか怖いじゃないですか」

「それは分かりますけど、殺された理彩さんは、もっと怖かったと思います」

久保の喉仏《のどぼとけ》が上下した。どうもこの男は、澤村が何を言ってもマイナスに捉《とら》えてしまうらしい。俺の容貌《ようぼう》なり喋《しゃべ》り方が悪影響を与えているかもしれないと思い、澤村は横に座る初美に目配《めくば》せした。選手交替。

初美は両手を組み合わせ、そっとテーブルに置いた。柔らかい口調で話し出す。

「確認します。最後に理彩さんと会われたのはいつですか?」

久保がスマートフォンをいじった。小さな画面を凝視したまま答える。

「二週間前……二月の十七日ですね。あ、だから二週間よりもう少し前か」妙に律儀に訂正する。

初美が日付を手帳に書きつけ、顔を上げた。「サークルの会合ですか?」と訊《たず》ねる。

「会合……ああ、そうです。定例会で。毎月一回、第二か第三日曜日に集まるんです。どこかで鑑賞会をやって、その後で呑《の》み会をするだけなんですけどね」

「その時の場所は?」

「中野《なかの》の名画座《めいがざ》です。あの時は小津安二郎《おづやすじろう》の特集をやっていて……」急に勢いよく喋り始めたが、場違いな話題だと思ったのか、口をつぐんでしまった。「それが終わって、七時頃から近くで呑み会でした」

「呑み会の場所はどちらで?」

「ええと……」

久保がまた、スマートフォンに視線を落とした。この男に話を聴くよりも、スマートフォンを貸してもらった方がよほど早い、と澤村は苛立《いらだ》ちを覚えた。二週間ぐらい前のことなら、一々記録しなくても覚えているものではないか。

「『中野飯店』です。中華ですけど」

「参加者は?」

「七人でした」

初美がちらりと澤村の顔を見た。基礎調査、終了。ウォームアップも終えた。澤村はすぐに話を引き取った。

「理彩さんは、学生時代から、そちらのサークルに入っていたそうですね」

「ええ。だからもう、五年ぐらいになりますかね」緊張が解けたのか、久保の口調は少しだけ滑らかになっていた。

「古手のメンバーですか」

「そう、ですね。このサークル自体は、昭和五十年頃からあるそうですけど」

「そんなに前から？」

「初代会長は、もう何年も前に亡くなりました。私は二代目なんです」

「古い邦画ばかり観るっていうのは、趣味としてはかなり渋いですよね」

「いやあ、面白いもんですよ。根強いファンがいるんです」久保の表情がやんわりと崩れる。「俳優の演技も、今と違って完成されていないから、その分必死さが伝わって見《み》応《ごた》えがあるっていうか。映画が娯楽の王様だった時代があったのは、当然だと思います」

その手の話にはつき合い切れない。澤村は首を振り、話を先へ進めた。

「理彩さん、サークルの中で誰かつき合っている人はいませんでしたか？」

「恋人、ということですか」

「ええ」

「いやあ、どうかな」久保が首を捻《ひね》った。「実は、そういう人間関係は、そんなによく知らないんですよ。会うのは多くて月に一回か二回だけだし……彼女も、毎回顔を出すわけじゃないから。実際には、年に数回って感じじゃないですかね。それに、呑み会をやっても、話題はその日に観た映画の感想が多いですからね」

「プライベートを隠していた、ということでしょうか」

「隠すつもりはなかったけど、積極的に話す気もなかったというか……今回こんな事件があって初めて、理彩さんが新潟出身だと知ったぐらいなんですよ」

趣味の集まりとはこういうものか……この線はあまり役に立たないな、と澤村は失望感を覚えていた。だが、潰《つぶ》すべきところは潰しておかなければならない。

「クラブの中で、誰か交際していた人はいませんでしたか？」

「それはないと思うけど……あ、いや、これは個人的な感想ですよ。私も、そういうのには疎いですから。でも、本人たちが黙っていれば、分からないんじゃないですか」

「だったら、恋人がいたかもしれないんですね？」

「百パーセントいなかった、とは言えないということです。すみませんね、はっきりしたことが言えなくて」

「サークルのメンバーの名簿を貰《もら》えますか？　他に誰か、気づいていた人がいたかもしれない」あるいは「つき合っていた」と認める相手がいるかもしれない。そうしたらただちに、保護しなければ。

「ああ、すみませんけど、今は手元に名簿がないんですよ。自宅の方なんで……後でお送りしましょうか？」

「お願いします。取り敢《あ》えず、今連絡先が分かる人だけでも教えてもらえれば」

「分かりました」

久保が、数人のメンバーの名前と電話番号を教えてくれた。全員分の連絡先は、自宅のパソコンを調べないと分からないという。後から送ってもらうように頼んだ。

「あの、一つ聞いていいですか」澤村たちがメモを取り終えると、久保が訊ねた。

「どうぞ」手帳から顔を上げ、澤村はうなずいた。

「どうしてうちのサークルのことを知りたいんですか？　何か問題があるんですか」

「違います」澤村は首を振った。「犯人――藤巻という男は、理彩さんと関係があった人間にも危害を加えようとしているんです。我々は、そういう人を守らなくちゃいけない」

「それって、湯沢の事件とも関係あることですよね」

どこまで話していいか分からなかったが、澤村はうなずいた。途端に、久保の顔から血の気が引く。

「車を燃やしたんですよね」

「ええ」もっと詳しく話すこともできる――何しろ自分はあの現場にいたのだから。だが澤村は、それ以上の説明を控えた。久保は明らかに気が弱い。衝撃に耐えるにしても、限界があるだろう。「最近、変わったことはありましたか？　誰かに見張られているような感じがするとか、電話で話している時に、変なノイズが混じったりとか」

「盗聴ということですか？」久保の顔色は真っ白になっていた。

「盗聴器を仕かけるのは、案外簡単なんですよ」

「ないです。何もないです」思い切り首を振る。まるで悪夢を振り払うかのように。

「でも、何かあったらどうしたらいいんですか？　澤村さんに電話すればいいですか？」

久保が、澤村の名刺に視線を落とす。

「ご自宅は？」

「目黒《めぐろ》です」

「だったら、何かおかしいと思ったら、すぐに一一〇番通報して下さい」こちらに電話されても、すぐには現場に駆けつけられない。直接警視庁の緊急指令室に連絡してもらった方が、はるかに早いのだ。おそらく数分以内には、彼の安全は確保される。もっとも、久保が襲われる理由は今のところ考えられなかったが……いや、油断してはいけない。石井が襲われたことだって、澤村たちからすれば常軌を逸した行動なのだから。理彩と石井の関係は、決して濃厚ではない。しかし藤巻には藤巻の、独自の理論があるのだろう。それを理解するのは不可能かもしれない、と澤村は既に諦《あきら》めかけていた。理解しようと努力すると、俺の精神が破壊される。

「上手《うま》くいきませんね」車に戻る途中、初美が弱音を零《こぼ》して溜息《ためいき》をついた。

「仕方ない」と言うと、澤村も体から力が抜けていくのを感じた。「何でもかんでも、そう上手くいくわけじゃないんだ」

「藤巻、まだ続けるつもりなんでしょうか」

それは、この捜査で一番重要な疑問だ。かかわっている人間は、誰でも知りたいことである。

藤巻の目的が、未《いま》だに分からない。単なる逃亡なのか、全て諦めて自殺しようとしているのか、それとも次のターゲットを捜しているのか……絶対に逃してはいけない。行動が予測できない以上、本人を捕まえるのが最大の防御策だ。

藤巻と対峙《たいじ》するには絶対的な決意が必要になる。しかし、どうしても話を聴かなければならない。橋詰もそれを望んでいるだろう——あの男のことを考えてしまう自分が、少しだけ嫌になった。

二人は、車を停めたコインパーキングまで歩いて戻った。平日の昼間の銀座は、さほど混み合っていない。嬉《うれ》しそうに歩いている人の会話に耳を傾けると、中国語が多かった。

「これからどうしますか？」初美が遠慮がちに訊ねる。

「まず、捜査本部に連絡。ついでに何か新しいことが分かっていないか、情報も聴いておこう。それから、さっき貰ったリストを潰しにかかる」

「五人、ですよね」初美が手帳をめくった。ページを眺めているうちに、顔が歪《ゆが》んでくる。「見事にばらけてますね。都内が三人、埼玉と千葉が一人ずつ……私たちだけで回っていたら、一日じゃ終わりませんよ」

「誰かの助けを借りるか」

「その方がいいと思います」初美が手帳を閉じた。「何でも自分で背負いこまないことですよ」

「何で今日は、俺に説教ばかりするんだ？　何か気に食わないのか」

「今日だけじゃありませんよ。澤村さん、何だか見ていてはらはらするから……」

「面倒を見てもらわなくちゃいけないほど、落ちぶれていないよ」

「落ちぶれているとか、そういうことじゃなくて……」もどかしげに、初美が両手をこねくり回した。「分かりません？」

「分かるけど、そういう会話をしたい気分じゃない」

　澤村は、両手を組み合わせてバツ印を作った。初美が不満そうに、唇を尖《とが》らせる。澤村はわずかに申し訳ない気持ちになったが、自分の心に嘘はつけなかった。今はやるべきことがあるのだから。急に疲れが襲ってきたようだった。何が起きているのか、藤巻は何を考えているのか。普段なら、犯罪者の心理は簡単に想像できる。行動も予想できる。しかし藤巻は、澤村のデータベースには存在しないタイプの犯罪者だった。

午後から夕方にかけての時間は、空しく流れた。澤村と初美は、千葉と埼玉を回ってサークルの関係者に話を聴いたが、全て空振りに終わった。理彩の恋人の存在は分からない。そもそも、藤巻がこのサークルの存在を知っていたかどうかも不明なのだ。長浦中央署の捜査本部に戻る途中、都内の関係者に事情聴取した結果が入ってきたが、やはり結果は同じだった。報告を聞いて、澤村はさらに自信が薄れるのを感じた。

　これなら吉野のように、藤巻の行方を直接追っている方がよかったかもしれない。実際には、あの男が何をやっているかは分からないのだが。

　助手席で電話を弄《いじ》っている初美に訊ねる。

「吉野の話は出なかったか？」

「出てないですね……それにしても、いい加減な話ですよね。最近の若い連中って、皆こんな感じなんですか？」

「君だって、十分若いだろう」

　ちらりと横を見ると、初美が溜息をついていた。

「この一年ぐらいで、急に年を取った感じがします」

「吉野みたいに真っ直ぐな気持ちは、もう持てないか」

「というより、あれは単なる馬鹿じゃないんですか」

　思わず苦笑してしまったが、彼女の言う通りかもしれない。若気の至り、正義感の暴走だけでは済まされない……あるいはもっと単純な問題。馬鹿は馬鹿なのだ。

長浦中央署に戻るまで、二人はほとんど口をきかなかった。話すことがなかったというより、話したくなかった。口を開けば、互いに愚痴しか出てこないのは分かっている。澤村は五分に一回窓を開け、外気を車内に導いた。冷たく乾いた空気が、意識を鮮明にしてくれる。その度に、初美は顔をしかめていたが。

捜査本部に戻ると、谷口が顔を出していた。澤村の姿を認めると、顎《あご》をしゃくって廊下に出るよう、促す。澤村は無礼を承知で壁に背中を預けた。疲れがひどい。泥水の中に手を突っこんで、かき回しているような感じだった。何も見えないが故に疲れる。

「動きが止まった」谷口がぼそりと言った。

「高崎駅以降の、藤巻の動きは分からないんですね」

「駅での目撃情報もない」

そもそも、鉄道を利用した証拠はないのだ。単に駅で降りて、他の場所へ行ったのかもしれない。近くに車を隠してあったとか。しかし証言によると、藤巻はわざわざ、始発の時間に合わせるように高崎駅へ向かわせている。新幹線に——それも上りの新幹線に乗ったと考えるのが妥当だ。

澤村は、頭の中で上越《じようえつ》新幹線の停車駅を数えた。本庄早稲田《ほんじようわせだ》、熊谷《くまがや》、大宮《おおみや》、上野《うえの》、そして東京。終点までは乗らず、どこか途中で降りたとも考えられる。藤巻は明らかに、レーダーに映る輝点としては消えていた。放っておいていいのでは、という言葉が喉元《のどもと》まで上がってくる。再度レーダーに映りこむまで待つ。

だが、藤巻の意図が分からない以上、じっと待っているだけでは危険だ。ここで手を抜き、知恵を出さずに座して待っているだけだと、またミスを犯す危険が出てくる。もちろんミスは、必ずしも責められるものではない。攻めて犯したミスなら、先へつながる可能性もあるからだ。しかし何もしないことがミスにつながったら、それこそ長浦南署と同じことになる。

澤村は壁から背中を引き剝《は》がした。谷口の顔を見やると、今まで見たこともない、渋い表情が浮かんでいた。途切れた情報。これから本格的に始まる長浦南署に対する調査。一課長としては頭の痛いことばかりだろう。

「新潟県警とはどうですか」

「嫌なことを聞くな」こういう弱気な態度も、彼らしくない。「……常にホットラインをつないでいる。しかし、テレビ電話で会議というのは、嫌なものだな」

「相手に見せる顔がありませんよね」

「まったくだ」谷口が首を振った。「今のところ、あちらの怒りも多少は収まってるが」

「新潟県警でも、藤巻の行方に関しては手がかりを摑《つか》んでないんですか？」

「ない」

「一つ分かりました。奴は、逃げるのが得意なのは間違いないですね」

「皮肉は必要ない」

谷口が拳《こぶし》を握り締めた。空手三段。この動きを見ただけで、うつむいてしまう部下もいる。澤村は、実際には谷口が暴力を振るうようなことはないと知っていたが……実りのない会話に苛立《いらだ》ってきて、谷口もガス抜きしたいだけなのだ、と澤村は気づいた。谷口は基本的に、人に不満を零す人間ではない。元々そういうタイプだし、一課長になってからは特に、個人的な感情を抑えこんでいるようだ。そういう意味で、自分たちは互いにとって特別な人間なのだと思う。

辛《つら》い記憶でつながった者同士。

「そう言えば、その後吉野はどうした」

「連絡が取れません。何度も電話しているんですが……捜しますか？」

「必要ない」谷口が首を振った。「阿呆《あほ》な坊やの面倒を見ているほど暇じゃないんだ、こっちは。ここの捜査に入るのを黙認したのは間違いだったな」

「ええ……扱いにくい男ですね」

「扱えないと決めれば、扱わないだけだ」

それは実質的な死刑宣告だ。まだ正式に部下になっていない人間を、今後は干す、と言っているも同然なのだから。

「この人事は失敗だったかもしれんな」

「別に、刑事一人一人の異動について、課長が目を光らせているわけじゃないでしょう」

「課長っていうのはな、黙って判子を押すだけが仕事じゃないんだ……とは言っても、実際には末端にいる刑事がどんな人間かまでは、知ることはできないんだが」

「課長は俺の面倒を見ているんだから、大抵の人間の面倒は見られると思いますが」我ながら自虐的な台詞《せりふ》だ、と澤村は思った。

「お前の場合、ほとんどの嫌なところを我慢できるだけの長所がある。嗅覚《きゅうかく》と目の良さ、それに粘り強さだ」

「つまり、悪いところがあるのは認めるんですね」

「お前、俺に喧嘩《けんか》を売ってるのか?」

谷口の表情が強張《こわば》った。まずい……互いに疲れているとはいえ、ここまで谷口を刺激したのは間違いだったと悟る。気まずく緊張した雰囲気を破るように、声が響いた。

「課長」

初美が、部屋から顔を突き出している。その顔には焦りが見えるが、同時に輝いてもいた。

「どうした」谷口がいつもの調子を取り戻した。淡々と、相手にも常に報告を求めるような態度で接する。

「電話です」

「どこから」

谷口が早くも苛つきだすのが分かった。確かに今の初美の口調は、谷口が望む「報告書のような喋《しゃべ》り方」ではない。だが澤村は、そこに異常さを感じ取った。確かに初美は、普段は少しくどいところがあるのだが、こと仕事に関しては冷静になる。何か、予想もしていない事態が起きたのだ。藤巻が見つかったとか……しかし初美の口から出てきた言葉は、澤村の想像にはないものだった。

「東京中央銀行の丸の内支店です」

「銀行？　こんな時間になんだ」

谷口が腕時計を見やる。澤村も思わずそれに倣った。午後七時。銀行の窓口業務はとうに終わっているはずだが……だいたい、銀行が捜査本部に何の用があるというのだろう。

「お願いします。まだ電話がつながっています」

「用件は何なんだ」谷口が歩き出した。

「藤巻が、貸金庫を利用していたそうです」

谷口がいきなり走り出した。立っていた場所からドアまでわずか五メートル……しかし、短距離走のスタートのようなダッシュを見せる。銀行からの電話に応対していた溝渕が、送話口を掌《てのひら》で覆って何か話しかけようとしたが、それより前に谷口が「スピーカーフォンに切り替えろ」と命じた。溝渕が電話機のボタンを押すと、相手の声が流れてくる。

「もしもし？」機械的に増幅された声は、興奮のせいか少し割れていた。

「すみません」溝渕が受話器を耳に押し当てて応じた。「今、スピーカーに切り替えました。何人か聞いていますが、全員警察官ですから、気にしないでこのまま話して下さい。繰り返しになりますが、藤巻がそちらに姿を見せたのは、昨日の午前中だったんですね？」

「そうです。朝一番……午前九時頃に。開店と同時でした」

高崎から東京までは、新幹線で一時間ほど。始発は六時十六分だと分かっていた。藤巻は、銀行が開くまで、東京駅の構内ででも時間を潰《つぶ》していたのだろうか。あそこなら、二時間ぐらいぶらぶらしているのも難しくない。

「何か預けていったんですか？　それとも受け出しに？」

「持っていかれました」

「物が何だったかは、分かりますか？」

「そこまでは分からないんですが」

凶器だったらどうするんだ、と澤村は怒りを覚えた。拳銃《けんじゅう》や、爆発物だとしたら……どいつもこいつも――長浦南署も銀行も、基本を忘れて劣化している。

「契約したのはいつですか？」

「二週間前です。その時に、荷物をお預けになりました」

「昨日は？　一人で来たんですね？」

「ええ」

「どうして分かったんですか？」

「応対した行員が、夜のニュースを見て気づいたんです。今朝、その話になって。もしやと思いましたが、契約者の名前も同じでしたし、住所も長浦で……」

「澤村、行ってくれ」まだ電話での会話が続いていたが、谷口が命じた。「鑑識を連れて行け。何か分かるかもしれない」

指紋が確認できれば、藤巻が銀行に現れたことは裏づけられるだろう。問題は、あの男が何を預けていたか、だ――廊下を走り出しながら、澤村は考えた。武器でなければ現金。カードなどを使えば、そこから足取りがばれる恐れはある。しかし貸金庫でも顔を見られているのだから、同じことではないか。

やはり、意図が読めない男だ。音もなく這《は》い寄る不気味さを嚙《か》み締めながら、澤村は走り続けた。


貸金庫室は、冷たく不気味な空気に支配されていた。大きくカーブした壁……そこにある引き出しの一つ一つが、小型の貸金庫なのだ。蛍光灯の光が銀色の壁を照らし出し、冷たい雰囲気を増幅させる。

「それほど大きくないんですね」藤巻が契約していた貸金庫を鑑識課員たちが調べるのを見ながら、澤村は行員に訊《たず》ねた。

「もっと大きいタイプもあるんですが、こちらは縦が十センチ、幅が二十五センチ、奥行きが五十センチになります」

　説明してくれた行員はまだ二十代で、おどおどしていた。一人で警察官の前に放り出すのはまずいということなのか、副支店長が付き添っている。ただし、説明は行員に任せたままで、口出ししようとしない。

「大きい物は入らないんですね」

「そうですね。大事な書類を入れておくお客様が多いようです。あとは宝石類とか」

「開けるにはどうするんですか？」

「暗証番号です」行員が、近くの金庫を指差して言った。小型のキーパッドにはゼロから九まで十個の数字と「確定」「取り消し」キー、それに細長い液晶画面がついている。「七桁《けた》の数字で」

「その暗証番号は、銀行側は当然分かっているんですよね」

「ええ。それとマスターキーでも開けられます」

　確かに、キーパッドの横には鍵穴《かぎあな》がついている。鑑識が外を調べ終えたら、開けてもらわなくてはならない。もしかしたら、藤巻の預けていた物が、まだ残っているかもしれない。

「ここへ来たのが藤巻なのは、間違いないですね？」澤村は行員に藤巻の写真を見せた。運転免許証の写真で、正面から捉《とら》えられている。更新は半年前なので、顔つきは基本的に変わっていないはずだ。

「ええ」行員が顎《あご》に力を入れながらうなずく。

「ここへ来た時の格好、覚えていますか」

「いや、それが……」行員がうつむいた。立ったまま貧乏揺すりをするように、右足のつま先を床に打ちつけている。

「分かりませんか」銀行員は、一日にどれぐらいの人と応対するものだろう……よほど頻繁に訪れるか、変わった風体の人でない限り、記憶に残らないわけか。

「いや、覚えています」行員が顔を上げた。「黒っぽいダウンジャケットにジーンズで、大きなデイパックを背負っていました」

あまり特徴のない服装だ。唯一目印になりそうなのは、「大きなデイパック」か。

「デイパックは、どんな感じですか？」

「デイパックというより、登山用のもっと大きな……」行員が両手をこねくり回した。

「リュックサックという感じですかね」

全財産を詰めこんで、動き回っているのかもしれない。

「よく覚えてますね」

「貸金庫には、それほど頻繁に人は来ませんから」

「ここを使う時は、どんな手続きになるんですか？」

「窓口からご案内して、貸金庫室の鍵を開けるまでは、こちらでご案内します。用事が終わったら、そのまま出ていただきます。鍵は、内側からは自動的にかかりますので」

「藤巻がどれぐらいの時間ここにいたか、分かりますか」

「二分五秒です」

あまりにもはっきりとした答えに、澤村は眉《まゆ》をひそめた。副支店長が急いで説明をつけ加える。

「貸金庫室は大事な場所なので、入退室が自動的に記録されるんです。確認しました」

澤村は一歩引いて、貸金庫室全体を見渡した。分厚く重い扉から、藤巻の金庫まで、距離は十メートルほど。ロックを解除し、中の物を取り出して外へ出るには十分な時間だろう。

「終わったよ」

鑑識課員の武生《たけお》が声をかけてきた。もう五十歳を超え、人生にも仕事にも疲れてくる年頃だが、現場ではいつも悠々と、面倒な作業をこなしている。澤村は、武生との会話が聞こえないように、彼の背中を押して行員たちから離れた。

「どうでした?」

「指紋は採れたけど、完全な物はないな……それにたぶん、奴だけじゃなくて、複数の指紋がべたべたついている」

「そうでしょうね」予想はされていたことだ。銀行側も、それほど丁寧に掃除はしないのだろう。藤巻の指紋が見つかれば、幸運という程度に考えなければ。「中も調べようと思いますけど」

「開けられるのかい？」

「銀行側にお願いします」

「じゃ、頼むよ」

武生が一歩引いたので、澤村は副支店長に貸金庫を開けるよう、頼んだ。副支店長は、マスターキーですぐに金庫を開けた。ちょうど目の高さなので覗《のぞ》きこんでみたが、中には何もない。何を預けていたかは分からないが、全て引き取ったようだった。

「何もなしか」武生が舌打ちをした。

「中の指紋もお願いします」

「分かった」

武生たちが作業を再開したので、澤村は行員の事情聴取に戻った。多少緊張は解《ほぐ》れたようだが、まだ直立不動の姿勢を保っている。爪先《つまさき》が規則正しく床を打つ動きもそのままだった。

「何か、話はしましたか」

「ほとんどしていません。貸金庫を使いたいので開けて欲しい、と」

「そんなものですか？」

「ええ。人によりますが」

「朝一番で飛びこんできたんですよね」

「そうです」急に行員の声がはっきりとした。「汗をかかれて。かなり急いでいるご様子でした」

もしかしたら藤巻は、銀行が開くのをずっと待っていたのかもしれない。ビルの一階に入っているこの銀行は、正面がシャッターで閉まる。その前で、開店の午前九時をひたすら待っていた姿は……想像できない。藤巻が、時間に非常に細かい人間であることは分かっている。どこかで、ただぼうっと待ち続けるようなことはしないのではないだろうか。銀行なら、シャッターが開くタイミングちょうどにその前に立つ、とか。

いや、それは伝聞に基づいた印象だ。自分は藤巻という人間について、ほとんど知らない。思いこみで判断すべきではない、と澤村は自分を戒めた。今摑《つか》んでいる情報は、本人と会ったらまったく役に立たないかもしれないのだから。

急いでいた——結局藤巻の昨日の様子について、それ以上のことは分からなかった。会話をほとんど交わさなかったのだから、仕方がない。それが分かっていても、澤村は苛《いら》立《だ》ちを隠せなかった。

「終わったぞ」

武生に声をかけられ、ほっとする。ろくに情報を引き出せなかった自分の情けなさと対面し続ける必要がなくなった。

「どうでした?」

「採れてる。外よりは鮮明だな」

「引き上げましょう。今晩中に照会したい」

「大丈夫だろう——本当に藤巻の指紋なら」

そうでなければ困る。少なくとも藤巻がここに来たことを、確定させたい。しかし、こうやって点のような手がかりを積み重ねていかなければならないとすると、まさに気が遠くなる。輝点。それが幾つも見つかって、藤巻の行動がレーダー上で一本の線になるまでには、まだまだ時間がかかるだろう。

5

いったい俺は、この件にいくら金をかけているのだろう——藤巻は自嘲《じちょう》気味に思った。もちろんデータを精査すれば、使った金の額は特定できる。だが、今そんな細かい作業をするのは馬鹿らしかった。だいたい、自分の車を隠しておくためだけに駐車場を借りるのは、無意味だったのではないだろうか。だが、どこかに放置しておいて、そこから足がつくようなことは避けたかった。

気が緩んでいるのかもしれない、と反省する。久しぶりに慣れた空間——自分の車のシートに座ったので、日常を取り戻したような気分になっている。駄目だ、自分はまだ非日常の中にいる。その意識を失ったら、絶対に失敗する。一分の隙もない計画と行動こそが、自分を成功に導く方法だ。変なアドリブなどいらないし、気を抜くのもご法度だ。

「――天気予報です。関東地方は今夜、寒気に覆われ、深夜から平野部でも雪が降る可能性があります」

ラジオの声にうんざりした。雪は新潟で散々味わっている。それはそれとして、関東地方で雪が降ると、こちらがどれだけ頑張ってもどうしようもなくなる。交通機関は乱れ、人はあたふたし、普段とは違う動きが生じるのだ。自分がそれに影響を受けるのだけは勘弁して欲しい。できれば、自分と対象の人間以外には消えていて欲しかった。世界中に二人きり――もっともそんなことになったら、ここまで手のこんだ作戦を立てる必要もなくなるのだが。

窓を下ろし、右手を外へ突き出す。確かに空気は湿っている感じがした。しかし、何をしても天気まではコントロールできないのだから、状況が変わっても、その場で臨機応変に動くしかない。

窓を閉め、雪が降ってきたらどうなるかをシミュレーションした。フローチャートを描くようなものである。

・雪が降った↓積もらない↓作戦継続。内容に変更なし。
・雪が降った↓積もる↓車が走るのには影響がない↓作戦継続。内容に変更無し。
・雪が降った↓積もる↓車が走れないほど積もる↓作戦変更。一度引き上げ、天候回復を待つ。

あらゆる「もし」を潰《つぶ》していかねばならないのだが、今回の場合、現実問題として想定されるのはこの三つのパターンぐらいだろう。問題は積雪量だ。車が走るのに問題が生じるかどうか……その見極めが難しい。車にはスタッドレスタイヤを履かせているが、自分が雪道の運転に慣れていないのは間違いない。どれぐらいの積雪になったら運転に支障が出るか、経験的に分かっていなかった。さらに、自分以外のドライバーという不確定要素がある。冬用のタイヤも履いていない連中が、どれほど雪道の運転に戸惑うかは、簡単に想像できる。雪が降るたび、都心部の交通はほぼ麻痺《まひ》してしまうのだから……そうなったら、対処のしようがない。だから、延期の見極めが問題である。

腕時計をちらりと見る。午後十時……藤巻の調査だと、問題の男が戻って来るのは、だいたい午後十時半頃だ。毎日、そんな遅くまで仕事があるとも思えないが……藤巻が見てきた限り、ほぼ毎日酔っていた。自分から体に毒を入れて、何が楽しいのだろう。おそらくアルコールは、あの男の肉体と精神を等しく蝕《むしば》んでいる。だからこそ、あんな馬鹿なことをするのだろうし。

藤巻は少しだけシートを倒して、楽な姿勢を取った。運転する時は、背中がほぼ直立した姿勢を取るのが好みだったが、こんな風にただ座っているだけの時は、少し倒した方が背中が楽になる。

あれだけ寝たのに、まだ疲労感を覚えていた。アドレナリンの噴出にも限界はあり、精神力は肉体の疲れをカバーし切れない。藤巻は、ダウンジャケットのポケットからチョコレートバーを取り出し、齧《かじ》り始めた。ある程度空腹を保っておくのは、気持ちを研ぎ澄ますために必要なのだが、空腹が限界に達すると何もできなくなる。糖分を補給すれば頭もすっきりするし、しばらく動き回るためのエネルギーになる。

そこで藤巻は失敗を悟った。飲み物がない。待機が続くから、尿意をもよおさないよう、飲み物は取らないことに決めていたのだが、チョコレートバーは乾いた口腔《こうこう》に容赦なく張りつき、決心をたじろがせた。半分ほどで食べるのを諦《あきら》め、袋に戻してポケットに落としこむ。目の前には自販機があり、緑茶のペットボトルが目を惹《ひ》いたが、車を降りる気にはなれなかった。

時計を規則的に見る。その度に必ず五分が経過していた。体内時計の正確さを自慢したい気持ちだったが、基本的にこんな能力は何の役にもたたない。

十時半。藤巻は意識して気持ちを尖《とが》らせた。周囲に視線を投げ、もう一度状況を確認した。駅から男の家までの途中にある、細い道。右側は空き地で、左側にはもう誰も住んでいない家がある。やけに広い家で、荒れ放題になった生垣が、闇にさらに暗さをつけ加えていた。ほとんど人通りはなく、藤巻がここで配置についてからの一時間、通り過ぎた人は二人だけだった。勤め帰りのサラリーマンという風情だったが、二人とも寒さのせいか背中を丸めて早足で歩いており、藤巻の車を見向きもしなかった。仮に見ても、ナンバーや車種などは、意外と記憶に残らないものだ。特に、暖かい家に帰ることだけを考えて歩いているような人間の頭には。

男の家は、直接は見えない。歩けば、ここからさらに五分ほどかかる場所なのだ。この寂しい、街灯の光もないような場所を男が毎日通るのは、大通りを歩くよりも二、三分時間を短縮できる——藤巻が実測したところでは二分二十秒だった——からに過ぎない。そうでなければ、こんな人気のない侘《わび》しい道を、夜十時過ぎに一人で歩こうという気にはならないだろう。

藤巻はドアに手をかけた。十時三十五分。そろそろ男がやって来る時刻だ。もちろん、あの男はいい加減な人間だろう。毎日を規則正しく過ごすなど、本人の中では優先順位が低いことだろうし、酔っていれば、時間など気にもならなくなるだろう。だが、呑《の》み続けるには金がかかる。座っている時間が長ければ長いほど、金は飛んでいくのだ。たかが地方公務員であるあの男に、そんな贅沢《ぜいたく》な金の使い方ができるとは思えなかった。

来た。バックミラーに男の姿が映る。歩き方はひどくゆっくりしていた……いつもより少し遅れた原因はこれか。かなり酔っている。コートの前を開けているのがその証拠だ。これだけ寒いと、普通は首元までボタンを留めて早足になるのに、あの男の場合、酔いで生じる熱が寒さを上回っているのだろう。

藤巻は、男が車の横を通り過ぎるタイミングを見計らってドアを思い切り開けた。ふらふら歩いていた男をドアが直撃し、地面に倒れこむ。藤巻は勢いよく車から飛び出し、四つんばいになった男の耳の後ろに銃握を打ち下ろした。

「何だ！」

男が短く叫んだが、声は低い。酔いのせいで痛みを感じていないのではないかと思い、藤巻はもう一度、同じ場所を拳銃《けんじゅう》で殴りつけた。耳の後ろの皮膚が裂け、血が噴き出す。男が短い悲鳴をあげ、両手で頭を抱えこもうとした。藤巻は後頭部に銃口を押しつけ、「動くな」と短く脅した。

「何だ、お前は」男の動きが止まった。拳銃を突きつけられた経験などないだろうが、何をされているかは勘で分かるだろう。

藤巻は、四つんばいになった男の背中に跨《また》がっていた。しかし、背中側にいるのに、アルコールの臭いが立ち上ってくるのにはかなわない……まるで全身の毛穴が開いて、そこから酒が気化してくるようだった。かすかな吐き気を覚えながら、藤巻は「手を後ろに回せ」と命じた。

男が言う通りにしないので、銃口で頭を小突く。さすがに、自分がどういう状況に置かれているか分かったようで、男は左手をのろのろと背中側に回した。藤巻は尻《しり》ポケットからプラスティック製の手錠を取り出し、すばやく手首にはめた。玩具《おもちゃ》のようなものだが、これでも十分相手の動きは封じられる。

「右手も」

「ふざけるな」

アルコールの影響下にあるせいか、まだ突っ張っていたが、藤巻は容赦しなかった。

手錠を思い切り引っ張って手首に食いこませ、その勢いで無理矢理立たせる。銃口を、今度は首筋に突きつけた。肌がよじれるほど強く。

「撃つよ」

短い脅し文句に、男の体がびくりと震えた。言葉を連ねるよりも、一言だけの方が効果的なことがあるのだ。藤巻はもう一度、右手を後ろに回すよう、男に命じた。まだ躊躇《ためら》っている様子だったので、左手で手錠を持ち、右手で拳銃を押しつけたまま、車まで誘導して行った。もう一度、今度は後頭部を殴りつけ、車にもたれかかるようにさせる。流れ出た血が、白い車のルーフを汚したので、藤巻は思わず顔をしかめた。このクソ野郎、人の車を汚してどうするつもりなんだ——しかしそれで男が大人しくなったので、何とか気持ちを落ち着かせる。

藤巻は、男の腰の辺りに膝《ひざ》を押しつけ、動きを封じた。拳銃を素早くジーンズの尻ポケットに滑りこませ、空いた右手で男の右手首を摑《つか》む。左手首のところでぶらぶらしていた手錠を摑み、右手にもはめて両手の自由を奪った。手錠を摑んで後ろに引っ張ると、男の肩が引き攣《つ》り、情けない悲鳴が上がる。それを聴いて、藤巻も情けない気分になった。大の大人が、こんなことで悲鳴を上げるとは……矜持《きょうじ》も何もないのだろう。もっとも、命の危険を感じている状態では、どうしようもないだろうが。そもそも、肝が据わった男とは思えない。長年、同じような仕事をだらだらと続け、藤巻たちが支払った税金を無駄にしてきた男なのだろう。

生きている価値さえない。殺せば、自分以外にも喜んでくれる人がいるのではないか。そういう人たちに、この男の死を捧《ささ》げよう。

藤巻は手錠を引っ張って男の体を引き上げ、後部座席のドアを開けた。尻を蹴《け》飛ばして、車内に叩《たた》きこむ。男がまた短い悲鳴を上げたが無視して、まだ車の外に出ていた足を蹴り上げた。足が曲がって引っこんだところでドアを閉め、自分は素早く助手席側に回りこむ。男の手錠を掴み、そこにロープを通して、助手席にぐるりと回すようにする。ヘッドレストのところで二重に縛り、身動きを完全に封じた。ちらりと男の顔を見ると、血塗《ちまみ》れになって片目が塞《ふさ》がったうえに、恐怖の表情を浮かべている。情けない。本当の恐怖はこれからなのに……。

「何のつもりだ」

藤巻は唇を引き結んだ。今は言わない。あれこれ想像して、勝手に怯《おび》えていればいいのだ。恐怖が長引けば長引くほど、精神状態は不安定になっていく。ぎりぎり正気を保っているところで、止《とど》めを刺すつもりだった。自分が殺されることを、完全に理解していて欲しかったから。何も分からない状態で死んでは、恐怖は最高潮に達しない。

自由を完全に奪っておいて、一息ついた。ふと後部座席を見ると、男のポケットから落ちたのか、煙草のパッケージがシートにある。そこから一本だけが転がり落ちていた。

それを見て藤巻は、頭に血が上るのを感じた。

人の車を煙草で汚すな。吸うとか吸わないとかの問題ではない。こんなものがあるだけで、車の中が汚れるのだ。それを言えば、シートが血で汚れてしまうのも我慢できなかったが、それは今のところ、どうしようもない。藤巻は煙草とパッケージをつまみ上げ、握り潰《つぶ》した。ドアを開けて外へ出ると、アスファルトに叩きつける。それでようやく気分がすっきりした。

運転席に戻り、ドアをロックする。これでこの男は、完全に自由を奪われた。車を出し、暗く細い道を慎重に運転する。ほどなく男の家の前に出る。信号でもないのに車が停まったことで、それまで口をつぐんでいた男が、急に不審感を抱いたようだった。

「何のつもりだ」

「近くにあんたの家があるね？　今のうちに見ておいた方がいい」

「ああ？」

「二度と見られないから」

「何だと？」

「あんたは死ぬんだよ。そんなことも分からないのか？」

6

結局澤村は、長浦中央署で一晩を過ごしてしまった。捜査本部ができた時など、署に泊まりこむのは珍しくもないし、雑魚寝《ざこね》にも慣れてはいるのだが、今朝は何となくすっきりしない。

鑑識は、銀行で採取した指紋の分析と照合を大至急で進めてくれた。その結果、貸金庫の内側から検出された指紋の一つが藤巻の物だとは分かったのだが、そこから先、捜査は進んでいない。何しろ結果が分かったのは、日付けが変わる頃で、それから何かをするには遅過ぎた。

様々な思いが脳裏を去来して、眠れなかった。輝点……次に、藤巻はどこに姿を現すのだろう。第二の輝点を最初の物とつないだ時、行動の意味が分かってくるだろうか。分かるわけもないことを考えながらごろごろしていたので、寝起きは最低だった。午前六時半には布団から抜け出し、トイレで顔を洗う。震えがくるほど冷たい水なので、一気に目が覚めた。ふと、窓の外に目をやると雪が降っている。昨日の昼までは、綺麗《きれい》に晴れ上がっていたのに……新潟の雪を思い出し、自然と暗い気分になる。

まだ誰も起き出していない署内は静かだった。一階へ下りると、当直の連中が暇を持て余して退屈そうにしている。昨夜は何もなかったのだろう。何かあった方がいいわけではないが、事件も事故もないまま過ぎる当直の時間は、緩慢な拷問のようなものである。ただただ、時間が過ぎるのを待つだけ。普段は会わない他の課員たちとの馬鹿話も、長い時間は持たない。すぐに飽きて、沈黙を共有することになる。

当直の署員たちは、澤村を見ても無関心だった。この一件に関する捜査本部は、中央署にすれば「場所を貸した」だけであり、署員は誰も捜査に参加していない。ある意味迷惑な存在だろうな、と澤村は思った。

何の目的もなく、澤村は外へ彷徨《さまよ》い出した。庁舎の前は駐車場になっていて、パトカーが何台か停まっている。雪は結構激しく降っていたが、まだルーフやボンネットに積もるほどではなかった。駐車場のアスファルトもむき出しのまま。雪が降り始めたのは、それほど前ではないのだろう。

アスファルトの上を歩くと、靴底に少しだけ雪の結晶の硬さを感じたが、滑るほどではない。それにしても、寒い……革ジャケットを着てこなかったので、寒さはいきなり全身に襲いかかってきた。目が覚めるのを通り越して、震えがくるほどだ。

それでも我慢して、何とか歩き続ける。まだ夜の闇が少しだけ残っている街……我慢大会のように、このまま歩き続けてもいいと思ったが、さすがに体が悲鳴を上げた。両手で体を抱くようにして署内に駆け戻り、捜査本部に充てられた部屋に戻る。臨時で使っているのに、やけに綺麗だった。警察官は常に、身辺を綺麗にしておくようにしつけられる。退出する時にはデスクを片づけて……その原則は、こんな場所でも守られているのだ。

臨時の、しかも場所貸しだけの捜査本部ではあるが、中央署は最低限の物は用意してくれた。本当は、自分たちの事件でもないのだから、場所だけ貸して後は無視、でもおかしくない。しかし、電気ポットにカップ、インスタントコーヒーは用意されている。澤村はポットのお湯を入れ替えて、コーヒーの準備をした。濃い目に作ったのに砂糖とミルクを加え、飲みながら窓辺に立つ。目の前で立ち上る湯気が、ささくれた気持ちをほんの少しだけ癒《いや》し、甘みが腹の中を温めてくれた。両手でカップを包みこむようにしながらコーヒーを飲み続ける。窓の外では、相変わらず雪が降り続けていた。積もるような降り方ではないが、多少は交通に影響が出るかもしれない。

藤巻も、この雪空の下にいるのだろうか。

二杯目のコーヒーを飲んでいると、やはり中央署に泊まりこんだ溝渕が入って来た。サービスで、思い切り濃いコーヒーを入れてやる。一口飲んだ溝渕が、顔をしかめた。

「濃過ぎるぞ」

「目が覚めるでしょう」

「その前に喉《のど》がやられそうだな」砂糖とミルクをたっぷり加え、一口啜《すす》ってからようやく納得したようにうなずく。

当直の中央署員が、朝刊を運んできてくれた。二人は黙ってコーヒーを飲み、新聞を読む。社会面が中心になるのは、藤巻の事件がまだ収まりを見せていないからだ。しかし昨日は動きがなかったせいか——銀行の件はマスコミには伏せたままだ——続報にも内容はなかった。

「こっちが驚かされるような記事はなかったな」

皮肉に言って、溝渕が新聞を閉じる。彼の懸念は、澤村にも十分理解できた。合同捜査本部とはいっても、新潟県警との間には依然として溝がある。マスコミに対する態度も、当然温度差があるだろう。新潟県警は、マスコミを積極活用しようと思っていて、こちらが隠しておきたい情報を流してしまうかもしれない。あるいは、複数の県に跨《また》る事件だから、警察庁から漏れることもある。目撃証言などは欲しいが、藤巻に知られてはいけない情報もある。都内で存在が確認されたことも、その一つだった。自分たちが正確に足取りを追っていることを知れば、藤巻も対策を立ててくるだろう。

「結局、竹山理彩の恋人については、謎のままか」溝渕が昨日の話題を蒸し返した。

「間違いなく、いるとは思うんですけどね。複数の人間が、それらしいことを感じていたんですから」澤村はカップの底にわずかに残ったコーヒーを飲み干した。砂糖が溶け残っており、喉が痛くなるほど甘い。

「私生活を隠すタイプだったわけだ」

「そんな感じですけど……しかし、分からないな」

「ああ」溝渕が両手で顔を擦《こす》った。それから顎《あご》を撫《な》で、髭《ひげ》の存在に気づいて鬱陶《うっとう》しそうに顔をしかめる。「ちょっと出てくるわ。剃刀《かみそり》を仕入れてくる」

「ああ」澤村は反射的にうなずいた。コンビニエンスストアで、千円の電気剃刀を買うつもりなのだろう。一々シェービングクリームを使わなくていいので重宝するが、買ったのを忘れて、すぐにまた新しいのを買ってしまいがちだ。澤村の一課のデスクの中にも、一度使っただけの電気剃刀が何個も入っている。そういえば、そろそろ異動のためにデスク周りも片づけないと……私物はほとんどないが、それでも数時間はかかるだろう。今の状況でそれができるとは思えなかったが、どこかで半日時間を作らないと。だいたい、長浦南署へ異動すること自体、未《いま》だに実感がない。

目の前の電話が鳴り、澤村は反射的に手を伸ばした。部屋を出ようとした溝渕が足を止め、こちらを見守る。

「当直です」少し眠たげな声。「電話が入っています」

「捜査本部にか？」

「ええ。不動産屋さんなんですが」

「不動産屋？」ちらりと壁の時計を見た。七時二十分。仕事を始める時間としてはあまりにも早い。「どういうことだ」

「内容は分かりません」電話を取りついだ当直の警官は不機嫌そうだった。「このままお待ちいただけますか？」

かちりと音がして、電話が切り替わった。何も分からぬまま放り出された感じになって、澤村は少しだけ戸惑いを覚えたが、神経を研ぎ澄ませて相手の声を待つ。

「ああ、朝からすみませんね」長年の酒と煙草に傷めつけられた塩辛声だった。「長浦で不動産屋をやってます、中本《なかもと》と言いますがね」

「ここのこと、どこでお知りになりました？」

「ああ、県警本部に知り合いがいてね。交通規制課の大塚《おおつか》係長、知ってる？」

知らない。だが、相手もこんなことで嘘はつかないだろうと判断し、先を促す。

「藤巻の件なら、直接そっちに話した方が早いって、大塚係長に言われましてね」

「どういった話ですか」

「あのね、あの男、うちで駐車場を借りたんですわ」

妙だ。澤村は、送話口を手で覆い、近くまで戻って来た溝渕に訊《たず》ねた。

「藤巻のマンション、駐車場はありましたよね？」

「ああ。奴も借りてるよ。車は見つかっていないが……その電話、何なんだ？」

「マンション以外の場所にも、駐車場を借りてたみたいです」と答え、電話に戻った。

「すみません……それ、いつ頃の話ですか？」

「二週間前かな」

「場所は？」

「うちのすぐ近く。露天ですよ」

中本が住所を告げた。ＪＲ長浦駅――長浦の中心部も中心部だ――の西口側だと分かる。駅からは歩いて五分ほどの場所だろうか。澤村は市内の地図を広げ、話しながら当該の住所に赤い油性ペンでバツ印をつけた。

「実際に車は停めていたんですか」

「ええ」

「で、どうして藤巻だと分かったんですか」

「今朝の新聞を見て。テレビのニュースは、見逃していたみたいでね。名前が、うちと契約した人と同じだし……藤巻なんて、そんなに多くない名前でしょう？　それに顔もすぐに分かりましたよ」

不動産屋も、毎日多くの人に会うだろう。客の記憶が常に頭にあるとは限らないが、確かに中本の言う通り、「藤巻」はそれほど多くない苗字《みょうじ》である。記事がきっかけになって、思い出すのは不自然ではあるまい。

「それで、今朝、駐車場を見に行ったんですよ。車がなくなっていた」

長浦に戻っていたのか……澤村は思わず受話器を強く握り締めた。コケにされた、という思いが強くなる。こちらの警戒をあっさり掻《か》い潜っていたとしたら……吉野ではないが、自分たちは力を入れるべきポイントを間違っていたのかもしれない。

「分かりました。すぐに人をやりますから、そちらで立ち会っていただけますか？」

「何かするつもり？」急に中本が不安そうな声を出した。

「その駐車場を調べないといけませんから。お願いできますね？」相手に反論する暇を与えず、澤村は電話を切った。

立ち上がり、地図の上に屈《かが》みこんでいる溝渕の向かいから地図を見下ろす。

「えらく近いな」溝渕が感想を漏らした。

「そうですね」

「奴は、何のつもりだったんだ？」

「これも作戦の一つじゃないですかね」

「何の」溝渕が顔を上げ、不快そうに唇を歪《ゆが》める。

「それは分かりませんけど、長浦で何かやらかすつもりなんじゃないですか」理彩の恋人を襲う——その考えが、また頭に浮かんできた。「現場を調べないと。鑑識を要請します。俺も行きますよ」

「そうだな。お前の目があった方がいいだろう」

澤村は「目がいい」と自認しているし、周囲もそれを認めている。視力が抜群にいいわけではないのだが、現場慣れした鑑識課員たちでも見逃してしまう手がかりを見つけたことは、一度や二度ではない。

受話器を取り上げ、鑑識の出動を要請する。しかし、現場で何かが見つかるとは期待していなかった。これから向かう間にも、雪が激しくなって、駐車場を覆い隠してしまうかもしれない。露天の駐車場だから仕方がないのだが……。

「ちょっと、他にも人を出してもらえませんか?」

「どうするつもりだ」

「聞き込みです。あの辺、遅くまでやってる飲食店が結構ありますよね。もしかしたら、藤巻を目撃していた人間がいるかもしれない」

「分かった。機捜にも応援を頼もう」

溝渕が受話器を取り上げる。彼が喋《しゃべ》るのを聞きながら、澤村は他にも攻め手がないか、考えた。駐車場……逃走用に車を隠した、という線も考えられる。しかし、車を隠しておくなら、長浦にする理由が考えられない。都内で隠しておけば、発覚はずっと遅れるはずである。やはりこの辺りで何かやろうとしている、としか考えられなかった。

「十人ほど、使えそうだ」電話を切った溝渕が告げる。

「俺も、駐車場の方が終わったら、聞き込みに回ります」

「そうだな……」言い終えないうちに、電話が鳴る。一番近くにいた溝渕が受話器を取った。「はい。ああ、課長……今ご連絡しようと思っていたんですが……え？」

溝渕の顔に戸惑いが浮かぶ。そのまま谷口の声に耳を傾けていたが、ゆっくりと顔から血の気が引いていくのが、澤村にも分かった。復唱せず、ただ谷口の声を聞いているだけなので、内容が分からないのが痛い。澤村は思わず手を伸ばし、スピーカーフォンのスイッチを押した。

「……そうだ。春山が消えた」

春山？　一瞬、誰のことか分からなかったが、すぐに長浦南署刑事課の巡査部長だと思い出す——最初に理彩を追い返したクソ野郎ではないか。

「消えたというのは、どういうことですか？」溝渕の声には戸惑いが滲《にじ》んでいる。

「昨夜、家に帰らなかった。朝になって、奥さんが長浦南署へ相談してきたんだ」

「どういうことでしょうか……」

「俺に聞くな」谷口が、相手が凍りつきそうな冷たい口調で言った。「とにかく、そっちに誰かを派遣しろ。嫌な予感がする」

「澤村が目の前にいますが」

「行かせろ」それだけ言って、谷口は電話を切ってしまった。

溝渕が、助けを求めるように澤村を見る。助けて欲しいのは、澤村も同じだった。

7

春山の妻、奈保子《なほこ》は、焦りと不安を隠そうともしなかった。玄関先で話を聴いている間も、ずっと両手を組み合わせたままで、肌に深く皺《しわ》が寄るほどになっている。念のためにと初美を同行させたのだが、当たりの柔らかい彼女の存在も、不安を和らげる役にはたたなかった。

「当直以外に、帰って来ないことなんか、ないんです。いつも同じ時間で……」

「何時頃ですか？」

「十時半から十一時の間です」

あの男が、毎日そんなに遅くまで仕事をしているわけがない。要するに呑《の》み歩いていたのだろう。しかし、動揺する奈保子に向かって、そんなことは言えなかった。

「昨日、何か連絡はありませんでしたか？」

「ないです。いつも連絡なんかないんです」

「昨日の朝、何か変わった様子は？」

「何もなかったです」

ふと澤村は、奈保子は夫の不祥事を知っているのだろうか、と訝《いぶか》った。新聞もテレビも、この件は盛んに報じている。しかしまだ、春山の名前は出ていない。春山本人が言わなければ、奈保子は知る由もないはずだ。もちろん、「長浦南署」は連呼されているから、感づいているのだろうが……だいたい春山は、現在謹慎中の身である。妻に知られないように、いつもと同じタイミングで家を出て時間を潰《つぶ》し、毎日呑んで帰って来ているのだろう。まるで失業者のような日々だ。

「あの件と、何か関係があるんでしょうか」

「分かりません」素早く答えてから、澤村は彼女の顔を観察した。五十代半ばぐらいか……化粧っ気がない顔には皺が目立ち、ひどく疲れて見える。これは年齢のせいではなく、昨夜ほとんど寝ていないためではないかと思われた。この年になっても妻に心配してもらえる春山は幸せ者ではないかと思った。同時に、奈保子の不安が身に染みて感じられる。おそらく眠れぬ夜を過ごし、何度も携帯に電話をかけ、朝になって思い切って勤務先に相談したのではないだろうか。こんなことで同僚の手を煩わせてはいけない、という後ろめたい気持ちを抱えながら。

「とにかく、捜してみます。どこか、近所で行きそうな場所はないですか？」

「ないんです」奈保子が泣きそうな表情になった。「いろいろ考えたんですけど、どこも……」

「夜ですから、行きつけの呑み屋とか」

「家の近くでは行かないんです。いつも勤務先の近くで呑んでいるので」

　ということは、長浦南署の人間に話を聴いて、行きつけの店を割り出さなければならない。面倒なことになった……監察官室の追及を受け、さらに春山の行方を捜すために自分たちが入って行ったら、南署の連中はどんな反応を示すだろう。

「分かりました。定期的に春山さんの携帯電話に連絡を入れるようにして下さい。こちらはすぐに捜索を始めます」

「はい」奈保子の声が震える。

「最近、家での様子はどうでしたか？」

「ええ……口数が少なくなって……」

　何を言っていいのか分からず、澤村は口を閉ざした。馬鹿な質問だと悔いる。あれだけ叩《たた》かれて、普通の精神状態でいられるわけがない。

「普段の通勤ルートを教えてもらえますか」

　話題を変えるために、澤村は折り畳んだ地図を取り出した。この辺りの住宅地図をコピーしてきたものである。靴箱の上で広げ、見やすくしてから、奈保子にボールペンを渡した。奈保子が、地図を睨《にら》みながら、丁寧にルートを記入していく。ボールペンは大通りを避け、やけに細い道路に入った。そこを抜けると、駅前の通りに出る。

「ずいぶん細い道を通るんですね」澤村は率直に疑問を口にした。

「こっちが近いんです」

夜は真っ暗ではないか、と澤村は不安になった。拉致《らち》……街灯もなく、人通りも少ない場所だったら、藤巻が犯行現場に選んでもおかしくない。

家を辞去し、澤村は早足で歩き出した。幸い雪は止み、雲の隙間からかすかに青空が覗《のぞ》いている。道路端はわずかに白くなっていたが、すぐに溶けるだろう。

家を出て一分ほど歩くと、問題の細い道に入った。初美が周囲を見回し、「街灯、ないですね」と言った。

「ああ、夜は暗いだろうな」片側が空き地、もう片方には板塀がずっと続いているが、中の家に人の気配はない。この細い道路は、歩いて二分ほどで通り抜けられるはずだが、誰かを襲って拉致するには十分な距離とも言える。「慎重に歩いてくれ。何か、証拠が落ちているかもしれない」

現段階では、ここが拉致現場という確証はない。しかし、何か見つかったらすぐに封鎖して鑑識を入れなければならないのだ。その時のために、できるだけ荒らしたくない——しかし、仮に藤巻がここを通ったにしても、その後多くの人が歩いているだろう。証拠は消えてしまっている可能性が高い。

澤村は、体を折り曲げるようにして道路を調べ始めた。いつも通り、頭の中で格子を作って道路に当てはめる。一メートル四方のマトリックス——人間は、その範囲ならば一目で認識できる。澤村よりだいぶ背の低い初美も、反対側から始めて、こちらにゆっくりと近づいて来る。

三メートルほど進んで、澤村は最初の異変に気づいた。濡《ぬ》れた道路が、わずかに他よりも黒くなっている。膝《ひざ》をつき、顔をアスファルトに擦《こす》りつけるように確かめた。血？　雪が降ってしまったからはっきりとはしないが、アスファルトを濡らした血がまだ残っているのではないか？　澤村はラテックス製の手袋をはめ、人差し指をアスファルトに擦りつけた。わずかに赤い。

「永沢！」

呼びつけると、初美がすぐに飛んで来る。人差し指を突きつけるようにすると、思い切り顔をしかめた。

「血ですか？」

「たぶん。鑑識を呼んでくれ」

こうなったら、下手に歩き回らない方がいい。自分の靴が、証拠を消してしまう恐れもあるのだ。初美もそれは分かっているようで、その場に立ったまま電話し始めた。途中、車が入ってきたので仕方なく路肩に避《よ》けたが、血痕《けっこん》を消してしまうのではないかと、澤村はずっとはらはらしていた。

「それと、これも」電話を終えた初美が、潰れた煙草の箱を差し出した。まだ中身はほとんど残っているが、空き箱のようにくしゃくしゃになっていた。「春山さんの煙草かもしれません」

「後で奥さんに確認しよう」

周囲を見回すと、板塀の近くに携帯電話が落ちているのを見つけた。濡れてはいるが、ここに落ちてからそれほど時間は経っていないように見える。

「春山さんの携帯ですか？」と初美。

「試してみる」

携帯を開くと、画面が明るくなった。着信がある……電話番号を表示させると、春山の自宅の番号が出てきた。着信は昨日の夜から朝まで、ほぼ一時間おきに続いており、奈保子の苦悩が容易に想像できた。

「間違いない」

「ここで襲われたんですか？」

「襲うには、悪くない場所だと思う」澤村は周囲を見回した。目の前の空間を占める空き地と空き家のせいで、一番近い民家は二十メートル以上も離れている。藤巻が上手《うま》くやれば——相手に悲鳴を上げさせないようにすれば、拉致は簡単だったのではないか。凶器を持っていれば……澤村は、空っぽだった貸金庫を思い出した。あの男は、あそこに何を入れていたのだろう——作戦遂行のための道具だとしたら。

「澤村さん、大丈夫ですか？」

「ああ……ちょっと考え事をしていた」

「何で藤巻が、春山さんを拉致しなくちゃいけないんですか？　あまり関係ないように思えますけど」

「藤巻の思考パターンは、俺たちとはだいぶ違う。順番づけの根拠が滅茶苦茶《めちゃくちゃ》なんだ」

そして俺は、藤巻に話を聴いて理解できるだろうか。おそらく理解できぬまま、ただ記録に留《とど》めるだけになるだろう。

澤村は、「心の闇」などという物を信じていない——いなかった。動機は必ず合理的に解明できると強く思っていた。澤村自身がそれに納得するかどうかは別にして、犯人の心の中には存在しているものだ、と。だがそういう確信は、このところずっと揺らいでいる。澤村が理解できない、犯人自身が説明できない動機も、明らかに存在しているのだ。話しているうちに犯人が立ち止まってしまい、話が進まなくなることもしばしばである。そしてその理由を、犯人自身が分かっていない。

まるで心の中に空っぽの穴が空いており、悪意は無意識のうちにそこから湧き出してくるようなのだ。


捜査本部は重苦しい雰囲気に包まれた。一度外へ散っていた刑事たちも全員が呼び戻され、今後の対策を練っているところだった。もちろん澤村は、谷口の頭には既に考えがある、と読んでいた。ここに集めたのは、全員の意識を統一したいからなのだ。

澤村は、春山拉致に関しての報告を終えた。やけに喉《のど》が渇き、顔が熱い。風邪でも引いたのかと心配になった。滅多に体調を崩すことはないのだが。

「今後、藤巻の捜索に重点を置く。県内全域で検問強化。立ち回り先をもう一度チェックだ」

谷口の指示に、刑事たちが一斉に立ち上がったが、澤村は席についたまま、しばらく立ち上がれなかった。緊急配備は当然のことだが、あまりにも非効率的過ぎる——藤巻に遅れを取っている。

ふと、吉野はどうしているのだろうと思った。まさかあの男が、一人で藤巻に追いつけるとは思えないが、こんな人手が足りない時に勝手なことをされても……携帯に電話し、「藤巻の追跡が本格的に始まった」とメッセージを残す。一瞬間を置いて「すぐに連絡しろ」とつけ加える。自分がやりたい仕事がやれるとなれば、連絡してくるかもしれない。若い刑事に、こんなに気を遣ってやる必要はないのだが、何故か放っておけなかった。

たぶん、昔の自分を見るような感じがするから。

「藤巻と春山の関係は何なんだ」谷口が、独り言のように言った。

「関係ないとは言えません。間接的な関係ですけどね……春山は、警察の中では、藤巻の存在を最初に知った人間です」澤村は低い声で答えた。

「しかし、被害者を追い返した」

「そうですね」澤村は溜息《ためいき》をついてから立ち上がった。ここに腰を据えて、吉野からの連絡を待っていても仕方がない。

「春山と藤巻の間に、直接の接点はないのか」

「今のところは、何も。春山が藤巻に会っていたとは思えません……すみません」

携帯が鳴りだしたので、確認する。吉野ではなく、県警本部のどこかの電話番号だった。通話ボタンを押して耳に押し当てると、橋詰の声が耳に飛びこんできた。

「何なんですか、こんな時間から」

「おやおや、早起きの澤村先生に合わせただけど……こっちへ戻って来たんで、ご挨拶《あいさつ》」

「もっとゆっくり入院してればよかったじゃないですか」澤村は額を揉《も》んだ。確かに、それほど重傷ではなかったのだから、退院してもおかしくはないのだが……この男の存在は、しばしば捜査の邪魔になる。「家で大人しく静養していて下さい」

「いやあ、こっちは仕事に命をかけてるんでね」

「大人しくしていてくれるのが、県警全体のためになるんです」

「おやおや、ひどい言い方だね」

さしてショックを受けてもいない調子で、橋詰が言った。この男は、澤村との会話全体を――あるいは人生全てをジョークだと考えている節がある。澤村がいくら強く文句を言っても、まったく反省しないのがその証拠だ。

「今、県警本部にいるんだけど、お茶でも飲みに来ない？」

「冗談じゃない。藤巻が長浦にいるかもしれないんですよ」

「そうだってねえ。昨夜、春山を襲ったそうじゃない」

「たぶん、拉致《らち》していると思います」澤村は電話をきつく握りしめた。

「なるほどね」

「何がなるほどなんですか」訳知り顔の物言いが、澤村の神経を逆撫《さかな》でする。

「藤巻が春山を恨むのも分かる」

「どういうことですか」何か摑《つか》んだのか？　だとしたら、俺は本物の間抜けだ。これだけ歩き回っているのに、怪我で療養中の橋詰に出し抜かれるとは。

「論理的に考えれば簡単だよ。春山は、竹山理彩に対してセクハラ発言をしてるんだよね？『あんたが男を惹《ひ》きつけるんだから、仕方ないんじゃないか』とか。『もっとスカートを長くするとかしないと、また別の男に狙われる』とかね。ひどいことを言ったそうじゃないか」

「ええ」

「藤巻はそれを知ったんじゃないかな。それで春山に腹を立てているとか」

「それは――」あり得ない、と言いかけて澤村は言葉を吞《の》んだ。藤巻の行動パターンは滅茶苦茶なのだ。自分を「ストーカーだ」と決めつけた理彩に激怒して殺す。理彩が相談を受けていた石井を逆恨みして殺す。理彩にセクハラをした春山を拉致する。一つ一つの行動を取れば、十分動機を理解できるのだが、三つがうまくつながらない。愛していた理彩と他の二人を同列にする考え方が、理解不能だった。

「簡単に考えよう。要するに藤巻は、自分の人生を乱す奴を許せないんだ」

「自分が好きになった女でも?」

「竹山理彩のせいで、藤巻の生活は滅茶苦茶になった。女のせいで秩序が消えた」

「そうかもしれませんけど、恋愛なんて、そもそもそんなものじゃないですか」

「お、まさか澤村先生の口から恋愛哲学を聞くことになるとは思わなかったな」橋詰が低い声で笑った。

「ふざけないで下さい」

「いやいや、真面目だよ」

橋詰がにやにやしている様が目に浮かぶ。うんざりして、澤村は溜息をついた。

「それで、我々はどこを捜せばいいんですか」適当なことばかり言って逃げ切られたら困る。澤村は難題を押しつけた。

「ああ、アジトだね」橋詰がさらりと言った。

「アジト?」

「あのね、藤巻は、やたらと入念に準備してるだろう? 今までの犯行全部がそうだ。事前に完璧《かんぺき》な調査をして、相手の動きを把握して、一番嫌な殺し方をしている。今回だって、貸金庫も駐車場も借りていただろう? 春山をどんな風に殺そうとしているかは分からないけど、必ずそのための場所を準備していると思う」

「ああ」今の説明は理に適《かな》っている、と思った。「今回は、どういう手を使うと思いますか？」

「やっぱり、焼き殺すだろうね。二回同じ方法を使った人間は、三回目も同じことをする。そのためには、閉鎖空間が必要じゃないだろうか。車とか、小さな部屋とか。相手をどこかに閉じこめないと、上手《うま》くいかないと思う。道路に転がしておいて火を点《つ》けても、駄目なような気がするんだよなあ」

「自分の車を使う可能性は？」

「あるね」

「それだと、その後逃げるのが難しいかもしれません。ナンバーは割れているんだし」

「藤巻のことだ、逃走用に別の車ぐらいは用意しているかもしれない……いや、そこまでは考えていないかな」

「どういうことですか？」

「奴は、何人殺すつもりだろうね」橋詰が低い声で言った。「もう、三人殺した。一人は予定外だったかもしれないけど……春山を殺せば四人目だよ？　恨みを抱いている人間は、他にいるのか？」

「それは……分かりません」

「もしもこれで打ち止めだとしたら、奴は死ぬかもしれないね。藤巻は、とにかく自分の人生を理詰めで考えていた。理屈に合わせるように生活してきた。でももう、そこには戻れないよね。そういう状況に追いこまれたらどうなると思う？」橋詰が一瞬押し黙り、次いで重苦しく言葉を押し出した。「死ぬしかないだろうな。奴は、他人に乱されてしまった人生になんか、興味はないと思うよ」

8

五メートルほどの距離を置いて、相手の様子を観察する。椅子に縛りつけ、口にはテープを張りつけた。タオルで目隠しもしてある。両手両足の自由、それに言葉を奪われた春山は、無防備で弱々しく見えた。髪は乱れ、一部は血で固まって、房のようになっている。顔の半分は血と泥で汚れ、がっくりうなだれているせいで、既に死んでいるようだった。

藤巻は、向かい合った椅子に腰を下ろした。つくづく、クソみたいな男だと思う。小物。警察のバッジと銃がなければ、虫のように踏み潰《つぶ》され、とうに人生は終わっていただろう。おそらく、生まれながらの敗残者なのだ。当然、理彩を傷つけるようなことは許されない。身の程知らず……感受性ゼロの変態野郎だから、あんなことをしたのだろう。

もちろん、本当にそうなのかどうか、まず確かめなければならないが。俺は、想像だけでは動かない。自分の目で見聞きしたことしか信じないのだ。

体を起こし、傍らに置いたポリタンクを引き寄せる。ガソリンは半分ほどしか入っていないので、それほど重くはないが、春山の全身を濡《ぬ》らし、炎で包ませるには十分な量だ。

立ち上がり、春山の周りをぐるりと一周した。下半身は、足首と膝《ひざ》のところで拘束してある。両手は椅子の背後に回し、手錠はプラスティック製からより頑丈な金属製に替えていた。燃え上がった時、プラスティック製の物だと溶けて役目を果たさなくなってしまう恐れがある。逃げ場なく死んでもらうには、こういう細かい準備も大事だ。

藤巻の気配に気づいたのか、春山がびくりと体を震わせる。しかし、ほぼ無意識の動きだろう。薬の効き目はまだ続くはずだ。そろそろ起きてもらわないといけないが……。

藤巻は腕時計に視線を落とした。体内時計が告げている通り、午前七時。建物の隙間から、かすかに朝日が射しこんでくるが、いかにも弱々しい。今日は一時雪になるという天気予報だったが、どうやら当たったようだ。ぼろぼろの廃屋の中は湯沢並みの寒さで、吐く息も白い。だいたいこの廃屋は、辛うじて雨を防げる程度にまで朽ちており、あらゆる所に開いた隙間から、容赦なく風が吹きこんでくるのだ。

後頭部を銃握で小突く。体が前に揺れたが、それだけだった。両腕が拘束されているせいで、すぐに元に戻ってしまう。演技ではないか、と藤巻は疑った。このまま黙っていれば、死を免れる、と。

あり得ない。

世の中の事象は全て不確定であり、フローチャートを描いて計画できるのは、せいぜいが自分の周辺五メートル以内のことだけである。その中で、春山が死ぬことだけは確定していた。この状態でなお、逃げられると考えていたら、あまりにも甘い。状況判断できないような人間は、本当に死ぬしかないのだ。

「起きろ」背後に立ったまま、話しかける。反応、なし。銃口を後頭部に突きつけ、軽く小突いてみた。頭がかすかに揺れただけで、やはり反応はない。「起きろ」と繰り返す。撃鉄を起こしてみた。かちり、という乾いた音に、うなだれていた春山の首が、いきなり直立する。

「寝た振りをしても無駄だよ」

藤巻は、春山の口に巻いたテープを外した。春山が苦しそうに咳《せ》きこむ。藤巻は前に回りこみ、春山の胸を軽く蹴《け》った。がくん、と椅子に押しつけられ、春山が喘《あえ》ぐ。

「刑事としては最低だね」

「何だと？」春山の声はしわがれている。まるで喉《のど》に何か詰まっているようだった。

「あんなに簡単に拉致されて、恥ずかしいと思わない？　格闘技の経験はないのか」

「お前、誰だ」

「まだ分からない？」

「誰だ」

春山は明らかに焦っている。それに比して、藤巻は白けた気分になった。本当に分からないとしたら、こいつは大馬鹿者だ。状況がまったく読めていない。自分が何をしたかさえ、理解していないのではないだろうか。本当に、生きていく価値のない人間だ。
会話が苦痛になるのは簡単に予想できるので、今すぐにでも浄化してしまいたかった。
しかしその前に、はっきりさせなければならないことがある。関係者を全て消す前に、
一つでも謎が残ったら、俺は残りの人生を身悶《みもだ》えしながら過ごすことになるだろう。
「聴きたいことがあるんだ」
「お前が何者か名乗らない限り、喋《しゃべ》らない」
藤巻は、呆《あき》れて首を振った。こいつは心底阿呆《あほう》だ。そんなことにこだわってどうな
る？　結局は喋るしかないのだ。違いは、これから痛みを感じるか、感じないかに過ぎ
ない。間抜け。藤巻は右腕を思い切り伸ばして額に突きつけ、再び撃鉄を起こした。そ
の音を聞いて、春山が思い切り椅子に背中を押しつける。
「殺そうと思えばすぐに殺せるんだ。自分が今、どんな状況にあるか、分かってるよ
ね？　銃口が額にくっつきそうなんだけど。この距離だったら、絶対に外さない」
「ふざけるな」反論したが、声は消え入りそうだった。
「そっちこそ、ふざけないで欲しいな」藤巻は銃口をわずかに逸《そ》らし、引き金を引いた。
相当の反動がくるだろうと想像していたが、意外なほど小さく、音も控え目だった。耳
元を銃弾が通り過ぎてから何秒か後、春山が身をすくませる。反応が遅過ぎた。銃弾は、
春山の背後に積み重ねてあったドラム缶の一つに当たり、やけに大きい音を立てたのだ
が、春山は銃声よりもそちらの音に恐怖を覚えたようだった。

春山の足元が濡れる。小便を漏らしたか……やはり最低の人間だ。藤巻は尿が自分の方に流れてくる前に、後ろへ飛びのいた。こんなクズ野郎の尿が少しでも触れたら、生きていけない。そこから体が腐ってしまうだろう。

藤巻は、用意しておいたバケツを持ち上げた。この寒さだ、中の水は凍りつく直前のような冷たさだろう。胸の高さまで持ち上げ、春山の胸めがけて中身をぶちまける。胸を中心に水が四散して全身を濡らし、春山が短い悲鳴を上げた。濡れた髪から水滴が腿《もも》に落ち、口元から垂れた涎《よだれ》が顎《あご》を伝う。

「寒いか？」

返事はない。藤巻は自分の椅子に腰を下ろし、銃を腿の上に置いた。相手が視界を奪われている以上、銃を見せても仕方がない。銃は意外に重く、ただ突きつけて恐怖を味わわせるためには、体力を使いたくなかった。

「今、ここの気温は零度ジャストだ」腕時計の温度計を見る。「水を被《かぶ》ったら、体感温度は零度以下だろうね。その状態でいつまで我慢できる？　体温が三十三度以下になると、心拍数が落ちてくる。三十度になると、幻覚が見えてくるそうだ。二十五度で昏睡《こんすい》、二十度以下になると、ほぼ死ぬ。濡れたままだったら、間違いなく死ぬね。今日は気温も上がらないようだし」

「……何がしたい？」

「決まってる。お前を殺したい」

　春山が口を開きかけ、すぐにきつく閉じてしまった。言葉では俺に勝てない、と気づいたのだろう。仮に両手両足が自由でも、今の俺に勝てるわけがないが。銃は絶対的な力なのだ。

「間違いなく殺す。だけど、いつ殺すかは教えない。一秒後かもしれないし、明日かもしれない。一度解放して、一年後に殺すかもしれない。どうしてもらいたい？　早い方がいい？　それとも、死ぬまでにもう少し充実した人生を送りたい？　家族に別れを言う時間も必要かな」

　春山は依然として黙っていた。語るべき言葉が見つからないに違いない。しかしこれからは、しっかり喋ってもらわなくては困るのだ——俺が真相を知るために。

「聴きたいことがある。だからここまで連れてきた」半分しか見えてない春山の顔を凝視する。「竹山理彩を知っているな」

「それがどうした」

　久しぶりに聞いた言葉。突っ張った言い方だが、心底怯《おび》えているのは分かる。恐怖が、さざ波のようにこちらに伝わってくるのを感じた。

「竹山理彩がお前のところに相談に行った時、どうやって対応した」

「そんなこと、どうしてお前に言わなくちゃいけない？」

「分からないか？」藤巻は溜息《ためいき》をついた。「彼女は大きな勘違いをしていた。許されない勘違いだ。そういう意味では、俺も被害者なんだ」

「……お前、藤巻か？」

本気で言っているのか？　今頃？　藤巻は一瞬戸惑いを覚えた。長浦南署の間抜けな対応が問題になっていることは、藤巻も新聞などで読んで確かめていた。そして藤巻は、当の本人である。騒動の渦中にいる人間だ。当然春山も、昨夜襲われた瞬間から、どういうことなのかは十分理解していると思っていた。本当に、自分が誰に、何の目的で襲われたのか分かっていないとしたら……この男には大脳があるのか？　何の考えもなく、運動機能だけで生きているのではないか？

まさに生きていく価値のない人間だ。

「お前が、竹山理彩から最初に相談を受けた。間違いないな？」

「だったらどうなんだ？」

「お前が彼女を殺したわけだ」

「どういう意味だ？」

「どうして彼女が殺されたと思う？　警察に相談に行くような、馬鹿な女だからだよ。俺を、その辺にうろうろしているような変態野郎と一緒に扱おうとしたからだ」

「被害妄想なんだよ」春山が一転して、訴えかけるような口調になった。「あんたは何もしていない。彼女を遠くから見ていただけだろうが。それをあの女は、ストーカーだと思いこんだ。いい迷惑じゃないか？　あんたにしたら、心外だっただろう」

「その通りだ」

春山の口角がわずかに上がる。自分のペースに巻きこんだ、とでも思っているのだろう。阿呆なのではなく、視界を奪われているせいではないか、と藤巻は思った。五感のうち一つでも遮断されると、人間は急に鈍くなる。

「心外だな。お前みたいなクソ野郎のところへ相談に行かなければ、こんなことにはならなかったのに」

「どういう意味だ？」

「俺を誤解して裏切った女には、生きている価値はないんだよ」

「……そんな理由で殺したのか？」

春山の口調は平板だが、唖然《あぜん》としているのは分かった。しかし藤巻には、春山が理解できないことが理解できなかった。侮辱は、人間にとって最悪の行為である。侮辱されたら、人には復讐《ふくしゅう》する権利が生じる。

「殺すには、それで十分だ」

「あり得ない」

「あんた、それでも刑事なのか？」藤巻は首を捻《ひね》った。「そんなことは常識だと思うけどね」

「お前だけの常識じゃないのか」

「ふざけないで欲しいな」

低い声で脅しつけると、春山がまた唇を閉じた。話し続ける根性もないのか、と藤巻は情けない気持ちになった。

「俺が何をしたっていうんだ」突然、春山が悲鳴のような声を上げた。「何の問題がある？　だいたい、おかしいじゃないか。どうして、竹山理彩を殺した当の本人のお前が、俺をこんな目に遭わせる？」

「お前は彼女を侮辱した」

「彼女を殺したのはお前だ！」

「侮辱は許されない。お前は、彼女を淫売扱《いんばい》いした」

「そんなつもりはない」

「話を聞いたら、そうとしか思えない」

「……何でそんなことを知ってる？」

「お前たちがサボって何もしないうちに、いろいろ調べてみたんだよ」

「盗聴か」吐き捨てるように春山が言った。「あの女の部屋に盗聴器を仕掛けたんだな？　お前はおかしい。変態だ。平気で人を殺すのも当然だな」

「お前のことも、簡単に殺せるよ。虫を殺すのに、大した決意は必要ないからね」

親指と中指を擦《こす》り合わせる。小さな虫を殺すアクション。見えていないはずだが、春山の喉仏《のどぼとけ》が大きく上下するのを見て、藤巻は頬が緩むのを感じた。相手を確実に追い詰めている、という快感が、腹の底から湧き上がってくる。

「もちろん、死ぬ前にきっちり話してもらう。どうして彼女を侮辱した？」

「そんなつもりはない」

「普段から、女だったら誰に対しても、そういうことを話すのか」

「俺は、何も言っていない！」

「だったら、俺が聞いた話は何なんだ？　彼女の勘違いだっていうのか」

「そうなんじゃないか」無責任に言い放つ。「人間、簡単に勘違いするからな」

「だったら、俺がやったことはすべて無駄なわけか」

「そうだよ。特に、今こうやって俺を捕まえていることはな……こんなことをしても、何にもならない。目を覚ませ。な？　ここから出してくれれば、お前のことは黙っている。好きなところへ逃げればいい」

「それはどうも」見えていないのは承知のうえで、藤巻は頭を下げた。何と説得力のない台詞《せりふ》か……論理的に話したことなど、一度もないのかもしれない。「で、俺はどこへ逃げればいい？」

「何だったら、手を貸してもいい。東京でも大阪でも……俺は、海外にも伝《つて》はあるぞ。日本にいなければ、絶対に捕まらない」

「で、逃げてどうすればいい？　死ぬまで大人しく隠れているとか？　そんな金はないんだけど」

「金も都合する。援助するよ」

「お優しいことで……残念だけど」

「何が」春山の頬が引き攣《つ》った。

「認めて反省すれば、すぐに殺してやるつもりだった。その方が、きっと楽だよね。一瞬で終わるから」銃を持ち上げる。そう、頭を一発で撃ち抜いてもいい。確実を期すなら二発か。この銃は小口径だから、それほど威力はない。逆に頭を突き抜けずに銃弾が頭蓋骨《ずがいこつ》の中を跳ね回り、脳を完全に破壊してくれるだろう。稀《まれ》に、そんな状況でも生き延びる人間がいるようだが、二発ぶちこまれたら、まず生きていけない。二発目は、延髄を狙うのも手だ。「反省しないなら、ゆっくり殺す。ここには誰も来ないからな。一日二日かけても、気づかれない。まあ、ゆっくりやろうか」

藤巻は、傍らに置いたコンビニエンスストアの袋から、菓子パンを取り出して立ち上がった。乱暴に袋を破り、春山の口に押しつける。

「何……何だ」春山の声が、パンに押し潰《つぶ》された。

「安心しろ。ただのパンだから」藤巻はさらに強く、パンを押しつけた。春山が口をきつく閉じたので、パンが潰れ、クリームが口の周囲を汚す。「毒も何も入れていない。賞味期限内だし、安心して食ってくれ。飢え死にさせる気はないから」

春山がようやく口を開いた。勢い余って、大きなパンの半分ほどが、口の中に入ってしまう。春山はパンを食いちぎったが、むせて、口の中に入ったかけらを吐き出してしまった。

「お行儀が悪いな」吐き気がするような光景だった。食べ物を粗末にする人間は許せない。残ったパンを強引に口に押しこみ、一歩下がる。手を使えない春山は、またパンをずいぶん落としてしまったが、それでもいくらかは口の中に残ったようだ。咀嚼《そしやく》する様を見ながら、藤巻は一人の人間が動物以下の存在に落ちていくのを哀れに思った。この男はやはり、浄化されねばならない。強い魂を持たず、その場限りの思いつきで生きている。こんな人間には、やはり生きていく資格はないのだ。

「食事はたっぷり用意してある。それと、濡《ぬ》らして悪かったね」

ゆっくり動いていた春山の顎《あご》がぴたりと止まった。この変化についていけないのは間違いない。

「後でタオルを貸すよ。それに、新しい服も必要かな？　こんなところで、低体温症になって死ぬのは馬鹿らしいだろう。あんたを、こんな形で殺しはしない」

「どういう意味だ？」

「いい加減にしてくれ。どうして分かってくれないんだ？」藤巻は溜息《ためいき》をついた。「もっと苦しめて殺すんだよ」

9

藤巻の行方に関する、決定的な情報が入ってきた。

突然大胆になったのか、藤巻は堂々と高速道路を使っており、降りた場所も確認できた。今まで散々隠密《おんみつ》行動を取ってきたあの男にしては注意が足りない感じだが、とにかくこれまで当てがなかった追跡に、少しだけ先行きが見えてきた。同時に、橋詰の嫌な予言が頭の中で繰り返される。「死ぬしかないだろうな」。既に藤巻の計画は最終段階に入っており、成功を確信しているか、あるいは成功してしまったのか。そうだとしたら、もう姿を隠しておく意味はないだろう。逃げ切れないことも分かっているはずだ。

澤村は覆面パトカーのレガシィのパワーに物を言わせて、高速道路を爆走していた。サイレンの音が聞こえなくなるぐらいのエンジン音と風切り音が、耳を苛《さいな》む。そんな中、初美は左耳に携帯電話を強く押しつけ、右耳を手で塞《ふさ》いで大声で話していた。捜査本部から、細かい指示が次々に入ってきている。

会話を終えると、初美が電話で話していた時のままの大声で澤村に話しかけた。

「インターを降りた後の、捜索の指示がありました」

彼女の指示を聞きながら、澤村はもう手遅れかもしれない、と危機感を高めた。藤巻がインターチェンジを降りたのは、真夜中。情報が入った時には、既に五時間ほどが経過していた。ただ、裏道を通ってどこか遠くへ逃げようとしたのではない、と澤村は確信している。逃げるつもりならば、ずっと高速を使うはずだ。あのインターチェンジを降りて、一般道を使って逃げようとしたら、山梨方面へ抜けるしかないが、そのルートはかなり標高の高い部分を通る山道である。昨夜雪が降っていたことを考えると、逃げ道としては適切ではない。

「それと、どうでもいいことかもしれませんけど」

「何だ」

「長浦南署の刑事課から、無線と拳銃《けんじゅう》が一丁消えてます」

「何だって？」澤村は思わず、アクセルに乗せた足から力を抜いた。スピードメーターの針が、ゆるゆると落ちていく。「どうでもよくない。いつの話だ」

「今朝、分かったらしいです」

「何やってるんだ、あの署は」最初に怒りが湧いてきたが、すぐに疑問が頭の中を埋め尽くす。「誰が持ち出したんだ？」

「分かりませんけど……」初美が言葉を濁したが、彼女が何を考えているかは、澤村には簡単に分かった。

「署員なら、誰にも見つからずに出入りできる場所の一つや二つ、知ってるだろうな」

「ええ」

「吉野か」

依然として、あの男からは連絡がない。澤村は自分の行動の迂闊《うかつ》さを自覚して、顔から血が引く思いだった。藤巻の足取りが分かった直後、もう一度彼の携帯電話にメッセージを残しておいたのである。もちろんその頃には、吉野は拳銃と無線を持ち出していたはずだが……彼に動くスペースを与えてしまったのだとすれば、大きなミスだ。キラーパスを出したつもりがとんだミスキックで、待っていたのは敵の選手だった、というようなものである。

このままだと、藤巻と一緒に、吉野も追わなければならなくなる。二人が一緒にいる可能性もあるのだが、それはさらにひどい——絶対に避けられない破滅を生むだろう。

「分かりませんけど、澤村さんはそう思うんですか？」

「あの署のことだから、誰がやってもおかしくないけど」

「向こうは大騒ぎみたいですけどね」

「何を今さら」吐き捨て、アクセルを踏む足に力を入れた。エンジンが咆哮《ほうこう》を上げ、レガシィが一気に加速して、背中がシートに押しつけられる。「心底腐りきってる署だな」

「澤村さんが立て直しに行くんじゃないんですか」

「俺一人頑張ったところで、どうにもならないだろう」

もしかしたら谷口も、初美と同じことを考えていたのかもしれない。腐った人間を叩《たた》き潰し、組織を立ち直らせるために俺を送りこむ……長浦南署に関しては、理彩の一件が表沙汰《おもてざた》になる前からも、様々な問題が噂されていたのだ。この辺で大掃除をして、と考えるのは不思議ではない。だがそれは、自分に対する谷口の買い被《かぶ》りだろうと思う。どんなに腐った組織でも、自分たちを守ろうとする時には強くなるのだ。そういう状況に、自分一人で立ち向かえるはずもない。本当に俺は、来週からあそこで働くのだろうかと考えると、うんざりしてきた。

「何が起きてるんでしょうか」車のスピードが上がるに連れ、初美の声もまた大きくなっていった。

「分からない。そもそも吉野は、どうして藤巻に執着するんだろう。あれはちょっと極端過ぎるし、理解できない」

「確かに謎ですよね……自分のいる刑事課で起きた不始末だから、責任を取りたいという気持ちは分からないでもないですけど。もしかしたら、点数稼ぎかもしれませんよね。自分はすぐに一課に異動して、南署とは関係なくなるんだから」

「そんなことを考える奴は、単なる世間知らずの阿呆《あほ》だぜ。奴がやっているのは、ある意味先輩たちの粗探しだぜ。そのために、命令された仕事も放り出して動く？　あり得ない」

「澤村さんだって、それぐらいやりそうじゃないですか」

反論しかけ、澤村は口を閉ざした。確かに、自分ならやるかもしれない。ただ俺には、吉野にはないものがある。経験だ。そして攻めるからには、必ず勝ちに行く。自爆したら、最高の刑事になどなれないのだから。

それとも吉野は、独自に勝機を摑《つか》んでいるのか？　俺たちが知らない事実を知って、それでこの一件全体を解決できるとでも思っている？　駆け出しの刑事にそんなことができるとは思えないが……。

「吉野と竹山理彩は、何か関係あるんじゃないですか？」

「どういう意味だ？」

「春山さんたちが竹山理彩を追い出した後、密《ひそ》かに相談に乗っていたとか。それなら、同情もするだろうし、責任を感じていてもおかしくないですよ」

「吉野がそういうことをした、という記録はない」

「署の外でやったことまでは、フォローできないじゃないですか」

それはもっともだ。吉野は真っ直ぐで突っ走りやすい人間だから、つい同情して理彩に肩入れしても、おかしくなさそうだ。だが本当にそうだったかどうかは、吉野本人に聴くしかない。

「仮に竹山理彩に同情していたとしても、どうして自分一人で藤巻を追いかけなければいけないんだ？　それこそ無駄だろう」

「そうですよねえ」初美が顎に人差し指を当てる。「何だか、こういうことが起きる前からの、個人的な知り合いだったっていう感じがしませんか？　それなら、むきになるのも分かります。個人的な復讐《ふくしゅう》とか」

「だけど、接点がないだろう」

「ない……ですね。今のところは」初美が渋々同意する。

あれこれ考えていても仕方がない、と澤村は気持ちを立て直した。まずは藤巻を見つけること。そうすれば全てが解決するはずだ。

そう考えながらも、澤村の意識は、一年前の事件に飛んでしまう。自分のことを何一つ語らず、新潟の海に消えた女。もしかしたら今回の一件は、あの事件の続きなのかもしれない……新潟つながりということで。

あり得ないな、と自分の考えをすぐに打ち消す。まったく関係のない事件を無理にくっつけようとするのは、橋詰並みの愚かな行為である。そんなことを考えている暇があったら、もっと現実に目を向けるべきだ。

現実――藤巻を捕まえること。今は、それ以外の問題を考えるべきではない。

インターチェンジを降り、澤村は車を国道の路肩に寄せて停めた。ハンドルの上で地図を広げ、自分たちの捜索担当箇所を確認する。

広過ぎる。この辺りは基本的に何もない街で、周囲に見えるのは山ばかりだった。この県の西部は、緩やかに広がる丘陵地帯である。時折仕事でここまで来ると、長浦市などとの違いに驚かされる。車で高速道路を三十分走れば、国際港でもある長浦の賑《にぎ》わいに突っこむことになるのだが、この辺は「賑やかさ」とは一切無縁だった。近くの低い山の上の方は白くなっており、今朝までの雪の冷たさを意識させる。

澤村たちが車を停めた国道は、インターチェンジの先ですぐにT字路になり、右へ折れる方が国道の続きになっている。左側は県道で、その先で別の国道のバイパスにつながる。澤村たちは、右へ曲がる国道沿いを捜索することになっていた。住宅地図で見る限り、道路脇、山の谷間にぽつぽつと民家が散らばっているだけだ。他には小さな工場があるぐらいか。二キロほど行けば私鉄の駅があり、その周辺はそこそこ賑わっているはずだが、藤巻がそちらへ向かうとは思えない。道路は網のように広がっている地域だから、細い道路に入って、どこかへ逃げたか……。

「どうしますか?」

「取り敢《あ》えず、目撃者を捜すしかないな」一軒一軒ドアをノックするか……しかし、藤巻がこの辺りを通過したとしても、午前三時過ぎだろう。おそらく車もほとんど通らないほど、静まり返っていたのではないか。一般民家を煩わせても、何か手がかりが得られるとは思えない。灯台のように一晩中街を照らしだしている場所といえば……コンビニだ。澤村は車を出すと同時に、「どこかにコンビニがあったら教えてくれ」と初美に告げる。

「分かりました」初美はすぐに澤村の狙いを読んだようだった。「でも、深夜勤務の人は、もう交代しているかもしれません」

「それは分かっている」

澤村はハンドルをきつく握り締めた。とにかく今は、絨毯《じゅうたん》爆撃のように話を聞いていくしかない。もしも一つでも手がかりがあれば、それをきっかけにしてさらに手を伸ばし——気が遠くなるような作業だが、自分は一人ではない。谷口は、この付近の捜索に百人からの捜査員を投入している。一課で、他に事件を抱えていない班の刑事、地元の所轄署、機動捜査隊、さらに自動車警ら隊にまで応援を頼んでいた。インターチェンジを基点に、捜索の輪はじわじわと広がっている。水面に落とした一滴の絵の具が広がるように。ただし、時間が経つと色が薄くなってしまう。

国道を真っ直ぐ走り、T字路の交差点に行き着くと、パトカーが二台停まっていた。制服警官が二人、パトカーの前に立って周囲に警戒の目を光らせている。澤村はクラクションを鳴らして合図したが、制服警官の一人が、すぐに両手を組み合わせてバツ印を作った。手がかりなし、か。

右折し、大きく右へカーブする道路に入る。左手には住宅街が広がっているが、右手は緩やかな丘陵地帯の緑だ。採石場を通り過ぎ、しばらく私鉄の線路と平行しながら走る。この辺りの森の中に紛れこんでいたら……澤村は一年前の、雪の中の追跡行を思い出していた。スノーシューを履いていても、膝《ひざ》まで埋もれそうな雪の中での追跡。あまりにも原始的なやり方であり、あそこではとうとう追いつけなかった。寒さで体ががちがちに固まり、夜が明けるまで生きていられるかどうか、危うく感じたものだ。もしも藤巻が森の中に逃げこんでいたとしたら、あの時の再現になってしまう。

民家は消え、しばらく森の中、田園地帯を走るようになった。なるべくスピードを出さないように気をつけながら車を進めるうちに、初美が「コンビニです」と声を上げる。見ると、左側、一軒家が何軒か固まっている辺りに、コンビニエンスストアの看板が見えた。他に何もない場所なので、まさに灯台のような存在に思えてくる。

駐車場に車を入れ、店内に客がいないことを確認する。今は、特に客が少ない時間帯なのだろう。女性店員――年齢からして大学生ぐらいだろうか――がいるのを見て、初美に目配《めくば》せし、その場を任せることにする。

店に入ると、初美がレジに突進し、すぐに話を始めた。勢いが良過ぎて、アルバイトの店員は思い切り引き、すぐに自分では対応できないと気づいたようだった。

「あの、オーナーを呼んでもいいですか」

「もちろん」言ってから、初美が顔をしかめる。「オーナーは、どこに住んでいるんですか？」

「このすぐ裏です」

「だったら、呼ぶ必要はありません。私たちが行きますから」電話で事情を伝える時間ももったいない。初美は、家の場所を正確に聴き出した。

呆気《あっけ》に取られたアルバイトを残し、澤村たちは店を出た。駐車場の脇にある細い道を通り、店のすぐ裏にある二階建ての家に向かう。まだ新しい一戸建てで、庭に面した一階のシャッターは閉まっていた。

「何ですかね……出かけてるのかな」言いながら、初美がインタフォンのボタンを乱打した。しばらく待って、また乱打。いきなりドアが開き、ジャージ姿の大柄な男が姿を現した。五十歳ぐらいだろうか。短く刈り上げた髪は、半ば白くなっていた。

「何だい、いったい」初美が名乗っても状況を把握できていない様子で、目を細めたままだった。「寝たばかりなんだよ、こっちは」

「すみません。夜勤ですか？」初美が下手に出て訊《たず》ねる。

「しょうがないんだよ。バイトが急に休みやがって」

「じゃあ、昨夜は、一晩中お店にいたんですね？」

「十一時から七時ぐらいまで。急に徹夜になっちまって、ひどい話だよ」

初美が澤村の顔を見た。澤村はうなずき、話を引き取った。

「この男なんですが、来ませんでしたか？」

手帳から藤巻の写真を取り出し、見せた。オーナーは不機嫌そうに腕組みしたまま、目を細めて写真を凝視する。やがて「いや」と短く否定した。

「本当に？　この辺だと、夜中には客も少ないでしょう」

「そりゃあ少ないけど、一人二人ってことはないよ。客の顔なんか、一々覚えてないから」

「常連も多いんでしょう？」

「まあね」

「そうじゃない客が来たら、目立ちませんか？」

「目立つはずだよ。それでも覚えてないんだから、来てないんじゃないの？」

澤村は、写真に手を置いた。額から上を隠すようにして、もう一度オーナーに見せる。

「これだとどうですか？　帽子を被《かぶ》っていると、かなり印象が変わりますよ」

「ああ……うん……」オーナーの態度が微妙に変わった。

「眼鏡はどうですか。この写真で、帽子を被って眼鏡をしている顔をイメージして下さい」藤巻の写真は、運転免許証のものだが、眼鏡をかけていない。しかし実際には「運転時は眼鏡使用のこと」と制限がある。車を運転してきてコンビニエンスストアに立ち寄れば、一々眼鏡を外さないはずだ。本人も、それを変装のつもりだと思っていた可能性がある。

「それだと……見たかな」

オーナーが手を伸ばしたので、澤村は写真を渡してやった。オーナーは、額に引っかけていた眼鏡をかけると、もう一度写真に視線を落とした。

「来たね。間違いない」

「何時頃ですか?」

「午前四時ぐらいだったかな? はっきりしないけど」

「一人でしたか」澤村は意気ごんで訊ねた。

「一人」

「車は見ましたか?」

「いや、そこまでは」オーナーが、無精髭《ぶしょうひげ》の生えた顎《あご》を撫《な》でた。「レジの所にいると、駐車場は見えにくいんで。一々気にしてもいないし」

「何を買っていきました?」

「何だったかな……食べ物だったと思うけど。パンやら、握り飯やら。飲み物も」

籠城《ろうじょう》の準備ではないか、と澤村は思った。食料を用意して、何かしようとしている…

……おそらく、春山を拉致《らち》して。今までのやり方とは違う、と澤村は不審に思った。これまでは、比較的短時間に殺している。理彩に関しては、拉致した場所と殺害場所は別と見られている――理彩は友人と会った場所近くで拉致されたようだ――が、どこかに立て籠《こも》ったわけではない。春山だけ、どうして別なのだ？　あるいは春山は既に殺されているのかもしれない。現在、藤巻は一人。拳銃《けんじゅう》を抱えたまま、警察がやってくるのを待っているかもしれない。

破滅するために。

自殺にも、いろいろなやり方がある。その中には、相手に自分を殺させる、という方法も含まれるはずだ。撃ち合う振りをして、実際には自分を撃たせる――しかし、どうしてそんなに面倒な真似をする必要がある？　あるいは藤巻は、自分の手で自分の人生を終わらせることを恐れているのかもしれない。死にたいのに、死ねない。

橋詰流に言えば、「興味深い」だ。しかし澤村は、藤巻を死なせるつもりはなかった。必ず生け捕りにして、真相を吐かせる。あの男の口から出る内容が、どれほど理解不能な物であっても、直接話を聞きたかった。

何より、楽に死なせたくない。

このままいけば、あの男に待っているのは死刑だ。そして死刑が執行されるまでの長い時間、じっくりと苦しむのも罰のうちである。楽に、素早く人生を終わらせるわけにはいかない。

藤巻がコンビニエンスストアに立ち寄ったらしい、という情報を流した直後、別の情報が入ってきた。コンビニエンスストアから五キロほど北で、藤巻の車が目撃されていた、というのである。目撃者は道路工事の現場で誘導をしていた人。その近くを捜索していた刑事が、「道路工事中」の看板を見つけ——工事は夜間だけのようだった——施工会社に連絡を取って、話を聴くことに成功したという。

その目撃情報では、藤巻だけでなく、春山の姿も確認されていた——後部座席で男が一人、寝ていたという話だった。それを聞いた瞬間、澤村はどうして早く一一〇番通報してくれなかったのか、と怒りが湧き上がるのを感じた。春山は「寝ていた」が、助手席を抱き抱えるような不自然な格好で、後部座席に座っていたのだという。明らかに、助手席のシートに縛りつけられていたのだ。

しかし、工事現場で停められたのは一分ほどだったので、誘導員も状況を正確には把握できていなかったようだ。時刻は、午前四時半頃。コンビニエンスストアに立ち寄った時間を考えると、やはり藤巻が午前四時台にこの付近にいたのは間違いない。

「問題は、その後ですよね」

初美が腕時計を見ながら言った。目撃されてからも、既に五時間以上が経過している。それだけの時間があれば、どこへでも行けるのだが……澤村は、やはり藤巻がこの近くで隠れている、という予想を強くしていた。一瞬、橋詰に電話してこの状況を説明したい、という欲求に駆られる。あの男なら、藤巻の行動に関して、理詰めの説明を与えてくれるかもしれない。しかし、不快な気分にさせられることと天秤《てんびん》にかけると、電話するのは躊躇《ためら》われた。だいたい、彼の適当な分析を信じて、見当違いの方向を探すようなことになったら、時間が無駄になる。

「この辺りだと、隠れる場所はいくらでもありそうだな」

「そうですね」初美が助手席でばさばさと地図を広げた。「山の中に入られたら、まず分かりませんよ」

「そこをどうやって捜すか、だ」顎を撫でる。少し伸びた無精髭は、自分の怠慢を証明するようだった。考えろ……クソ、考えろ。藤巻に辿《たど》りつく方法はあるはずだ。

電話が鳴った。ワイシャツのポケットから引っ張り出して見ると、記憶にない電話番号が浮かんでいる。ハンドルを握ったまま話すわけにもいかず――この辺の道路は結構カーブが多く、運転には気を遣う――澤村は初美に電話を渡した。

「出てくれ。誰だか分からない」

電話を受け取った初美が、一つ咳払《せきばら》いしてから耳に押し当てた。

「澤村の携帯です……すみません、今運転中で。ああ、久保さんですか。昨日はどうもありがとうございました」

理彩の映画サークルの仲間か。澤村は少し緊張が抜けるのを感じた。この時点では、久保のもたらしてくれる情報に、それほど重要な意味があるとは思えない。

「ええ、はい、例の名簿ですね？　そうなんですか……」初美が送話口を手で押さえ、早口で澤村に向かって言った。「昨夜、リストを送ったそうなんですが」

「見てない。パソコンを見ている暇がなかったんだ」

「私のスマートフォンに送り直してもらいましょうか？　普通のファイルだったら、見られますよ」

「そうしてくれ」

初美が電話に戻った。自分のメールアドレスを告げ、電話を切る。澤村が手を伸ばすと、掌《てのひら》に携帯電話を落とした。手探りでワイシャツのポケットに戻している間に、初美のスマートフォンが鳴った。助手席でリストを確認しながら、初美が「多いですね」と言った。

「何人ぐらいいるんだ？」

「百人以上」

「そんなに？」

「幽霊部員みたいな人もいるでしょうからね。緩いつながりだと思い……ます」

「どうした」初美が不自然に黙りこんだので、澤村は思わず訊《たず》ねた。

「リストに……」

名前を聞いて、澤村は最初衝撃を受け、次いで頭が混乱するのを意識した。何故？

しかしこの事実は、ある推測を一気に前進させた。一つの謎に、解答が与えられた気がする。もちろん、本人に確認しないと確証は得られないのだが……。

「どうします？」

「今はどうしようもない。とにかく早く、藤巻を見つけないと」

「吉野が、私たちより先に見つけ出す可能性はあるんでしょうか」

「ないとは言えない」澤村は拳《こぶし》を口に押し当てた。「人間、必死になると、普段以上の力が出るからな」

「そういうの、橋詰さんはどう分析するんでしょうね」

「火事場の馬鹿力には、何かきちんとした根拠があるっていう話を聞いたことがあるけど……クソ、冗談じゃないぞ」破滅の臭いが、鼻先で漂ったような気がした。

『至急、至急』無線が怒鳴りだした。かなり興奮している。『緊急指令から各局、藤巻に関して重大情報あり。検索中のPCは、至急、長浦中央署捜査本部に確認のこと。至急、繰り返す……』

無線が黙りこむと、車内も嫌な沈黙に覆われた。

「何ですかね」初美が心配そうに訊ねる。

「分からない。確認してくれないか？……無線じゃなくて電話にしてくれ」

長浦南署からなくなった無線……誰がそれを持っているのか。相手は耳を澄ませ、こちらの動きを把握しているはずだ。自分たちだけが電話を使っても意味はないかもしれないが、用心に越したことはない。

「つながりません」初美が電話から耳を話して告げた。

「集中してるんだろう。かけ続けてくれ」

初美が何度かトライしている間に、澤村は車をゆっくり走らせながら周囲を確認した。藤巻の車が路肩に停まっていないか……自分たちが捜索を任された場所を何度か往復しているせいで、この辺りの光景はすっかり頭に入ってしまった。今は、私鉄の駅前の、ささやかな繁華街の中を走っている。

「通じました」

初美の言葉に、澤村は神経を尖《とが》らせた。ハンドルを握る手に力が入る。

「永沢です。無線を聞きました……はい。え？　藤巻の別宅？」

何だ、それは。澤村は訳が分からず、思わず初美の顔を見た。

「藤巻が、土地を購入していたんですね？　ええ、廃屋つきで……何なんですか？　山の中の一軒家？　住所をお願いします」しばらく無言で、手帳に住所を書きつけていた。ペンの動きが止まった後も、相手の言葉に無言で耳を傾けている。「分かりました。ここから近いと思います」

「連絡は電話で取り合うように言ってくれ」

澤村は叫んだ。その指示を電話に向かって告げると、初美は電話を切り、「車、停めて下さい」と低い声で言った。澤村は路肩に車を寄せ、不動産屋の軒先で停止した。中から、不動産屋の人間が不審そうに覗《のぞ》きこんでいるのに気づいたが、無視して初美に訊ねる。

「土地を購入って、どういう意味なんだ？」

「分かりません。藤巻は、一年ほど前に、この近くの土地と建物を購入しているそうです」

「近くって、どの辺りだ？」

「そうですね……」初美がまた地図を広げ、手帳に書きつけた住所とつき合わせた。「山の中ですから、はっきりした場所は分からないんですけど、ナビします。入る道を間違えなければ、それほど難しくないそうですから。このまま運転してもらえますか？」

「それはいいけど、まずどういうことなのか説明してくれ」ハンドルを握る手に汗が滲《にじ》むのを感じた。左手を伸ばして、エアコンのスイッチを切る。

「今言ったことしか分かりません」初美が苛立《いらだ》たしげな口調で答える。

「どういう土地……建物なんだ？」

「山の中の一軒家、としか分からないんです。一軒家というか、土地を売り出していたんですね。現場には、元の持ち主が使っていた一軒家が、そのまま残っているだけです。不動産屋からの情報なんですが」

不動産屋という言葉に反応して、澤村は店内をちらりと見た。胡散臭《うさんくさ》そうにこちらを見る視線は、さらに強くなっている。視線を逸《そ》らして車を出し、真っ直ぐ前を見据えて運転を続ける。

「廃屋なんだな」

「そのようですね」

「アジトとしてはいいんじゃないか」言いながら、一年前、というのが引っかかった。そんなに早くから犯行の準備をしていたはずはなく――そもそも理彩と出会っていたのだろうか――何のための小屋なのか、理解に苦しむ。

「ええ」

「急ごう」

アクセルを床まで踏みこむ。四輪がアスファルトをがっちり捉《とら》え、レガシィは街中では非常識なスピードで加速を始めた。助手席の初美が、緊張した口調で告げる。

「さっきのコンビニエンスストアのちょっと手前で、左折する場所があります。そこを入って下さい。後は、山道を一本ですから……応援を待たないでいいんですか?」

「そんな時間はない」

「私たち、丸腰ですよ」

「分かってる」

銃を持っているかもしれない相手に対して丸腰……勇気をかきたてられる状況ではない。しかし澤村の気持ちは折れていなかった。そんなことを考えてはいけないのだが、自分はこういう時のために生きているのだと思う。

10

そろそろだ。

聞くべきことはもう聞いた。全ては裏づけられ、この男にもう用はない。

藤巻は、乾いたタオルで春山の体を丁寧に拭《ふ》いた。服の湿り気はどうしようもないが、むき出しになっている顔や手首からは、水滴は消えた。

「何だ?」春山が不安気に訊ねた。

「濡《ぬ》れたままだと風邪を引くからね。どうだ?」

「いや……」

答えようがないだろう。藤巻は、ナイロン製のパーカーを、春山の上体にかけた。

「これで少しは、温かいんじゃないかな」

無言。口元がひくつき、乾いた唇が横に引っ張られた。まだ、何が起きるか分かっていないらしい。だとしたら、こいつは本当に間抜けだ。

「反省してくれたかな?」

「分からん」春山が馬鹿正直に答えた。

「どうして反省しない?」

「そもそも、あんたがこういうことをしている理由が分からない。あの女を愛してたんんだ」

じゃないのか」

「それとこれとは関係ない
「俺には分からん。理解できない」春山が首を振った。

「あんたのように、何も考えていない人間には理解できないだろうね。世の中は複雑なんだ」

「複雑なのは、お前の心の中だろうが」

「そうかもしれない。俺はいつでも、いろいろ考えている」

別に、人に知って欲しくはないが——いや、絶対に知られたくない。誰かに心を覗かれるなど、まっぴらだ。

ふと、湯沢で邂逅《かいこう》したアフロヘアの警察官を思い出す。あの男はいったい、何だったのだろう……こちらの心の底まで見透かそうとする、あの嫌な目つき。あの時始末しておいて——死んだかどうかは分からないが——正解だった。あんな人間の取り調べは受けたくない。

ポリタンクを取り上げた。明らかに朝方よりぐったりしている春山の顔の横まで持ち上げ、そっと振ってやる。かすかにガソリンが揺れる音は、間違いなく春山の耳にも入ったはずだ。

「何だか分かるかな？」

返事がない。藤巻はキャップを外し、ポリタンクを春山の鼻先にまで持っていった。

春山が咳きこみ、激しく体を震《せ》わせる。藤巻はポリタンクを遠ざけ、「ちょっと息を止めていた方がいいな」と忠告した。そのままタンクを春山の頭の上まで持って行き、ガソリンを細く垂らしていく。髪が濡れ、やがて顔の下半分もガソリンに塗《まみ》れる。そこから垂れたガソリンが、パーカーの薄い水色を濃い青色に変えた。斑《まだら》に……これでは駄目だ。全体が濃い青に変わるようにしないと、一気に燃え上がらない。

春山が悲鳴をあげ、また咳きこむ。全身からガソリンの臭いが漂っているのは、耐え難いだろう。まあ、そういうのももう少しの辛抱だ。お前は間もなく死ぬ。

気化したガソリンの臭いが、強烈に藤巻の鼻を刺激する。少しだけ離れ、ライターを手にした。気化したガソリンが充満した状況では、この部屋全体に一気に火が回るかもしれないが、逃げ出す自信はある。ようやく状況が把握できたようで、春山が震える声で、「やめろ……」と懇願した。

「火はいいよね」藤巻は目を細めて、春山の無様な姿を凝視しながら言った。「子どもの頃、キャンプが好きでね。テントに泊まることじゃなくて、キャンプファイヤーが好きだったんだ。焚《た》き火でもいいんだけど、俺は東京のマンション育ちでね。焚き火できるような場所なんかなかったから、たまにキャンプに行くと、キャンプファイヤーが本当に楽しみだった。火が高く燃え上がってね……綺麗《きれい》なんだよ。汚い物が全部清められる感じがする」

「お前は……！」春山が叫んだ。体を揺らして、何とか縛《いまし》めから逃れようとするが、大きくバランスを崩して、横倒しになってしまう。馬鹿な奴だ。こんな風になったら、もう絶対に逃げられない。

藤巻は、残ったガソリンを注ぎかけた。全身に油が回るように。どこへ火を点《つ》けても、一瞬で燃え上がるように。

少しだけ、残念だった。この小屋は一年前に手に入れて、自分で手入れするつもりだった。誰にも邪魔されない、自分だけの隠れ家が必要だったのだ。常に予期せぬトラブルと向き合う仕事にはうんざりしていたから。燃えてしまったら、もうどうしようもないだろう。しかし、こうやって役にたつのだから、よしとしなければ。

三歩離れて、もう一度ライターを手にする。左手をズボンのポケットに突っこみ、予備のライターの存在を確かめた。バックアップ。何をするにも、それがまず基本だ。バックアップなしで計画を実行するなど、愚かの極みである。

「何か、言うことは？」

「助けてくれ……」声は弱々しく消えた。

「それは駄目だ。他には？」

「許してくれ……」

「残念だな」藤巻はゆっくり首を振った。「もう少し、オリジナリティのある命乞《いのちご》いを聞きたいんだけど」

「許して……」

「終わり」藤巻はぴしゃりと言った。「この辺が限界だね。じゃ、さようなら」

逃げ出す心の準備を整えた後、ライターに着火しようとした。点かない。クソ、戦場でも嵐の中でも、絶対に消えないとかいう売り文句はどうしたんだ。藤巻はポケットから予備のライターを取り出し、そちらを着火した。綺麗に炎が上がる。予想していたほど、ガソリンは部屋に充満していないらしい。これなら十分、逃げる余地があるだろう……とにかく、バックアップを用意しておいて正解だった。顔の高さに持ち上げ、炎越しに春山の姿を見る。椅子に縛られたまま横倒しになって、がたがたと身を震わせているが、どうしようもない。

ふと、異音が聞こえた。ここはぼろぼろの廃屋で、隙間からは時々気まぐれな風が吹きこみ、笛のような音が鳴っている。時折、木の枝が風で擦《こす》れ合う音も混じる。しかし今聞こえたのは、そういう聞き慣れたものではない、別の音だった。枯れ枝を踏むような……誰か近づいている？

藤巻は、ゆっくりとライターの蓋《ふた》を閉めた。炎が消え、春山の命が少しだけ先に延びる。面倒臭い話だが、最後の瞬間を誰かに邪魔されたくはなかった。

春山に視線を投げたまま、ゆっくりと後ずさる。

春山を拉致《らち》しておいたのは、元々リビングルームとして使われていた部屋のようだ。不動産屋の説明では、人が住まなくなってもう十年以上も経っているそうだが、まさに十年分の埃《ほこり》が溜《た》まっている。元々の持ち主は、半分自力でログハウス風の家を建てたつもりのようだが、素人のやることとであり、工事は不十分だったようだ。容赦なく風が吹きこんでくるせいで、砂や土埃が部屋の四隅に固まっている。こんな部屋に長時間いられたことが信じられなかった。自分がいる場所には、塵《ちり》一つ落ちていて欲しくないのに。一瞬、惜しくなった。この小屋を整備し直して、居心地のいい自分だけの居場所にしようという夢は、これで消える。

きちんと閉まらないドアを何とか閉じ、玄関に向かう廊下に出る。その瞬間、玄関のドアが無造作に開いた。藤巻は反射的に背中に手を回し、ベルトに挟んでおいた銃を抜き取った。目の前にいるのは、男と女の二人……男は自分と同年代だろうか。ジーンズにブーツ、革ジャケットという格好で、目つきが鋭い。一方女の方は、三十歳ぐらいか。こちらはグレーのスーツにダウンジャケット姿。拳銃《けんじゅう》を見て、大きく目を見開いている。

「諦《あきら》めろ、藤巻」男が口を開いた。

「警察か?」

「そうだ。春山も一緒だな? もう逃げられない。これ以上罪を犯すな」

「オリジナリティのない台詞《せりふ》だね」拳銃を突きつけると、男の動きが止まった。

「春山は無事か?」

「ショック死していなければ」

「奴に何をした?」

「言う必要はないね。下がってもらえる?」

言い切ると同時に、藤巻は一瞬も躊躇《ためら》わずに引き金を絞った。直後、男が何かに弾《はじ》き飛ばされたように体を翻す。だが何とか踏み止《とど》まると、女を庇《かば》うようにその前に立ちはだかった。左の二の腕を右手で押さえている。指の隙間から、細く血が溢《あふ》れ出ていた。

「要求は何だ」平然とした顔つきで男が言った。

「要求？　あんたに、ここから出て行ってもらうことだけだね」

「それはできない」

「だったら、殺すまでだけど」藤巻はもう一度銃を構え直し、男の胸に狙いをつけた。胸を狙えば、銃口が多少跳ね上がっても、ちょうど頭に当たるぐらいにはなるだろう。

男が一瞬後ろを振り向き、女と目配《めくば》せし合った。女が激しく首を振る。うなずき返した男が、藤巻の目を真っ直ぐ見据えてきた。

「県警捜査一課の澤村だ」

「それはどうも」こいつも粛清リストに加えなければならないのか？　リストの長い列……また仕事が増える。簡単には終わらせてくれないものだ。

「あんたも、言いたいことがあるんじゃないか？」澤村が抑えた口調で言った。

「特にないけど」

「吐き出したいことがあるなら、俺が聞く」

「俺を何だと思ってるんだ？　不満を抱えた子どもか？」

澤村の唇が小さく動いた。何を言ったのかは、藤巻には分からない。

「とにかく、出て行ってもらおうか。この小屋には、発火装置もしかけてあるんだ。湯沢で使ったのと同じようなものがね……全員が一瞬で黒こげだよ」

「俺たちが出たら、春山を殺すつもりだろう」

「どうするかな」空いた左手で、藤巻は顎《あご》を撫《な》でた。ここではできない。儀式に邪魔が入るのは我慢できない。できれば日と場所を改めてやり直したいところだ。そう、このまま春山を火だるまにしても、邪魔が入る可能性がある。中途半端な状況で放り出したくはなかった。

ここを出なければ。出て、やり直す。そのための方法は絶対にあるはずだが、考える時間が欲しかった。十分な時間が。

「三十分だけ、貰《もら》おうかな」

「どういうことだ？」澤村が顔をしかめる。

「俺にも考える時間がいるんだ。三十分経って俺が何も言わなければ、逮捕でも射殺でも好きにすればいい。とにかく、ここから出ろ」

藤巻は銃口を澤村に向けたまま、ドアに向けて後ずさった。手探りでドアノブを摑《つか》み、ゆっくりと引き開けて、ガソリンの臭いが充満した部屋に戻る。ドアを閉めてしっかり施錠し、一息ついた。

この小屋も安全ではない。隙間だらけで、外から狙い撃ちもできるかもしれない。だが、その時はその時だ。今は、春山を使って生き延びる方法を考えよう。

殺すべき人間が人質になる、という状況は考えてもいなかったが。

11

澤村は左腕の痛みに耐えながら、ドアに突進した。右手でドアノブを引っ張ってみたが、しっかり鍵《かぎ》がかかっていてびくともしない。小屋全体はぼろぼろなのだが、肝心なドアはやけに頑丈だった。もしかしたら、藤巻が補修したのかもしれない。

ドアノブから手を離した瞬間、左手の壁から爆発したような音が響き、木屑《きくず》が飛び散った。思わず首をすくめ、慌てて後ろに下がる。

「出よう」初美に声をかけ、小屋の外に撤収した。

二人は、車を停めた山道のところまで引き下がった。初美が助手席に滑りこみ、無線で状況を報告する。比較的冷静な彼女にしては珍しく、話が前後して混乱している。澤村は車のボディにもたれかかり、目の前の山荘を眺めた。どうやら素人が手作りで建てたログハウスのようで、何となく全体が歪《ゆが》んでいる感じがする。

自分が置かれた状況を、再確認した。ここは、国道から細い山道を五分ほど上がってきた場所――途中から舗装がなくなった――で、行き止まりがぽっかりと空いた広場のようになっている。小屋は、その真ん中にあった。平屋だがそれなりに広さはあり、三角屋根に暖炉用の煙突が、デザイン上のアクセントになっている。元々えんじ色か何かに塗られていたらしい屋根の塗装はほとんど剝《は》がれ、灰色の地がむき出しになっていた。

内部の様子を思い出す。玄関を入ってすぐの場所が、横に広いダイニングキッチンだった。右側の壁に、木材が大量に積み重ねてあったのを覚えている。暖炉で使う物だろう。床一面には埃が積もり、一歩足を踏み入れると、くしゃみが出そうなほどの量が舞い上がった。ドアの向こうがおそらくリビングルーム……春山はそこに幽閉されているのだろう。

無線での報告を終えた初美が、車から飛び出してきた。

「何してるんですか！　中に入って下さい！」と蒼《あお》い顔で叫ぶ。

「どうして」

「狙われます。車の中の方が安全です」

「距離を考えろ。これだけ離れていたら、俺だって外すかもしれない」

「だけど……」初美が唇を嚙《か》む。

彼女の様子を見て、澤村は意地になるのをやめた。腕の怪我も治療しなくてはならない。

「救急キットがあるな」

初美がすぐに車の後ろに回りこみ、トランクを開けた。救急箱を持ち出して助手席に乗りこみ、澤村に服を脱ぐように命じた。

「こんな狭い場所じゃ無理だ」澤村は無理に体を捻《ひね》って革ジャケットだけを脱ぎ——死

ぬほどの痛みが腕に走った――ワイシャツをめくり上げた。肘《ひじ》の上十センチほどのところに銃創があるが、既に出血は止まっている。どうやら、奇跡的にかすっただけらしい。痛みだけなら、何とか我慢できる。「これなら、放っておいても大丈夫だ」

「止血しなくていいんですか？」

「もう止まってるよ」

それでも初美が心配そうにしているので、彼女に手当を任せた。大きな絆創膏《ばんそうこう》を貼り、簡単にテーピングを施すだけ。きつ過ぎて血行に影響が出そうだったが、心配させないためにもそれでよしとする。

「焼き殺すつもりでしょうか」

「たぶん、な」鼻を刺したガソリンの臭いを思い出す。あのまま引き下がるべきではなかった。しかし向こうは銃を持っているのに対して、こちらは丸腰である。突入すれば、むざむざ殺されに行くようなものだ。応援の到着を待たなければ……自分は無茶をする人間だと分かっているが、自分が死ぬことで作戦の遂行ができなくなるなら、待つことにも耐えよう。

澤村は痛む左腕を上げ、腕時計を見た。遅い……初美が無線で連絡を取ってから五分後、最初の応援がやっと到着する。所轄のパトカーから、制服警官が二人飛び出して来た。二人とも卒配されたばかりのようで、まだ子どものような顔である。澤村に向かって敬礼する顔は、完全に蒼褪《あおざ》めて引き攣《つ》っていた。この二人を巻きこむことはできない。

たが。

「大丈夫だ」澤村は二人に声をかけた。何が大丈夫なのかは自分でも分かっていなかっ

「藤巻、何だか子どもっぽいですね」初美がぽつりと言った。

「ああ」三十代後半の男にしては、確かに喋《しゃべ》り方が幼かった。橋詰なら、この状況をどう分析するだろう。精神的に未熟、という程度の話しかできないなら、あの男には存在価値がない。ぶん殴ってやる。

五分経過……応援は十人に増えていた。管理職がいないので、仕方なく澤村はその場の指揮を執ることにした。誰かが現れれば――谷口や溝渕もこちらへ向かっている――指揮を交替すればいい。

「声はかけなくていいんですか」近くにいた捜査一課の若い刑事、内村が訊《たず》ねた。

「下手に刺激しない方がいい。それより、偵察してきてくれないか」

内村の顔から血の気が引く。澤村は、できるだけ落ち着いた口調で声をかけた。

「無理はしなくていい。小屋の周囲がどうなっているか、外から確認するだけで十分だから。何とか突入できる場所とタイミングを探るんだ」近くの制服警官に声をかけ、内村に同行させることにする。やはり、丸腰のまま送り出すわけにはいかない。ついでに澤村は、自分のデジカメを貸してやった。口頭での報告よりも、一枚の写真の方が説得力がある。

内村が、空き地の端の方へ走って行く。木立の中に隠れるようにして、小走りに小屋

の横の方へ向かった。無事でいてくれと祈りながら、澤村は右手で左腕の傷を押さえた。興奮のせいか、痛みは感じられない。この現場を出たら、ひどく痛み出すかもしれないが。

五分ほどして、内村が反対側の木立の中に姿を現したのでほっとする。澤村のところへ駆け寄ると、顔を紅潮させながらデジカメを取り出した。

「裏口はありません」

「そうか」

内村が撮影した写真を確かめていく。彼の言う通りで、側面、それに背後にドアはない。左右の壁面には、小さな窓がそれぞれ二枚ずつあった。

「この窓は使えないか？」光が乏しかったのか——当然ストロボは使えない——少しぶれていて、窓の様子ははっきりとは分からない。

「板を打ちつけてあります。窓ガラスを破るようなわけにはいきませんね」内村が補足した。

「となると、正面から突破するしかないな」

嫌な沈黙が降りた。制服警官が四人。つまり、四丁の拳銃《けんじゅう》がある。戦力ではこちらが圧倒しているが、向こうには人質がいる。春山を無傷で助け出す方法が、今のところは見つからない。

一つだけあるのだが、自分にはその命令を下す権利がない、と思った。

射殺。

もう一度写真をじっくりと見る。板は窓を完全に塞《ふさ》いではおらず、隙間があるようだ。あの隙間から銃口を挿しこんで、藤巻を狙うのはどうだろう。その間、誰かが正面から藤巻に話しかけ、気をそらす。とにかく、奴の動きを止めればいい。この状況では、緊急避難的な射殺も許されるだろうが、できれば生け捕りにして話を聴きたかった。

「どうするんですか、澤村さん」初美が不安そうに訊ねた。

「正面から誰かが行って、藤巻の気を引く。その間に、側面の窓から撃つ」

初美の顔からすっと血の気が引いた。

「そんな大雑把なやり方で大丈夫なんですか。横の窓が、すぐ破れるかどうかは分かりませんよ」

「それしか手がない。人質の命が危ないんだ。今、課長の許可を取る」

澤村は携帯電話を取り出し、谷口の携帯にかけた。いつもは左手で電話を持つのだが、今日は右手なのでひどく話しにくい。頭を中心に体が捩《ねじ》れてしまったようだった。谷口がOKを出すか、可能性は五分五分……いや、俺の判断を支持してくれるはずだ、と澤村は信じた。一瞬の判断の遅れで一人の少女が命を落としたことを、二人とも未《いま》だに悔いている。

刑事には、二度、同じ失敗は許されない。

「牽制《けんせい》できないか」予想に反して、谷口は弱気とも取れる反応を見せた。

「そんな余裕はありません」澤村は電話を左手に持ち替えた。二の腕に痛みが走ったが、その痛みが決意をさらに強くさせる。「春山は、殺されかかっているんです。あの男が死んだら、南署の不祥事も解明できなくなりますよ」

「そんなことは、どうでもいい」一瞬、谷口の声が途切れる。移動中なのだと分かった。

「壁際から犯人までの距離はどれぐらいだ」

「分かりませんが、部屋の中央にいるとすれば、五メートル程度です」

「射撃の条件は」

よくない。窓は基本的に塞がれているので、十分な視界は確保できないだろう。内村も完璧《かんぺき》に調べてくれたわけではないから、実際に現場へ行ってみないと分からない。場合によっては、目視する場所と銃を構える場所が離れてしまう可能性もある。目と手の連動が失われれば、たとえ五メートルの距離でも撃ち損なう。

「特殊班をそっちへ向かわせている。あと二十分……十五分、時間を稼げ」

説得を専門にする連中を引っ張り出してきたか。しかし今から十五分経つと、藤巻が指定してきた「三十分」を過ぎてしまう。その先何が起きるかは分からない。時間はないのだ。それに誰が来ても、藤巻を説得できるとは思わなかった。あの男は、自分たちと同じ時間軸にいるだけで、実際には別の次元で生きている感じがする——一瞬話しただけだが、澤村は強い印象を抱いていた。

「待てません。俺が行きます」

「やめろ」谷口が真剣な声色で忠告した。「これは命令だ」

一瞬、澤村は、谷口が春山を見殺しにするつもりではないかと思った。春山が死ねば、藤巻もここからは逃げられまい。だが、この事件を、容疑者の死という最悪の結果で締めくくりたいのだろうか。捜査一課長として、それは間違っている。

「藤巻は必ず生け捕りにします」

「無茶だ」

「奴が何を考えているかは分かりません。説得が通用するとは思えない。俺はいきなり撃たれたんですよ」

「これ以上傷つく必要はない。あの事件の失敗を取り返すつもりなら、この事件でなくてもいい。チャンスはいくらでもある」

「──分かりました。到着を待ちます」澤村は歯を食いしばった。

「全速力で向かっている」

電話を切り、一瞬目を閉じる。その瞬間、上の方で何か音がした。木の枝が触れ合うような、かすかな音。気にはなったが、風だろう、と自分に言い聞かせる。実際、木立を渡って来る風は、相当冷たい。

「どうですか？」初美が心配そうに訊ねた。

「待機だ」澤村は吐き出して、歯軋《はぎし》りした。

「いいんですか？」

「課長の許可が出なかった」

左右の壁から狙う作戦に関しては。要するに、組織としてそのような動きはできない、ということだ。

「銃を貸してくれ」澤村は、近くにいた制服警官に呼びかけた。

「それは――」

「緊急時だ」躊躇《ためら》う若い警官に向かって手を伸ばす。「始末書は、後で俺が書く」始末書ではなく辞表になるかもしれないが。

若い警官はなおも躊躇《ちゅうちょ》していたが、結局ホルスターから銃を抜いて澤村に渡した。澤村は「いい子だ」というつもりで笑いかけてやったが、自分でも滑稽《こっけい》だと思えるほどに、顔が引き攣《つ》ってしまった。

「何するつもりですか、澤村さん」初美の顔が蒼褪《あおざ》める。

「君は何も見ていない。聴いていない。後で誰かに聴かれたら、俺が彼の拳銃を奪ったことにしておけ」

「無茶です」

「それと、ありったけの消火器を用意しておくんだ。これだけパトカーがあるんだから、ちょっとした火事には対応できるだろう。それを持って、できるだけ家に近づいて待機。何かあったら、すぐに消火にかかれ。ただし、手は出しちゃいけない。何もするな」

「一人でやる気ですか」

「こういう時は、巻きこまれる人間は少ないほどいいんだよ」澤村は銃を握り直した。撃つ際に左手を添えられないのは大きな問題だが、集中力で何とかするしかない。

「——消防車、呼んでおいた方がいいんじゃないですか」突然冷静さを取り戻し、初美が言った。

「必要ない。こんな山の中じゃ、放水用の水を確保できないからな。むしろ、消火器をありったけ確保しておいてくれ」

「救急車は？」

「それは必要だな。要請しておいてくれ」

言い残し、澤村は家から外れた木立の中に入った。左サイドの壁の中央まで、直線距離にすれば二十メートルほど。しかしなるべく大きく回りこんで、自分の気配を消したかった。木立の中に入ると、風が常に細く高く鳴るようになった。左腕がやけに冷たいのが気になったが、革ジャケットの袖《そで》に穴が空いているせいだと気づく。

靴が枯れ枝を踏み、ぱきぱきと乾いた音を立てる。所々で雪が吹き溜《だ》まっていたが、いっそのこと、全面に雪が積もっていればよかった。それなら、こちらの足音は消えたはずだ。姿勢を低くし、時折顔を打つ小枝を払いのけながら、できるだけ早足で進んだ。その間にも、耳を澄まして音に注目する。銃声、なし。誰かの悲鳴もなし。木立をすかして小屋を見ても、煙や炎が立ち上っているわけではなかった。

小屋の真横に出るまでに、かなり長い時間がかかったような気がした。木立が途切れえる場所へ出て、跪《ひざまず》く。湿った地面のせいで膝《ひざ》が濡《ぬ》れ、意識がさらに鮮明になった。聞こえるのは風の音、それに自分の鼓動だけ。壁までの距離は三メートルほどしかなく、二、三歩で辿《たど》り着けるだろう。壁に張りつく前に、板を打ちつけられた窓を見た。板は斜めにずれており、細い三角形の空間が覗《のぞ》いていた。具合はよくない。顔を隙間に押しつけて視界を確保し、胸の辺りで銃を構えて撃つしかないだろう。上手《うま》くいけば、銃を顔から離したまま構え、撃てるかもしれないが……それは実際に、壁の様子を見てみないと分からない。

ちらりと、正面入り口の方を見る。先頭のパトカーの陰で、初美たちが動いているのが見えた。赤い物がちらちらしているのは、消火器だろう。何本あるかは分からないが、当面、火事が大きくなるのを防ぐぐらいはできるはずだ。

澤村は、姿勢を低くしたまま小屋に駆け寄った。壁に肩を預け、じりじりと窓に近づく。三角形の隙間から中を覗いてみると、ちょうど正面に春山の姿が見えた。椅子に縛りつけられている。かすかにガソリンの臭いが漂い出してきていた。春山は青いパーカーを着ているのだが、それが不自然にてかてかと光っている。床は埃《ほこり》だらけで白いのに、彼の周囲の床だけは黒々と濡れていた。

ガソリンをかけられている、と悟った。マッチかライターの炎があれば、春山はあっという間に火だるまになるだろう。

藤巻の姿が見えないので焦った。他の部屋に引っこんでいるのか、あるいは……かすかに床を踏む音がして、視界の端に藤巻の姿が入った。右手で拳銃《けんじゅう》を持ち、春山の周囲をぐるりと回っているようだった。三角形の隙間の正面に飛び出し、そのまま撃つ……しかし、どうにもタイミングが合わない。もしも藤巻が同じような動きをしていれば、ずっと隙間の前に立ち、こちらに背中を向けるタイミングを狙うべきだ。だが藤巻もぎりぎりまで神経を研ぎすませているはずで、こちらが少しでも気配を発すれば、対抗策を取るだろう。即座に春山を殺すとか、こちらに向けて発砲するとか。その瞬間、現在の危うい均衡は崩壊する。奴も、どうすべきか分かっていないのではないだろうか。

そうだとしても、このまま中を覗いているわけにはいかない。一か八か、澤村は正面から中を観察する方法へ移行することにした。だが一歩を踏み出した瞬間、小屋の上から緩んだ板張りの床を踏むような音が聞こえてきて、凍りついた。

誰かいる？

慌てて上を見上げると、屋根の上に吉野の姿が見えた。あの野郎、どうしてあんな場所に……頭に血が上ったが、今は怒っている場合ではない、と思い直した。上から春山を救出するつもりかもしれないが、無茶過ぎる。待機している初美たちに知らせないと、と思ったが、この場を離れるわけにはいかないし、携帯で話すこともできない。

吉野は、こちらに気づいていない様子だった。見ると、暖炉用の煙突の背後に、三角形の出っ張りがある。明かり取り用の窓か……吉野が、窓枠に手をかけた。ゆっくりと開けようとしているのは分かったが、金具が錆《さ》びついているのか、簡単には動かないようだ。吉野は結局諦《あきら》め、窓の前で屈《かが》みこんで、銃を構えた両手を伸ばす。

まさか、撃ち殺すつもりか？　冗談じゃない。お前の勝手な行動で、重要な容疑者を失うわけにはいかない。

「吉野！」叫んだ澤村の声は、銃声にかき消された。

12

春山を中心に、部屋の中を円を描いて歩きながら、藤巻はちらちらと時計を見た。三十分が間もなく過ぎる。結局、いい考えは浮かばなかった。春山は殺されなければならないが、警察官に囲まれて自分も死ぬのは、どうしても避けたかった。自分の死体が誰かに見られることなど、我慢できない。死体には、何もないのだ。単なる有機物の固まり。それを、慈悲のない警察官たちが義務的に調べ回すことを考えると、体が震えるほどの嫌悪感を覚えるのだった。

仕方がない。

とにかく、春山を殺してしまおう。じっくり殺すという本来の目的からは外れてしまうが、上手くいけば、火事の混乱に乗じて逃げ出せるかもしれない。この小屋には正面にしか入り口がないが、他に一か所だけ、外へ脱出できる場所がある。天井にある、明かり取りの小さな窓だ。部屋の隅にしつらえられた梯子《はしご》を使えば、そこまでは辿り着ける。ガラスを開けるか叩《たた》き割れば、屋根へ出られるはずだ。そこから先、どうするか……正面側は警察官が固めているだろう。素早く裏手に回り、木立の中を逃げるしかない。そちらにも警察官が配されているかもしれないが、そこしか逃げ場がない以上、思い切ってやるしかなかった。銃があれば、突破できるかもしれない。

春山を見下ろす。気を失っているようで、微動だにしない。クソ野郎、お前は今日、確実に地獄へ行く。お前みたいなクソ野郎を受け入れてくれる地獄があればだが。

藤巻は、わずかに残っていたガソリンを入念に春山の体に注ぎかけた。気化したガソリンの凄《すさ》まじい臭いが鼻を刺激し、涙が溢《あふ》れてくる。ライターを二つとも手にし、左右の手でそれぞれ火を点《つ》けた。こいつを春山の体に投げつければ、全てが終わる。

ふいに、陽光が陰る。おかしい……この小屋は、狭いながら木立を切り開いた空き地の中央にあり、周囲には影を作るようなものはないのだ。今日はよく晴れ上がっているはずで、朝からずっと、穏やかな陽光が射しこんでいた。

窓か？　あそこから誰か入りこもうとしている？

それまで、用心に用心を重ねてきた藤巻だが、一瞬油断した。その場——明かり取りの窓の真下——を動かないまま、上を見上げてしまった。

その瞬間、鋭く甲高い音、さらに何かが割れる音が続いた。体の真ん中……胸の上に衝撃が走る。視界が上下逆になり、床がすぐ間近に見えた。倒れる……俺は倒れる……と意識する。割れた窓ガラスが細かい破片となって降り注ぎ、顔に細かい傷をつけた。

死ぬのか？　こんな形で？　最後の目的も達成しないうちに……床に背中が着く直前、藤巻は右手に持ったライターを手放した。ほんのささやかな力で投げられたそれが、春山の体に当たる。

小さな炎が、大きな炎を呼びこんだ。キャンプファイヤー。天井を焦がすほどの大きな炎になれ。

床に倒れこんだ藤巻の顔には、笑みが浮かんでいた。

13

「吉野！」澤村はもう一度叫んだ。「撃つな！」

撃った後に「撃つな」と言っても意味はない。澤村は思い切って、窓を覆った板に肘《ひじ》を叩きつけた。板はあっさりと割れ、室内の様子が露《あらわ》になる。澤村の目に入ったのは、部屋の中央付近で仰《あお》向《む》けに倒れている藤巻、それに炎に包まれた春山の体だった。

「消火器だ！」初美たちに向かって叫び、自分は残った板を蹴《け》飛ばして、体が入れるだけのスペースを確保した。左腕が痛むのを無視して、胸の高さにある窓から中に突入する。ひょっとして藤巻は、倒れたふりをしているだけではないかと思ったが、今は春山を助けるのが先決だ。

勢い余って一回転し、部屋の中央付近にまで転がり出てしまう。炎の熱さが、一瞬だけ澤村をひるませた。しかし、燃えているのは自分ではない。革ジャケットを脱いで、何度も春山の体に叩きつける。ポケットに入れておいた携帯電話が吹っ飛び、壁に当たって乾いた音を立てた。あっという間に汗が噴き出し、額を濡らす。クソ、消火器はどうした。あの連中、何をのろのろしているんだ。

そうか、この部屋に通じるドアの鍵《かぎ》はかかったままのはずだ。そちらに駆け寄って、突入を図る警察官たちを誘導しようとしたが、走り出した瞬間、ドアが吹き飛ばされた。大柄な制服警官が二人、部屋に転がりこんで来る。燃えている春山を見て足がすくんだ様子だったが、後から突入してきた内村や初美はずっと冷静だった。春山に消火器を向け、勢いよく噴射する。

室内が真っ白に染まり、視界が完全に失われた。この隙に、藤巻に逃げられたらたまらない。澤村は床を這《は》うようにして、藤巻の体に近づいた。手探りで首に触れ、脈を確認する。

生きている。

だがほっとしたのもつかの間で、指先にべっとりと血が付いているのが分かった。首か胸を撃たれている。吉野の射撃は見事だったが、余計なことをしたのは間違いない。今、この部屋で二人の人間が死にかけている。

消火器が噴射する音が消えた。部屋の中央を見ると、春山が苦痛の悲鳴を上げながら蠢《うごめ》いている。しかしそれは、死にかけた石井のそれとは違い、生を感じさせる悲鳴だった。大丈夫、助かる。

お前のようなクソ野郎には、簡単に死んでもらったら困る。

「大丈夫ですか！」

初美が駆け寄って来た。澤村は壁に手をつき、のろのろと体を起こした。煙、それに消火剤を吸ってしまったのか、ひどい咳《せき》が止まらない。空気が足りずに、頭がくらくらした。大丈夫、と言おうとしたが言葉が出てこない。

初美が体を支え、澤村が破った窓へ誘導してくれた。顔を突き出し、冷たく新鮮な空気を思い切り吸う。またひどい咳が出てきたが、長続きしないことは予想できていた。肺を新鮮な空気で満たせば、すぐに元に戻る。

最後の咳と同時に、汚い空気が肺から押し出されたような気がした。急激に意識が鮮明になり、視界が色づく。初美がずっと、背中を撫《な》でてくれていたのだと気づいた。慎重に背筋を伸ばし、かすれた声で「もう大丈夫だ」と告げると、初美がさりげなく身を引く。

澤村は振り返り、室内の惨状を確認した。春山の救出作業は急速に進んでいる。両足を拘束していたロープは切られ、今は後ろで両手を拘束する手錠だけが、春山の自由を奪っていた。

「カッターだ、カッター」誰かが叫ぶ。

「救急に借りろ」澤村は叫んだ。あの連中なら、何か役に立つ道具を持っているはずだ。

内村が、弾《はじ》かれたように飛び出して行く。

春山はうなだれ、泣いていた。しかし目隠しをされたままなので、涙は頬を伝わない。顔はすすけ、髪の毛は焦げていたが、重篤な火傷《やけど》ではないように見える。実際、手錠を外し、パーカーを脱がせると、その下のコートはほぼ無傷だった。被害を受けたのは、むき出しになった顔と手首から先だけらしい。立ち上るガソリンの臭いは強烈だったが。

尋問を受けられるように回復するまで、さほどの時間はかからないだろう。

藤巻は、目に見えて重傷だった。喉《のど》の下の方を撃たれたようで、床に血が広がっている。このままだと窒息する、何とかしなければと思ったが、澤村が動き出すより先に、救急隊員が処置を始めていた。ストレッチャーに乗せ、運び出そうとする段になって、ようやく質問を発するべきだと気づいた。

「容態は！」

二人の救急隊員が同時に振り向き、「バイタルは安定しています」と答えた。気道や動脈を撃たれたのではないようだ。致命傷ではない……回復するかもしれないとほっとして、澤村は思わず小屋の壁に背中を預けた。目を閉じ、この騒動をどう収拾するかを考える。さっぱりまとまらない。

「澤村さん……」

初美が遠慮がちに呼びかけた。のろのろと目を開けると、彼女は窓の方を指差している。難儀しながら体を捻《ひね》ってそちらを見ると、吉野が窓から室内を覗《のぞ》きこんでいた。澤村は残った力を振り絞って、窓へ歩み寄る。初美がつき添ってきた。

「死にましたか」訊《たず》ねる吉野の顔に、表情はなかった。単にルーティーンの仕事をこなしたような感じ。

その瞬間、澤村の怒りが噴き上がった。もう力など残っていないと思ったのに、気づくと右腕を弓のように引いていた。窓から突き出された吉野の顔面めがけ、拳《こぶし》を叩きつける。少し弧を描いた軌跡を残し、澤村の拳は吉野の左耳を捉《とら》えた。吉野の顔面が歪《ゆが》み、真横に吹っ飛ばされる。

「澤村さん！」

初美が叫んだが、澤村の行動を注意するのではなく、怪我を押して吉野を殴ったことを心配しているのは明らかだった。

「大丈夫だ」澤村は右手をぶらぶらと振った。体が変な風に捩《ねじ》れたせいか、怪我は激しく痛みを主張していたが、拳はなんともない。

窓から顔を突き出して、仰向けに倒れている吉野を見る。目は開いて、天を仰いでいたが、意識があるかどうかははっきりしなかった。こいつを理解できるかどうか——藤巻の頭の中を理解するよりは簡単だろう、と澤村は自分を慰めようとした。

吉野はパトカーの助手席に座っていた。ドアを開け放したまま。手錠をかけるべきかどうか澤村は迷ったが、逃げ出す素振りも見せなかったので、取り敢《あ》えず両手は自由にしておく。それに吉野には、逃げ出すほどの元気さえないようだった。左頬と耳が赤く腫《は》れ上がり、乾いた血が唇の下側についている。KO負けを食らったボクサーのようだった。

「竹山理彩の恋人は、お前だった」

「そうじゃない」吉野の声はくぐもって聞き取りにくかった。

「何が違うんだ」

「澤村さんが想像しているような……そういう関係じゃない。つき合い始めたばかりだったから」

「彼女はそうは思ってなかったんじゃないか。知り合いに、お前の存在をほのめかしている」彼女にしては珍しく、自慢したい気持ちがあったのだろうか。

「そうですか」吉野の口調は、相変わらず淡々としている。

「お前たちは、映画サークルで知り合ったんだな？　お前も、古い邦画を観るのが趣味なんだ」

「昔から」

「サークルの名簿に、お前の名前があった……趣味で知り合って、つき合い始めたわけだな？」

「そう、です」

「いつから」

「まだ三か月ぐらいです。何度かデートに行っただけで」

ちょうど理彩が、藤巻のストーカー行為に悩まされ始めた頃ではないか。

「彼女が、藤巻につきまとわれていることは知っていたのか？」

「いえ」唇を噛《か》む。

「相談は受けてなかったのか」

「ないです」どこか寂しそうに、吉野が首を振った。「信頼されてなかったのかもしれません」

「彼女は、お前が警察官だということは知っていたのか？」

「公務員としか言っていません」

どうして、と言いかけて澤村は質問を呑《の》みこんだ。警察官という職業に、アレルギー反応を示す人間もいる。つき合い始めたばかりの女に、職業を理由に拒絶されるのが怖かった、ということか。

「それで、お前には相談しなかったんだな？　たまたま相談に行った相手が悪かった」

「あの人は、クズですから」吉野が吐き捨てる。

「ああ、それは間違いない」

春山は、救急車に搬送される間も、ずっと泣いていた。長い時間死の恐怖を味わっていたのだから、ショックを受けているのも当然かもしれないが、あまりにもみっともなかった。澤村は、白けた気分を味わうだけだった。

「結局彼女は、お前を頼ろうとはしなかった」

「一言も相談してくれなかった」吉野が唇を嚙む。頰が腫れているので、そうするのも一苦労のようだったが。

「後から事情を知って、藤巻を殺そうとしたんだな？　お前には好都合だったはずだ。内部の情報が分かるんだから。それで、捜査本部を外れて、途中から勝手な動きをした」

「すみません……」

うなだれる姿を見て、澤村は言葉を失った。ボタンのかけ違いだ、と思う。理彩は、吉野にどれぐらい入れこんでいたのだろう。真剣に相談していなかったのだから、単なるボーイフレンド程度の感覚だったかもしれない。一方吉野の方が深く入れこんでいたとしたら……悲しいことだが、この関係は綺麗《きれい》に双方向だったとは言えない。

「お前が、最初に警察官だと明かしていれば、理彩さんはきちんと相談していたかもしれない」

「失敗でした」吉野がますますうなだれる。「新潟へ行く時も、ちょっと里帰りして来るっていう感じで、詳しい話は全然聴いていなかったんです」

「分かった……お前、自分がしたことは分かってるな？」

「はい」吉野がぴんと背筋を伸ばした。

「指示を無視して勝手に捜査本部を抜け出し、無線と銃を持ち出した。それで犯人を射殺しようとしたんだから、馘《くび》になるだけでは済まないかもしれない」

「覚悟してます……仮に藤巻を逮捕できても、有罪にできるかどうか、分からないでしょう？　責任能力があるか、微妙だと思います」

「ああ」澤村は渋い表情を浮かべた。

「だけど、あんな男が生きていていいんですか？」吉野が爆発した。「彼女は、あんな風に殺されたんですよ？　俺には何もできなかった……あいつを殺さなければ、俺が爆発してしまいそうだった。澤村さんには、そういう経験はないでしょう？　愛する人が殺されたことがありますか？」

澤村は顎《あご》をきつく引き締めた。個人的な感情としては、吉野の言い分も理解できる。自分が彼の立場だったら、仕事も何もかも投げ出して、同じようにしていたかもしれない。だが今の自分には、全てを投げ出させるような存在がない。自分を動かす原動力は、刑事としての義務感だけだ。

「俺にはお前を裁く権利はない」

「はい」吉野の声は澄んでいた。

「後悔してないのか？」

「してます」吉野の口調に揺らぎはない。「殺せなかったことは後悔してます。射撃、あまり得意じゃないんですよ」

澤村は思わず目を逸《そ》らした。この男は激情に駆られて真っ直ぐ、全速力で走り続け、壁を突き破ってしまったのだ。そして今は、自分たちが暮らしているのとは別の世界にいる。それは、藤巻が暮らす世界に、限りなく近いはずだ。

澤村はゆっくりと背筋を伸ばした。吉野を見下ろし、「俺は、お前の取り調べを担当しない」と告げる。

「どうしてですか？」

自分の心を守りたいから。ねじ曲がった精神に触れたくないから。しかし、今でも自分が真っ直ぐ歩いていると信じている吉野に向かって、そんなことは言えなかった。

14

「なるほどねえ」

「興味深い、とか言わないんですか」

「まあ、興味深いかな」橋詰が、丸い顎をゆっくりと撫《な》でた。

県警本部内にある彼の自室——澤村は密《ひそ》かに、「隔離部屋」と呼んでいた——は、常に物に溢《あふ》れている。あちこちに積み重なった本は、地層の模型をイメージさせた。それでも今、この部屋にいることで、澤村は妙な落ち着きを覚えていた。クソったれな日常であっても、やはり気持ちを安寧に保ってくれるということか。

澤村は撃たれた左腕の治療を受けてから、橋詰の自室を訪れていた。用事があったわけではない。むしろ、心の安定のためには会わない方がいいと思ったのだが……もしかしたら心のどこかで、自分が経験した全てを納得できるような言葉を聞ける、と思っていたのかもしれない。

「澤村先生、逃げたね」

　本音を読まれ、澤村はすっと背筋を伸ばした。橋詰は面白がる様子もなく、両手を組み合わせて肘《ひじ》をデスクに置いている。アフロヘアを押し潰《つぶ》す圧迫包帯が滑稽《こっけい》な感じだったが、笑う気にはなれなかった。

「藤巻にはしばらく話を聴けないだろう。吉野の事情聴取もしないつもりだね？」

「まともな事情聴取ができるとは思えませんからね」澤村は首を振った。「誰かがやるでしょう。もっと……」両手を組んでこねくり回す。もどかしい。言葉が出てこない。やっと絞り出した言葉は「無神経な人間が」だった。

「無神経、ね」ぽつりとつぶやき、橋詰が乾いた笑い声を上げる。ふいに真顔になり、ぐっと身を乗り出した。「ああいう連中と対峙《たいじ》するには、確かに無神経になる必要があるかもしれない。そうじゃないと、自分の心が蝕《むしば》まれる」

「俺も人間ですからね」無様な言い訳だと思いながら、澤村は言った。

「澤村先生はよくやってると思うよ」橋詰が両手を解き、今度は頭の後ろで組み合わせた。「多少暴走気味ではあるけど、結果は出してるからね。でも、それだけで、最高の刑事になれるのかい？」

澤村は唇を引き結んだ。自分には常に課している命題だが、他人に指摘されると違和感がある。橋詰は、澤村の戸惑いには気づかない様子で続けた。

「取り調べっていうのは、相手と同調することが全てじゃない。上手《うま》く距離を置いて観察できる能力も大事なんじゃないかな」

「俺にはそういう能力がないと？」

「澤村先生は、のめりこみ過ぎるんだよ。容疑者と距離を置く方法を覚えないと、藤巻みたいな人間を取り調べる時、上手くいかない……この前の事件もそうだったね。逮捕はしたけど、取り調べはしなかった」

一年前の事件。生き残った男の容疑者に澤村が最後に会ったのは、病院でだった。

俺は逃げた。

食いしばった顎に、痛みさえ感じる。

「正面から行ってみたら？　それで傷つくことがあれば、話は聞いてあげますよ。それで多少は、前へ進む力が生まれるかもしれない。常に前へ進まないと、最高の刑事になれないんじゃないの？」

澤村は静かに立ち上がった。橋詰の視線が張りつくのを感じる。

「で、どうするわけ？」

「やりますよ。まずは吉野から……でも、あなたの手助けはいりません」子どもっぽい意地なのだ、と分かっていた。この男が嫌いだから手は借りない。自分一人の力でやってみせる。逃げずに正面から勝負だ。

橋詰は、いつもの饒舌《じょうぜつ》さを忘れたように、澤村を引き止めなかった。部屋を出て、長い廊下を歩きながら、自分は橋詰の術中にはまってしまったのだろうか、と訝《いぶか》る。なんだかんだいって、あの男は俺を取り調べに向かわせようとしているのだから。

吉野や藤巻を取り調べても、絶対に平静でいられるはずだ、と自信が湧き出てきた。自分は橋詰のように鬱陶《うっとう》しい人間とつき合っている。あの男に我慢できるなら、大抵のことには耐えられるはずだ。

廊下に出ると、谷口が壁に寄りかかって立っていた。澤村を見ると、ゆっくりと壁から背中を引きはがす。

「異動は予定通りだ」

突然告げられ、澤村は間もなく辞令を受け取ることになっていたのだ、と思い出した。今後の仕事が面倒になるのは間違いない。自分は、長浦南署に放りこまれた異質な存在になるだろう。まともに受け入れてもらえるとも思えない――当然、責任は向こうにあるのだが。

「分かってます」

「ただし、この一件の決着がつくまでは、一課の仕事も手伝ってもらう」

「人使いが荒いですね」澤村は苦笑した。

「今に始まったことじゃない。覚悟はあるな？」

澤村は谷口の顔を凝視した。いつも以上に厳しい表情。俺の本音を抉《えぐ》り出そうと、厳しくなっているのだ、と澤村には分かった。

「きつい仕事をしないと、最高の刑事にはなれないんですよ……きつい仕事に揺らされない気持ちを作ります」

「分かっているなら、それでいい」

短く言って、谷口が踵《きびす》を返した。その背中は無言で、澤村に重いプレッシャーをかけてくるようだった。俺たちの——俺と谷口の戦いは、永遠に終わらないのかもしれない、と澤村は覚悟を決めた。

顎を上げ、谷口と反対の方向へ、大股《おおまた》で決然と歩いて行く。捜査はまだ始まったばかりだ。

本書は平成二十五年二月に小社より刊行された単行本『執着』を改題の上、加筆修正し文庫化したものです。

本作品はフィクションであり、実在する個人、団体とは一切関係ありません。

執着《しゅうちゃく》

捜査《そうさ》一課《いっか》・澤村《さわむら》慶司《けいじ》

堂場《どうば》瞬一《しゅんいち》

平成27年 2月25日　初版発行

発行者●堀内大示

発行所●株式会社KADOKAWA
〒102-8177　東京都千代田区富士見2-13-3
電話 03-3238-8521（営業）
http://www.kadokawa.co.jp/

編集●角川書店
〒102-8078　東京都千代田区富士見1-8-19
電話 03-3238-8555（編集部）

角川文庫 19027

印刷所●株式会社廣済堂　製本所●株式会社廣済堂

表紙画●和田三造

ISBN978-4-04-101645-9　C0193

角川文庫発刊に際して

角 川 源 義

第二次世界大戦の敗北は、軍事力の敗北であった以上に、私たちの若い文化力の敗退であった。私たちの文化が戦争に対して如何に無力であり、単なるあだ花に過ぎなかったかを、私たちは身を以て体験し痛感した。西洋近代文化の摂取にとって、明治以後八十年の歳月は決して短かすぎたとは言えない。にもかかわらず、近代文化の伝統を確立し、自由な批判と柔軟な良識に富む文化層として自らを形成することに私たちは失敗して来た。そしてこれは、各層への文化の普及滲透を任務とする出版人の責任でもあった。

一九四五年以来、私たちは再び振出しに戻り、第一歩から踏み出すことを余儀なくされた。これは大きな不幸ではあるが、反面、これまでの混沌・未熟・歪曲の中にあった我が国の文化に秩序と確たる基礎を齎らすためには絶好の機会でもある。角川書店は、このような祖国の文化的危機にあたり、微力をも顧みず再建の礎石たるべき抱負と決意とをもって出発したが、ここに創立以来の念願を果すべく角川文庫を発刊する。これまで刊行されたあらゆる全集叢書文庫類の長所と短所とを検討し、古今東西の不朽の典籍を、良心的編集のもとに、廉価に、そして書架にふさわしい美本として、多くのひとびとに提供しようとする。しかし私たちは徒らに百科全書的な知識のジレッタントを作ることを目的とせず、あくまで祖国の文化に秩序と再建への道を示し、この文庫を角川書店の栄ある事業として、今後永久に継続発展せしめ、学芸と教養との殿堂として大成せんことを期したい。多くの読書子の愛情ある忠言と支持とによって、この希望と抱負とを完遂せしめられんことを願う。

一九四九年五月三日

角川文庫ベストセラー

逸脱　捜査一課・澤村慶司
堂場瞬一

10年前の連続殺人事件を模倣した、新たな殺人事件。県警を嘲笑うかのような犯人の予想外の一手。県警捜査一課の澤村は、上司と激しく対立し孤立を深める中、単身犯人像に迫っていくが……。

歪　捜査一課・澤村慶司
堂場瞬一

長浦市で発生した2つの殺人事件。無関係かと思われた事件に意外な接点が見つかる。容疑者の男女は高校の同級生で、事件直後に故郷で密会していたのだ。県警捜査一課の澤村は、雪深き東北へ向かうが……。

天国の罠
堂場瞬一

ジャーナリストの広瀬隆二は、代議士の今井から娘の香奈の行方を捜してほしいと依頼される。彼女の足跡を追ううちに明らかになる男たちの影と、隠された真実とは。警察小説の旗手が描く、社会派サスペンス！

偽装捜査官　警視庁都民相談室　七曲風馬
姉小路祐

突然の辞令で〝警視庁都民相談室〟という部署に配属された、七曲風馬27歳。元劇団員の七曲はかつての俳優仲間の協力のもと、相談室に寄せられたさまざまな事件に挑んでいく！　渾身の書き下ろし警察小説！

家守
歌野晶午

何の変哲もない家で、主婦の死体が発見された。完全な密室状態だったため事故死と思われたが、捜査のうちに30年前の事件が浮上する。歌野晶午が巧みに描く「家」に宿る5つの悪意と謎。衝撃の推理短編集！